傾城一諾

1

目次

第一章　重回童年　09
第二章　初試啼聲　61
第三章　一鳴驚人　123
第四章　佈陣催命　167
第五章　驚逢敵手　209
第六章　天才神棍　255
第七章　傳奇崛起　311
第八章　整治極品　359

第一章　重回童年

冷。

夏芍從刺骨的寒冷中醒來，耳邊是嘈雜的聲音，亂作一團，讓她一時間分不清哪兒是哪兒。她凍得牙關打顫，手腳僵硬，止不住地哆嗦，寒冷刺激著她回憶起發生的事情來。

大學畢業後，在建設公司工作，經常要跟工程跟到夜裡兩三點，頂著黑眼圈過著朝九晚五的上班族生活，晚上還要加班。在一線的大城市裡，每天從早忙到晚，拿著令二三線城市羨慕的薪資，卻只有自己清楚，這點錢在京城除去吃穿，一年下來連兩坪的房子都買不起。

工作七年，混了個部門經理，夏芍漸漸體會到生活的不易，但她骨子裡有一般女孩少有的堅毅，面對壓力時，她減壓的辦法就是每天早晨風雨無阻地外出跑步，鍛鍊身體。

對於她的習慣，為數不多的幾個朋友都表示不解。因為夏芍平日除了工作，閒暇時可以說是個懶散的女孩子，如貓兒一般慵懶，恨不得窩在小公寓的沙發上一睡不醒。

只有夏芍自己知道，她這樣做，一來是晨練過後神清氣爽，工作時狀態才會良好。狀態好了，自然有出色的績效，才有升職的機會。二來身體是革命的本錢，要打拚沒健康怎麼行？至於第三個原因，其實是為了省下去健身房的錢。

京城的寒冬來得早，昨夜剛下過一場雪。早上五點，夏芍便起床穿衣出去跑步。天還沒亮，公寓附近的公園已經被清潔人員打掃乾淨，夏芍順著一條鵝卵石小路慢跑，忽然聽見了呼救聲。

那呼救聲不算大，公園治安尚可，夏芍不確定是不是有人遇到搶劫。她一個女孩子不是不害怕，但聽出那呼救聲已經變了調，她終究做不到假裝沒聽見，便循聲跑了過去。

找尋一番，才發現是一位晨練的老人掉進了湖中。

公園頗大，湖水面積也廣，平時為了防止有人掉入湖中，路旁有護欄，可這條路上的護欄不知何時斷了兩根，老人可能是沿著路邊晨練時，失足踩滑跌入湖中。

夏芍趴在地上伸了幾次手，發現根本抓不住老人，頻頻張望，又沒看見有其他路過晨練的人。老人的手已經有些僵硬，湖水又凍得不結實，老人在湖裡撲騰兩下，眼看就要沉下去。

夏芍藉著遠處路燈的光芒看清了老人的臉。老人面容慈祥，眼角有深縱的魚尾紋，可見性子開朗。那一刻也不知怎麼回事，有種疼痛敲在她的心底。

在她剛工作的那一年，從小看著她長大的奶奶重病去世。那時她正跟著一件工程，家裡人知道她請不了假，怕她會不惜辭職也要回家。京城的工作在老家看來是很體面的，家裡人不想她辭掉，便對她隱瞞了這個消息。直到工程結束，她拿到第一筆獎金，笑著打電話回家說過年時要買件漂亮的唐裝給奶奶時，才得知奶奶已去世一個多月。當時她接受不了，馬上坐飛機回去，在墓碑前哭了整整一天。

這件事成了她一生莫大的遺憾，現在看到落水的老人，她的心情難以描述。她從衣服的口袋裡拿出手機，打電話叫了救護車，便二話不說跳入冰冷的湖水中。

夏芍的泳技不算好，更何況是在寒冬刺骨的湖水裡救人。

她費盡全身氣力將老人推向岸邊，自己卻再沒了上岸的力氣。她清楚地感覺到自己一寸一寸被冰水吞噬，那時唯一的想法就是，這一生，或許真的完了……

然而，等她再睜開眼睛，看著眼前的情形時，她愣愣地想：她應該是被救了吧？

此時除了冷得發抖，夏芍的頭腦清醒許多，耳邊的聲音雖然嘈雜，也可以分辨出來了。

有個老婦人抱著她，哭聲悲痛，不停叫喊：「小芍子，妳可不能有事啊！妳要是有事，奶奶怎麼向妳爸媽交代？我的乖孫女兒，快睜開眼睛看看奶奶啊！」

夏芍一瞬間呆住，好半天沒反應過來。

「哭什麼哭？快去端一盆雪回來幫孩子搓搓身子！」又是一個老人的聲音，嗓門大，脾氣不怎麼好，說話帶著不容反抗的威嚴。

夏芍立刻就認出了這聲音。

爺爺？

「就是就是，江大嬸，芍兒她爺爺說的對，快幫孩子搓搓身子！家裡燒著熱炕，一會兒讓孩子暖和暖和！」女人的聲音急切，聽起來約莫三四十歲。

「媽、江奶奶，我把雪端回來了！」一個約莫十一二歲的女孩子衝了進來。

「翠兒，謝謝妳，要不是妳，芍子就沒了……」

江淑惠哭著道謝，夏芍卻感覺有人在脫自己冰冷濕透的棉衣。

「江大嬸，咱都是一個村兒的，說這些做啥？咱家翠兒從小就被芍兒姊姊、姊姊地叫著，能白叫了？」孟嬸邊說邊也過來幫忙。

一群人七手八腳剝了夏芍的衣服，用雪幫她搓身子，夏芍驚愣得說不出話來。

她茫然地看著自己的手。

那是一雙小孩的手，小手凍得發紫，被雪搓得發紅。

眼前的情景激起了夏芍童年的記憶。

她記得這是她九歲那年冬天，放了寒假，在城裡上班的母親將她送來奶奶家住著。她跟著鄰居孟嬸家的翠翠姊在小河邊玩雪，不慎掉進冰窟窿裡，幸虧翠翠姊救了她。

可是、可是……這是她九歲時的事情，怎麼會發生在現在呢？
她不是應該躺在醫院的病房裡，吊著點滴，或許還能見到被她救了的老人？
可是，她現在冷得恨不得縮起來的感覺、被雪慢慢搓熱的身體、眼前北方農村貼著碎花壁紙的牆壁，以及牆上掛著的老式月曆，都清清楚楚地昭示著，眼前的一切不是幻覺。
她重生了，回到一九九一年臨近春節的冬天，她的童年時代！
她再次看見慈祥的奶奶，這時的奶奶還不到五十歲，雖然已生白髮，卻沒有患重病。
她再次看見威嚴的爺爺，這時的他沒有因為兩個兒子結婚後生的都是女兒，而把氣撒到兩個兒媳婦身上，或是把夏芍的母親刁難得背地裡偷哭。
她也再次見到了聞訊趕回來的父親，這時的父親沒有失業，也還沒因為想要給她一個好的生活環境，獨自去南方的城市打拚，一走就是與母親長達十年的兩地分居。
她也見到了趕回來的母親，這時的母親很年輕，沒有獨自拉扯她長大，沒有選擇留下替父親擔負起照顧老人的責任，更沒有在夜裡因為想念父親而偷偷哭泣。
夏芍不知道命運為何要給她一次重生的機會，她不知道這算不算是善有善報，她只是撲到親人懷裡放聲大哭。
如果一切不是夢，她一定要在這一世改變命運，讓自己的家人過得好起來！

夏芍重生回一九九一年的冬天，卻只能搬著小板凳，坐在老房子的門口，看著門外的鵝毛大雪，望雪嘆氣。

新年臨近，過了年就是一九九二年了。

對國家經濟來說，這一年是轉捩點，國家元首發表了重要的談話，提倡改革開放要深入發展經濟。也正是從這一年開始，放棄所謂鐵飯碗的人才越來越多，而大膽的人選擇下海經商，從而造就了一些大富大貴的富商。

「唉！」這已經不知是今天的第幾次嘆氣了。

這一年對許多人來說是個機遇，可對於夏芍來說，這小小的身子、短短的手腳，過了年也才十歲，能做什麼呢？

「小芍子，這麼冷的天兒，妳坐在門口做什麼？快過來，嘗嘗奶奶剛燉好的雞湯。」身後傳來江淑惠的聲音，夏芍轉過頭，看見奶奶和藹的面容。這時候的奶奶白髮還不多，臉上的皺紋也不深，對她的疼愛卻一如往常。

自從夏芍掉進冰水裡，奶奶便把院子裡養著的小母雞殺了，天天燉湯給她喝，生怕她落下寒症，以後一到冬天就畏冷。

這年頭不像十年之後，雞鴨魚肉、瓜果蔬菜，想吃去超市隨便買。這時候的北方，冬天吃的菜沒有那麼豐富，白菜蘿蔔都要挖地窖儲存，對普通家庭來說，雞鴨這些算得上豐盛的大菜，只有在過年過節才能上餐桌。

還不到過年，這兩天小母雞就殺了三隻。夏芍知道這有多麼不容易，所以這些天每當她端起碗來，喝著那熟悉的味道，眼底總會蒙上一層薄霧。

或許，重生回童年是上天給她的眷顧，畢竟不是每個人的童年都可以再重新經歷一次。回到童年時代，正意味著人生尚在起跑線上，一切還沒開始。

她想要改變命運，總能找到機會！

這樣想著，夏芍便笑了起來。

不管怎麼說，重生後第一個全家團聚的新年，她一定要好好地過。

除夕前一天，夏芍的父母夏志元和李娟從城裡回來，提著大包小包進門，除了雞鴨魚肉，還有十幾種蔬菜，全是過年期間要吃的。夏芍歡快地撲過去，幫忙提東西，矮小的身子提著大袋子顯得笨拙又可愛，看得父母倆直笑，誇她懂事了。

夏芍的爺爺夏國喜在房裡聽收音機，夏志元和李娟進去跟他打招呼，李娟就洗手去幫著夏芍的奶奶熬煮雞鴨，為明天除夕做準備。

夏家所在的村子叫做十里村，顧名思義，離城裡只有十里左右的路程，從城裡回來用不了多少時間，但夏芍記得，每回過年，叔叔和嬸嬸總要到天黑才會姍姍來遲，那時奶奶和母親都已圍著廚房忙了一整天，累得腿都站不直了。

夏國喜膝下有五名子女，老大夏志偉是他和前妻所生。他的前妻在戰爭年代染病過世，大兒子夏志偉便早早結婚，去了省會城市青市工作，可工作不順，不知怎麼就和一些不肖人士攪和在一起，行事囂張跋扈。父子兩個都是火爆脾氣，見面時有爭吵，夏志偉就很少回家，夏國喜也只當沒這個兒子。

後來，夏國喜又與江淑惠結了婚，育有四個子女，兩兒兩女。老大是夏芍的父親夏志元，老二是大姑夏志梅，老三是小姑夏志琴，老四是叔叔夏志濤。

夏志元性子實誠憨厚，而夏志濤是家中老么，自小受寵，脾氣大，年輕時還遊手好閒。

在夏芍的記憶裡，夏志濤剛結婚那兩年沒工作，沒錢了便回家跟老人要。夏志濤的妻子蔣秋琳也不是省油的燈，發牢騷哭窮是常有的事，還總是回老家抱怨嫁了個沒用的男人，用老人的錢貼補家用。這兩口子的感情也不是很好，三不五時就吵架。

夏志濤和人合夥做建材生意，賺了些錢，結果在外面有了女人。那女人懷孕找上門來，夫妻倆大吵一架，離了婚。女兒跟著夏志濤，和繼母及後來的妹妹住在一起，沒少受委屈。

當然，這些都是夏芍上一世的記憶。

現在情況還沒那麼嚴重，算算時間，夏志濤和蔣秋琳才結婚不久，蔣秋琳似乎是在這一年裡懷孕的。

果然，近傍晚的時候，蔣秋琳挺著大肚子和夏志濤回來了。兩人沒拿多少東西，進屋夏志濤就說：「爸、媽，琳琳身子有點不舒服，我們回來晚了。」

「身子不舒服？」夏國喜本在房裡聽收音機，連夏芍的父母回來都沒出來看一眼，這會兒竟從房裡急急忙忙出來，問道：「你們在城裡離醫院近，沒去看看？可別怕花錢，沒錢家裡給，可不能耽誤了我的長孫！」

這話一出口，蔣秋琳笑了，偷偷用手肘捅了捅夏志濤，夏志濤搓著手笑道：「瞧爸說的，為了您的孫子，兒子也不敢怠慢是不是？不過還真讓您說著了，明天就過年了，去醫院見了值班的醫生，總得表示一下，不然人家急著回家過年，哪有心思給你好好瞧病！」

夏國喜一聽，二話不說就回房，一會兒從裡面出來，手裡拿著一千塊錢就塞給了小兒子，「先拿著花，不夠再說。」

夏志濤夫婦看到錢，臉上都笑開了花，直說：「謝謝爸！」

這年代，三線小城市的普通上班族月薪只有兩百多塊，物價也低，一千塊錢在十年後看起來不多，但在十年前的現在，可是能抵四五個月的薪資，夫妻倆見了這錢自然開心。

李娟看著這錢臉色有點變了，公公當著她這個大兒媳的面寵著小兒媳，她性子再溫婉，心裡也不是滋味。更何況，那錢正是他們夫妻今天回來孝敬給公公婆婆的，公公居然轉手就給了小叔和妯娌。

李娟回頭看了夏志元一眼，夏志元笑著拍了拍妻子的手，安撫她。在他看來，這錢本來就是給父母的，既然已經給了，父母要怎麼處置就任憑他們吧。

李娟暗暗嘆了口氣，看向自己的女兒，眼裡有著哀傷之色。

這些事就像是重演，在夏芍的記憶裡確確實實發生過，但那時的夏芍對於大人之間的暗湧還看不太明白，她也不明白母親為何會有這種表情。

而現在，她有著將近三十歲的成年人的靈魂，此時心裡忍不住憋了一口氣。

在夏芍看來，方才爺爺的話裡，先不提別的，那句「長孫」是什麼意思？自己的父親是家裡的長子，夏芍便是長孫女，且不說嬸嬸後來生的是女兒，即便她真生了兒子，那也是小孫子！爺爺這麼說，豈不是把自己給撇出去了？

夏國喜是退伍軍人，本來像他這樣的軍人可以安排到城裡，有個不錯的清閒工作，受人尊敬，怎麼說也能是個退伍老幹部，但就因他脾氣臭，誰的面子都不賣，結果得罪了人，生生把他給安排在了農村，給了幾畝地。這讓夏國喜心裡很不平衡，平時地也不種，全都交給了妻子，自己則端出一家之主的架子，整天在家裡喝悶酒。且他有著非常傳統的重男輕女思想，夏芍曾聽母親說，當初她生下來時，爺爺聽說是女兒，竟然整整一個月連看都沒看過她一眼。

現在蔣秋琳懷孕了，夏國喜又將希望寄託在小兒媳身上，希望她能傳宗接代，可諷刺的是，他的期望註定要落空。

其實，夏國喜和前妻所生的兒子夏志偉結婚後，生了兒子，只是這個兒子整天受在黑道上混的老爸影響，流裡流氣，很不符合夏國喜對於孫子的要求，於是就把希望寄託在另外兩個兒子身上，結果卻都令他失望。

童年的夏芍，雖然不懂大人的複雜世界，但對爺爺的冷言冷語和漠不關心還是有感覺。她感覺自己不被喜歡，導致她一直覺得自己不夠好，有些自卑，性格也有些內向。在村子裡，她只和孟嬸家的翠翠姊交好，上了學後，朋友也少。

而現在不同了，夏芍擁有成年人的思想、成熟的心態，經歷過職場的歷練，她明白了社會上很多規則和道理。自卑和怯懦對她不會有半點好處，只會降低她的存在感，讓別人更加忽視她。這世上的一切，沒有人會無緣無故施捨給你，想要，就必須自己爭取！

雖然現在她年紀還小，可她不會說等長大些再改變的話，既然她重生在這一年，那麼改變就從現在開始，所以，她在大人們氣氛暗湧的時刻，做了一個令所有人都驚訝的舉動。

夏芍笑著走向夏國喜，牽起老人生了厚繭的手，昂起臉蛋，甜笑著道：「爺爺，嬸嬸一定會生弟弟的！等芍兒長大，和弟弟一起孝順爺爺奶奶！」

甜美的笑容，天真的眼神，讓一屋子人都愣了。

最驚訝的是夏國喜，這孫女向來怕他，平時只會圍著她奶奶轉，連抬眼和自己對視的膽子都沒有，今天是怎麼了？

夏國喜看著夏芍，這孩子長得像自己的兒子，皮膚白，眼睛大，臉蛋圓圓的，頭髮烏黑，一看就是個美人胚子。此刻他感覺到孫女的手在自己的掌心裡，稍微一握就能掐出水來。

雖然他重男輕女，覺得孫子比孫女重要，但是這麼多年了，不接受也都接受了，只是還是想要有孫子，這才對孫女冷淡些。可說到底都是自家血脈，被孩子天真的眼神盯著，說是心裡一點觸動也沒有，那絕對是昧良心的話。

正當夏國喜在驚訝裡回不過神來的時候，夏芍的奶奶頭一個笑了。

「哎呀，老頭子，你快看看，芍子多懂事！這麼小就知道孝順長輩，真是沒白疼！」

夏志濤夫妻也笑了起來，孩子的話最是吉利，大過年的，孩子說肚子裡是男孩兒無疑是最大的祝福了，他們自然是高興。

最欣慰的莫過於夏芍的父母了，李娟一改哀傷的神態，眼裡滿是讚許和欣慰。這孩子也不知怎麼的，居然會哄她爺爺了，瞧這話說的，把一家子都哄開心了。

夏國喜一時還反應不過來，最後「嗯」了一聲，破天荒沒有訓話，背著手回房了。

誰都沒看見前一刻還天真無邪的孩子慢慢垂下眼，眼底掠過意味深長的笑意。

儘管夏勺對爺爺和叔叔嬸嬸的做派心裡有氣，卻不能衝著他們發脾氣，畢竟她過了年也才十歲，在家裡沒有地位，吵鬧只會讓自己的父母受到責難，被指責教女無方，得不償失。

於是，夏芍這幾天表現得很勤快，給長輩端茶送水，說話特別甜，把老人哄得直樂。

這是李娟嫁到夏家頭一回在過年時沒被公公擺冷臉訓話，複雜的心情讓她眼裡含了淚。

這都要歸功於女兒的懂事，對女兒突然的改變，她沒有太在意，畢竟孩子的心性本就說變就變，她只是暗自欣慰，夏芍卻在暗自嘆氣。

過了年她就十歲了，升上小學四年級，但小學的課程對如今的她來說不值得浪費時間，難不成她要跳級到初中嗎？說實話，初中的課程她也可以跳過，可她總不能直接跳級到高中吧？那不是神童，而是妖孽了！

夏芍不得不思考一下，如果她選擇跳級，神童的光環會為她帶來什麼？無非就是旁人的羨慕和讚許，再加上學校免除學雜費等等。

對夏芍來說，上一世最大的遺憾除了奶奶去世時沒能看上一眼外，還有一個解不開的心結，便是在她初中畢業那年，父親所在的工廠倒閉，失業的父親為了提供給她更好的生活，選擇獨自去南方城市打拚，一走就是十年，與母親分隔兩地。

這一世重新來過，她必會阻止這件事發生。說得直白些，改變這事的唯一方法就是錢。有了經濟能力，才能讓父母親不分開，因此她迫切要做的事是賺錢，但依她現在的年紀……

看來，是得好好計畫了！

新年的鐘聲敲響的那一刻，屋外放起了鞭炮，在這喜氣洋洋的氣氛裡，夏芍開始沉思。

大年初二，夏芍的兩位姑姑夏志梅和夏志琴回老家拜年。

一進門，自然是互相賀喜，然後便是小孩子最期盼的壓歲錢了。這年頭普通家庭賺的不多，但過年圖一樂，壓歲錢明面上是給孩子，到了最後還是會被父母收回去，說到底就是親戚間換錢罷了，沒什麼損失，所以這個時候大人們也不在乎大方一下。

夏芍笑著接過夏志琴塞過來的兩百塊壓歲錢，甜甜道謝：「謝謝姑姑！」

夏志琴笑著捏捏夏芍的臉蛋，寵溺地笑著，「瞧咱家芍子長得白白嫩嫩的，多討人喜歡！再過幾年肯定是個文靜的淑女，不像妳表妹，成天就知道在外頭野，像個假小子似的！」

快三十歲了還被人捏臉頰，這種感覺……很詭異。夏芍連忙收了心思，看向一旁。

李娟也將壓歲錢塞給夏志琴的女兒張汝蔓，笑道：「咱家蔓蔓哪裡不好了？像她爸，有軍人風範，長大了說不定還是個女軍官！」

張志琴的丈夫張啟祥是現役軍官，連級幹部，為人處事總有一種軍人的血性。受他的影響，女兒的性子才從小就野，跟男孩子打架是常有的事。

女兒被誇獎，夏志琴頓時笑著看向自己的女兒。

旁邊的夏志梅見了暗地翻白眼，那表情明擺著在說，就妳們兩家關係好！

李娟和夏志琴是同一家工廠的員工，兩人關係確實不錯，只是夏志琴的性子比李娟還軟，說白了就是沒有主見，心地卻很善良。

說起來，夏芍的父母從相識到戀愛，還是夏志琴牽的紅線，因而不僅兩家人關係好，夏芍和表妹張汝蔓的感情也比親姊妹還親。

張汝蔓只比夏芍小一歲，兩人的性子相差甚遠，但怪異的是，兩人卻很要好。即便後來工作了，不能時時在一起，也常通電話聊天，可謂無話不談。

相比之下，夏志梅一家在夏芍的記憶裡就比較疏遠了。

別的且不說，就從過年給孩子壓歲錢這事上就能看出來。

夏志梅無奈地道：「嫂子、小妹，不是我說妳們，都跟妳們說過多少回了，給孩子壓歲錢的事不應該鼓勵。小小年紀過個年就想著壓歲錢，長大了能有什麼出息？」

夏志梅是高中老師，這年代算是鐵飯碗，旁人都羨慕得緊。她說話也是一貫教訓學生的風格，一家人年年過年都要聽她這套訓話。

見她又要開始，李娟和夏志琴很有默契地對各自女兒使眼色，要她們先出去玩。

「姊，咱們出去放鞭炮堆雪人吧！」張汝蔓早就不耐煩了，看見母親的眼色，拉著夏芍就往院子裡跑。

看著張汝蔓大著膽子放鞭炮、堆雪球，夏芍忽然有種處在遙遠時空的感覺。

一種不真實的、遙遠的感覺。

這時候的張汝蔓不會知道她父親張啟祥在她上高中那年轉業回家，之後分配的工作並不如意，家中經濟狀況一年不如一年，最後中年的張啟祥不得不去工地打零工，即使軍隊出身，身體不錯，也累得一身病。夏志琴也從不景氣的工廠離開另找工作，為的就是多賺些錢，供女兒念研究所，而張汝蔓最後沒能考上夢寐以求的外交系，改選擇了法律系。雖然這在外人看來也不錯，但她始終鬱鬱不得志，甚至二十五六歲了還沒談過戀愛。

想到這些，夏芍望著寒冷蕭瑟的天空，又低頭看向自己的手腳，慢慢笑了笑。無憂無慮的童年真美好，而自己能重生回到童年，也真的很美好。

直到中午吃飯的時間，夏芍才和張汝蔓回了屋。

一大家子同坐在暖和的炕上，小孩子們只顧著吃東西，桌上的雞鴨魚肉平時可不容易吃到，至於夏芍為了不表現得太成熟，也夾了些菜到碗裡，只是吃得很慢，邊吃邊留意長輩們的對話。男人們談的無非就是工作和生意的事，女人們就是聊聊孩子、聊聊吃穿。

夏志梅說道：「嫂子，妳穿的衣服也太紅了吧？妳膚色偏黑，不適合穿紅的。」

李娟頓時有些尷尬，笑了笑，說道：「大妹，我就喜歡穿紅色的，大過年的就圖個喜慶，這時候不穿，平時穿更顯得豔。」

夏志琴看了自己的二姊一眼，沒敢說話。

蔣秋琳笑著瞥了瞥李娟的衣服，也不說話，看戲的意味很明顯。

「那也不能穿大紅色，土裡土氣的。怎麼說也是在城裡工作的人了，穿衣服搭配顏色也該注意點才是。」夏志梅平時教訓人教訓慣了，總要說得別人不吭聲，她才甘休。

最後還是江淑惠看不過去，咳了一聲，說道：「行了行了，不就是件衣服，至於嗎？這大過年的，吃飯！」

夏志梅撇了撇嘴，大過年的，她也不願惹父母不快，這才揭過此事。

一旁默默聽著的夏芍心裡卻有些苦澀。母親出生的年代特別窮苦，那時候國家還動亂，飯吃不飽衣也穿不暖。母親小時候穿的衣服都是姊姊們穿小了改的，很難得穿一件新衣服。她喜歡顏色鮮豔的衣服，但她平時不敢穿，怕穿出去別人笑話，因而也就過年時才穿一穿喜歡的顏色。就是這樣，竟然還被大姑拿來在全家人面前擠兌。

夏芍眼底閃過堅定的光芒：這輩子，她絕不讓母親再受這種委屈！

這時，夏志元卻開了口：「大妹說的沒錯，皮膚黑穿紅的確實不好看，但我就喜歡看妳嫂子穿紅的，我覺得挺好的。」

李娟聽了臉有些紅，眼裡更是有感動的神色。

夏芍夾了口菜吃，眼底掠過笑意。直到過去一會兒，她才又抬起眼來，看向夏志梅和夏志梅的丈夫劉春暉。

他們家是開油料加工廠起家的，後來建了廠房，幫國內一些汽車公司生產零組件。在夏芍重生前，劉家已經在省內的三大一線城市成立分公司，名下房產不少，算得上是名門。

劉春暉和夏志梅的兒子劉宇光上學時換女朋友的速度如同換衣服，後來的妻子是東市電視臺的主持人，岳父是東市的副市長。一家人眼界極高，對夏家的親戚看不上眼。

對於這種得了勢先踩自家人的人，夏芍實在生不出好感，更別提尊敬了。

夏國喜和江淑惠生的四個子女當中，也就夏志梅和夏志濤這兩家的經濟條件算不錯，可惜的是，兩家都不太孝順長輩。

江淑惠病重的時候，李娟二話不說把她接到家中照顧，夏志梅身為大女兒卻只來看過兩回，帶了些東西，聊了一會兒就走。江淑惠直到去世，都沒受過這個女兒一天的照顧。

夏芍垂下眼，表情微冷。俗話說，人在做天在看，風水輪流轉。遺憾的是，她現在重生了，上一世也沒能看到夏志梅一家是不是真的會風光到最後。

她盯著劉春暉和夏志梅夫妻，內心為奶奶抱屈。

卻在此時，令夏芍震驚的事發生了。

她的腦海中忽然出現了一連串的畫面。

那是晚上，熊熊的火光燒紅了半邊天，場面很混亂，到處是奔跑和救火的人，而著火的地方看起來像是一個公司的生產線。

接著，她看見一個矮胖的人搶過消防員手上的水管自己衝上去救火，那人分明是大姑父劉春暉。之後，畫面一轉，劉春暉和夏志梅兩人一起挨家挨戶拜訪，昔日的驕傲神色全然不見，似乎在低聲下氣拜託著什麼。此時的劉春暉兩鬢已生白髮，一下子蒼老了好幾歲。

再之後是劉宇光和他的妻子不斷爭吵，他的妻子抱著孩子摔了家門離去。

夏芍睜大眼睛，震驚地看著這些畫面。這些畫面真實得彷彿歷歷在目，直到她感覺到有人推了推她。

腦海中的畫面散去，夏芍轉頭，見母親正奇怪地看著自己，「妳這孩子不吃菜，看著妳姑姑和姑父做什麼？」一邊說邊夾了塊魚肉放進她碗裡，「快吃吧。」

夏芍點點頭，捧著碗垂下眼簾，心卻不停狂跳。

剛才她看見的那些是什麼？

夏芍很快鎮定下來，她細細回想剛才腦海中出現的畫面，回想到表哥和表嫂吵架的畫面，當時表嫂抱著的孩子並不大，按時間推算，似乎是兩人結婚後兩三年的事？

如此說來，她方才看見的……是未來發生的事？

她為什麼能看到別人的未來？

她有預知未來的能力嗎？

夏芍不敢確定，畢竟她剛才預見的事至少發生在二十年後，她沒時間去等二十年來驗證。不知道她能不能預見近期發生的事？或者……今天發生的事？

這樣想著，突然聽蔣秋琳說道：「爸、媽，我出去走走，坐太久了，有點不舒服。」

夏芍一聽，知道機會來了，立刻向蔣秋琳看去。

她集中精神，想著接下來會發生的事。這種做法其實她也不知道管不管用，只是覺得剛才出現那些畫面之前，她在內心強烈地渴望看看大姑姑一家將來會如何，之後就出現那些畫面，所以她也只是隨心一試，看能不能碰對。

沒想到這一看，她腦海中還真出現了一個畫面：蔣秋琳站起來時膝蓋軟了一下，差點摔倒。母親扶了她一下，接著爺爺就開始訓斥叔叔。

這個畫面閃得極快，因為事情很快就發生了。

蔣秋琳可能是坐得久了，腿腳發麻，站起來的時候叫了聲「哎喲」，膝蓋一軟，差點跌倒，嚇得全家人驚呼起來。這時幸虧李娟離得近，及時伸手扶住了她。

蔣秋琳有驚無險，拍著胸口，夏國喜卻臉色難看地對著夏志濤訓斥道：「自己的媳婦都七個月了，怎麼也不知道看著點？」

夏志濤一臉冤枉，「爸，我剛才正聽二姊夫說他生意上的事，這不是沒顧得上嗎？再說，也沒事不是？」

「你說什麼？」夏國喜瞪起眼來。

眼看父子倆劍拔弩張，江淑惠道：「大過年的，你們父子倆吵什麼？志濤，趕緊看看你媳婦有沒有什麼事！」

夏芍愣住了，這下子由不得她不信，她是真的能看見未來發生的事。

可是，她為什麼突然間有了這樣的能力？

夏芍一時想不清楚，也沒時間去想，因為她瞬間覺得頭暈目眩，渾身的氣力像被耗光了一般，異常疲累。

李娟和江淑惠以為她是年前掉進冰水裡，身體被寒氣激著，趕緊把她抱進房裡休息。

新年過後，夏志元和李娟便回城裡上班了，夏芍還在放寒假，離開學尚有一個月，江淑惠便把她留了下來，說是要趁著假期好好給她補補身子。夏志元夫妻知道她疼愛孫女，便留了些錢給她，把夏芎留在了老家。

之後，夏芎開始研究起了她的預知能力。她沒事就盯著人看，從爺爺、奶奶到孟嬸、翠翠姊，再到村子裡的人，只要是她看見的人，都會成為她的目標。

實驗了許多天，夏芎發現她的預知能力有限度。如果她想要預知一個人很多年後的未來，那麼她一天只能看一次，而且需要長時間注視，接著她就會像那天一樣，一定要充分休息才能恢復精神。而如果她要預知當天或最近幾天發生的事，那麼一天可以使用三次到六次不等，端看她要看的時間遠近。

研究了一段時間，夏芎才想起自己的這種能力似乎和「天眼」很像。

根據佛家的說法，天眼能看見未來要發生的事。也就是說，具有天眼的人，能夠預知未來。天眼的能力越強，能見的未來越久遠，精確度也越高。

所謂精確度是說，一旦加入其他因素，未來的事便未必會如預知的結果。換言之，夏芎預見的未來若有外力介入，那麼未來是可以改變的。

想到此處，夏芎決定要好好計畫，利用這種能力來改變自己和親人的命運。

如果做得好，她便能壯大自己，讓別人成為她的籌碼，但她現在年紀尚小，要怎麼運用這種能力呢？

正當夏芎陷入深思的時候，第二天，孟嬸帶著劉翠翠來串門子，帶來了一個消息。

「江大嬸，妳不知道吧？周旺他二叔，周教授回來了！」

周教授名叫周秉嚴，任教於京城大學，在國內及國際學術界相當有名望。很少有人知道，他的老家就在北方的三線城市東市所屬的一個小山村。

周教授就出生在十里村，早年經歷了六七十年代的大動亂。他的父母本是村裡的教書老師，卻在那場動亂裡被迫害至死。父母去世後，無依無靠的周秉嚴北上去京城投靠親戚。動亂結束，就在京城大學任教，後來當了教授，便留在京城，再未回過老家。

俗話說，落葉歸根。年逾六十，退休後的周秉嚴，想起年輕時代的境遇不免感慨，也就興起了回老家看看的念頭。

回到十里村後，周秉嚴這才發現，村裡的面貌相比二十年前發生了很大的變化，雖稱不上富足，卻家家戶戶安居樂業。更重要的是，村子裡有山有水，風景秀美。這讓在大城市裡生活了許多年的周秉嚴一下子喜歡上了，還動了留在村子裡養老的念頭。

打定主意，周秉嚴第一件做的事便是給當年草草掩埋的父母修墳立碑，於是才過完年便迫不及待地帶著村子裡的幾個老人上山選地去了。

周秉嚴衣錦還鄉的事，江淑惠和孟嬸聊起來都是感慨頗多。

「周教授回村裡養老，周旺家的日子以後就好過了。」

「可不是嗎？怎麼說都是本家二叔回來了。聽說周教授送了周旺家一臺大彩電，還有洗衣機和電冰箱呢！估計錢也沒少給，只不過周旺家的那口子嘴嚴實，不肯往外說就是了。」

夏芍聽著兩人的話，表情古怪，甚至有些唏噓。

因為奶奶和孟嬸並不知道，按照上一世的情形，這位衣錦還鄉想要在村子裡養老的周教授，一年後就去世了。事情的起因是周教授在京城的兒子突然車禍身亡，周教授悲痛之下，坐車趕回京城，沒想到在途中也出了車禍。

但事情卻沒有結束，在那之後，周旺家也接連出事，家裡人莫名其妙災病不斷。

村裡有人悄悄議論說是他家的祖墳出問題，道是當初周教授修祖墳選的地不好。後來周旺請人把祖墳遷去別處，他家人的災病才慢慢少了。因而，風水一說，在村子裡傳得更盛。

以前想起這件事，夏芍會覺得是無稽之談，認為是村裡的老人們迷信。直到她上了大學，選讀建築系，系上有一門《風水理論》的課程，她覺得稀奇，便選修這門課。上過課後，她才知道之前的想法太過武斷。

唐貞觀年間，風水大師李淳風與相術大師袁天罡所著的《推背圖》，書中預言後世興旺治亂之事，對唐朝後期和歷朝歷代的重要事件進行預測，不僅歷朝歷代的順序完全準確，連朝中所發生的大事件也無一虛言，包括太平天國、清兵入關、日軍侵華等，無一不應驗，可謂神乎其神。

從那時起，夏芍便對自己國家這種神祕而博大的學問產生了一些興趣。

所謂玄學，是對《老子》、《莊子》、《周易》研究、解說和延伸出來的一種東方哲學，風水則是玄學易理中的一個分支。

風水理論可以說是地球物理學、水文地質學、宇宙星體學、氣象學、環境景觀學、建築學、生態學以及人體生命資訊學等多種學科綜合的一門自然學科。

玄學易理極其深奧難懂，又講究傳承，如今真正懂的人已經很少，大部分的人都是憑著自學而半路出家，俗稱神棍。這其中更有不少人以斂財為目的，害人不淺。

實際上，真正的風水大師在古代是沒有人敢得罪的，因為這些人可能動動手指，便能夠殺人於無形，甚至禍延後代。

風水這種事情也不是什麼太玄乎的東西，往科學的範圍說，就是一種地球磁場學，亦即利用物品的擺放來改變某一地方的磁場，讓身在其中的人受其影響，或吉或凶，甚至能無聲無息奪人性命。

祖墳的風水之說，在今天的夏芍看來，是有一定的道理的。身體髮膚受之父母，古人講究一個「氣」字，用現代科學解釋就類似於電磁波。父母和子女具有同類的電磁波，而山川萬物也是由氣而生，只不過這氣有吉有凶，比如先人埋葬在凶氣聚集的地方，子女就會受到影響。

夏芍再次想起選修課上，她那時還想著有時間回趟老家，一定要找到當初周教授家埋祖墳的地方，實地考察看看，但這事後來因為種種原因沒能成行，沒想到，重生給了她一探究竟的機會。

更沒想到，她還能再見到周教授。

當初奶奶帶著她去周旺叔家裡拜訪，她與周教授雖然只有一面之緣，周教授卻給她留下了親切和藹又學識淵博的印象。她忽然生出想要見見周教授的心思，這麼一位有名的學者，不應該在一年之後突然橫死。

這時，江淑惠說道：「改天咱們一起去周旺家坐坐，見見周老教授。京城大學的教授，那可是見過世面的文化人。」

孟嬸道：「那可不，不過今天是不成了。我出來時，聽我家那口子說，周教授剛帶著幾個村裡的老人上山去了。」

夏芍一聽，幾口就將碗裡的雞湯喝完，放下碗道：「奶奶，我要上山。」

十里村只有兩百來戶人家，三面環山，村莊雖小，風景卻極好。

北方的天氣，過了年還是很冷。年前下的雪化了大半，山頭上依舊白皚皚的。

兩個小女孩在山路上走著，劉翠翠今年十二歲，比夏芍大兩歲，從小在村子裡長大，爬山對她來說是常事。她的身高在同齡女孩裡算得上高的，爬起山來飛快，雖是性子潑辣，但熱心腸，爬幾步就回頭拉夏芍一把，看著她走起路來特別笨拙，就忍不住發笑。

夏芍要上山，江淑惠叫她多加兩件厚毛衣，外面又套了件小紅棉衣，這才讓她出門。天知道她快裹成包子了，不過，能出門就行，夏芍也不計較那麼多了。

「我看見周教授他們了……啊，周旺叔和老王叔也在！」劉翠翠指著遠處說道。

夏芍順著她指著的方向看去，十里村三面環山，村民種的地都在前面的山上，後山沒田，僅有一片樹林，山前有著幾處天然小湖泊和幾處水庫。

遠遠看去，五六個男人正站在一處結成冰的小湖泊面前，對著後頭的山勢指指點點。

劉翠翠和夏芍跑了過去，周旺見了說道：「妳們兩個孩子怎麼來了？」

「芍子說想上山見見周教授，我們就來了。」劉翠翠不會說謊，人家問什麼答什麼。

夏芍差點扶額，只好叔叔伯伯地喊了一圈兒，才對著其中約莫六十來歲，頭髮花白的老人鞠躬喊道：「周教授好。」

周秉嚴樂呵呵笑了起來，「這是誰家的孩子？挺有禮貌的。」

他見夏芍像粉團般可愛，忍不住逗起她來。

周旺說道：「這是夏大叔家的孫女，叫夏芍。旁邊的是劉老大家的閨女，劉翠翠。」

周秉嚴點點頭，又問了兩人的年齡，接著便囑咐兩人往後站，別靠近結冰的湖泊，這才又和幾個人說起話來。

「我看這裡就挺好的，藏風聚氣。」周秉嚴說道。

村長老王帶著幾個人跟著直點頭，顯然對周秉嚴很敬佩，他說什麼就是什麼。

「二叔，修祖墳的事，您說了算。您說這兒好，咱們就修在這兒。現在山上的土還凍著，不好動工，等開了春咱們就開始幹。」周旺說道。

夏芍卻皺了皺眉，說實話，風水的事她真的不懂。

當初在大學的時候雖然上過選修課，但學的是現代居家風水，講求的是盡量做到人與自然的協調，家具要如何擺放才能使得人身心舒暢。至於深奧的理論，可是半點也沒學過。

在她看來，周教授選的這地方挺好的，有山有水，怎麼會造成後來那麼大的殺傷力呢？

這樣想著，夏芍不由細細再看起了周教授選的地方。

這一看，她差點驚叫出聲。

原來在夏芍的眼裡，面前的山水瞬間變了。

確切地說，山還是山，水還是水，卻蒙上了一層氣。

這些氣分成兩種顏色，一種白得耀眼，溫暖得像陽光，讓人感覺舒服，另一種則是灰濛濛的，有些陰冷，讓人覺得不舒服。

難道，這就是古人所說的「天地陰陽」中的陰氣和陽氣？

夏芍不知道自己看見的是不是陰氣和陽氣，可她知道周教授選定的這地方確實不好。這裡聚集著灰色的氣，濃度極高，給人的感覺很不舒服。

這裡大概就是所謂的凶氣聚集之地吧？怪不得前世周教授一家最後會如此悲慘。

顧不得去想自己的天眼居然有這種功能，見周教授認準了這個地方，周旺叔甚至已經定下開了春就要動土開工，夏芍不由心中急切，但她知道她能說實話，說了也沒人信，只怕還會把她當作瘋子，於是她急中生智，一把扯住周教授的衣角，問道：「周爺爺，您剛才說藏風聚氣，什麼是藏風聚氣呀？」

周秉嚴愣了愣，一旁的老王卻訓斥道：「小孩子，問這麼多做什麼？你們這代人講究科學，這些迷信的事少問！」

「這是什麼話？風水理論源自於五經之一的《周易》，至今不敢有人說完全讀懂。不可否認，它在發展的過程中出現了一些迷信，但其中有很多值得研究的地方。西方國家都開始重視我們的文化，我們不能停留在貶低自家文化的地步，否則以後會後悔，會被人嘲笑！」

不怪周秉嚴激動，他的父母在動亂的年代被迫害至死，而在那個年代裡死去的不僅僅是他的父母，還毀去了很多值得傳承的文化。後來，周秉嚴和幾位學者著手研究和修復傳統文化，但他們在解讀《周易》時卻都感覺到吃力，也感慨傳承的艱難。

「我們的下一代即便無法傳承先輩的智慧，至少也要對國學有最基本的認知。可以不懂，但絕不能無知。」周秉嚴語氣嚴肅，周旺和村裡的幾位老人立刻不敢再說什麼。

這時，周秉嚴抱起夏芍，笑著指給她看，「來，孩子，周爺爺指給妳看。妳看這山，連著看起來，形狀是不是像一條龍？」

夏芍不懂風水，卻知道風水裡有龍脈、龍勢這些說法，其實就是形似罷了。但她關心的不是這些。

之前她站在地上，視野有限，現在被周教授抱起來，視野一下子開闊起來。她一眼望去，只見十里村三面環山，山後有一條盤桓而過的公路。當初因為開鑿公路，有幾座山被挖斷，周教授所選的這座山延伸出去，正好被那條公路給截斷。

夏芍再不懂也知道，這種形勢被破壞的山肯定不太好，更何況它還斷了。

她眼裡光芒一閃，裝出天真的樣子，指著那條公路說道：「龍沒有尾巴。」

「沒有尾巴？」周秉嚴愣了愣，順著夏芍指著的方向看去，看了一會兒，突然神色大駭，「哎呀，不好，我之前怎麼沒注意到這條公路！」

他這一叫，把周旺和村裡的幾個老人嚇了一跳，趕緊問：「怎麼不好？」

周秉嚴有點語無倫次，「差點就釀出大禍了……這地方不好，不好！換地方，換地方！」

「啊？換地方？二叔，您不是說這地方藏風聚氣，挺好的嗎？」周旺不解地問道。

「你懂什麼？我讓你換，你換就是了！」周秉嚴激動地把夏芍放下來，好好看了看她，手都在抖，「孩子，多虧了妳，不然就闖大禍了，妳可真是福星啊！」

這話聽得旁邊的人更加摸不著頭緒，這跟她一個孩子有什麼關係？

周秉嚴卻深以為然，立刻去了別的地方。夏芍和劉翠翠跟在後面，直到周教授又選了個滿意的地方，而夏芍看過之後，發現那裡聚集著白色的陽氣，這才放下心來。

周秉嚴又轉身把夏芍抱了起來，彷彿圖個心安一般，要她去看。這個舉動讓夏芍哭笑不得，卻看得村長和周旺等人下巴都快掉了。這京城大學的教授，國內外有名的學者，怎麼把一個孩子的話這麼當回事？

「這裡好！」夏芍似模似樣地點頭，腦門上已滿布黑線。

選好了地，村長和周旺便開始商量開春動土的事，一行人邊說邊回了村。

就在一行人走後，後山上一座宅院裡，有位頭髮花白的老人坐在輪椅上，望著眾人的方向，詫異地喃喃自語：「今早卜卦，分明不是這結果……莫非此地天機紊亂，應驗在此？……是誰？誰有這本事？嘶！莫非……是那個小丫頭？」

十里村的村長老王，在村裡很受村民的敬重，其中自然有他處事公允的原因，更重要的是，他有個在東市任國土局地籍科科長的兒子。

老王對有這麼個兒子是驕傲的，但他這兒子也有讓他頭疼的時候。

一年前村裡來了個外來戶，是個年逾花甲的老人，雙腿有殘疾，坐著輪椅，身上那股氣勢令老王叔至今記憶猶新。

那老人渾身透著世外高人的氣息，雙眼不怒而威，好像被他瞪一眼，腿就會軟了。這樣的人是一輩子沒出過東市的老王從來沒見過的，偏偏這人是自己的兒子王旭棟帶回村裡的。

王旭棟叮囑他在村裡後山上蓋一座宅院，並且要開闢出石階道路，供老人上下山用。以後，這老人就住在村裡了。

老王大驚，「村子裡的地怎麼能隨便給外來戶用？這、這村民們可是會有意見的！」

王旭棟只道：「爸，這事您只管聽我的。這事是上頭吩咐的，您兒子也是聽命辦事……唉，總之，您別管了，具體事情市裡會協調好。」

老王一聽，更是吃驚。市裡會管？這得是多大的人物？

在他的認知裡，能讓市裡重視的，自然是大人物。他不敢再說什麼，只管按著兒子說的去做了。而這事到後來還真如兒子所說，沒幾天市裡就下了令，說這位老人在市裡投資很多項目，為市裡的發展做了很大的貢獻。因為村裡風景好，他想在村裡住下休養。也不白用村裡的地，每戶村民都給了補貼。

補貼給得豐厚，還每年都給，村民們對這事沒了意見，老人從此在後山住了下來。村民們認定這位老人是企業家，是大人物，平時沒敢去打擾他，連村裡的孩子們都被告知不許調皮搗蛋，去那宅院外頭惹事。實際上，很多村民心裡打著小算盤，他們怕那老人在山上住得不清靜，一氣之下走了，那年年豐厚的補貼費就泡湯了。

老人在村裡一住就是一年，這期間沒見他下山過，吃食和日用品都是村長定期送去。時日久了，老王漸漸習慣，反正只是去送送東西，老人也沒別的要求，但奇怪的是，前天他去送東西時，老人破天荒向他打聽起村裡的事，問的正是那天他陪著周教授選祖墳地的事，更稀奇的是，老人居然跟他打聽起老夏頭家裡的孫女夏芍的生辰八字。

老王雖是村長，但一個小丫頭的生辰八字他怎會知道？無奈之下，他只得把夏芍的爺爺夏國喜請來自家飯，席間兩人喝了不少酒，這才慢慢套話套了出來，再連夜將夏芍生辰八字給送去後山給老人。結果，昨天等他再去時，那老人居然又提出要求——他想見夏芍。

這、這叫什麼事？

老王連連搖頭，夏芍才十歲大的小丫頭，又是打聽生辰八字，又是要求見面，難不成這位老人家裡有孫子輩的孩子，想結娃娃親？

要真是這樣，也算是老夏家走了天大的運氣了，這位老人可是連市裡的領導都敬讓三分的大人物呀！

感慨歸感慨，老王不敢怠慢，從山上下來，徑直去了夏國喜家。走到夏家門口，老王卻愣了。只見周旺領著周教授也往這邊走過來，兩人手裡還提著東西。

走近一瞧，周旺提著的竟是五瓶茅臺酒和五條好菸，還有兩條大黃花魚。

周旺見到老王站在夏家院牆外，也是一愣，問道：「村長，您也來了？」

老王問道：「你們這是？」

周旺苦笑，「還不是為了前兩天的事。我二叔這些天總叨念著多虧了芍子那小丫頭，我們周家才避過了一場大災。這不，今天道謝來了。」

「啊？」老王眼珠子都快瞪出來了。那天他也在場，這、這孩子的話也能當真？

想來想去想不通，更不知一個小丫頭怎麼就入了周教授和後山那老人的眼，這真是……老王搖搖頭，隔著院外朝屋裡喊了兩聲，沒一會兒，夏芍和江淑惠就迎出來了。

「周爺爺！」

一見周旺手裡提著東西，夏芍便知二人是為何而來。

周秉嚴顯然很喜歡夏芍，見到她便把她抱了起來，看得江淑惠愣愣的。反應過來之後，她趕緊進屋把正在聽收音機的老頭子給喊了出來。

夏國喜脾氣硬，來的即便是周教授，他也不見得有多熱絡，只是把人請進屋，看了看周旺放在桌上的菸和酒，說道：「旺子，都是一個村的，你和你二叔過來坐，幹麼還帶東西？唉，雖然你夏叔是退伍軍人，但是這年頭你也知道，日子過得好了，我們這些退伍的老兵哪還有人放在心上？也就是周教授，讀書人到底是讀書人，回了村裡還記得來看看我這個老頭子，比城裡那些當官的好多了。」

周旺差點笑出來，老王表情尷尬，他們都知道夏國喜誤會了。他以為周教授是特意來看他的，但實際上人家是衝著他孫女的面子才來的。

周秉嚴儒雅地笑了笑，也不說破，只是附和道：「國家對退伍軍人一直是重視的，我們從戰亂的年代過來，沒有軍人當年在前線保家衛國，哪來今天的安樂日子？」

這話說到夏國喜心坎去了，他當年在前線作戰英勇，可是受過表彰的，軍功章至今被他掛在家裡，可就是因為他脾氣硬，一些當官的人看不慣，硬生生把該給他的待遇取消，讓他落得如今在家種地的下場。和他同年退伍的老幹部，現在都在城裡過著清閒的日子，每回碰上這些老戰友，他的老臉都要丟一丟。

彷彿遇上知己好友，夏國喜說起當年的舊事，周秉嚴也沒露出不耐煩的神色，修養極好，甚至和他聊了起來。到最後，兩人算了算年齡，發現周秉嚴還年長夏國喜十歲，於是老哥、老弟的稱呼了起來。

「夏老弟，咱們這輩人到了這年紀，很多事情也該看開了。你要實在鬱鬱不得志，那就看看下一代。老話說的好，風水輪流轉，孩子這一代可未必比不上那些人。」周秉嚴勸慰道，邊說邊看向一旁乖巧坐著的夏芍。

「你這孫女就教得不錯。我前些天見著她一回，別看這孩子年紀小，不僅有禮貌，還聰明。那天從後山回來，我問了她一些世界上不出名的小國家，她連首都名城都能說出來，可不多見呢！」

周秉嚴也不提那天修祖墳選地的事，一來他清楚很多人對風水有很深的誤解，風水師常被人當成神棍騙子。夏國喜好面子，要真說出來，他指定會怪夏芍小小年紀不學好。再者，周秉嚴也認為那天的事是湊巧，但哪怕是湊巧，他因為孩子一句無心的話受益也是真事，所以他今天還是登門道謝來了。如果不來，總覺得心裡欠著什麼。

夏國喜今天遇上知己，一吐這些年來的不快，心情比平時好了很多，又聽孫女被京城大學的教授誇獎，自然覺得長了臉面，便對夏芍欣慰地點點頭，看這個孫女比以往順眼了些。

「老伴，去炒兩道菜來，今天周老哥來家裡，我要和他喝兩杯！」夏國喜道。

江淑惠本就對今天收的菸酒感到不好意思，一聽這話趕緊應了，轉身就去把周旺帶來的兩條黃花魚做了，又把家裡的肉菜和雞蛋拿出來，準備多炒幾道菜。

老王坐不住了，生怕山上那位老人久等，可是一直沒找到機會插話。一聽老夏家要炒菜喝酒，他這才咳了一聲，說道：「咳！老夏頭，其實我今天來是有件重要的事……」

周旺還以為村長是湊巧經過夏家，見他們進來就跟著進來坐會兒，沒想到還真有事。

「呃……是這樣的，你們還記得後山那個宅院裡住著的人吧？」

「怎麼不記得？」周旺一聽，來了精神，「那可是連市裡都給幾分面子的大人物！他不是腿不好，在咱們村裡休養嗎？可是自從他住進後山，就沒見他出來過。老王叔，你常去給那人送東西，他、他沒死吧？」

「呸呸呸！你小子瞎說什麼！」老王差點一巴掌拍在周旺的腦袋上，「他要是死了，你老王叔我成天去給鬼送東西嗎？」

周旺縮了縮脖子，咕噥道：「大活人怎麼一年都不見下山？真神祕……」

「別亂猜了，這人活得好好的，而且我今天來老夏頭家，就是他託我來的。」老王說道。

「啥？他託你來找老夏叔？」周旺驚奇地看向夏國喜，「老夏叔，你啥時候認識這麼個大人物了？你怎麼藏著掖著，也不跟我們透露一句？」

「誰認識那種人！不就仗著有幾個臭錢嗎？一個外來戶用村裡的地，市裡還下了令，不知道其中有多少見不得人的交易！這才建國多少年，就搞起腐敗來，現在這些當官的和有錢人，我才不想認識！」夏國喜拉下臉來，臭脾氣又上來了。

老王見勢，瞪了周旺一眼，但話已至此，只得繼續說下去。

「我不是要找老夏頭！」

「啊？不是找老夏叔？」周旺瞪大眼。

「不是。」老王擺擺手，在周旺、夏國喜不解和周秉嚴探究的目光中，把視線轉向夏芍。

「人家要見的是老夏頭的孫女，唐老先生託我來帶小芍子上山一趟。」

山路兩旁松林密布，一老一小正往山上走，老的是老王，小的是夏芍。

老王走在前頭，回頭看了一眼跟在後面的小女孩。他好不容易說服夏國喜，帶夏芍上山來見見唐老先生，但是這孩子太奇怪了，一路上竟然一句話也不問。

一般來說，小孩子的好奇心重，被帶著去見陌生人，怎麼也該一路問個不停吧？老王是一村之長，也算是看著夏芍長大的人，知道這孩子膽子小，不愛說話，被領著去見陌生人，按理說應該很排斥，怎麼也會露出不安的神色或者哭兩聲才是，可是她卻一副優哉游哉的模樣，神情愜意，嘴邊還噙著笑意。午後的陽光細碎地落在她身上，竟生出幾分淡雅的氣質來。

那氣質一瞬間讓老王以為自己看花了眼，這哪裡是個小孩子，分明就是個成年人，而且即便是成年人，在老王眼裡，也沒見過幾個這樣的。

老王搖搖頭，夏芍這孩子，過了個年，怎麼性子變了呢……

他邊搖頭邊領著夏芍往山上走，卻不知道夏芍之所以如此淡定，是因為她早就用天眼預知了接下來要發生的事。

兩人在山路上走了約莫半小時，這才看見一座宅子。宅子掩映在半山腰的林間，前世學建築的夏芍只看一眼便斷定這是個傳統的四合院，再看這院牆的縱深，少說也有三進。

此時，大門正虛掩著，老王恭恭敬敬在門口喊了兩聲，裡面卻沒聲音也沒人出來。

老王納悶道：「這是怎了？門沒關嚴實，還沒人應聲，該不是出什麼事了吧？」

這位唐老先生年紀大了，要說突然犯病，也不是不可能的，可萬一他出了事，老王可擔待不起。他越想越害怕，推開門就衝了進去。

跑了兩步，這才想起什麼，回頭對跟進來的夏芍說道：「妳待在這裡，不許亂跑。」

夏芍點點頭，老王便跑去裡面查看。

見他的身影消失，夏芍慢慢笑了起來。她敢保證那位唐老先生沒事，因為在天眼預知的畫面裡，有一幕是一位坐著輪椅的老人與老王叔在說話，可見唐老先生壓根兒就沒事。

夏芍猜不透這老人既然要自己上山來見他，又為何在此時故弄玄虛，她索性不去猜，反正一會兒自有分曉，何必勞心勞神？

她倒是對這宅院頗感興趣，因為自打剛才邁進來起，她便敏銳地感覺到有一種說不出的舒適感，這空氣比外頭山上的清新不知多少。

夏芍不禁運起天眼的能力，這一看之下有些驚訝，果然見到宅子裡生氣旺盛，好似天地元氣都聚集於此似的。她忍不住抬腳踏進第一進的院落，而踏進去後，便被裡面的景色迷住。

院中環境清幽，花草繁盛，雖是初春時節，盆景卻以綠色為主，石榴樹、夾竹桃、金桂銀桂、江鵑、梔子，花木扶疏，幽雅宜人，讓人見了眼前一亮。除此之外，荷花缸、金魚池，庭院生趣錯落，屋閣古樸雅致。

大略掃了一眼，夏芍便斷定，若這院子是唐老先生布置的，那他必是一名風水大師。

夏芍上過風水理論課，即便不用天眼，也能看出院中的每一樣擺設和位置都極講究，而用天眼看過之後，更是發現院中的擺設對周遭的生氣起到了牽引和聚集的作用。這也使她更加確信，風水之說，果然不虛。

看過院中的風水，夏芍對要見自己的唐老先生產生了興趣。

前世，她與這位老人沒有任何交集，甚至不知道他姓唐。他在後山建了座宅院休養身體，雖然給了村民補償金，但夏國喜沒少在家中嘮叨，每回喝了酒就會痛罵此人。他最看不起那些權貴，而無辜的唐老先生在夏國喜眼中就是有錢有勢便隨心所欲的人。夏國喜更嚴厲警告夏芍，要她離這座宅院遠遠的。夏芍那時很怕爺爺，自然不敢不聽他的話。後來，她也就很少關注後山的事，連裡面的人什麼時候搬走也不知道。

老王提出唐老先生要見夏芍時，夏國喜嚴詞拒絕，好在有周教授在場，勸說了他兩句：

「夏老弟，我聽說唐老先生已是花甲之年了，論年紀，可比你年長。他腿腳不便，又是長輩，要是拒絕，從禮數上也說不過去不是？」

夏國喜好面子，對尊長禮數看得很重，這才不情願地鬆了口。

其實，即便夏國喜不同意，夏芍還是會想辦法出來，跟著老王上山。或許是開了天眼的緣故，即便預知不到自己的事，她的直覺也比以前敏銳不少。她有一種直覺，今天上山對自己很重要，可究竟有多重要她也說不準，只是直覺告訴她必須來。

夏芍深吸了幾口院中的新鮮空氣，見村長還沒出來，便打算再在院子裡隨處轉轉。

正當這時，她忽然聽到院子前頭傳來一聲響動。

「哐噹！」

接著，便是老人哀嚎的聲音。

「哎喲……我這一把老骨頭啊……」

夏芍一驚，聽那聲音是從前頭第二進的正院傳來的，便二話不說，跑了過去。

正院的景色比前院還雅致，她卻沒時間去看風景，只見正房的臺階下有位頭髮花白的老人連人帶輪椅側翻在地上，似乎摔得不輕，她連忙跑了過去。

老人趴在地上，輪椅壓在他身上，夏芍趕緊去搬挪輪椅。她雖然年紀小，但也不至於搬不動輪椅，可不知為什麼，輪椅出奇的重。挪了幾下她便發現輪椅的一側被老人壓在身下，怎麼拽也拽不動。

無奈之下，夏芍只得來到老人身前，幫他抬起輪椅，艱難地道：「快點出來！」

她太過專注，沒看見老人偷偷回頭看了她一眼，見她小臉憋得通紅，眉頭皺著，神色堅毅，看來不把人救出去不會放手。

老人微微點頭，眼珠突然轉了起來，哀叫道：「妳這小丫頭，沒看見我坐著輪椅嗎？這腿腳動不了啊……哎喲！」

夏芍頓時鬱悶，心道：腿腳動不了，叫聲倒是中氣十足！沒看見我現在短手短腳的嗎？我能頂這麼久，已經很不容易了！

鬱悶歸鬱悶，夏芍還沒到放手不管的程度，畢竟對方是老人，又腿腳不便，她還不至於跟個遭了難的老人計較。於是，夏芍只得挪到旁邊，讓輪椅的重量壓在自己肩上，用一隻手托著，再用另一隻手扶著老人的後背，使出吃奶的力氣將他往外推。

推了一會兒，夏芍的額頭滲出了汗，肩膀被輪椅硌得極疼，眼看就要支持不住。

就在這時，老人的身子好像往外動了動。

夏芍一喜，手加了把勁兒。老人似乎緩過氣來，用手撐著地，慢慢往外挪了出去。

他剛一挪出去，夏芍就鬆了口氣，瞬間力氣全失，肩上頂著的輪椅晃動了下，眼看就要砸下來。電光石火之際，夏芍的手突然被扯住，老人的手骨節分明，硬得像鐵鉗似的。夏芍一愣，心中起疑，然後是一陣天旋地轉，接著聽見院子裡響起一連串的聲響。

哐噹……砰……

夏芍被老人扯出來，摔在地上，後腦杓不偏不倚磕在臺階上，疼得她眼淚差點飆出來。

她突然開始懷疑她的直覺是不是真有那麼準，今天根本就是她的倒楣日，這老人簡直就是她的剋星，而且老人反應快且力氣大，分明是練過武的。她敢保證，老人定然是個練家子。

有此猜測，老人摔倒的事就不由不令她起疑了。一個習武之人從輪椅上摔下來，至於哀嚎成這個樣子嗎？老人的哀嚎聲可是中氣十足得很。

……他是在耍自己？可是，用意呢？

正當夏芍懷疑時，就見老王從旁邊的屋裡跑了出來。

「唐老先生！唐老先生，您沒事吧？」老王趕緊扶起輪椅，攙著老人重新坐上去。

夏芍心中更加狐疑，老王叔是從廂房裡跑出來的，老人明明在院子裡，他怎麼找到屋裡去了？而且剛才他在屋裡的話，老人摔倒他怎麼會沒聽見？

她忍不住皺眉，她用天眼預知今日之事的一個畫面中，老王叔和老人在屋裡說話，可這件事現在並沒有發生……

莫非，老王叔進了院子就找到老人，他們兩人商量演了這齣戲？

夏芍猜的沒錯，老王也在納悶，唐老先生要他待在屋裡，無論院子發生什麼事都不要出來。接著，他就看見唐老先生自己摔在地上，夏芍從遠處跑來，費了九牛二虎之力把唐老先生從輪椅下救了出來，可看見夏芍摔倒，他在屋裡再也待不住。夏國喜那又臭又硬的脾氣在村裡是出了名的，他本來就不願意孫女上山來見唐老，現在唐老先生還讓他的孫女受傷，要是這孩子回家跟她爺爺告狀，他這村長還不得裡外不是人？

老王扶起唐老先生，就趕緊去扶夏芍。讓他意外的是，夏芍拍了拍身上的灰塵站了起來，看起來並無大礙，也沒有像一般孩子那樣哇哇大哭，反而神色淡然，用手揉著後腦杓。

這孩子被摔傻了不成？

「小芍子，妳摔著沒有？倒是說句話啊！」老王蹲下身子，抓著夏芍搖晃道。這孩子是他領上山來的，要真出了事，怎麼跟老夏家交代？

「老王叔，我沒事！」夏芍無語，也就剛摔下去的時候痛些，現在已經好了，但是再被老王叔這麼搖下去，她得頭暈死。

「沒事？真沒事？」老王不確定地摸了摸夏芍的後腦杓，發現沒摔出包來，這才吐了口氣，放下心來。

夏芍從老王的大力搖晃中解脫，這才看向坐在輪椅上的老人。

老人頭髮花白，面色紅潤，眼神炯亮，不怒而威，下巴上留著一指長的花白鬍鬚，整個人看起來仙風道骨，倒有些世外高人的模樣。

夏芍眼睛微微瞇起，這紅潤的臉色哪裡像個病人，看起來倒是精神十足。

她越發確定，自己剛才被耍了。

「呵呵！」

唐宗伯笑了起來，一開口聲音果然雄渾有精神，「老村長，今日多謝你將這孩子帶上山來。旁邊的廂房有茶，請你去坐會兒，我與這孩子有話要說。」

夏芍和老王都是一愣，唐宗伯卻已轉動輪椅進了屋裡，聲音透過背影傳來。

「小丫頭，妳隨我來。」

夏芍跟著唐宗伯進書房，掃了一眼書房中的擺設。

古樸的書架上放著的書籍看起來更為古老，書名更是讓夏芍囧了。

《周易》、《宅經》、《藏經》、《斷易天機》、《六壬陰陽經》、《乙巳占》、《術藏》、《奇門遁甲》……除此之外，還有《老子》、《莊子》、《道藏》、《黃帝內經》、《難經》等道學和醫學典籍。

再一看，桌上還擺放著羅盤、龜甲和銅錢等物，難不成，這位在村子裡傳說是企業家的唐老先生，他的真實身分是風水大師？

唐宗伯轉動輪椅，坐到了她面前。

「小丫頭，妳名叫夏芍，還有四個月就滿十歲了，我說的對不對？」

夏芍點頭，心道打聽得真清楚，不過她卻不多言，只等著看對方再說什麼。

果然，唐宗伯撫著白鬚打量她，點頭道：「我前些日子算過妳的八字命理，妳命格奇特。剛才我還看過妳的根骨，清秀奇佳，很適合入我玄門一派，不知道妳願不願意？」

唐宗伯這話其實沒有說全，他之所以想收夏芍為徒，還有一個重要的原因，那就是她非但命格奇特，而且以他的功力，竟無法推演出她今後的命運軌跡。年前，他曾觀測出天機紊亂，一時不知問題出在哪裡，但那天見夏芍一言解了周教授的劫難，他才赫然發覺，這天機只怕是應在這小丫頭身上了。

是吉是凶，他無法判斷，但是這樣一個能夠改變天機的人，還是個孩子，既然被他撞見，自然要善加引導，令其日後從善驅惡，如此才能不給世間帶來禍患。

女孩子大多不適合做這一行，卻也並非所有人都不合適，天機紊亂應在她身上，且今天一番試探，他看得出這孩子心性堅毅，本性善良，最難得的是，她根骨確實奇佳，是難得的可以傳承這一脈的人才，這才讓他真的動了收徒的念頭。

此時，夏芍心中驚訝，她雖然預感到今日對她很重要，但沒想到結果是這樣。說實話，前世自從她體會到玄學易理的深奧之後，她是很感興趣的，只是那時她已在念大學，畢業之後工作又忙，就沒了接觸這些的機會。

今日，老人提出想收她為徒，她自然願意。

不過，玄學門派眾多，其中有傳承的卻很少，她怎麼知道這老人是大師還是神棍？

「老爺爺說的是算命嗎？我奶奶說，鄰村的瞎子算命很準，村東頭劉奶奶家的小孫子，魂兒被老狐精叼了去，請大師作法給收回來了。」夏芍眨了眨眼，昂起小臉，笑容天真。

唐宗伯吹鬍子瞪眼道：「呸呸呸！那些個騙人錢財禍害不淺的神棍，連我們這一脈的腳趾頭都別想摸到！我們這一脈可是有正經傳承的，祖師爺被稱為六壬祖師，是古今天文曆數第一人的李淳風！自盛唐貞觀年間傳承至今，到我唐宗伯這一代，已傳了一百零五代！放眼當今，玄學開山門派眾多，還沒有哪一脈比我們傳承更久，論風水勘輿、占卜相命、奇門陣法，除了我們這一派，還沒哪個敢自稱玄門！」

唐宗伯瞪著夏芍，這小丫頭看著乖巧，說話卻能把人氣死，那些神棍怎麼能跟玄門比？

「我們這一脈別看人丁單薄，那是因為收徒極嚴，首要的便是看人品，心術不正者不收，否則，風水術數、奇門殺陣，一旦為禍，殺伐極厲，再者，根骨不佳者不收。正經的傳承，那是有心法要修習的，沒有根骨，如何習武？最後，尚要講究命理緣分，不是人人都可以入行的。妳這小丫頭，得了便宜還賣乖！」

他搖頭唬夏芍，「我看妳資質不錯，想收妳為徒，妳快點回答我，是願意還是不願意？」

唬歸唬，唐宗伯炯亮的眼底卻有笑意，他是一定要收下這弟子的。這兩年他在村中休養，除了老村長來送東西之外，避不見外人，已感覺有些寂寞了。他一生無後，到了這般年紀，越發喜愛小孩子。想到日後每天有個小丫頭在跟前轉悠，陪他說話，想想就有趣。

這些事，唐宗伯說給夏芍聽也是毫無忌諱，一來他說的是事實，二來她要入門，這些事早晚要知道。儘管以她此時的年紀，未必聽得懂。

唐宗伯以為夏芍聽不懂，卻不知她此時無比震驚。

她的震驚全都集中在一個人身上。

李淳風？

盛唐時期，和袁天罡一起推演出《推背圖》的李淳風？

《推背圖》可謂東方預言奇書，其預言之精準在歷朝歷代被列為禁書。原因是書中不僅預言了唐朝的興衰，還預言了之後的朝代更替以及重大的事件。更奇特的是，這些朝代的順序和歷史竟然吻合。書中甚至預言了太平天國、清兵入關、日軍侵華等大事，而且無一不應驗。

當初，夏芍因為對推演出此書的人極為好奇，便去查了許多資料。這才發現，李淳風的成就並非只在《推背圖》上。

李淳風九歲拜至元道長為師，十七歲成為李世民的謀士，參與反隋起義，後來在李世民被封秦王時成為他的參軍。他二十五歲就著有天文觀測和曆算學的《法象志》，更著有中國第一部星象巨著《乙巳占》，被譽為星象百科全書，是一部古代天文氣象學專著。《宅經》、《六壬陰陽經》也是他的著作，他由此被人稱為風水宗師和六壬祖師。在唐貞觀年間，他入主太史局，掌天文、地理、曆制、修史等工作，是不折不扣的天文學家、地理學家、數學家、道學家和陰陽風水學家。

這樣一位牛人，竟是玄門的祖師？

若真是這樣，夏芍自然沒有不願意入門的道理。雖然她以後並不見得以此為業，但多學些東西她很樂意，更何況，這些還是她感興趣的，對她以後也有好處。

這樣想著，夏芍便跪在地上，磕頭拜道：「師父！」

「哎喲！慢著慢著！」唐宗伯一把將夏芍扶了起來，撫著白鬚，滿面紅光地笑道：「拜師可不是這麼拜的，玄門嫡傳弟子拜師有講究，妳隨我進來。」

唐宗伯轉動輪椅，往書房後的一個房間走去，夏芍趕緊跟上，在後頭幫他推輪椅。既然決定拜師，那老人日後便是她的師父，對於尊長，她自然要敬重。

唐宗伯轉頭看了她一眼，滿意地笑著點頭。

房裡擺著香案，案上除了香燭、瓜果外，還有豬頭、全雞、全鵝，三牲齊備，甚是隆重。看樣子是早就備下的，就等著今天夏芍來行拜師禮。

牆上掛著一幅捲軸，畫像上的老者身穿道袍，長鬚三尺，手執拂塵，看起來仙風道骨，定是李淳風的畫像無疑。

唐宗伯坐在桌旁，對夏芍道：「先朝祖師爺磕頭上香，再向為師磕頭敬茶。」

夏芍依言做了，接著聽唐宗伯訓話道：「妳要牢記我們玄門的三規六戒：一不准欺師滅祖，二不准藐視前人，三不准江湖亂道，四不准鬥狠嗜殺，五不准姦盜邪淫，六不准妄欺凡人。妳可記清楚了？」

「記清楚了。」夏芍道。

「好。」唐宗伯笑著撫鬚，「從今天起，妳便是玄門第一百零六代嫡傳弟子，起來吧。」

夏芍這才起身，唐宗伯喜愛地朝她招招手，看她長得可愛，忍不住歡喜，「想不到為師花甲之年了，還能再收個徒弟。來來來，這是為師送妳的。」

夏芍一愣，手心裡已經多了個玉雕的小葫蘆。

玉葫蘆潔白潤澤，質如凝脂細膩。前世夏芍極愛玉石，一看便知這玉葫蘆是上好的羊脂白玉雕琢的。所謂黃金有價玉無價，現在這年代倒沒什麼，十年後，玉的價格是會瘋長的。

但令夏芍驚異的並非是這玉葫蘆是羊脂白玉，而是這玉入手的瞬間，她明顯感覺到有種暖意沁入身體，在初春的寒冷天氣裡，身體竟有些溫暖。

這奇特的感覺，讓她不自覺開天眼看著掌心，這一看不由訝異。

玉葫蘆周圍圍繞著一股金色的氣，這是夏芍繼陰陽二氣之後看到的第三種顏色。

「師父，這是什麼？」她抬頭問。

「這可不是普通的飾品，這是件法器，在生吉之地蘊養出來的，是趨吉避凶的好東西。妳戴在身上，他日若有災劫，它可幫妳擋一擋。」唐宗伯邊說邊親手將它戴在了夏芍的脖子上。

法器？真有這麼神奇？

夏芍略微懷疑，隨即釋然一笑。比起她重生、天眼這些事，法器的存在也不稀奇了。這世上玄妙之事太多，有很多是科學無法解釋的，若因為無法解釋就否認其存在，未免太過自傲。對於未知之事，還是抱著敬畏之心為好。

「妳現在還在放假吧？那就從明天起，每日都到山上來。日後開了學，就週末過來。以妳現在的年紀，習武養氣不算晚。玄門五術，不懂得養氣功夫，其他的即便是學了，也難有大成境界。妳從明天就來，為師慢慢教妳。」唐宗伯摸摸夏芍烏黑的頭髮，撫著鬍鬚點頭，心裡嚮往著日後不再無聊的日子。

對於習武養氣，夏芍似懂非懂，卻難得有些興奮。今日上山一行，彷彿為她開啟了一扇玄奧的大門，她邁入其中，人生就此改寫。

夏國喜要幫夏芍轉學，事情的起因要從她那天從山上回來說起。

夏芍回到家中的時候，周秉嚴正和夏國喜喝酒聊天，江淑惠和周旺在一旁陪著，見老王帶夏芍回來，免不了詢問上山的事。老王撇撇嘴，看夏芍一眼。這孩子嘴巴緊得很，一路上他不知問了多少遍，愣是沒打聽出什麼事來。

「唐爺爺說，我長得像他孫女，要我常上山陪他聊天。」夏芍隱瞞了拜師的事，她自然是有考量的。風水師這行業遭人誤解很深，在大多數人眼裡，這就是個騙子神棍的行當。若是被夏國喜知道她拜了個風水大師為師，指不定氣成什麼樣子。

她如今在家中談不上有地位，更沒有話語權。若是實話實說，不僅夏國喜會罵她沒出息，還會連累父母被責怪，得不償失，因此，夏芍打算糊弄過去。

夏國喜卻還是拉下臉來，一說話滿嘴的酒氣，「像他孫女？像他孫女怎麼不把他自己的孫女帶過來？讓咱們家的孩子上山陪他？要不要老臉？告訴妳，以後不准到山上去！」

他向來說一不二，夏芍卻沒打算聽，她正在想用什麼辦法說服爺爺，周秉嚴開了口：「夏老弟，我聽說山上那位老人腿腳不便，平時都是老王送東西給他。孩子有孝心，知道敬老，那是好事，你就別攔著了。」

夏國喜擺擺手，「周老哥，晚輩有孝心是好事，但對自己的家人有孝心就行，管別人那麼多做什麼？」

「話不能這麼說，老話說的好，老吾老以及人之老，道理誰都懂，做到的人卻不多。」周秉嚴雖生氣，說話依舊溫和：「孩子還小，教育是大事，現在教她多尊敬長輩，長大了她才會是個品行兼優的人。國家的未來交給這樣的年輕人，才會讓我們這些老一輩的人放心啊！」

周秉嚴語重心長，夏國喜也不知道著了什麼魔，或許是難得碰上聊得來的人，脾氣向來又臭又硬的他，竟然咕噥一聲，沒再說什麼。

「哦，對了。」周秉嚴突然又開口，這一回是看向老王，「老村長，我回咱村裡養老，也不為別的，就想著趁著還能動彈，再為家鄉做點事。我也不會別的，就會教書。村裡有所小學，當初我父母就在那裡教過書，如今我老了，回來接替他們的工作。能提高村裡孩子們的素養，我覺得也是好的。」

老王一聽這話，頓時激動了，「周教授，你說的是真的？哎喲！那真是太好了！村子裡家家戶戶都得謝謝你啊！孩子們上學有教授教，城裡的孩子也沒這待遇呀！」

「呵呵，老村長，我這把年紀了，還能誆你不成？我早就跟市裡教育局的領導打過招呼，我這把老骨頭的晚年宏願，他們還是支持的！」

「哎喲！那太好了，真是太好了！」老王激動得雙手顫抖，話都不會說了。

夏國喜這時酒已經喝得有點多了，聽了就大著舌頭道：「周老哥，我就是佩服你這種人，不忘家鄉！這麼著吧，你看我家這孫女怎麼樣？要不，叫她也轉學來村裡得了！叫她跟著你念書，怎麼樣？」

這話卻叫一屋子的人都愣了。

「老頭子，你說什麼呢？孫女在城裡上學上得好好的，哪有轉來鄉下的？你這出的是什麼主意！」江淑惠趕緊掐了他一把，又對周秉嚴說：「不好意思，周教授，我家老頭子就這樣，喝了點酒就不知道自己姓什麼了，你別理他。」

夏國喜拍了桌子，「他們憑什麼不願意？我還沒死呢！怎麼？孩子的事情我做不了主嗎？她就轉來村裡給周老哥教了，這事就這麼定了！」

「什麼就這麼定了？你都沒跟兒子兒媳婦說，怎麼能就這麼定了？我說你這老頭子……」江淑惠很是急切。

夏芍臉上卻掠過喜意，她沒想到事情會往這方面發展。轉來村裡讀書，無疑對她是有利的。一來可以每天上山跟著師父習武養氣、學習玄學易理，二來她的成績根本就不會有問題，回到東市讀書，小學的課程完全是浪費她的時間，不如多跟師父學習。

於是，夏芍果斷地打斷爺爺和奶奶的爭吵，「我願意跟著周教授在村裡的學校讀書！」

祖孫兩人很少在同一件事上達成共識，轉學的事卻一拍即合，可這事在老夏家引起了一番不小的風波。一聽說這事，第二天一大家子的人都回來了。夏芍的父母、兩位姑姑和叔叔坐在老人對面，一起商量她轉學的事。

「爸，這事你怎麼也不跟我們商量就答應周教授了？」夏志元先開了口，李娟坐在一旁神情著急，拽著丈夫的衣角，卻不敢隨意插話。

她在這個家裡向來沒什麼地位，當年結婚的時候，公公就對自己不滿意。她學歷不如夏志元，長相也一般，充其量只能算得上秀氣，膚色還有些偏黑，而夏志元在十里八鄉是有名的小帥哥，後來在城裡的廠子車間擔任主任，不少女孩子暗地裡相中了他。老爺子對退伍軍人的身分很自豪，一心想找個好媳婦，在老人心裡，李娟配不上自己的兒子，因而無論她有多孝順，就是得不到老人的認可。

後來夏芍出生，老人更不待見她了。好在夏芍長得像夏志元，皮膚白、眼睛大，小時候臉蛋圓圓的，像包子似的，特別討人喜歡，想必長大會很漂亮。

這是讓李娟唯一欣慰的事了，她把希望都寄託在女兒身上，雖然她在家中沒地位，但是關係到女兒的事，她一定會爭取到底。

「商量什麼，我在這家裡說話不算數了嗎？周老哥是京城大學的教授，多少人請都請不來，今天讓你們閨女給他當學生，還委屈了你們一家不成？」夏國喜吼了出來，氣勢很足。

「爸，這不是委屈不委屈的事，孩子正是打基礎的時候，周教授再是京城大學的教授，也是教大學生的。小芍還小，誰知道周教授教的跟學校指定的教材是不是一樣？萬一以後孩子回到城裡讀中學，成績跟不上怎麼辦？」夏志元說道，李娟在旁點頭。

「教材都是教育局指定的，還能跟城裡的學校不一樣？人家周教授可是享譽國內外的學者，大學生都能教育成才，還教不好一個小學生？」夏國喜煩躁地擺了擺手，「我告訴你們，這事就這麼定了！我都答應周老哥了，難不成要我反悔嗎？」

「可是，爸……」李娟見公公已經拍板了，急切之下顧不得別的，開口就想勸。

「妳閉嘴！我跟我兒子說話，妳插什麼嘴！」夏國喜惱了。

李娟的眼睛一下子紅了，夏芍看得皺了皺眉頭。她雖然願意留在村裡上學，也知道父母肯定不會放心，但看見母親受爺爺喝斥，心裡還是不舒服。

「媽，不管在哪兒上學，我都會好好學習，妳放心吧。」夏芍幫李娟擦了擦眼淚。

這一擦，李娟的眼淚掉得更凶，她只認為這是女兒懂事，在安慰她。公公向來說一不二，可苦了她這懂事的女兒，好端端的，城裡那麼好的小學不上，非硬給轉來村裡。現在學校都講究德智體全面發展，就村裡學校那設備，怎麼能跟城裡比，到時候還不得把孩子給耽誤了？

看著夏志元一家的愁態，夏志琴默不作聲，她可不敢開口，萬一到時候老爺子再盯上她家汝蔓怎麼辦？

夏志濤和蔣秋琳夫妻則事不關己，在一旁也是默不作聲，只當是陪襯。

最終，還是夏志梅開了口：「爸，這事你是怎麼想的？這年頭村裡的孩子拚了命託關係往城裡的學校擠，還沒聽說過在城裡讀書讀得好好的，轉來村裡上學的，這事說出去誰信？人家不得在背後指指點點說三道四？你不考慮面子上的事，我們這些在城裡工作的兒女可沒那個臉丟。」

「要丟臉也是妳大哥大嫂丟，跟妳有什麼關係？再說了，小學就有教授親自教書，這是丟臉的事嗎？」夏國喜拍桌子站了起來。

「就是個小學而已，用得著教授來教？這也太招搖了！」夏志梅邊說邊皺眉頭，她垂著頭，眼底有一抹光芒剛好落進夏芍眼裡。

夏芍用天眼看向夏志梅，心中冷哼一聲。

果然，表面上是為她說話，實際上是在為自己盤算。

夏芍冷笑不語，反正她已經知道夏志梅的打算，也知道結果了。

夏國喜好面子，答應周教授的事，豈有反悔的道理？他自然是什麼也聽不進去，最終將幾個兒女都攆了出去，嚷嚷著這事就這麼定了，一家人鬧了個不歡而散。

李娟出了門，眼淚一直掉，滿腹委屈，「你說咱爸怎麼這樣啊？你再去勸勸他。」

夏志元拍了拍妻子的手，嘆了口氣，「我知道妳擔心什麼，可爸已經決定了，他畢竟是長輩，年紀也大了，咱們不好逆著他。要不，這樣吧，反正孩子還小，先讓她轉來村裡讀個一年半載看看，要是成績不理想，咱們再提出給她轉學，到時爸就沒話說了，成不成？」

這算是折中的辦法，李娟百般不願意，可也沒別的辦法能說服公公，只得含淚點頭。

一家人上午離開，下午夏志梅折返回來，但沒回夏家，而是帶著東市一中的校長，提著一大堆禮物，直奔周秉嚴家。

在夏志梅眼裡，鼎鼎大名的京城大學教授，去教小學生確實是屈才了，不如來市裡教書。一來提高學校的名聲和競爭力，二來憑著周教授的名聲和人脈，日後學校升級時自有好處，三來嘛，她為學校辦了這麼件大有好處的事，組裡競爭組長的事，想必就塵埃落定了。

然而，周秉嚴向來守信，在村裡教書是他的願望，自然是讓夏志梅碰了一鼻子灰，但架不住她三天兩頭帶著校長來請，周秉嚴只得退一步，答應擔任學校的名譽教師，每個月去市裡給學生們上一堂課，日後有講座或競賽等交流活動，也會為學校爭取，夏志梅和一中的校長這才大喜離去。

夏芍早知此事會是這麼個結果，反正她轉學的事沒有變動，便也懶得去管，她如今要做的事是為自己的將來鋪路。這之後，她趁著寒假還沒開學，每天去山上跟著唐宗伯習武養氣，學習玄學易理。

「玄學五術：山、醫、命、卜、相。」

唐宗伯坐在輪椅上，含笑娓娓道來。夏芍坐在樹下聽得仔細，今天是她的第一課。

「所謂醫，即是中醫，包括方劑、針灸、靈療等。咱們這一脈，醫也是要學的。藥草、經脈、穴道要有所通曉，這些待日後師父給妳弄些草藥來泡泡藥浴，妳自會慢慢了解。」

夏芍點頭，唐宗伯繼續道：「所謂命，即為命理。現在的人講究科學，師父就從科學的角度來解釋。命即是以時間、空間的磁場來判斷一個人命運的方法，與統計學有關，其中包含占星術、干支術，咱們玄門的祖師李淳風便是著名的天文學家。」

「嗯。」夏芍又點頭。

「所謂卜，玄學中以卜術最為源遠流長。東西方都有占卜的歷史，西方的古老占卜術是中世紀興起的塔羅牌。我年輕的時候，曾經和西方一位占卜大師比試過，結果我勝他一籌。」唐宗伯說到此處，難免有著驕傲的神色，但很快就嘆了口氣，「只不過現在這些古老術法的傳承上，東西方都已經沒落。傳人很少，但也的確有高手存在。妳以後從事這一行，自會遇到這些人，到時候妳就知道了。」

唐宗伯繼續說道：「咱們東方的歷史上，歷朝軍事學家大多精通此術，比如諸葛亮、劉伯溫、曾國藩。卜術從古老的周易演化而來，咱們這一派，除了奇門風水，最擅長的便是卜術。《六壬陰陽經》便是我們的玄門祖師所著。六壬是用陰陽五行占卜吉凶的最古老術數門類，與奇門遁甲、太乙神數合稱三式，並且為三式之首，也是最難的，推算卻是最準確的，因為它是一種信息量極深的統計學，課式複雜多變。如今，除了我們玄門，江湖上精通六壬占卜的已經極少了。」

夏芍認真聽著。

在她看來，卜術不用學也可以。她有天眼，預言之精準，任何卜術都比不得。

「所謂相，分人相與地相。手相、面相、體相、摸骨、痣相，都屬於人相，而我們玄門真正大乘的是地相。所謂地相，即為風水術。無論是陽宅相法，還是陰宅相法，皆為大乘。造運於人，或是殺伐之厲，全在一念之間。」

見唐宗伯表情嚴肅起來，夏芍問：「真有這麼厲害？那師父用風水術殺過人嗎？」

唐宗伯一愣，他的表情給了夏芍答案。其實她對唐宗伯為何會在村子裡休養，他究竟有著什麼樣的過往很是好奇，只是她壓下動用天眼的念頭，畢竟她已拜他為師，作為對師父的尊重，她希望有一天他會親口告訴她。

「唉，過去的事，現在與妳說為時尚早。妳只須記得，風水殺陣、奇門術法之厲，江湖上少有人敢得罪真正的風水大師。只不過，我們這一行講究天道因果，不願造殺孽，可世上並非所有事都善惡有報。大惡之人鬼神難近，除惡即為揚善，妳若日後能站到那種高度就會明白了……」

唐宗伯嘆了口氣，擺擺手道：「為師不與妳說這些了。說了這麼多，妳可知道玄學五術裡，最難的是哪一種？」

夏芍想了想，答道：「師父還沒解釋『山』呢！什麼是山？山是最難的？」

唐宗伯笑了，「沒錯，最難的是山。山即為修心養性、鍛鍊身體的祕術，也是最不容易達到的境界。說白了，就是凡人修仙道的功夫。我們玄門有傳承下來的吐納養氣功法，也有人稱之為氣功，但並不全面。總之，只有真正學會吐納養氣，才能溝通天地元氣，佈出真正的風水陣來，這也才是正宗的風水師，絕非江湖上一些神棍可比。」

夏芍聽到「修仙」一詞，本能想笑，卻越聽越笑不出來。氣功她聽說過，天地元氣她用天眼也能見到，也就是說，師父口中所說的吐納養氣、修仙練道是存在的，只不過現在這樣的人極為少見。

夏芍頗有恍如隔世的感覺，前世的她，大學畢業就忙著找工作，辛苦打拚，何曾想過世上還有這樣的一群人？她突然發現自己離上一世的人生好像很遙遠，可她明明才重生半個多月。

夏芍抬頭透過稀疏的枝葉看向天空，她知道，這一世她的人生軌跡必然將有大變化……

回過神來，夏芍打量起唐宗伯。唐宗伯雖是頭髮花白，但面色紅潤，臉上一點皺紋也沒有，精神也爽朗。聽聞道家養氣之法有益壽延年之效，看起來果真不錯。

「好了好了，一下子跟妳說這麼多，也不知道妳記不記得住。不過，不急，師父先教妳吐納養氣的方法。」

夏芍點頭，細心學了起來。

這天之後，夏芍便每天往山上跑，夏國喜儘管看不過去，但有周秉嚴那天的大道理壓著，他也不好反對，反正孫女在家中待著，他也是自顧自看電視、聽廣播，跟孫女沒多少話說，索性睜一隻眼閉一隻眼，由著她了。倒是江淑惠心疼孫女，總叮囑她上下山時注意別摔著，心裡更是犯嘀咕，不知道山上到底有什麼吸引著她，讓她每天都起個大早，往山上跑。

兩位老人自然不知道，自從開始習武養氣，夏芍身上每時每刻都在蛻變著……

這期間轉學的手續也辦好了，寒假匆匆過去，夏芍開學了。

第二章　初試啼聲

十里村的小學是個大院子，只有一排五間教室的瓦房。

十里村本就不大，小學總共一百多名學生，每個年級平均二十來人，一個班級就夠了。這與在城裡教育資源完善的學校比起來，確實是天差地別。

開學對於村子裡的孩子們來說是盛事，今年尤為隆重。一來是周教授在學校任教，二來是夏芍這城裡的孩子轉來村裡上學。

這是稀奇事。小孩子也愛美，尤其夏芍長得可愛，臉蛋白皙，是在田裡跑來跑去的孩子不能比的。於是，第一堂課下課，三年級的教室擠滿了人，夏芍小姑娘被圍觀了。

「去去去，一邊兒去，一邊兒去！」劉翠翠撥開人群，擋在夏芍身邊道：「你們幹麼？可別嚇著我妹子！她膽子小，萬一被你們嚇哭了，我可饒不了你們！」

劉翠翠比夏芍大兩歲，現在是五年級。她長得高瘦，比同齡孩子高些，加上性子潑辣，說話自然是有力度的。只是，對於正是頑皮年紀的男孩子們來說，就算不上威脅了。

「翠翠，妳幹麼說得我們像要欺負她似的，城裡的女孩子就是膽子小，讓人看怎麼了？又不會吃了她！」

說話的人名叫杜平，同樣是五年級，比劉翠翠高，長得黑瘦，眼神頗亮，偏生淘氣，是村裡不折不扣的孩子王。

前世杜平就喜歡欺負夏芍，但那只是男生對女生的捉弄，每回回老家，他都會去惹夏芍，非要把她弄哭不可，而每回都是劉翠翠幫她出頭，跟他打得不可開交。

小時候夏芍很討厭杜平，總是躲著他，可此時在她看來，這其實是這個年紀的男孩子都有的心理——覺得哪個女生好玩就欺負一下，沒有什麼壞心思。

「好啊，你想玩什麼？」

夏芍開了口，把劉翠翠和杜平嚇了一跳。她、她接話了？她平時不是很少說話嗎？

「芍子，妳別怕他，我幫妳……」

「翠翠姊，沒事的。」夏芍笑著站起來，大方問道：「你想玩什麼？」

沒想到她會問得這麼直接，杜平一下子不知說什麼好，抓了抓腦袋，說道：「你們城裡的孩子玩的那些都沒勁兒，我們比武。翻跟斗，妳行嗎？」

「比武？」夏芍笑了。

從過年至今一個多月，她每天都在山上習武養氣，時間雖不長，但練的是正宗內家功夫。別看唐宗伯腿腳不好，手上功夫卻極為厲害，她每天得從他手上過個一兩百招才行。練完後都累得爬不起來。論武，這些小毛頭還真不是她的對手。

夏芍自然不會跟一個孩子認真，便道：「我是女生，你是男生，你跟我比，贏了也不算本事。不如你跟其他男生比，讓我看看你是不是最厲害的。」

杜平心眼直，哪裡比得過夏芍阿姨的腹黑，頓時就被激將，忘了初衷。

「行！我就讓妳看看，我是不是最厲害的！」杜平手一揮，眾人湧去了外頭。

教室外的空地上，所有男生都被召集來，比賽翻跟頭斗。

規則很簡單，誰翻最多圈誰就贏。

杜平一馬當先地上前。這小子確實有本事，足足翻了五六十個跟斗。翻到最後，頭昏眼花，滿頭大汗，累得坐到地上。

其他男生即便是比他高比他結實，也沒有超過這個數的。

杜平臉上的驕傲笑意越盛，看向夏芍的眼神都帶著挑釁的自豪。

夏芍只笑不語，內心卻感慨，這樣無憂無慮的童年，她居然有幸再經歷一回……

最後一個上場的是胖墩。

胖墩是周旺的兒子，跟夏芍同歲，大名叫周銘旭。名字是不錯，就是長得胖，將近六十公斤的體重讓他走路都呼哧呼哧地喘，哪裡能翻得起跟斗？

胖墩怯怯地擺手，「我、我不會翻跟斗……」

「胖墩，你是不是不敢啊？祥子才翻了兩個都翻了，你要是連一個都不敢翻，那你就太孬種了！」杜平從地上跳起來說道。

村裡的孩子都樸實，不然就憑周教授這層關係，胖墩早躲過去了，可惜孩子們不認成年人的道理。胖墩再膽小，也有自尊心，當下挪著步子站到空地中央。

「先說好了，我、我要是翻不過，你們不許笑……」

「我們不笑，敢翻就是好樣的。」杜平一副很講義氣的模樣說道。

「那好，我翻……」胖墩盯著地上，咕咚嚥了口唾沫，眼神發怯，表情糾結。

四周都是孩子們的起鬨叫好聲，人堆裡的夏芍卻微微愣住。她看到胖墩眼角、嘴角略微下垂，表情愁苦，印堂有一層灰濛濛的顏色，這是事不順遂，且有災難的徵兆。

除了習武養氣，夏芍也跟唐宗伯學了些相面的粗淺知識。她有著成年人的思想和靈魂，理解力自然好很多，所以她的悟性和接受能力讓唐宗伯都很吃驚。

從相學上來說，一個人的面相並非一成不變，而是會時常有細小的變化。厲害的相師可以憑這些細微之處斷人近來的吉凶，連占卜都免了。

其實，這從科學的角度也說得通。比如此時的胖墩，他表情糾結，說明內心發愁，精神極度緊張。人在緊張的精神狀態和壓力之下，發生意外的概率比平時高出許多倍。只是這是從心理學、行為學和邏輯學上做出的判斷，而相學更擅長從人的五官細微之處出發。殊途同歸，後者則看起來較為神祕。

當然，「印堂發黑」並非每個人都可以看出來，只有能夠溝通天地元氣的人才看得見，因此許多江湖騙子常說人印堂發黑，多有不實。真正能看得出印堂顏色的人已經很少，看得出的人必是高手。

夏芍有天眼，看得見灰濛濛的煞氣，頓覺不妙，卻來不及用天眼預知之後會發生什麼事。正在此時，胖墩拍了拍手，做好準備姿勢，接著牙一咬，翻起跟斗來。可他實在太胖，平時走路都喘，何況翻跟斗？只見他兩手拍在地上，身子還沒撐起來，手臂就往下狠狠一彎。

胖墩的頭是朝下的，手臂這一彎，眼看著頭就要栽到地上。

依他的體重，萬一頭先著地，磕破了事小，頸椎骨折都有可能。

千鈞一髮之際，人群裡忽然閃出一道人影。

夏芍迅速上前，提著胖墩的衣領，一把將他拽了起來。

胖墩頭暈目眩，還沒反應過來，便被夏芍拎著在原地轉了一圈，然後跌坐到地上。

事出突然，圍觀的孩子們全都愣了，等反應過來，全都呆呆地盯著夏芍。

最驚奇的莫過於劉翠翠和杜平，他們兩人嘴巴張得足以塞下雞蛋了。

劉翠翠上下打量夏芍，看看她那白淨的模樣，再看看坐在地上喘氣，兩眼發直的胖墩，忍不住搖了搖頭。胖墩她提都提不起來，芍子竟然一隻手就揪著他的衣領，讓他原地轉圈。

杜平更是鬱悶，這還是那個被他欺負得常常哭泣，讓劉翠翠來跟自己打架的小丫頭嗎？怎麼看起來比他還厲害？

不好玩！他不服氣！

倒是圍觀的孩子們全都沸騰了，歡呼著圍了上去，稀奇地盯著夏芍看。

剛轉學來的夏芍小姑娘，再次被圍觀了。

轉學第一天，夏芍從此為自己贏得了一個大力士的稱號。

而夏芍救了胖墩的事被周秉嚴得知後，周旺和妻子買了好菸好酒，帶著胖墩一起去老夏家裡道謝。夏國喜沒太往心裡去，以為夏芍是隨手拉了胖墩一把，這才沒讓他摔著。至於什麼提著衣領原地打轉的事，那肯定是孩子們瞎編的。

至於杜平，回家後被他老子揍了一頓，老實了好一段時間。

這事之後，周秉嚴對夏芍越發的好，教她功課也很盡心，很快他便發現令他更為欣喜的事。夏芍的悟性極佳，學什麼會什麼，寫的字也比一般孩子要好，計算題更是沒見她錯過。

周秉嚴大喜，沒想到退休後還教出一個天才來。

他高興得不得了，直說孩子只學這些浪費天分，去找夏國喜談過，決定要夏芍放學後到他家裡，單獨教她書法和國畫。

夏國喜認為這是好事，就沒有推脫，只是想起這個一直以來被他忽視的孫女，自打年前開始忽然長了本事，做的淨是給他長臉的事，學業成績也不錯，便對她的態度好了許多。他心情好，對夏芍每天晨起便往山上跑的事，就睜一隻眼閉一隻眼，懶得去說了。

夏芍自己對國學也感興趣，自此，每日早晨、中午往山上去，下午放學就去周教授家裡，日子過得非常充實。

周秉嚴在離周旺家不遠的地方另蓋了房子，一間主屋，東西兩間廂房，西廂房是夏芍和胖墩學書法和國畫的地方。周秉嚴是胖墩的二叔公，他既然要開班授課，索性把胖墩也帶上。

這天放學，夏芍和胖墩再次準時報到。兩人剛在桌上鋪好宣紙和硯臺，就見周秉嚴捧著一個物件，小心翼翼地走了進來。

胖墩好奇，率先跑了過去，問道：「二叔公，你拿著什麼東西？」

「哎喲，小心點！碰不得，碰不得！這可是好東西，摔壞了我可會心疼死的！」周秉嚴寶貝似的護著那物件。

夏芍走過去一看，只見桌上放著一方硯臺，四面浮雕刻著靈芝狀雲紋，石質細膩，色澤黑潤，硯底有款，刻著「船山張問陶」的行書，另有「船山」、「張問陶印」、「萊州太守」的篆體印章。雕工精細，品相完好。

周秉嚴面色激動，像淘到寶的孩子，也不管面前的兩個小孩聽不聽得懂，拉著他們就分享起他的喜悅來，「爺爺跟你們說，這方端硯是我今天去市裡一中授課，回來路過古董市場的時候撿漏撿來的！這張問陶是清朝乾隆年間的進士，是著名的詩人、書畫家，曾在萊州任知府，這方硯底就有『萊州太守』的印章，可是，正因為這硯品相太完好，有款有印章，還是端硯，當時不少人就覺得一定是贗品！呵呵，我只花了幾百塊錢就買回來了！據我二十多年的收藏經驗，這硯絕對是老坑，十有八九是被我撿漏了！」

周秉嚴語速奇快，可見心情之激動。胖墩在一旁聽得暈乎乎的，臉上滿是崇拜的神色，在他看來，二叔公是世上最了不起的人。

夏芍的目光定在這方端硯上，她對這硯臺有種奇怪的感覺，像是硯臺有種古老的波動。自從修習養氣之法後，她對天地元氣的感知越發靈敏，因而在有了這種感覺時，她便用天眼看向桌上的端硯。

只見端硯四周散發著淡淡的生氣，雖然不是像師父給自己的玉葫蘆那般有金色的祥瑞之氣圍繞，但這硯臺確實有一層氣，而這股氣讓她心神平靜。

夏芍心中一動，莫非這端硯是真品？

「過幾天我再去市裡一趟，把這硯臺拿去給一些退下來的老傢伙鑑定。」周秉嚴笑道。

第二天上山時，夏芍便試探著將這事說給唐宗伯聽。她並未提及天眼的事，只說周教授有一方老端硯，她看了之後感覺心裡很寧靜。

唐宗伯笑道：「萬物皆有靈，一些老物件經歷歲月沉澱，本身自會沾染天地元氣，而接觸這些的人，莫說是心神安寧，時日久了，益壽延年也是有的。只不過，這只限於正經來歷的，那些墓裡出來的，大多帶了陰煞之氣，接觸太多是會傷身的。能夠溝通天地元氣的人，對這些氣的感應比常人敏銳，只是除非是法器，一般的古董沾染的氣息都比較微弱，即便是我們，也多感應不到。我們玄門最鼎盛的時期，據說有人可以感應到稀薄的天地元氣，如今是不可能有這種人了。」

夏芍心中微動。她用天眼可以看見天地元氣，那豈非是說，她可以用天眼識別古董？

東市雖說是三線城市，但過些年便會成為北方有名的陶瓷和古董中心。古時候，這裡曾開辦一家官窯和幾家民窯，東市許多人祖祖輩輩靠著陶瓷業為生。

如今是一九九二年初夏，國家經濟剛剛進入快速發展的階段。再過幾年，陶瓷業將成為東市的支柱產業，並且帶動古董行業的發展，收藏熱潮就此來臨。

在夏芍的記憶裡，大概是從九七年開始，東市就出現了陶瓷、古董一條街，熱鬧非凡。甚至出現了一批陶瓷商、古董商，發展成為有名的陶瓷集團、古董鉅賈，使得東市這座小城繁華無限，成為周邊城市中的一道奇景。

但，那是在五年後。

現在經濟剛剛從沿海開始發展，風尚未吹到東市，此時的經濟還不景氣。

不過，正因如此，這才是機會，不是嗎？

夏芍眼裡閃過一抹光亮，如今的古董市場不太景氣，收藏熱潮還沒來臨，古董市場的人流並不多，也還沒有那麼多跑到鄉下來收古董的人。也就是說，這個時候要撿漏並不像過些年那麼難，況且她有天眼的能力，簡直就不可能會撿虧。

夏芍身上有些錢，那是母親怕她平常跟奶奶要錢買零食吃，過年的壓歲錢便沒收回去，只當是給她的零用錢。別看這些錢不多，這年頭的物價可是比十年後低了不知多少倍。

她笑了起來，說做就做。

平時週末放假，父母會來將她接回城裡的家中住兩天，夏芍便謊稱要和朋友出去玩，背著書包，一頭扎進了古董市場。

這個時代在古董市場裡逛的，要麼是退休的老人，要麼是對收藏感興趣的中年藏友。年輕人並不多見，更別提像夏芍這樣十歲大的孩子。

夏芍走在古董市場裡很是顯眼，但許多人都認為她是跟著父母來的。當她走到攤子前問價的時候，攤子的老闆見她是小孩子，就以為她是學大人，把這些瓶瓶罐罐買來好玩的。

於是，沒人跟她張口亂開價，也沒人跟她把手論價，攤主們都認為她不可能真的買，因而許多人只存了打發走她的心思，隨意要了個價便算。

沒想到，一個要價一百塊錢的鼻煙壺，夏芍還真掏出錢來買下了。

攤主捏著手中的錢，盯著她走遠的背影，搖頭嘆氣，「這是誰家的孩子？小小年紀就出來敗家……看穿著打扮也就是個普通人家的孩子，真是不知父母賺錢不易，這錢說花就花……算了算了，管這些做什麼，二十塊錢收來的荒貨，也算賺了。」

夏芍的目光落在手上的鼻煙壺外裹著的一層淡淡的氣上，微微一笑，將其收進包裡。

從這以後，東市的古董市場裡，幾乎每到週末都能見到夏芍的身影。久而久之，市場裡的攤主們都認得她了，更有人笑稱她是最小的藏友。有幾個相熟的攤主見她來，還會熱情地招呼她過去瞧瞧。多數時候，任憑攤主誇得天花亂墜，她也只是笑著搖頭，連一些成年人有時都會禁不住攛掇，一頭熱買下一些物件，夏芍卻總是一笑置之。

這常令攤主們不解。論眼力，夏芍表現得像是一個孩子。她問價的物件有好有壞，有的作假作舊很明顯的，她也會問上兩句。

殊不知，這正是夏芍的高明之處。

以她的年紀，在古董市場逛本來就惹眼，她自然不會傻到用天眼看中某樣物件就問價，問完了就掏錢買。雖說撿漏是在一堆贗品裡慧眼識珠，可即便是贗品也是要作舊的。她不會傻到每回都挑著老物件問，自是要挑些明顯的贗品問價，如此才能渾水摸魚，不被有心人看透。

偶爾她看到真品時，若是身後有人看著，她便會在買下時順便挑挑揀揀，拿上一件連贗品都算不上的假貨。逛得多了，她也算了解市場各類物件的價碼，因而每次都揀著便宜的隨便買一件。

當然，即便如此，夏芍心裡也在滴血：老娘閒錢不多啊！

憑著這般渾水摸魚的本事，久而久之，古董市場上的攤主就認為她只是對這些老物件感興趣罷了。有的攤主見她年紀不大，不忙的時候會跟她閒聊幾句。一堆人圍過來，胡吹一通，古董界的門道也就說了出來。時日久了，夏芍當真學得不少基礎知識。

跟著唐宗伯修習的這段期間，她在玄學易理方面的水準突飛猛進，課業成績更是不必擔憂，李娟見她每回考試都是滿分，這才放下一顆懸著的心。

後來，夏芍以優異的成績考入東市一中附屬初中讀書，就只能週末和寒暑假才回十里村找唐宗伯，但她平日沒有閒著，每天早上都會早起晨練，晚上趁父母睡著，也會起身練習養氣功夫。而週末回十里村之前，會順道去趟古董市場，利用天眼來撿漏。

夏芍的日子在忙碌中度過，冬寒夏暑，轉眼過了五年……

十里村，後山宅院裡。

茂密的石榴樹下，一名身穿白裙正在打坐的少女睜開眼睛來。少女約莫十五歲，臉蛋尚有些圓，皮膚白皙，透著粉色，宛如天邊彩霞。她淺笑著，柔美如玉的氣質令她增添幾分古典美。

此刻，她眼底掠過笑意，看著不遠處坐在輪椅上為月季花剪枝的老人，輕聲道：「師父，您老人家今日有血光之災。」

唐宗伯險些一頭栽進花叢裡，反應過來後，叫了一聲「哎喲」。低頭一看，指尖上扎著一根月季花莖上的刺。拔出刺時，滲出了一顆血珠。

夏芍眼裡有著狡黠之色，「看吧，血光之災。」

說話間，她已起身，向屋中走去，身後傳來唐宗伯的斥責聲：「臭丫頭，整天就知道拿為師取樂，還懂不懂得敬老尊賢？」

夏芍從屋裡轉出來，手中拿著一盒藥膏，笑著說：「喏，這不是敬老尊賢來了？」

唐宗伯一看那藥膏，擺手道：「行了，師父又不是妳這種小丫頭！只是扎一下手指，流了一滴血而已，擦什麼藥膏！」

夏芍卻不聽他的，蹲下來身，細心為他塗抹藥膏，「師父，我今天就不在山上了，和朋友約好出去逛逛，一會兒就走。下午逛完就回來，假期我就在山上陪您了。」

這幾年來，只要放假，夏芍就會過來陪唐宗伯。若非劉翠翠、杜平和胖墩有時約她出去玩，她整個假期都不會離開山上。畢竟回到城裡讀書後，每個星期只有週末才能見到師父。

唐宗伯名義上是她的師父，但在她心裡卻如同她的爺爺一樣。憑良心說，夏國喜都沒有像唐宗伯這樣疼愛她。夏芍也知道了唐宗伯的一些事，他妻子早逝，膝下無兒無女，在他心中，她就像是他的孫女一樣。

夏芍的不捨看在唐宗伯眼裡，不由嘆了口氣，「唉，癡兒，妳跟著師父多年，早該知道天道有常，人生無常，世間哪有不散的筵席。妳我師徒一場，已經是緣分了。」

玄門收徒，首重人品孝道，這孩子在這點上倒是當真難得。

「行了行了，怎麼鬧得像生離死別似的？師父今年才六十五，還有好些年活頭呢！要下山就趕緊去，磨蹭什麼！」唐宗伯端出一副吹鬍子瞪眼的模樣攆人。

夏芍笑了笑，站起身來，「嗯，這就走。我們去趟城裡，下午就回來。」

「城裡？妳這丫頭，不會又想往古董市場鑽吧？別再拿東西回來了，師父的後院都快變成妳的倉庫了！」唐宗伯瞪著眼睛，眼底卻有笑意。

夏芍也笑了起來。這些年她從古董市場淘回來的寶貝足有一百來件，每回都藏在書包裡，不敢讓父母知道，也沒法放在爺爺奶奶家裡，只好帶來上山請師父幫忙收著。師父特地在後院闢了個房間，專門讓她放這些古董。如今已擺滿了五六個博古架，還全都是真品。

她一直存放著，存到了今天。

這年是一九九七年夏天，香港剛剛回歸，再過不久，就會有一些港商來東市，陶瓷業和古董業要開始復甦了。未來的三年內，東市的經濟發展勢頭將會突飛猛進。

她淘來的寶貝，也差不多到回報的時候了。

上一世，父親失業的時間在明年夏天，她初中畢業的時候，應該趕得上。

趕得上改變這一切。

夏芍到了村口時，劉翠翠、杜平和胖墩已經在等她了。

劉翠翠今年十七歲，身高卻已達到一七五公分，有一雙纖長的美腿。雖不說長得有多漂亮，但她做事爽利，跟她在一起，讓人覺得心情愉悅。

杜平也是十七歲，跟以前一樣皮膚黝黑，高個子，眼睛還像小時候那樣亮，身材卻比較精實了，都是打架打出來的。

胖墩依然胖胖的，倒是結實多了，看起來憨厚可愛。

三人見夏芍來了，遠遠的就對她招手。

「死丫頭，妳總算來了！唐老爺子那裡到底有什麼稀罕的寶貝，妳怎麼整天待在山上？」劉翠翠笑罵。

夏芍微微一笑。劉翠翠等人知道她常往山上跑，起初他們也好奇，央求她帶著上山去看看，她徵得師父的同意後，就帶他們去玩了幾次，可他們哪裡看得出山上宅院的玄妙，去了幾次見沒什麼，就沒再去了。

劉翠翠把夏芍拉到跟前，打量了一番，「這身白裙子真襯妳！到底是城裡人，穿起白裙子來就是好看！說來真奇怪，妳以前跟我們一樣在村子裡上的學，怎麼就妳曬不黑呢？瞧這皮膚，白裡透紅，水靈通透的。不像我，只長了身高，皮膚黑得不能看。」

「翠翠姊，妳那叫麥色肌膚，是健康色。」夏芍淡淡一笑，她這些年修煉養氣之法已有所成，已突破「煉精化氣」的階段。外人看起來只是覺得她皮膚通透，氣血好，實際上身體內在的好處遠不止於此。

她這一笑，笑得含蓄，風帶起白色裙角，淡然裡有種說不出的韻味，讓杜平看呆了。

他還記得當初在學校裡，夏芍救了胖墩後，他很不服氣，經常找她挑戰，奇怪的是，總會被她將他的注意力莫名其妙轉到別處，而且過了很久他才會發現被糊弄了。

他從一開始的氣憤到氣餒，想不明白自己為什麼不是一個小女生的對手，可也漸漸明白，她已不是那個常被他欺負得掉眼淚，躲到劉翠翠身後不敢出來的愛哭鬼了。她聰慧、狡黠，甚至有一種超越年齡的從容氣質。這樣的氣質令他覺得奇怪，不知道為什麼，他有種自己比她還小的錯覺……

「喂，發什麼呆呢？」劉翠翠一巴掌拍在杜平的肩膀上，見他盯著夏芍看，便笑著打趣，「你不會是看上我們家芍子了吧？我警告你，芍子才十五，把你那顆躍動的春心給老娘收起來！」

「噗！」胖墩在一旁笑噴。

夏芍差點嗆到，看向杜平，見杜平臉色飛紅，不由微微愣住。

杜平急忙吼道：「我、我是在想芍子和胖墩明年考上東市一中，我們正好上高三，還能再照顧他們一年，妳、妳亂說什麼！」

劉翠翠和杜平兩人當初考試的成績都不錯，雖然有些驚險，但還是考進東市第一中學。兩人比夏芍和胖墩大兩歲，夏芍和胖墩現在在東市一中附屬初中讀書，在同一個班，過了暑假便要上初三，而劉翠翠和杜平卻該讀高二了。

見杜平著急的樣子，劉翠翠顯然不信，懷疑地盯著他，挑眉問：「真的？」

「當然是真的！車來了，趕緊上車吧！」見不遠處有公車開過來，杜平便招了招手。

夏芍看著杜平的背影淡淡一笑。十七歲正是情竇初開的年紀，她也是從那個年紀過來的，對杜平的表現一眼就看得明白。不過，杜平怎麼就對她動了心思？夏芍百思不得其解。

車子停下，劉翠翠拉著夏芍上了車，見胖墩走在最後便喊道：「胖墩，快上來！」

上車後，夏芍和劉翠翠坐，杜平和胖墩坐，四人前後占了兩排座位。

胖墩一坐下就埋怨道：「翠翠姊，別老是胖墩胖墩地叫，我有名字，我叫周銘旭！我好歹也在一中附中上學，妳老是叫我胖墩，被同學聽見會笑我的！」

「喲，要面子了？」劉翠翠轉過身，新奇地捏捏胖墩的臉，惹得胖墩又是一通埋怨。

夏芍輕笑出聲，嘴角微翹，轉頭看向窗外的風景。

前世裡，劉翠翠考大學失利，家中為了供她弟弟讀書，沒有讓她復讀，之後她便找了份商場導購的工作，早早結了婚。而杜平雖然考上大學，但學校並不理想，他便放棄讀大學，跑去參軍。等到退役後，家裡託關係讓他在市裡的陶瓷公司上班。

胖墩則因為周教授的事，一家受到拖連，他身體更是不太好，大病小病不斷，之後就輟學在家休養，直到身體好起來才去城裡工作。

這一世，這些兒時的朋友還會不會走上原來的軌跡，夏芍就不知道了，可胖墩的命運在她改變周教授的命運時，已經隨之改變。至少上一世裡，她可不記得胖墩有去市一中附中讀書，還跟她是同班同學。

不過，這不是很好嗎？人生可以重來一次，她希望朋友們可以過得比上一世更好。

東市的古董市場跟商業街的古董一條街不太一樣，古董一條街上多是商店，真貨多，走的是大筆交易。古董市場裡則以荒貨為主，也就是從農村收購來的古董，混上一些現代工藝仿品，可謂魚目混珠，真的少假的多，但這也是最練眼力和收藏功力的，所以不少人願意來此逛逛。

四人剛走進市場，就有攤主認出夏芍，熱情招呼道：「喲，小夏，又來啦！」

「小夏，來來來，這邊新收上來的貨，過來掌掌眼？」

「咦，這不是周教授的侄孫嗎？你怎麼跟小夏一起來了？你們認識？」

「吳叔，我們是同學。」胖墩撓撓頭回道。

「咦，你們是同學啊？真是……這麼多年，都不知道市場裡兩個年紀最小的藏友是同學，我這生意做得……」吳書海笑道。

這些年來，因為周秉嚴喜歡收藏古董，胖墩就跟著來了幾回，一來二去，就跟市場裡的一些攤主相熟了。

夏芍常來古董市場的事一開始幾個朋友並不知道，兩年前劉翠翠、杜平和同學來古董市場轉悠，碰巧遇見她，這才知道夏芍經常過來。後來，胖墩也知道了這事，不過三人只是以為她受了周教授的薰陶，喜歡來閒逛，並不認為她會真的撿漏，畢竟撿漏是要看眼力的。

劉翠翠和杜平自認為沒有這種眼力，而胖墩這幾年受周教授薰陶，雖學了些鑑定的知識，眼力還是很淺。即便夏芍和胖墩一起跟著周教授學習過，估計眼力上也差不許多。

五年前周秉嚴花幾百塊撿漏得來的清乾隆年間端硯，按現在的市場行情，拍賣底價最少三萬，拍定基本在十萬以上。如果遇上喜愛端硯的收藏家，價格還能更高。

當初賣漏了那塊端硯的攤主得知後，悔得捶胸頓足，卻無可奈何。古董是個很特殊的行業，講究的是靠眼力吃飯。在這行沒有詐欺一說，也沒有退貨的規矩，因為買賣古董是雙方知識的較量，也許賣家賣漏了，也許買家買到假了，只能各自總結經驗教訓，怨不得他人，所以一般人不敢涉足這行，難就難在識別真假上。

而這也正是這一行的魅力所在。

夏芍四人來到吳書海的攤子前，在劉翠翠和杜平看來，古玉、瓷器、銅錢、字畫等物被隨意放在一起，看起來透著古韻，全都像真的。

「來來來，看看這些，都是鄉下收上來的老物件，說不定能撿漏喔！」吳書海笑著比劃了下左邊角落，示意夏芍幾人看看這個地方擺的物件。

夏芍笑了起來，只看不說話。

吳書海一看她這表情便不由一嘆，這幾年來，他對夏芍的秉性脾氣也算摸了些門道，但凡她這樣笑，就表示今天基本上不會出手了。他也覺得奇怪，為什麼她年紀不大，笑容卻有種高深莫測的感覺，好像一眼就能將他的想法和攤子上擺著的藏品看得透徹。

如果夏芍知道吳書海的想法，大概要讚一聲他直覺敏銳了。其實這攤位上倒是有真品，卻不在吳書海指的範圍內。這些古董小販不是傻子，收來的物件會事先辨識，不會讓真品混在假貨裡降低身價。真品往往都是私下交易，而且交易的價格對外保密。剩下的一看就是新仿或說不準的物件才會歸到另一類，外行人上手的都是這樣的物件。

雖然夏芍和胖墩已經不算外行人，但他們兩人都是學生，家世普通，說白了就是沒錢。上眼一看就是真品的，他們也買不起。

古董這行，向來是市裡有市，看人要價。開了門做生意，圖的就是利。吳書海既然知道他們是窮學生，買不起真品，自然要他們往便宜堆裡挑。那些東西不值幾個錢，但賣出一件去，今天的飯錢也就有了。

夏芍連上手都沒上手，只拿眼一看，便已知曉那堆沒有真品。胖墩倒是蹲下去拿起幾件看了看，最終站起身來道：「吳叔，我們再去別的地方看看。」

「怎麼，沒看上眼的？別啊，你們再瞧瞧。你們放暑假了吧？那正好買一件回去玩玩。」雖說哪一行都沒有強買強賣的規矩，但吳書海還是想要為今天的飯錢做最後的努力。

胖墩向來不會拒絕人，聽攤主出言挽留，便不好意思地撓撓頭。

夏芍笑道：「吳叔，我們再去走走，一會兒說不定就轉回來了。」

吳書海聽了，也不好再說什麼，只得笑看著四人往別處去了。

一連看了十幾處攤子，都沒發現有漏可撿，劉翠翠卻在一處攤子上看上了一個玉鐲。那鐲子看起來像老玉，上面繫著一根繩子。

劉翠翠很喜歡，拿起來戴上去左看右看，「芍子，妳過來看看，姊戴這鐲子漂亮嗎？」

夏芍雖有天眼的能力，但這些年也跟著周教授和市場裡的攤主、藏友們學了不少知識，這鐲子即便不用天眼試探，她都知道是次等貨，酸洗過，並且作舊過的。

夏芍還沒說話，劉翠翠便問道：「老闆，你這玉鐲上怎麼還掛個繩子，真多餘。我能把繩子解了再看看嗎？還有，你這玉鐲怎麼賣？」

早在劉翠翠戴上玉鐲的那一刻，那攤主就知她是外行了。因為內行人看玉，凡是有配繩的，都是先將繩子套在手腕上，再將玉放在掌心觀看。劉翠翠卻直接戴到手腕上，居然還說要把繩子解開。當然，在夏芍看來，這上面繫著繩子純屬忽悠人，這玉壓根兒不是什麼好玉。

「噗！」胖墩悶笑一聲，不說話。

杜平奇怪地看他一眼，小聲問：「怎麼了？是不是那鐲子有問題？」

胖墩搖搖頭，也小聲道：「有沒有問題，翠翠姊都不會買的。」

此時，攤主不鹹不淡地伸出五根手指頭。劉翠翠一看就懵了，問：「什麼意思？」

夏芍在她耳旁悄聲告訴她價格，劉翠翠頓時瞪大了眼，「啊？五百塊？媽呀，趕上我住校三個月的生活費了！」

一九九七年的時候，雖然比前些年經濟好些，薪資也漲了不少，可是普通家庭對於孩子的生活費還是管得很嚴。劉翠翠還有個弟弟，父母靠種田為生，對她在市裡上學住校的生活費把持得很嚴，一個月也就一百來塊錢，對劉翠翠來說，這鐲子還是很貴的。

「我不要了！」劉翠翠將鐲子摘了下來，她很乾脆，買不起就是買不起，也不多說什麼，當下就將鐲子小心放回了原位。

雖然早就料到結果會是如此，但看見劉翠翠小心翼翼將玉鐲放回去的模樣，夏芍還是忍不住心中酸澀。她垂了垂眸，隨即道：「翠翠姊，妳要是喜歡玉鐲，日後我幫妳尋件好的。」

劉翠翠一愣，接著笑了，「行啊！有妳這句話，姊沒白疼妳！」

她認為夏芍是安慰她的，但即便是句安慰的話，她也頗感動。

「走吧，咱們再去別處轉轉。」劉翠翠拉著夏芍，剛才沒買到鐲子的遺憾轉瞬就沒了。

四人走遠後，攤主白了一眼，「呸！還尋件好的？市場裡轉悠了幾年，真把自己當內行了！沒錢的內行，那就是個屁！尋了好的，妳買得起嗎？裝蒜！」

旁邊的攤主聽見，笑道：「老馬，你跟幾個學生置什麼氣？現在的學生啊，不好好念書，整天想些歪的。也不琢磨琢磨，連個學生都能撿漏，咱們這些人還在這行混什麼？唉！算了，管他們做什麼，咱們不指著這些人發財，還指著這些人送飯錢上門嗎？」

兩位攤主相視一笑，不再說什麼。

夏芍四人又走過四五個攤子，突然間，夏芍停住腳步，望向前方的一個攤子。

那攤子上一堆疊著的碗碟，其中一個青花大盤散發著淡淡的生古之氣……

她臉上並無急切的神態，沉穩地跟著朋友依次逛過去，直到走到那攤子前，才笑著跟攤主打招呼。

攤主姓趙，名叫趙明軍，他也認識夏芍，見她來了，熱情招呼道：「小夏，又看見妳了！來來來，看看這邊，新上的貨，也許能有入眼的喔！」

夏芍笑著點點頭，掃了一眼趙明軍比劃的區域，那個青花大盤正在他比劃的範圍內。

劉翠翠和杜平不懂行，只站在後面看。胖墩先蹲下身子將一個瓷碗拿起把玩，連看都沒看那個青花大盤一眼。

二叔公說過，八十年代開始，景德鎮開始仿造元青花，這些仿品在世界各地氾濫，國內更是重災區。胖墩自小就崇拜周教授，但凡他說過的話，他都記得很清楚。

夏芍卻蹲下身子，望著那個青花大盤，細細觀察起來。

這個青花瓷盤稱得上是大盤了，目測直徑足有五十多公分，飛鳳如意雲頭紋，構圖滿密，青白釉，青花發色藍中閃灰，品相完好。

她用手輕輕摸了摸，釉面似糯米感，盤底呈外側斜削狀。

趙明軍見夏芍看上這個青花大盤，咧嘴笑道：「小夏眼光好！這些年青花瓷可是收藏熱，搞不好這還是元青花咧！那可稱得上是國寶了，哈哈哈！」

他這一笑，旁邊的攤主也哈哈大笑起來，很顯然他們都不認為這是元青花。

青花瓷器不是只有元朝才有，上至唐宋下至明清，都有青花瓷，卻只有元青花最熱，究其原因有三點：第一，元朝在歷史上存在的時間短，瓷器相比起其他朝代自然少得多。第二，明初時期曾有一次毀瓷運動，砸毀了很多元瓷，使得元青花更加稀少。第三，元代文人社會地位低下，出於生活所迫，不少文人和畫家轉向民間手工業謀生，從而使得元青花的畫工和圖案比之前的朝代有了質的飛躍。因此，只有九十八年歷史的元代，催生出了元青花這奇葩，開啟了明清兩朝都難以企及的高度。

說白了，元青花就是品質好，存世稀少，所以在青花瓷中最受追捧。

正因為真品稀少，市面上又仿品氾濫，所以收藏家們一見到青花瓷，直覺就認為是新仿，這才使得明珠蒙塵，無人敢認。

夏芍淡淡一笑，心裡卻有些激動。元青花太難得了，至少是她五年來第一次遇到，她不僅斷定這是元青花，而且還很有可能是出自官窯。

眼前這個大盤是飛鳳紋，按照元朝律法，龍、麒麟、鳳、白兔、靈芝等，臣庶不得用，故而這種禁用紋飾一般是官窯器。

夏芍記得前世元青花鬼谷下山圖罐，曾在英國以兩億三千萬的天價拍出，成為亞洲藝術品的天字第一號，震驚國內學術界、藝術品收藏界和投資市場。

在古董界裡，碗盤的價格比瓶罐低，但這是元青花的真品，還是大盤，價值絕對不低。

夏芍盯著手中的青花大盤，心中漸漸有了個成形的想法。

她表面上不動聲色，只露出靦腆的笑容，「趙叔就別笑話我了，這要是件『開門』，您肯定連碰都讓我碰。」

所謂開門，乃是行話，指的是某一件東西是真貨。

「哈哈哈！」趙明軍哈哈大笑，「妳也算是明白人。看妳說話實誠，又學了幾年，趙叔就不和妳雲裡霧裡了。這物件來歷不高，妳要真喜歡，這個價妳就拿去玩。」說著，趙明軍伸出兩根手指。

「啊？兩百塊？一個盤子這麼貴？我剛才看的那個好歹是個能戴的鐲子，這盤子買回去能幹什麼？盛菜？」劉翠翠翻了個白眼，杜平卻不說話，只看著夏芍。

胖墩在一旁偷偷拉拉夏芍，遞給她個「妳真的要買？」的眼神。

夏芍不理他，「趙叔，您也知道我是學生，零用錢不多，我身上還真沒帶這麼多錢。您也說了這物件來歷不高，您就勻給我唄！」說著，伸出一根手指。

趙明軍道：「哎喲，這可不成！趙叔做生意也是要本錢的，妳這殺價也殺得太大了，我頂多給妳讓半張，再不成我就沒辦法了！」

胖墩繼續拉夏芍，夏芍又笑，「趙叔，您是不是能掐會算啊？我身上還真就只帶了這麼多，多一分也沒了。」說罷，就掏出一百五十塊錢，付給趙明軍。

趙明軍見了錢，笑咪咪地接過去，「幹趙叔這行的，自然是有些眼力，比能掐會算差不了多少了，哈哈哈！」

趙明軍不知道，在他面前的人才是真正的能掐會算，且是玄門第一百零六代嫡傳弟子。

趙明軍把錢裝進口袋裡，心道，這青花大盤從農村市場收來的，收上來時才花了三十塊錢，轉手就翻了幾番。這物件要是個老藏友看上，不找幾個朋友來幫著掌眼，不會輕易出手買下，所以說，學生的錢就是好賺。

趙明軍樂了，看著小心翼翼將青花大盤用報紙包起來，放進書包裡的夏芍，那眼神就像是在看一個冤大頭。

旁邊攤子上的攤主也望過來，有的搖頭，有的不屑，卻沒人開口說話。

行裡的規矩，交易後就不能再反悔退貨。

殊不知，夏芍也是這麼想的。

這一行考驗的就是眼力，賣漏了只能怪自己眼力淺。就像周教授當初撿漏的那塊端硯，雖然攤主賣漏了，後悔得要命，卻不能追回，因為交易已經完成。

夏芍背上書包，跟趙明軍又說了兩句話，這才和劉翠翠等人走了。

一走到遠處，劉翠翠就忍不住道：「芍子，妳個死丫頭花錢真沒數！誰家花一百五買個盤子回來？盛菜吧，大了。擺著吧，擺個盤子有什麼好看的，誰家沒個盤子？」

胖墩噗哧笑了出來，「翠翠姊，這要是真品，放在家裡當個擺件那可是了不得的，問題是這不可能是真品，我看多半是景德鎮仿製的。我二叔公說，景德鎮仿的元青花也不錯，不過有走高端的，也有低端的。高端的十幾萬、幾萬不嫌貴，低端的一兩百塊錢的也有。剛才趙叔說了，這物件來歷不高，肯定不知哪裡收上來的，芍子花一百五買下來，可真是當了冤大頭，說不定趙叔現在心裡正樂呢！」

胖墩接觸了幾年古董，說起話來頭頭是道，連平日裡嫌他呆頭呆腦的劉翠翠，此時都不停點頭，覺得夏芍買虧了。

杜平皺起眉頭，瞪著胖墩道：「既然你知道得這麼清楚，剛才怎麼不說？」

胖墩撓撓頭，一臉無辜，「杜平哥，你可不能冤枉我，我一直拉著她呢！她非要買，我也不好說什麼，而且這一行的買賣本來就是你情我願的事……」

「什麼這一行、這一行的？你這小子才多大，毛都沒長齊，少跟我提這一行！」杜平怒了，拉著夏芍就往回走，「那個姓趙的不是坑人嗎？以為我們是學生，什麼都不懂就好欺負了？走！我帶妳回去跟他理論，叫他把錢退給妳！這破盤子，咱不要了！」

夏芍哭笑不得。她好不容易弄到手，叫她還回去？

杜平的臉卻莫名飛紅，夏芍的手腕白嫩細滑，牽上去極富彈性，手感極好。從小到大，他不是第一次拉她，不知為何這一回就心跳不止。

杜平恨不得拍自己一巴掌，這都什麼時候了，他居然還想著這些！他拉著夏芍就走，「走，我們去和那個姓趙的理論！妳放心，就是打，我也打到他退錢為止！」

胖墩趕緊在後頭追著道：「杜平哥，趙叔不可能退的，這一行沒有退貨的規矩，更沒有坑人的說法，你……」

他話沒說完就住了嘴，見杜平回頭瞪了他一眼，顯然動了真怒，嚇得胖墩頓時不敢多說。

卻不想，夏芍將手腕不著痕跡地收了回去，止住腳步，「杜平哥，我知道你是為我好，但心想，今天要鬧大笑話了，以後再來古董市場，估計沒人待見他們了。

「這盤子我真心喜歡，不會還回去的。」

她臉上帶著笑，眼神卻堅定，一股令人不敢再多話的氣勢驀然而生。

杜平一驚，方才夏芍將手腕收回去時，他只覺得掌心被一道莫名的力道震了下，接著便將他的手彈開。是他的錯覺嗎……還是……

「這事還是跟以前一樣，請你們大家幫我保密，尤其是胖墩，今天的事別告訴周教授。」

夏芍囑咐道。

這些年，她和朋友們一起來逛古董市場時買下物件的次數不多，也就三五回，每回她都要他們幫她保密，尤其是周教授，他是個老藏友，若被他知道她買了東西回來，必定是會要來看看的，倘若被他看出是真品來，事情就麻煩了，十有八九夏國喜會知道，那就表示，夏芍的家人也會知道。

以她現在的年紀，家人知道後，不可能任由她保管這些古董，再者，親戚也會有意見。以他們的性格，到時誰都來插兩句嘴，事情就不由她控制了。

夏芍不心疼將這些古董給父母親，但他們並不懂這行，不會將這些古董的價值發揮到最大。到時親戚們一碎嘴，依父母親的性格，說不定就分出去了。她積攢這些年的心血，很有可能就這麼沒了。

不怪夏芍考慮的多，對家中的親戚，她可是了解多了。

見夏芍鐵了心，劉翠翠等人也知再勸沒用，只好道：「行了，我們哪回不是站在妳這邊？妳花的這些錢，要是被妳爺爺和爸媽知道，妳的屁屁就要開花了。為了妳的屁屁，我們只能幫妳保守祕密了。」

劉翠翠眨眨眼，夏芍無奈一笑，「謝謝你們，我們坐車回去吧。」

胖墩臉色古怪，杜平卻仍在想剛才的事。

四人就這麼出了古董市場，坐上了回去的車。

車子剛剛發動，一名四十來歲的矮胖男人就帶著一位老人匆匆來到趙明軍的攤位。

男人的視線往攤位上掃去，頓時愣住，接著臉色發白地揪過趙明軍，抖著手高聲問道：「趙老闆，剛才擺在這裡的青花大盤呢？」

這名四十來歲的矮胖男人，名叫陳滿貫，名字寓意不錯，可惜如今際遇欠佳。

陳滿貫出身農村，早年家境貧苦，他十來歲便到城裡工作，在古董店裡當學徒，因為好學勤快又肯吃苦，很快受到老闆的賞識提拔。加上他為人重義氣而熱情，日積月累打下了不錯的人脈關係。

八十年代初期，這家古董店的老闆被兒女接去美國定居，古董店便轉手給了別人。陳滿貫早就有單幹的想法，但他極重恩情，覺得老闆對自己有恩，硬是在店裡留了下來。如今老闆出國定居，陳滿貫與新來的老闆無恩情，便辭職出來單幹。

可那些年在古董店裡即便再受老闆照顧，陳滿貫也沒積攢多少家底，沒有足夠的資金開古董店。無奈之下，只得在古董市場裡當起了跑道兒，也就是中間人，在買家和賣家間奔走，說成一筆交易就提些好處費。憑著他多年累積的人脈和對古董的精準眼力，沒想到僅僅三年，就積攢了豐厚的身家。自此，他便正式在市裡開起古董店。

生意做得風生水起，陳滿貫很快成為了東市古董商會的副會長，成為東市甚至是國內有名的古董商。

生意做得越大，心就越大，加上這些年受人奉承追捧，陳滿貫的心態漸漸浮躁起來。九二年後，國家政策變化，開始大力發展經濟，一些外國友人來到國內洽談投資，其中一些人對古董產生濃厚的興趣，但國家對文物出口管制極嚴，申報手續嚴格，且年代久遠的有歷史價值的，即便申報了，也不允許出口。

文物在海外市場的價格比國內高太多，陳滿貫想吞下這塊肥肉，便動起歪心思，做起了走私的生意。犯法的買賣陳滿貫做起來自是小心謹慎，連著做了幾回都安然無事，嘗到巨大的甜頭，他的膽子也放開了。

三年前有一批價值十幾億的文物出境到越南，原本走過幾回都安全無虞的路線居然出事，非但送貨的夥計死了，連文物都被打成了碎片。

陳滿貫一下子將身家賠了進去，好在這些年他一直很謹慎，雖被調查，事情卻沒走漏，免去了他一場牢獄之災，但面臨著巨額的賠償費用，他竟淪落到四處借錢的境地，可這時哪還有人肯借錢給他？從一名東市人人皆知的古董富商淪為窮光蛋，生意上的朋友開始以各種理由避而不見，市裡的官員更是擺出打起了官腔，連受了他不少好處的親戚都開始說話不鹹不淡。

冷嘲、白眼、指指點點，人情冷暖，世態炎涼，讓陳滿貫在這幾年裡嘗了個遍。

遭遇事業的低谷，唯有當初與他從困難時走過來的糟糠妻還努力勸慰他，甚至忍受著娘家的挑撥指責，借了錢來供他東山再起。見妻子如此，想想自己發達，見了世面，便對妻子冷淡的做派，陳滿貫羞愧難當。他曾嫌棄過妻子不夠漂亮，身材不夠苗條，知識水準不高，對古董更是一竅不通，跟自己沒有共同語言。他在外頭應酬，面對年輕漂亮的女人的引誘，雖說最終把持住了，沒有做下對不起妻子的事，但心裡越發看不上妻子也是事實。

歷經大起大落，人情冷暖，陳滿貫一下子看清了許多事。他並沒有對妻子說什麼，只是暗自下了決心，一定要東山再起，讓妻子下半輩子安樂風光。

這之後，陳滿貫又開始跑起古董市場，但生意上的朋友對他避而不見，人際關係沒了用，想再做回中間人也沒了本錢，只得把心思放在撿漏上，畢竟他的眼力和經驗還是很豐富的，但他想撿漏不容易，東市古董界沒有人不認識他。雖然他落魄了，可眼力還在，只要是他看上的物件，攤主總會細看幾番，最後找理由推脫不賣，就怕賣漏了。

陳滿貫無奈，只得另外雇幾個外行人，他負責看，再叫外行人進來買。三年下來，這才有了些收穫，卻不是很多，賺的錢都賠了當初的喪葬費，如今還是沒積攢下什麼身家。

這天，他照例在市場閒逛，趙明軍攤子上擺著的青花大盤引起了他的注意。

國內並沒有元青花鑑定的權威，主要是元青花出土的太少，對其研究不足，即便是真的元青花擺在面前，恐怕專家們也要經過激烈的討論才能下判斷，因此，陳滿貫對自己的眼力也不太有把握。他照舊沒有表現出來，只瞥了一眼就離開了。

這回陳滿貫卻沒讓外行人進來買走，而是想起了一個人。

這人是香港收藏界的泰斗李伯元。正逢香港回歸，李老先生受邀來東市，對東市古代留下來的一處官窯和幾處民窯進行修復，並投資陶瓷產業。李伯元喜愛收藏瓷器，尤其是青花瓷，他在香港甚至開辦了私人的收藏館，專門展示他從海外和國內購得的青花瓷。在青花瓷方面，他無疑是一位具有權威的專家。

陳滿貫並不能保證那個青花大盤是真品，他也不太相信自己的運氣，所以打起了主意。

他想請李伯元來幫忙掌掌眼，一來即便那大盤是假的，也要讓東市的人知道他陳滿貫還能請得動香港收藏界的泰斗，二來自己請李老來也是好心，順道帶著他逛古董市場，說不定能就此打開一點人脈。而萬一那個青花大盤是真的，自己雖然在錢財上會虧些，但被李老先生買下，自己也算是中間人，中間費自不會少，人情也算賣下了。

陳滿貫覺得這是個無論真假都對他有利的決定，因而他尋了李老先生下榻的飯店，說是有疑似元青花的大盤想請李老幫著掌掌眼。果然，李伯元一聽這話，當下就同意隨他前往，兩人便來了古董市場。

不料，當陳滿貫畢恭畢敬地帶著李伯元來到趙明軍的攤子時，那個青花大盤竟然不在了。

陳滿貫一把揪住趙明軍的衣領，急切地問：「趙老闆，剛才擺在這裡的青花大盤呢？」

趙明軍被他的舉動嚇了一跳，臉色難看地扳開他的手，沒好氣道：「怎麼著，陳老哥，我趙明軍沒得罪你吧？你上來就動手是什麼意思？」

陳滿貫急得滿頭大汗，趕緊賠不是，「趙老弟，你別生氣，我、我這不是著急嗎？我就是想問問你，你方才擺在這裡的那個飛鳳如意雲頭紋的青花大盤哪裡去了？」

如果是從前，趙明軍哪裡能跟陳滿貫稱兄道弟？人落魄了，境遇自是不同以往。陳滿貫也不在意這些，只想知道那個盤子的去向。

「賣了。」趙明軍想也不想就答道，說完才想起什麼，慢慢張大了嘴，表情變得驚恐，「陳老哥，你、你問這個做什麼？」

以陳滿貫的眼力，他這麼著急問的東西，莫非……

趙明軍嚥了口唾沫，越想心跳得越快，心裡不停念叨著：完了完了……

「賣了？」陳滿貫臉色刷白，焦急問道：「賣給誰了？你認不認識？」

「四個學生。」

「學生？」陳滿貫一臉不可思議。

站在他身後的老人聽了這話，也感到訝異，問道：「這位老闆可知那四名學生的身分？」

老人氣質儒雅，目光威嚴，一看就不是普通人。

趙明軍覺得老人有些眼熟，但他這時滿腦子都是有可能賣漏的事，哪有心思想別的，只眼巴巴看著陳滿貫，露出比哭還難看的表情，問道：「陳哥，你問這些是什麼意思？你就給老弟一個準話吧，是不是……我賣漏了？」

「不好說。」陳滿貫搖頭，「我也是看不準，這才把李老請來幫我掌掌眼，我哪想到只走開一會兒，你就把它賣了。」

趙明軍兩腿發軟，險些跌坐到地上。

這時，老人又問道：「這位老闆，你知道那四個學生的名字嗎？如果那個青花瓷盤是真品，我有意收藏。」

趙明軍這會兒只能搖頭，「不知道……那學生常來市場逛，是個女孩子，這市場好多人都認識她，但具體的事她向來不肯透露，是個挺深藏不露的女孩子。」

趙明軍想了一會兒，想了這麼個詞形容夏芍。他看見兩人一臉古怪，便臉色發苦，「我只知道她姓夏，別的就不知道了。」

聽到此處，陳滿貫搖搖頭，表情灰敗，「唉！天意……」

一次絕佳的機會，他卻失之交臂，莫非是天意如此，叫他這輩子都翻不了身？想想親戚朋友的嘲諷，想想家中妻子的寬慰，陳滿貫忽然握緊拳頭，抬頭問道：「你再好好想想，你不是說有四個學生嗎？除了那個女學生，你認識其他三人嗎？」

這一問，趙明軍眼睛一亮，「哦，我想起來了！和她一起來的還有一個小胖墩，他二叔公是老藏友了，是京城大學退休的教授，姓周，叫周秉嚴，老家在十里村！」

「太好了！」陳滿貫神色激動，轉身道歉：「李老，您看這事……我真是對不住您。不過，您放心，我下午就去十里村找那位周教授，不管真假，一定把那個盤子拿給您瞧瞧！」

李伯元笑道：「呵呵，有點波折也不算什麼。倘若真是元青花，這點波折日後說道起來，也算是故事了。陳老闆，不急，我下午還有事要處理，明天我和你一起去十里村走一趟。」

陳滿貫一聽，只得收起焦急的心思，點了點頭。

兩人走後，趙明軍才「啊」一聲，指著李伯元的背影，跌坐在地上。

旁邊的攤主見了都過來寬慰他，「也不一定是真的，你先別太難受。」

「你們知道什麼，剛剛那老人我說怎麼看著眼熟，聽陳滿貫叫他李老，我才想起來，他不是最近來咱們東市投資陶瓷的香港收藏界泰斗李伯元老先生嗎？」趙明軍捂著心口，覺得心臟病快犯了。

陳滿貫都把李伯元請來了，想必是有很大的把握。

完了完了，他真的賣漏了，那很有可能是元青花啊！

但這時候趙明軍的心情已經沒人管了，這事很快傳遍古董市場，攤主們和一些老藏友無一不驚愕，眾人都在想：難不成飛鳳如意雲頭紋的元青花大盤，真的被一個學生撿漏撿走了？

十里村後山的宅院裡，石榴樹下擺了張方桌，唐宗伯坐著擺弄桌上的青花大盤，捏著白鬚點頭道：「嗯，是真品的可能性很大。」

夏芍坐在對面，托腮淺笑。這個青花大盤當然是真的，她可是有天眼護航呢！

「想知道是不是真品，為師有個絕妙之法。」唐宗伯放下盤子，滿面紅光道。

「絕妙之法？」夏芍一看見師父這模樣，就知道定不是什麼靠譜的法子。

「為師為這個大盤卜一卦，看看它到底是不是真的。」

果然，她就知道！

夏芍翻了個白眼，伸手把盤子端過來，托穩了站起身來，笑盈盈道：「師父，祖師爺要是知道您拿咱們玄門的卜術為一個盤子占卜，準會氣得活過來。」

她端著盤子去後院的屋子妥善存放起來，這才又走回來。

唐伯元笑道：「咱們這一行，多命犯五弊三缺，看來妳這丫頭是不缺財的！」

「那師父能推演出來我命中缺什麼嗎？」夏芍笑問。

五弊三缺是指勘輿風水相士這類人的命理，這些人一生洩漏天機太多，在天道輪迴中，大多不能和正常人一樣享受完整的命理。

所謂五弊，即鰥、寡、孤、獨、殘。老而無妻曰鰥，老而無夫曰寡，老而無子曰獨，幼而無父曰孤。至於殘，即為殘疾。

所謂三缺，即錢、命、權。

歷史上很多玄學易學大師命運多舛，就是這個原因。

許多人都聽說過「瞎子算命」，這就是犯了五弊三缺中的「殘」。當然，並不是所有的瞎子算命就一定要信服，這裡面有很多人沒有真才實學。

唐宗伯的妻子早逝，一生無子，可謂犯了鰥和獨，他的雙腿也是因事所傷。夏芍曾問過他，他只道時機不到，告訴她也於事無補，她只好等著，不知師父何時才會將他的事說給她聽。

「妳的命格奇特，為師一直推演不出，也不知日後妳會遇到何事。」唐宗伯嘆了口氣，這些年來，天機越發紊亂，這些天機應驗在他這徒兒身上，也不知今後是吉是凶。

夏芍淺淡地翹起唇角，師父推演不出她的命理，大抵是和她重生的事有關了。

正想著，卻聽唐宗伯「咦」了一聲。

「師父，怎麼了？」夏芍問。

唐宗伯搖搖頭，眼裡的疑惑稍縱即逝，笑道：「師父考考妳。妳來算算，最近這段時間，在我這個老頭子身上會發生什麼事？」

夏芍心裡打了個突，她明明看見師父表情不太對勁，該不是他預感到會發生什麼事吧？這些年來她跟著師父學習玄門術法，深知師父修為的高深，他的第六感比常人靈驗也屬常事。說白了，他或許是感應到要發生什麼事，這才藉著由頭考自己。

夏芍起身回屋，一會兒抱著占卜的工具出來。

一個紫檀木的六壬式盤、十二支紫檀籤，以及紙筆，這些都是排盤要用的東西。

唐宗伯的這個六壬式盤可是法器，夏芍用天眼觀察，見它周邊散發著金色的氣息，顯見是有不少年頭的古董了。

六壬式盤設天盤與地盤，上面的圓盤，稱為天盤；下面的方盤，稱為地盤。二者即為「天圓地方」。天盤的中央是北斗七星圖，周邊有兩圈，內圈是十二個數字，代表十二月將，外圈是二十八星宿。地盤上有三層，內層是八乾、四維。

這些在外人看來很難懂的東西，夏芍卻已經熟得不能再熟了。

她轉動著盤面，將占卜時的天干地支、月將、時辰等逐一寫在紙上，接著開始起卦推演。其實她用天眼看就能知道唐宗伯未來幾天會發生的事，但她對占卜之法感興趣，許多天沒動確實手癢，師父要考她，她便排來玩一下。

「咦？」過了一會兒，待結果出來，夏芍愣了愣，然後看向唐宗伯，「師父，根據卦象，有人會來，東南方向，於您無害，算是中吉之數。時間就在明天，巳時之前必到。」巳時即上午九點。

六壬乃三式之首，卦象一向精準。據唐宗伯說，他年輕時曾在澳門賭場排盤起卦，結果當場就應驗。後來他被一位賭場大佬看上，想要拉攏他，被他拒絕，那大佬竟想來硬的。唐宗伯年輕氣盛，動了那家賭場的風水，絕了人家的財氣，導致賭場沒幾天就關門，還惹出了人命官司，賭場大佬更是賠了精光，一輩子也沒翻過身來。

當時說起這件事，唐宗伯還笑道：「我那時已經是手下留情了，換了心眼再小點的風水師去動動他家祖墳，他全家就會吃不了兜著走了。」

唐宗伯也因為這件事在那些商界大佬裡闖出了名頭，從那以後，沒人敢再強迫他做事。

想著之前師父說起的年輕時的事，夏芍只是一笑，接著道：「師父不是說，知道您在這裡的人很少嗎？這人雖不見得是衝著您來的，但與您相識，既然對您無害，莫非是故友？」

「唉！」唐宗伯嘆了口氣，神色複雜，「看來是天意了……」

唐宗伯嘆氣，夏芍卻很感興趣，想看看師父的故友是什麼人。

第二天早上，宅子果然來了訪客，時間與昨天卦象的結果半分不差。

夏芍開了門，只見來的有三個人。

一位是貴氣儒雅的老人，一位是神情激動緊張的中年矮胖男人，她不認識這兩人，但第三個人卻讓她暗叫不好。

這人不是別人，正是周教授。

周秉嚴一見到夏芍，埋怨地看了她一眼，「妳這孩子，去古董市場買了東西回來，怎麼不拿給我看看？快快快，那個青花大盤呢？」

夏芍在看到周教授的時候，就猜出他是為青花大盤而來。

這些年村子裡的人都知道她經常上山，可都以為她是來照顧老人的，沒人知道她在山上拜了師。而唐宗伯與其說是在村裡休養，不如說有幾分避世的意味。他不想公開身分，夏芍也覺得自己此時的年紀不好讓家裡知道她在學這些，免得他們干涉，徒增麻煩。於是，師徒二人就達成了共識。唐宗伯覺得要看時機，夏芍覺得過些年再說，這事就這麼瞞了下來。

周教授也在被瞞著的人當中。

夏芍掃了三人一眼，見爺爺沒有跟來，這才放下心來。她雖然有天眼，但對自己的事情無法預見，可能是因重生的關係，就連師父也推演不出自己的命理軌跡，她對自己的事情更是感知不到。

見爺爺沒來，想必這事不太要緊。依爺爺的脾氣，要是知道出了這麼大的事，不可能不跟過來。放下心來之後，夏芍這才將三人請進院子。

一進院子，那位貴氣的老人就驚疑著讚道：「這院子的風水好啊！」

周秉嚴聽了不由四下環視，「呵呵，李老先生看來是這方面的大學之士。」

李伯元笑著寒暄：「哪裡哪裡，周教授過獎了。我就是個渾身銅臭的商人，早年認識了位大師級的人物，這才有些心得。哪裡比得上周教授，聽說你們為了周易理論，特地組織了一個研究小組，這些事上我是班門弄斧了。」

「李老先生太謙虛了，研究小組因經費問題早就解散了，我一直在這個小村子養老，哪比得上李老，事業春風高照，為東市陶瓷業的發展起到了很大的帶動作用。」

周秉嚴擺擺手，兩人互相恭維。

夏芍打量著李伯元，她就說這老人怎麼有點面熟，原來老人是香港有名的實業家李伯元老先生。前世李伯元確實來過東市，東市的陶瓷業就是有了他的投資才興盛起來。

莫非，師父的故友是李伯元？

夏芍又看向跟李伯元一起來的矮胖男人，這男人神情焦急，看著自己欲言又止。

夏芍垂下眼簾，這人無論從年紀還是面相上，都不像是師父的故友。

她對李伯元說道：「李老先生，家師在房中等候，請您進去一敘。」

「家師？」周秉嚴奇怪地看著夏芍。

李伯元雖也疑惑，卻沒多問。

夏芍笑著將周教授和陳滿貫安排在東邊的廂房，接著帶李伯元去唐宗伯那裡。她沒進去，將李伯元送進去便出來了。

兩位老人見了面，唐宗伯笑得頗富深意，李伯元卻很錯愕，「唐大師？你……真是你？」

唐宗伯撫鬚道：「呵呵，李老弟，幾年不見，你是財宮盡顯，事業得意啊！」

「哎喲，唐大師，真的是你！你怎麼在這裡？」李伯元激動地上前幾步，「當年那件事過後你就失蹤了，我們還以為你……」

「當年我鬥法時遭人暗算，靠著玄門的人脈關係，才幾經輾轉，來到東市。我見此處風水不錯，適合休養，就留了下來。沒想到七年過去了，竟然在這裡見到你，只能說是天意。我腿腳不適，就不起身了，你自己坐吧。」

李伯元這才看向他的腿，「唐大師，你的腿……」

「傷了經脈，調理了幾年，好不了了。」唐宗伯擺擺手，親手倒了茶遞過去。

李伯元趕緊接下，在華人商界呼風喚雨的老人，在唐宗伯面前卻極為恭敬，這模樣要是讓外人看見，肯定掉了下巴。

「這麼多年了，我真沒想到你會在這種小地方。當年你失蹤後，我曾派人多方打探尋找，就是查不出你的消息，後來開始有傳聞說你已經……唉！總之，你失蹤後，那人這些年可是在香港和東南亞混得風生水起，儼然第一大師，許多政商大佬都是他的顧客，好不風光，甚至連我也……唉！」

李伯元面色慚愧，唐宗伯卻笑著擺擺手。李伯元的做法他理解，他失蹤了，在香港自然就沒人比他師弟更厲害。李伯元是商人，要為旗下的產業考慮，沒有哪個商人會做得罪風水大師的蠢事，除非他想要破產。

「七年沒見，今天在此遇見是幸事，就不談當年的事了。」唐宗伯笑道：「不瞞你說，這些年我在這裡休養之餘，還收了個徒弟，小丫頭好玩著呢！」

「唐大師的徒弟？」李伯元驚訝地道：「是剛才將我引進來的女孩子嗎？」

「嗯。」唐宗伯點頭。

「這事真是……早知是唐大師的弟子，我剛才就……」

唐宗伯的弟子是個什麼概念？放到江湖上，連一些大佬都是要畢恭畢敬的。玄門至今不聽從唐宗伯師弟的話，就因為他沒有玄門的傳承之物，並非玄門掌門。如今唐宗伯還活著，他的嫡傳弟子將來在玄門中是何地位可想而知。莫非，唐宗伯是要讓弟子幫他報當年之仇？

看出李伯元的想法，唐宗伯搖搖頭，「都是老一輩的恩怨了，我不想讓小丫頭摻和進來。不過，這丫頭並非池中之物，總有一天會到那高度的。為了不把她牽扯進來，再過幾年我就回去親自清理門戶。」

李伯元臉色凝重，如今的香港可是那人的天下，唐大師要清理門戶只怕沒那麼容易……

「唐大師，我跟您細說這些年的事吧。」唐宗伯有恩於他，當年他發家全靠他的指點。

唐宗伯點點頭，聽聽李伯元的消息也不錯。

兩人在房裡聊著，外頭的周秉嚴問夏芍：「小芍子，妳不是在山上照顧唐老先生嗎？為什麼稱呼他『家師』？這是怎麼回事？」

周教授出現，夏芍就知道瞞不住了。她對周教授這幾年的教導很感激，瞞了他這麼久，也有些過意不去，而且他這個人重承諾，想必知道了也不會往外說，夏芍便說道：「教授，事情是這樣的……」

接著，她就將這些年的事簡略地說了說。

周秉嚴越聽眼睛瞪得越大，直接從椅子上站了起來，「什麼？說唐老先生是玄學大師，還是有傳承的一派，妳早就拜他為師了？」

周秉嚴激動得想往外走，「妳這孩子，妳明明知道我正在研究這些，居然瞞我這麼久！不行，我得去拜見一下唐老先生，在國內我還沒見過有傳承的玄學大師呢！」

「教授，我師父和李老先生是故交，他們正在裡面敘舊，一會兒就出來了，您先坐下喝杯茶等等吧。」夏芍笑著把周秉嚴拉回來。

「妳師父和李老先生是故交？」周秉嚴愣住。

陳滿貫也吃驚地看著夏芍。他自進門就急得冒汗，腦子想的全是青花大盤的事，不停琢磨著萬一這盤子是真的，怎麼才能把盤子從夏芍手中忽悠過來。

在他看來，夏芍撿漏撿到這個青花大盤是狗屎運，他沒把一個學生看在眼裡，卻沒想到被他視為救命稻草的李伯元竟與這小丫頭的師父是故友，這可不好辦了，難道天意要讓他白忙一場？

想到此處，陳滿貫臉色灰敗。

周秉嚴道：「咦，不對啊！我們剛才進來的時候妳師父沒出來，他怎麼知道來的人是誰，又怎麼知道是他的故友到了？」

陳滿貫也覺得奇怪，心裡又生出希望，但願根本就沒什麼故友，這樣事情就好辦了。

夏芍喝著茶，坐得穩如泰山，「昨天起了一卦，早就算到你們要來。」

「起卦？」周秉嚴眼睛一亮，「妳師父起的卦？」

「卦不算己。我師父的事，他是不會親自算的，卦盤是我排的。」

「妳？」周秉嚴和陳滿貫都愣住，周秉嚴越發激動，「妳真有這本事？」

夏芍淡淡一笑，垂頭喝茶不語。

陳滿貫將夏芍仔細打量了一番，這一看不由心驚。這女孩也就十五六歲吧？可氣質沉穩，至少他沒在任何一個這年紀的孩子身上見過這種氣質。

周秉嚴見她這副高深莫測的模樣，不禁也斂起笑容，「好好好，既然妳有這本事，那不妨幫我看看吧。最近我剛好有件事拿不定主意，妳幫我看看到底怎樣比較好。」

原來，前段時間周秉嚴在京城的家裡來了電話，說是他在村子住了些年，想接他回去。周秉嚴是想在村子裡教書的，可京城那邊孩子們成家了，他也有了孫子，幾年不見很想念，而且孩子們工作忙，他回去可以幫著帶小孫子，頤養天年。

周秉嚴放不下村裡教書的事，又想回京城享受幾年天倫之樂，兩邊猶豫不決。

「妳幫我看看，我到底怎麼決定好。」周秉嚴看著夏芍。

「其實您早就做了決定，您已經決定要回京城了，不是嗎？」

周秉嚴瞪大眼睛，「妳怎麼知道？」

夏芍笑了笑，看著周秉嚴的臉，「您唇邊法令突顯，說明最近有搬遷之事，您根本就下定決心要回京城，這些天說不定正琢磨著準備開始收拾東西，是嗎？」

周秉嚴一巴掌拍在大腿上，「真是神了！這事我誰都沒說，連周旺兩口子都不知道。我打算等收拾好東西，再告訴村裡的人這件事，免得大家上門來看我，我再覺得不捨，改變主意，讓京城的孩子空歡喜一場。」

夏芍捨不得這位和藹的老教授離開村子，卻仍是笑道：「教授放心回去吧，從面相來看，您晚年在學術上還會有所建樹，京城更適合您，只不過我看您太陽穴上方有青筋出現，說明遷移宮有點問題。您回京城的路上，一定要保管好財物，做好分內之事就好，切勿多管閒事。」

周秉嚴聽得愣愣的，連連點頭喟嘆：「隨便看一看，就能看出這麼多事來，我就說咱們國家的文化博大精深，偏偏有些人非說是迷信。依我看，明明很準很玄乎。西方學者說這是一門精深的統計學，我倒是有點認同了。」

「有太多半路出家的人壞了這行的名聲，也不怪別人誤會。」

「說的也是。」

「對了，教授，這事您還得幫我保密，暫時別讓我家人知道。」

周秉嚴嘆氣，「知道了，你們這派有傳承，我不會讓妳斷了傳承的。等妳日後長大，能自己做主了，再跟他們說吧。」

兩人你一言我一語，把旁邊的陳滿貫給看得急了。他已收起輕視的心態，一開始他聽說夏芍學的是這些，有些不以為然，甚至還覺得小小年紀學什麼不好，非學神棍的手段，可是周教授問的事竟然應驗了。

陳滿貫正逢低谷，雖說不太信這些，但都走到絕路上了，不妨試一試，當下看向夏芍，支支吾吾開了口：「這位……呃……」

陳滿貫不知怎麼稱呼夏芍，夏芍笑看了他一眼，「陳伯伯有什麼事就問吧。」

陳滿貫愣了愣，「妳認識我？」

夏芍點頭，她也是剛想起來，這人在東市乃至省內的古董界曾經是響噹噹的人物，可惜生意失敗，從此一蹶不振，至少上一世是這樣的。

「陳伯伯，你要是想問事業上的事，我只能說，你面色灰敗，鼻樑上有青筋，這不僅在命理上是運勢受阻之相，以中醫來說，這叫血脈不通，你身體不太好，有空去看看醫生吧。」

陳滿貫聽得睜大了眼，她還懂中醫？但接著便苦了臉。

他自從生意失敗，三年來起早貪黑，心力交瘁，要說他身體不好，他是信的，可他現在哪有心思去看醫生，即便查出病來，也沒錢治。

「那妳幫陳伯伯看看，我這面相，還有東山再起的可能嗎？」陳滿貫急切問道。

夏芍垂下眼簾，喝茶之時唇角有一抹不易察覺的笑意稍縱即逝。

此時要是唐宗伯在這裡，一定會對夏芍吹鬍子瞪眼，罵她不把玄門當一回事。他成天嘮叨著，玄門是有傳承的門派，在江湖上很有地位，一般交情未到，是不會主動幫人看相的。

比如周教授，夏芍對他有感激之情，且二人有師生情誼，因此才指點他幾句，可陳滿貫和夏芍半點交情也沒有，她卻沒等陳滿貫開口，便先指點他。

事實上，夏芍這麼做是有目的的。陳滿貫在古董界是老行家了，如今生意雖失敗，眼力和人脈卻還在。方才認出他後，夏芍心裡就打起了算盤。

她有心在東市的古董街上開古董店，今年是東市經濟開始復甦的一年，現在開一家店，正好搭上這陣經濟發展的東風，但她要上學，不能自己打理，得找個人幫她。

依夏芍的年紀，別說是找個在古董界有名的人，就是生意失敗的陳滿貫，也看不上她。員工看不上老闆，生意就別做了，所以當夏芍覺得陳滿貫是她要找的人時，先制住他，讓他從心裡敬畏自己，就成了首先要做的事。

夏芍不說話，把陳滿貫急了個不行。

「小夏，妳快幫我看看，我到底能不能東山再起？」

直到陳滿貫又問了一遍，夏芍才抬頭看向他，表情嚴肅。

「陳伯伯，你兩額飽滿而圓，無紋沖無痣斑，雖然你的臉色現在看起來灰敗，但當初一定是極有光彩的。你這種面相在相學裡叫做『橫財』，也叫『偏財』，可見你在當年事業春風得意的時候，幹了件撈偏門的事。這偏門雖然可以撈，但多行不義，撈多了可是會破財的。你入的是古董這行，在這行裡所謂的偏門，又可以稱之為橫財，而這橫財不過是造假、走私這兩條道。只是我看你這一劫這麼嚴重，想來不是前者。我說的對不對，你自己心裡清楚。」

這話聽在陳滿貫耳朵裡，如同平地驚雷，炸得他頭腦嗡地一聲，登時就站了起來。他走私的事，連調查局都沒查出來，她就這麼看出來了？還說得有理有據，連他撈的偏財是走私，她都看出來了……這這這……

周秉嚴看到陳滿貫的表情，就知夏芍說準了，他不由再次審視起自己的這個學生。他只覺得她聰明、悟性高，也看出這孩子將來不簡單，卻沒想到她還是超出了他的預估。小小年紀在玄學上就有如此造詣，真是越來越讓人看不懂了。他教書三十多年，這個學生是最讓他看不明白的。就拿此時來說，他根本不敢把她當十五歲的孩子看。

陳滿貫滿心覺得玄乎，又很是驚懼，顧不得面子，急道：「大師！大師，我已經知道錯了，也嘗到了苦果，您給我指條明路吧，拜託您了！」

夏芍正喝茶潤喉，一聽這稱呼，差點把茶噴出來。雖然她早知日後要習慣這稱呼，可她還是覺得很囧，總覺得這大師叫得好像神棍。

夏芍道：「我看你五官還算有力度，但眼神散漫，明顯架不住，顯見轉運的時機還沒到，而且你多行不義，該有今天這一劫。這個劫可不算小，看你的面色，怕是不容易過去。倘若過不去，你這輩子就這樣了。」

夏芍這話可不是說假的，依陳滿貫的面相來看，如果這個劫過了，他還是有後運的。只是很顯然，上一世他並沒能度過這個劫。

不過，既然她想讓陳滿貫幫她打理古董店，他這世肯定會度過這一劫，但她不會輕易鬆口。如果不給他下一劑重藥，讓他記住這個教訓，徹底洗心革面，她用起來人不放心。

果然，陳滿貫聽說那句「這輩子就這樣了」的時候，瞬間臉色發白。

這時，唐宗伯的聲音從裡面傳了過來。

「小芍子，妳到為師書房來一趟。」

夏芍起身應了，走到門口時，回頭看了陳滿貫一眼，道：「老實說，我看你年輕時應是個重情義的人，且本應是很有經商頭腦，善於理財且衣食無憂之相，但你看重了偏財，一步踏錯，才會招致今天之禍。常言道：一命二運三風水。人有先天之命，也有後天之運，你自己動了歪腦筋，面相再好也救不了你，這就叫報。有很多人相信『我命由我不由天』，我對這句話的理解是，即便是『由我』，也得種善因，才能得善果。今天的結果完全是你自作自受，到底為什麼你會走到這一步，你自己好好想想吧。」

如果不是看出陳滿貫有重情義的一面，她也不會想讓他日後幫她管理古董店。就讓他好好想想吧，希望她回來的時候，他的表現能讓她滿意。

夏芍看了看神情呆茫的陳滿貫，搖頭走去唐宗伯的書房。

唐宗伯和李伯元正面對面坐著敘話，見夏芍進來，唐宗伯笑道：「丫頭，這位是為師的故交，妳稱他一聲李伯父好了。」

李伯元站了起來，「這可不成，以唐大師在江湖中的輩分，我哪能擔你的高徒一聲伯父！」

「你又不是江湖中人，不必按照江湖的規矩來。」唐宗伯擺手笑了笑。按年齡，夏芍喊李伯元一聲爺爺也可以，現在讓她喊伯父，已是給她提了輩分。

夏芍看出李伯元對師父與其說是尊重，不如說是敬畏，看來師父的過往定然不簡單。

「晚輩夏芍，見過李伯父。」夏芍笑著對李伯元行了晚輩禮。

「夏芍？好名字，看著就乖巧懂事。唐大師有此愛徒，真是好福氣。」

「伯元，你可別被這丫頭騙了，她也就看起來乖巧，實際上鬼靈精著，連我這個老頭子都時常被她擺一道。」唐宗伯佯裝瞪一眼夏芍，臉上卻有喜愛的笑容。

夏芍聽著李伯元誇獎自己，師父則是貶回去，臉上卻紅光滿面，不由眼角抽了抽。

聽兩人把沒營養的話說完，夏芍這才問道：「師父，您喚我進來，除了拜見李伯父之外，還有什麼事嗎？」

「哦，我只顧著閒聊，把正事忘了。唉，人老了，不中用了。」唐宗伯笑呵呵道：「丫頭，師父自從搬來此處休養，就再沒給人起卦卜算過，今日與妳李伯父再見，他想請師父為他卜上一卦，為師便想著，這卦還是妳來幫他卜吧。」

夏芍看著師父鼓勵的眼神，心中感動。師父這是在給她造勢呢！其實她想做什麼，師父一直都看得出來。李伯元雖是他的故交，卻也是有名的企業家，此次來東市投資，機會難得，師父這是想幫她擴展人脈。

夏芍也不矯情推脫，當下應了下來。

她取來排卦盤用的法器紙筆，在書桌旁的茶几前坐定，看向李伯元，問道：「請問李伯父，您想問哪方面的事？」

李伯元見她坐得端正，一應器物擺放齊整，倒真有那麼點架勢，不禁笑道：「不如妳幫伯父算算看，看能不能算出我想問的是哪方面的事。」

這求占問卜之事，有問生死、財運、傷病、出行、後代、婚姻等等，後世還有人問股市和房地產的，可謂包羅萬象。

夏芍心中暗道一聲老狐狸，他這擺明是不信任她，想要考考她。既然人家都下了戰帖，關乎師父的顏面，她自然得應戰。

於是，她仔細看了看李伯元的面相，接著篤定笑道：「伯父想問的是，子孫家宅。」

話音落下，唐宗伯含笑點頭，對夏芍拋來讚許的眼神。李伯元愣住，看了唐宗伯一眼，懷疑是不是他給了夏芍什麼暗示。

「呵呵，我可以知道妳是怎麼看出來的嗎？」李伯元原本是想讓唐宗伯幫他起卦的，卻被他推脫給了弟子，這樣他自是要確定夏芍有多少真才實學。

夏芍慢悠悠道：「伯父五嶽豐朝，主一生富貴無憂，但您眉形粗重，且粗中帶濁，濁中有清，想必您年輕時期必得貴人相助，從此興旺發達，可惜子孫不睦。您印堂下位山根之處略微發暗，您來東市前定是曾病過一場，如今大病初癒，精神雖轉好，氣血卻不足，只是暫時並無大礙。您事業興隆，身體也暫無大礙，從面相上來看，除了子孫之事令您操勞，其他的我還真解讀不出來了。」

她說得不緊不慢，李伯元越聽越震驚，最後坐不住了，起身對唐宗伯道：「唐大師，你這弟子果真不負你的盛名啊！」

他早年真是得到貴人指點，而這貴人不是別人，正是唐宗伯。

「我早跟你說過這丫頭在玄學上悟性極高，早晚會青出於藍，這下你信了吧？」

「慚愧，慚愧！」李伯元這才又對夏芍道：「伯父只是考考妳，妳別往心裡去啊！」

夏芍笑著搖頭，「具體的事，伯父說一說吧。」

「嗯。」李伯元點頭，嘆了口氣，「唉，家門不幸，外表風光，實則……唉！」

「伯父慢慢說，別急。」

李宗伯又嘆了口氣，這才說了起來：「我有三個兒子，公司董事會對繼承人的事爭執不休。我這三個兒子，無論是能力或魄力都讓我不放心，倒是孫子還看得上眼，就是老三的長子卿宇，可卿宇年紀不算大，而且是老三的孩子。即便我能說服董事會，廢長立賢，直接立孫子為繼承人，也怕我那三個兒子有意見。再說，要是卿宇做了繼承人，他那整天不務正業的老爸會在公司裡……唉，老了老了，家事難斷，妳幫我卜上一卦吧，看看我要是立卿宇為繼承人，接下來是吉還是凶。」

夏芍點頭，拿起紙筆開始寫寫畫畫，排盤起卦，接著推演。六壬推斷難度極大，從天盤變化到四課，課式繁複多變，過程極耗心神。

待夏芍將結果推演出來，唐宗伯也搖著輪椅過來，看過之後，師徒二人同時眉頭深鎖。

李伯元見狀，心中咯噔一聲，試探地問：「怎麼，結果……不好？」

夏芍道：「大凶之數。」

「大凶？」李柏元臉色煞白，嘴唇有些發抖，喃喃道：「怎麼會是大凶之數……難不成，天要亡我李氏集團？」

李伯元在香港也找人占卜過，但卜算的是立長子吉凶會如何，結果顯示吉中帶凶，即是說，表面看起來安穩，內部卻不穩，集團的未來走勢不好。偏偏他的二兒子自負，三兒子更是不學無術的紈絝，都不是繼承人的好人選，因此，他才將心思動到孫子身上。沒想到，最看重的孫子李卿宇，卜算出來的結果竟然是大凶。

夏芍見李伯元面色悲愴，無聲一嘆。此時的李伯元，並非叱吒商場的老將，而只是個為子孫操心費神的老人罷了。

自從夏芍習慣天眼的能力後，這幾年很少用它去預知別人的未來，因為玄學易理接觸得越深，越覺得人生無常。一個人的命運並非只靠天定，後天遇到不同的人和事，行善或作惡，都會造成不同的因果，隨之而來的就是命運的軌跡發生改變，這就是所謂的無常。

所以，夏芍很少再用天眼去預知很久之後的事，她要看也只是看最近的。

但看李伯元面色悲切，她動了惻隱之心，不由開天眼，幫他看起了幾年後的事。

幾個畫面閃過，她皺起眉頭，問道：「李伯父，您的孫子李卿宇今年多大？」

李伯元從悲戚中抬起頭來，「卿宇今年二十歲，尚在美國讀書。」

夏芍垂下眼簾，她方才在天眼中看到的李卿宇像是二十三四歲的模樣，這麼說，應該是三年後的事。她之所以知道那是李卿宇，是因為她看見了一場血腥的綁架案，後來報紙上刊登的是「香港嘉輝國際集團董事長內定繼承人李卿宇遭綁架慘死」，下方還寫了李卿宇的介紹和年齡。

李伯元希冀地看著她，唐宗伯也奇怪地看向她，都不知她為何有此一問。

「李伯伯，雖說家務事早斷比晚斷好，但這事既然是大凶之數，我建議您還是晚斷比較好。這大凶之數並非應在公司上，而是應在您的孫子身上。」夏芍抬起頭來說道。

李伯元和唐宗伯卻都驚到了。

「什麼？應在卿宇身上？」

「丫頭，這事是妳從卦象上看出來的？」唐宗伯的眼神透著灼灼的精光。

夏芍就知道師父會盤問她，當下搖頭道：「不是從卦象上，而是推斷出來的。」

「推斷？」

「嗯，師父，您想想看，李伯父是商場老將了，他看中的繼承人，眼光是不會錯的。那即是說，如果他的孫子繼承公司，能力不會有問題。既然公司沒問題，卦象上的大凶之數會應在哪裡呢？自然是在人身上了。要是人不在世上了，公司就好不了了。」

這種事在豪門並不少見，夏芍相信，李伯元能明白是什麼意思。

果然，李伯元的臉色變了幾變，眼裡流露出悲哀之色。

唐宗伯點頭，接受了這個推斷，點頭道：「推斷得有道理，怪不得祖師有云，占卦精準的不一定是好卦師，能解出卦象來的才算是好卦師。看來在占卜卦術一道，妳這丫頭比師父有天賦。」

夏芍笑了笑，有些心虛，她有天眼在，論解卦，這世上可不是沒人比自己厲害嗎？

「李伯父，您不必太悲觀。世上既有占卜卦術能預知吉凶，就可以提前尋求解決之法。那大凶之數應在三年後，尚有時間。您既然是師父的故交，三年後我會去一趟香港，看看能不能幫您化解此劫。」

這突如其來的話，讓唐宗伯撫鬚的動作頓了頓，臉上露出凝重的神色。

香港有他的大敵在……

李伯元卻是激動地抓住夏芍的手，「要真是這樣，伯父不知道該怎麼謝妳好！」

李伯元這時已經不把夏芍當孩子看了。她說話有理有據，沉穩淡然，學習玄學易理，早早便知人生無常，年紀不大養成這樣的性子很正常。別人不說，他孫子李卿宇像她這般年紀時，還不是成天老氣橫秋的？

而且，夏芍如今就有如此修為，三年後還不得更厲害？到時她要是願意出馬，這一劫說不定真能躲過去……

唐宗伯眼睛微瞇，看來他三年內得去趟香港先清理門戶。

師弟多年前傷了他，他可不會再給他機會傷害他的徒兒。

「李伯父，您是師父的故交，這些年他在山上休養，我從沒見過有人來看他。既然今天遇見您了，您的事我自然是要幫上一幫的。」夏芍道，這話是出自真心的。

「好好好！」李伯元感動地點頭，隨即想到什麼似的說道：「妳看看我，只顧著高興，居然把卦金的事給忘了！對對對，卦金卦金！」說著，李伯元掏出隨身攜帶的支票，寫了個數字遞給了夏芍。

夏芍接過一看，表情淡定，內心卻很驚訝。

一百萬……美金？

夏芍拿著支票，看向師父。

風水相師不是餐風飲露能過活的，他們吃的是洞察天機幫人趨吉避凶的飯，自要收錢。有人覺得洩露天機之說是扯淡，是江湖術士用來糊弄人的，其實不然。人一生雖無常，禍福吉凶卻有跡可循，往往是你做下了因才會有果。這種因果循環如同冥冥中一張大網，將眾生網在其中，天道恢恢，生老病死，誰也逃脫不得。

洩露天機讓人的命運改變，或行善或為惡所產生的果，風水相師多少都要承擔一些。許多術士大多死得太早或不得善終，就是因為洩露太多天機。

比方說她剛才為李伯元卜卦，原本卜算的結果是大凶之數不算什麼，但在解卦時她解釋得很明確，明明白白告知李伯元這卦象應在他孫子身上，這就是洩露天機。

很多人在請相師卜算吉凶時，會覺得相師說的話太高深，讓人聽不懂，這其實不是相師在故弄玄虛，而是不得不說得模稜兩可，避免洩露天機。

這些年來，每回唐宗伯教夏芍卜卦，她從旁觀看時都能看見他周身元氣的混亂波動，且每次推演結束，唐宗伯都要休養一陣子元氣才會恢復，可見這些事對相師本人確實有影響。

奇怪的是，夏芍修煉玄門的養氣之法，占問推演卻從未感覺自己周身的元氣有變化，不知這是不是與她重生有關，但她不敢認為自己在天道之外。

總之，做這一行是有風險的，看得明白的人收取了報酬，便會拿去行善，以積善德來抵消積攢在身上的果報。因此，夏芍早就決定，以後幫人風水勘輿或相面卜卦、化解災劫得來的錢財，要拿去成立慈善基金，多積些善德，幫助需要幫助的人。

至於她想要錢花，可以自己做生意賺，比如從事古董這一行。

當然，這不代表她在風水相師這一行就白做了，這不是除了錢，還有人脈嗎？經過今天這一卦，她和李伯元之間的交情是定下了，日後自己做生意，這不就是好處？

人脈是無形的資產，你永遠不知道它會衍生出多少好處來。

唐宗伯笑了笑，擺手道：「伯元，一百萬就成了，美金還是免了。丫頭在這一行剛起步，不要一開始就把價定得太高了。以後等她去了香港，幫你化解了災劫，你再好好酬謝她吧，那才是真的拚修為。」

「這……」李伯元為難地看向夏芍，就怕她不高興，畢竟三年後他可是要求著這丫頭的，現在就把她得罪了，那還成？

卻不想，夏芍笑容淺淡，毫不猶豫地點頭，「就按師父說的辦。」

反正不是自己花，少兩個字她不心疼。

李伯元心中暗驚，這孩子可不得了，從剛才他說一百萬美金到變成一百萬，若不是了解她與尋常孩子不同，他真的會懷疑她根本就不知道這兩個字之差會差多少錢，可她自始至終表情沒變過，這心性將來可是足以成大事的。

李伯元哪裡知道，夏芍此時心裡在哀嚎：一百萬啊！老娘上輩子摸爬滾打多年，也沒攢下一百萬的身家來！

哀嚎歸哀嚎，李伯元付的卦金，即使唐宗伯不說，夏芍也打算把「美金」兩個字給抹了。她曾聽師父說過，當年他名聲最盛之時給人卜卦，不算化解災劫的酬勞，一卦之金只是一百萬美金。自己才剛出道，自然不好與師父同一個價碼。李伯元想必知道師父的酬勞標準，所以按照付給師父的酬勞標準付給自己，給足了她面子，但她不可能真收這麼多。

李伯元還真是這麼想的，他不知道給夏芍多少合適，多了怕得罪唐宗伯，少了怕得罪夏芍，索性說一百萬美金，把皮球丟給唐宗伯，讓他去定，這樣兩邊誰也不得罪。

見夏芍沒意見，李伯元這才放下心來，又重新寫了一張支票，道：「成，那就這麼辦。其實我今天本來是想……」話說到一半，他才想起今天來的目的，不由叫了一聲，「哎喲，我怎麼把這事給忘了，今天我可是為了青花大盤來的！世侄女，那個青花大盤呢？快拿出來我看看是不是元青花！」

李伯元愛瓷器，尤愛青花瓷，還從海外購得不少稀罕青花瓷，甚至不滿足於自藏自賞，便在香港開辦了私人的收藏館，專門展示他的收藏。

夏芍笑著點頭。

周秉嚴和陳滿貫還在廂房坐著，夏芍推著唐宗伯出來，李伯元也跟著。

三人一走到門口，就見陳滿貫奔出來，一見夏芍，就撲通跪下了。

「陳老闆，你這是幹什麼？」周秉嚴見勢趕緊去扶他。

李伯元不知發生了什麼事，奇怪地看向夏芍。唐宗伯一看便明白了個七八分，不由瞪了徒弟一眼。夏芍心虛，衝師父甜甜一笑，換得老爺子翻白眼輕哼。

陳滿貫痛哭流涕地開口道：「大師，我知道錯了，求您給我指條明路吧！我窮苦起家，家裡老婆孩子跟著我受苦，後來我發了財就蒙了心，現在我落魄了，叫他們也跟著我受人白眼，我對不起他們，我想重新改過，想讓他們過真正的好日子，可是我到現在都沒翻過身來……大師，我真的知道錯了，求您給我指條明路吧！我發誓這輩子再不賺那昧良心的錢了，我發誓好好對待老婆孩子……大師，我求求您了！我、我給您磕頭！」說著，他還真砰砰砰地磕了起來，顧不上這麼多人在，更顧不上面子了。

唐宗伯瞪著徒弟，「妳惹下的好事，自己解決！」

夏芍只好笑笑，上前把陳滿貫扶起來。見這四十幾歲的男子真情流露，還記掛著老婆孩子，看來稱不上大惡，想來內心沒少受煎熬。

「行了，陳伯伯，我看你也算是真心悔過。不過，現在李伯父要看看那個青花大盤，你的事等會兒再說吧。」她這麼說，等於說同意給陳滿貫指路了。

陳滿貫用袖子抹了抹臉，連連點頭，一顆懸著的心總算是放下了。

推著唐宗伯進廂房，給李伯元、周秉嚴和陳滿貫都倒了茶水，夏芍這才去後院取東西。等她再回來，眾人的視線便都集中到了她身上……確切地說，是集中到她手上。

「對對對，就是這個青花大盤！」

陳滿貫激動得雙眼紅腫，說話尚有鼻音。

「哎喲，小心，小心！」李伯元盯著夏芍往桌子上放的動作，不停從旁叮囑。

周秉嚴也靠過來，四人將桌子圍了起來。唐宗伯早就看過，只笑著喝茶不語，時不時睇夏芍一眼，心道：臭丫頭，心裡打的什麼算盤，當為師看不出來？

「這直徑目測足有五十多公分，實打實的大盤子啊！」

「構圖滿密，青白釉，青花發色藍中閃灰。關鍵是瓷胎色正，不像景德仿的。用機械加工原料生產，胎質不是過白過細就是過密……」

「嗯，釉面還真有糯米感，盤底……嘶！」

「快看這盤口，線條流暢，不落刀痕，不像現代仿品的拉坯拉得很厚，線條生硬，規整有餘，刀痕累累。」

三人議論一番，越看越震驚，最後由李伯元下了定論：「這還真是元青花，而且這飛鳳如意雲頭紋……是官窯器！品相這麼完好，價值不菲啊！」

眼睛瞪得最大的就屬陳滿貫，他震驚地看向夏芍，嚥了口唾沫，「大師，您、您可是撿了大漏了！我能問問您多少錢撿回來的嗎？」

夏芍也不隱瞞，淡淡一笑，「一百五。」隨即又道：「別叫我大師了。」她真聽不習慣。

此時哪有人管這個，周秉嚴用手按了按心臟，半晌才道：「我幾年前花了幾百塊錢撿了塊清乾隆年間的端硯回來，高興了老久，這下可好，我這學生花了一百五，居然撿了個元青花，這、這真是……」

「呵呵，世侄女，這青花瓷盤品相好，妳知道伯父最愛青花瓷，更別提元青花了。」李伯元眼中飛揚的神采洩露了他的心思，他用手比出一個數字，「看在咱們的交情上，伯父也不虧待妳，八千萬，這個青花大盤勻給伯父，妳看怎麼樣？」

「八千萬……」周秉嚴看向夏芍。他教了一輩子的書，可沒見過這麼多錢。他是清楚夏家的境況，只要賣了這個青花大盤，他們一家這輩子吃穿不愁了。

陳滿貫則是暗暗嘆了口氣，這錢要是放在三年前，他也是要震一震的，畢竟一百五十塊買回來的，就跟撿了沒什麼區別。轉手就是八千萬，這是怎麼樣的暴利啊……

剛進屋時，他還在想著如果是真的，要怎麼從夏芍手上忽悠過來，但現在能怎麼樣呢？說一點貪念也沒有是假的，可他最終把這念想壓了下去，這盤子終究不是自己的。當年他就是貪那些不該是自己的，才落到今天這個地步，如果他再犯，那真是對不起老婆孩子了。

「怎麼樣？」李伯元又問了一遍。

他想著，剛才那一百萬美金夏芍不放在眼裡，現在可是八千萬，任她心性再好，年紀終究擺在那兒，她能真的無動於衷嗎？

夏芍卻嘴角彎彎，露出笑容，「抱歉，李伯父，這個青花大盤，我現在不賣。」

「不賣？」

夏芍點頭，眼神清明。

她淡定得很，其他人卻淡定不了。

八千萬她都不賣？這可是白撿的錢，就算她再不同於普通的學生，面對這樣的巨額財富，她竟能不動心？

陳滿貫不可思議地看著夏芍，周秉嚴雖也驚訝，可深知這學生向來有主見，尚能自持。

李伯元則是驚訝過後，笑了起來，顯是聽出了夏芍話裡的門道。

「現在不賣的意思是？」

夏芍笑了笑，跟老狐狸打交道還是有好處的，比如在這種時候，不需要多費口舌，「李伯父，我聽說下個月在東市有場拍賣會是吧？」

夏芍也不拖泥帶水，直接說出意圖。

東市今年有香港大佬來投資，想帶動古董業的發展，因此從這一年開始，開啟了年年舉辦拍賣會的慣例，夏芍的目光便是瞄準了這次的第一屆夏季拍賣會。

李伯元笑道：「原來妳是把主意打到拍賣會上了。伯父不妨與妳說句實話，八千萬的價碼就是放到拍賣會上，也估計不會再漲了，伯父給的價可是半點也沒虧待妳喔！」

他以為夏芍覺得價格低了，當然，他知道這樣的胃口可不是尋常學生敢有的，換個人來，只怕早就被這價碼震得不知所措了，因此李伯元對夏芍的印象非但沒降低，反而有些讚賞。

陳滿貫也附和：「李老說的是，拍賣會下個月便要舉辦，很多拍品已經定下，這時候拿過去不符合流程不說，元青花可是國寶級的瓷器，一旦現身拍賣會，必定是重頭戲。這個青花大盤要是想進拍賣會，要先經過許多專家的鑑定，從時間上來說，是來不及了。」

雖然夏芍答應幫他化解劫難，但他還是想結交李伯元，一聽夏芍不想賣，便幫著勸說。要是勸通了她，自己也算是賣了李老一個人情。

不想夏芍還是笑著搖頭，「所以我說，現在不賣。」

周秉嚴聽不懂了，「小芍子，妳既然現在不賣，提今年的拍賣會幹什麼？」

「這個青花大盤雖然今年不賣，但我有三個古董想託李伯父幫忙送進今年的拍賣會。」

「什麼？妳還有其他東西？」周秉嚴愣了，隨即苦笑。這……他以為他很了解這學生，畢竟教了她五年，也算看著她長大的，怎麼今天一天感覺忽然間對她了解的太少了？

陳滿貫很是震驚，李伯元來了興趣，笑問：「妳還有別的？那拿出來看看吧，要是真品，伯父一定幫妳這個忙。」

「那就先謝謝伯父了。」夏芍笑著將青花大盤端起來，李伯元瞅著，雖不捨，也只能看著她端走。畢竟這古董太稀貴了，放在這裡萬一磕著碰著了，誰也說不清。

過了一會兒，夏芍回來，手裡拿著三樣東西，一個紫砂壺、一個瓷瓶和一個鼻煙壺。

這鼻煙壺便是夏芍第一次去古董市場淘回來的，胎畫琺瑯半開蓮花的圖樣。李伯元對此不太熟悉，周秉嚴則時常把玩這些，幾番推敲，震驚地斷定是清乾隆時期所製。

瓷瓶是清乾隆款的玉壺春瓶，琺瑯彩，李伯元最愛的是青花瓷，但其他瓷器也有涉獵，粗略看過，也斷定十有八九是真品。

到了紫砂壺，三人卻犯了難。

這紫砂壺器形大氣，古樸雍渾，就是太過簡潔，壺底有款，刻「大彬」二字。

起初三人看了這落款都是一驚。

此人乃明末清初的紫砂大家，存世作品據說僅數十件，若真是他的作品，那就值錢了。

周秉嚴卻笑了，「我看是仿的。大彬體我識得，他的書法功底可是不錯的。我研究過，這絕對不是他的字。舊仿還是新仿我說不清，真品的可能性倒是不大。」

「要是舊仿，那也不錯。」李伯元看向夏芍，「這些都是妳的？」

「不不不！」陳滿貫搶先開了口，神色震驚且激動，「這有可能是真品！你們看這器形，是仿供春壺的，這說明是他早期的作品！早期他都是請人代筆，後來才開始揣摩名家書體，自成書法，從那以後才開始自己題名！」

周秉嚴一聽，趕緊再細看。

夏芍露出頗有深意的笑容，她敢篤定這壺是真品，但別人沒有天眼，鑑定自然要憑眼力和經驗。看來陳滿貫不但會做生意，經驗也豐富。

這下子三人可都震驚了。

「小芍子，這些東西妳是……」周秉嚴一瞬不瞬地盯著夏芍。

夏芍笑道：「有偶然間得到的，也有跟那個青花大盤一個來路的。」

她沒說全是撿漏撿來的，可三人不是傻子，偶然間得到的？她哪來的錢買？

在場的三人，就連周秉嚴都認為那個青花大盤是夏芍運氣好撿回來的，卻沒想到轉眼她居然又拿出三件古董來。

事不過三，哪有人總有撿漏的好運氣？

難不成，她真是自己看出來的？

周秉嚴相當震驚，這學生是他教出來的，可是他浸淫多年，也沒練出這等撿漏的眼力，她是怎麼練出來的？這一行靠的是深厚的歷史文化底蘊和廣博的鑑定知識，她、她怎麼有這麼厲害的功力？

這眼力……好得也太變態了吧？

陳滿貫果真像看變態一樣看著夏芍。

年僅十五歲的女孩子，懂玄學易理又對古董鑑定有著不俗的眼力，說出去哪有人會信？

唐宗伯眼底則有看好戲的笑意，他這徒弟向來低調，一旦高調起來，必有目的。

「哈哈哈！」李伯元最先笑起來，「好好好，江山代有人才出！想不到妳有這等眼力，居然還是個高手！妳老實跟伯父說，妳是在打古董這一行的主意吧？」

她委託他將這三件古董送進今年的拍賣會，想來還是需要錢的，但需要錢卻不肯賣那個青花大盤，那只能說她的意圖令人深思。

這點門道李伯元一看就明白，她是想用這三件古董賣的錢作為本金，進入古董這行當，明年以古董店的名義送拍那個青花大盤，一炮打響古董店的名氣，這算盤打得好。

夏芍也不隱瞞，大方承認，「什麼都瞞不過李伯父，我確實有開古董店的打算。」

「呵呵，難得妳這般年紀就有這麼大的野心，伯父自然會幫這個忙！這三件古董伯父今天就先帶回去，流程妳不必管了，保准叫妳一個月後進入拍賣會！」

李伯元正在東市搞投資，政府官員天天陪著，別說這三件古董，就是元青花在這個月內要送拍，東市政府只怕也會積極配合安排。

「那就多謝伯父了。」

「妳這孩子跟伯父客氣什麼！」李伯元笑著擺手。她可是唐宗伯的弟子，三年後自家孫子的事還得求著她，賣這點人情給她，根本就不算什麼。

兩人又說了幾句話，夏芍答應元青花一定留給明年李伯元來拍，這才算完。

周秉嚴聽到自己的學生有開店做生意的想法，更看不透她了，「小芍子，我知道妳一向有自己的想法，但這開店的事哪有這麼容易？聽我一句，現在還是好好讀書的好，做生意的事等妳大學畢業了再考慮也不遲，萬一妳吃虧摔了跟頭，課業成績又落下來，可就得不償失了。」

夏芍知道周教授是真的擔心她，當下笑道：「教授，您不用擔心，我保證學業不會落下，而且我平時要上學，沒那麼多時間管店裡的事，肯定是會找合夥人的。」說著，她看向一旁的陳滿貫，笑著問：「不知道陳伯伯願不願意？」

陳滿貫自聽到夏芍有開店的之後，心裡就咯噔一聲。他知道夏芍眼力好也有資金，但她沒時間沒人脈，經驗也不足，而他正好有時間有人脈有經驗，就是沒錢，這不是天賜的合夥人嗎？

難不成……她說的要幫自己化解這個劫難，說的就是這件事？

雖然心裡這麼想，他可不敢肯定夏芍一定會找自己，所以只是豎著耳朵聽，聽夏芍有什麼打算，直到夏芍問到他，他才又驚又喜。

「願意願意，夏小姐，我當然願意！」他生意失敗後，所有人都躲著他，連銀行都不貸款給他。他摸爬滾打這三年，缺的就是這麼個肯用他，肯在這時候拉他一把的人。

陳滿貫激動之餘，倒是有些感動了。

夏芍笑著點頭，「好，這事等拍賣會結束後我再跟你詳談，今天就先到這裡吧。」

十里村的人得知周秉嚴要回京城後，全村老少出錢擺了餞別宴，宴席就擺在周教授和周旺家的院子，兩家相鄰。這天，兩家大門敞開，酒席擺了足有五六十桌，全村的人都到了，連夏芍的父母也特地請假回來，為的就是謝謝周教授。

當初夏國喜要夏芍轉學，夫妻還很擔心，沒想到夏芍的成績極好，尤其是上初中後，成績年年都是全市第一，這實在是出乎夫妻兩人的意料。女兒成績好，他們自然不會忘記周教授教導的功勞，因而今天請假要來送行。

宴席直到傍晚才散，村民們走時都依依不捨，說好了周教授臨行那天一起去車站送他。

周秉嚴把夏芍叫到屋裡，「小芍子，我知道妳從小就有主見，但是我還是希望妳能把精力放在學業上，希望妳以後能考一所好大學。我一點也不懷疑妳以後會有大作為，但是學無止境，學習對妳來說終究沒有壞處。」

夏芍點點頭，面對周教授臨行前的最後一次諄諄教誨，心裡不捨，「教授，您放心，我的學業絕對不會落下。我答應您，以後會考取京城大學，到京城去看望您。」

「好好好！」周秉嚴聽了感動至極，連連點頭，「那我就在京城等妳，等妳考取京城大學，咱們師生再在京城相會！」

夏芍重重點頭。

一個星期後，周秉嚴坐上前往京城的火車，離開了十里村。全村老少將他送到村口，夏芍和劉翠翠、杜平、胖墩四人更是將他送進火車站，胖墩哭得眼睛都腫了，就連平時最開朗的劉翠翠也哭了。夏芍被這氣氛影響，沒能忍住地紅了眼。

周教授走後，夏芍仍有離別的感傷，卻知道自己現在最應該做的是什麼。

她清點了這幾年淘來的古董家當，來到東市後來的古董一條街上，尋摸好了地段。

大半個月後，東市第一屆夏季拍賣會揭開了序幕。

第三章 一鳴驚人

東市的夏季拍賣會場設在市中心的飯店展覽廳，市政府對此次的拍賣會極為重視，邀請的全是東市乃至省內各行各業有頭有臉的人。這些人並非都是古董的愛好者，有不少人是抱著結交人脈的心思來的，也有人想趁機展示自己的財力，顯擺一番。

夏芍到達會場時，展覽廳裡隨處可見握手寒暄和對著展覽品指點恭維的情景。

「夏小姐，需要現在就帶您去見董事長嗎？」

夏芍身旁跟著一名西裝革履、面容乾淨的男人，年約二十八九歲，名叫楊啟，是李伯元的助理。李伯元身為香港嘉輝國際集團的董事長，今天有政府官員全程陪同，早上便派揚啟和司機開車去接夏芍過來。

在楊啟眼裡，夏芍一身白色長裙，長髮披在肩頭，臉蛋白皙如玉，臉上掛著微笑，柔美淡然的氣質看起來就像鄰家女孩一般，他尚未看出這樣的女孩為何會受到董事長重視。

楊啟跟在李伯元身邊幾年，自然懂得分寸，董事長的決定自有他的道理。

「不急，我先看看展覽品。楊助理有事就先去忙吧，一會兒我自己過去就行了。」

「我今天的工作就是陪著夏小姐，既然您想先看看展覽品，那就請隨意。拍賣會開始之前，我再帶您過去。」

楊啟職業化地一笑，卻獲得了夏芍的好感。香港大集團的高級特助，被派來東市這個不起眼的三線小城市陪她這個身分不明的人，一般人心裡都會犯嘀咕，她還以為會看見楊啟不以為然的目光，沒想到他卻是不卑不亢，很有職業素養。

展覽廳中的玻璃展示櫃放著今天要拍賣的古董，從字畫瓷器到玉器家具都有。這些古董已經在此展示三天，今天便會拿出來拍賣。

藝術品拍賣市場剛走熱，國內還沒有實力特別雄厚的拍賣公司，或者說，古董拍賣還沒怎麼興起。東市尚未有拍賣公司，收藏家還是喜歡找信得過的古董店私下交易，對拍賣會上的東西真假心存疑慮。東市政府因重視這次拍賣會，特地從國外請了一家拍賣公司來主持，又請了京城的專家對收藏品進行鑑定，確保這次的拍賣品是真品。

夏芍站在展示櫃前，看起來像是在看裡面的拍賣品，事實上，心中卻是在盤算日後是不是要成立拍賣公司。

「夏小姐？」

這時，身後傳來一個男人驚喜的聲音。

夏芍回身，見來人是陳滿貫。

「陳伯伯來了？」

「是啊，這都要感謝李老，要不是李老，我還拿不到邀請函。」陳滿貫笑了笑，表情沒有什麼不自在。

夏芍覺得自從那天陳滿貫在山上大哭懺悔後，整個人的心態發生了很大的變化，現在他臉上的灰暗之色淡了不少，看來上一世他沒能度過這個劫，可能是因為心境上沒改變，沒想到自己的一通狠話，讓他看開了不少。

「能在這兒見到夏小姐真是太好了，我對夏小姐的眼力十分佩服！我在夏小姐這年紀的時候，剛進入古董這行，那時還是學徒，眼力跟夏小姐可是沒法比的，哈哈！」陳滿貫哈哈一笑，聽著倒不像恭維。

夏芍笑著搖頭，「陳伯伯在古董這行打滾幾十年，論眼力還有很多值得我學習的地方。」

這話夏芍可不是說假的，她雖然有天眼的能力在，卻不想太過依賴，能有機會學些東西充實自己當然是好的。

「陳伯來了正好，不如我們一起看看這些展覽品？」

陳滿貫欣然接受，兩人沿著展示櫃一路看過去，楊啟很敬業地跟在後面，只聽不語。

三人邊走邊鑑賞，走到一處展示櫃前，夏芍卻停住腳步，微微皺起了眉頭。

這個展示櫃裡有一個鈞窯水仙盆，盆底有一塊紅色如同祥雲的圖樣，非常漂亮，下方標籤上的年代寫著「北宋」。

陳滿貫嘖嘖兩聲，「這個鈞窯瓷盆可是拍賣會的重頭戲，鈞窯掛紅，價值連城。李老向來喜愛收藏瓷器，雖然他最愛的是青花，但只要是名窯，他均有涉獵，這個鈞瓷只怕是他的了。」

夏芍的眉頭卻沒舒展開，「我看還是讓博物館收走比較好，這是墓裡出土的。」

陳滿貫一愣，笑道：「夏小姐說的對，地面下的東西按理說是該歸國家所有，不過，有的早就在藏市上流通好多年，說不清來路了。有人說是祖輩傳下來的，國家沒證據，也不好主張權利。只是，我看這個鈞瓷不見得是墓裡的，宋代墓葬發現不少，卻從來沒出土過鈞瓷，反倒是元代墓葬有出土過。這標籤上的斷代寫著北宋，市裡請了京城的老專家鑑定，十有八九不會錯。」

陳滿貫還沒忘記那天夏芍教訓他以前走私的事情，以為她是不喜國家的東西被私人所有。

夏芍笑笑，還是搖頭。陳滿貫沒明白她的意思，她之所以敢如此斷定，是因為這瓷盆周圍裹著一層陰煞之氣。如果不是在風水不好的墓穴中形成的，那就很有可能是有人挖盜洞，壞了墓中的風水，久而久之沾染上的。

中醫講究陰陽，認為陰虛則血不足，陽虛則氣不足，一定要陰陽平衡，人才能健康，而玄學易理中，則有陰煞和陽煞的說法。

所謂煞，就是說破壞陰陽平衡，對人產生不利影響的外界因素。

陰煞是指陰氣過重所形成的煞，陽煞則正好相反。

平時人一陰陽失調，就容易生病，更別說遇見煞了。

這個瓷盆聚集陰煞，放在博物館裡倒沒什麼，若是放在家裡時常近距離觀看，長時間接觸，必定沾染入體，導致陰陽失調，對身體很不好。身體不好，事業、運勢等等自然會受到影響。

陳滿貫看夏芍的笑容裡似有深意，不由生出好奇之心，剛想問個明白，就聽見後面有人跟他打招呼：「喲，這不是陳老闆嗎？最近在哪發財啊？」

夏芍和陳滿貫轉過身去，只見一個身材中等油光滿面的男人笑著走了過來，身邊還挽著一名高瘦靚麗的女人。

夏芍一眼就認出這人，吳玉禾。以前陳滿貫生意沒失敗前，算得上是東市古董界的二把手，如今陳滿貫落魄了，吳玉禾便成為東市最有名的古董商，在省裡的古董界裡也是說得上話的人。

夏芍既然打算涉足古董界，周教授走後，自然將東市數得上的人都過濾了一遍。

這個吳玉禾，從面相上來說，笑起來眼睛一大一小，雖有財富，卻是詭詐之人，看他打招呼的話就能聽出來。陳滿貫在東市也算是名人，身為同行，吳玉禾不可能不知道他的近況，這話純屬揭人痛處，且此人奸門生有黑痣，主外情，心多淫慾。

夏芍看向吳玉禾身邊的女人，卻發現有道肆意的目光在打量自己，抬眼望去，正好對上吳玉禾色瞇瞇的目光，不由皺了皺眉。

陳滿貫笑道：「吳老闆，你還不知道我嗎？當然還是老樣子，只不過託了朋友的福，得了張邀請函，這才進來會場看看。我是一想到會場裡有些好物件，心就像貓抓了似的，呵呵！」

陳滿貫的表現讓夏芍滿意地點點頭，面對對手的擠兌，他算是沉得住氣，沒把託了李伯元的關係得到邀請函的事說出來炫耀，也沒有生氣。

吳玉禾哈哈大笑，「我看陳老闆現在還是混得不錯，身邊這位小姐很清純很漂亮啊！」

陳滿貫皺起眉頭，「吳老闆，我想你是誤會了。這位夏小姐不是我帶來的，我們是在會場遇到的，只是一起看看今天的拍賣品。」

「我懂，我懂！」吳玉禾笑著看向陳滿貫，遞給他一個「我們都是男人，你不說我也懂」的眼神，目光卻又在夏芍身上打量起來。真清純，還是學生吧？嘖嘖！跟自己身邊這妖嬈的女人完全是不同的味兒，他怎麼就沒想到找兩個來嘗嘗鮮呢？陳滿貫都落魄了，還能找到這樣的女學生，可見也不用花幾個錢。

吳玉禾身旁的女伴也看向夏芍，面色不善。這麼小就會鑽營，找的還是個落魄的！

「吳老闆，夏小姐還是學生，她是來參加拍賣會的，你真的誤會了。」陳滿貫皺眉道，又看向夏芍，「夏小姐，我們去那邊看看吧。」

「好。」夏芍非但沒有生氣，反而笑容甜美。只是臨走時低頭看向自己白裙子的裙角，似乎那裡碰到髒東西，稍稍俯身拍了拍，這才對吳玉禾和他旁邊的女人禮貌地點頭，轉身準備離開。
剛轉過身，楊啟便揚起職業化的笑容，「夏小姐，時間差不多了，我帶您去見董事長。」
夏芍微微一愣，時間差不多了嗎？應該還有一小時吧？
她抬起頭，正好對上楊啟眼底隱含的笑意。
夏芍會意過來，有些感動，也不辜負楊啟的好意，點頭道：「好，那就麻煩楊助理了。」
「榮幸之至，您這邊請。」楊啟紳士地做了個請的動作，帶著夏芍和陳滿貫走了。
吳玉禾看得愣愣的，過了好一會兒才問：「助理？董事長？什麼董事長？」
旁邊的女人吶吶地道：「不知道。」
「跟過去看看！」吳玉禾說著，拉著女人就要跟過去。
剛一抬腿，便感覺到腿腳不知何時竟變得僵冷無比，像是被凍麻了。剛才他只顧著留意楊啟話裡「董事長」代表的意思，沒發現自己腿腳的變化，這腿一抬，沒有心理準備，居然往地上趴去，連身邊挽著他手臂的女人也被拉得摔在了地上。
兩人這麼一摔，動靜不小，引得會場裡的人紛紛側目。
吳玉禾也是小有名氣的人物，很多人都認識他，只見他身邊的女人摔得高跟鞋都掉了，還一瘸一拐地把他扶起來。他嘴角更是掛了血絲，磕破了不說，當即就腫了起來。
走在前面的陳滿貫和楊啟也聽見聲音回過頭來。
陳滿貫不解，「吳老闆是怎麼了？」
夏芍一笑，「誰知道。做人心思不能太詭詐淫邪，或許這只是一點報應吧。」
原來夏芍趁著整理裙角的時候，引動了一些陰煞之氣聚集在吳玉禾的腿上，造成他腿腳僵冷，讓他摔了這一跤。她這已是手下留情了，如果她再狠心些，煞氣深入他腿腳的經脈，那就不是摔跤這麼簡單，估計他下半生得坐輪椅了。

陳滿貫見夏芍笑容頗有深意，不由一驚，莫非吳玉禾摔的那一跤跟她有關係？

楊啟也看向夏芍，眼中有不解和怪異的神色。經過這麼一會兒，他算是看出來了，這少女絕不是泛泛之輩。剛才的事，換成任何一個女人被誤解，都會憤怒和委屈。成年人尚且如此，更別提一個只有十五歲的少女，可她卻不澄清，還淡定微笑。

這種感覺真怪異……

「楊助理，我們走吧。」夏芍轉頭對楊啟笑了笑。

楊啟回過神來，迅速調整心態，帶著夏芍和陳滿貫去見李伯元。

夏芍見到李伯元的時候，李伯元身邊還有一名東市政府的官員。夏芍對這官員有些印象，是副市長劉景泉。

劉景泉主管東市的經濟，前世東市經濟之所以發展起來，跟這位實幹派的副市長有著很大的關係。他做了不少實事，只是因官場上派別的紛爭，在東市換屆那年，被政敵整倒。這件事當時夏志元還在家裡嘆息了一陣子，說是官場黑暗，劉副市長做出政績，最後卻被別人整下去。

沒想到自己會見到這位副市長，夏芍仔細看了看劉景泉，發現他中庭部分已顯示出暗色，算算時間，離出事也確實不遠了，大概是一年後。

正當夏芍思索的時候，劉景泉笑問：「李老，這位是？」

「來來來，劉副市長，我為你介紹。這位是我來到東市後遇到的一位世侄女，夏芍。」

世侄女？

劉景泉心中一驚，他沒聽說李老在東市有故交，這個世侄女是哪裡來的？既然是李老的故交，想必家世不錯，可他不記得東市上流社會裡有姓夏的人家。

劉景泉立刻伸手笑道：「夏小姐，幸會。」

「劉副市長，您好。」夏芍微笑著伸出手去，態度落落大方。

劉景泉心中雖有疑惑，卻沒問夏芍的家世，而是看向夏芍身後的陳滿貫，笑問：「這不是陳老闆嗎？最近生意有起色嗎？」

陳滿貫沒想到劉景泉會跟他打招呼，以前還能跟這些市長副市長同桌吃飯，現在人家見了你只當沒看見。想必是託了夏芍的福，因為自己跟在她身邊，而她又跟李伯元相熟的關係。

「還是老樣子，多謝劉副市長關心。」陳滿貫笑著和劉景泉握手寒暄。

劉景泉道：「有什麼困難可以找政府。以前陳老闆的公司為咱們東市的發展做過不小的貢獻，現在有困難，政府可以出面幫忙。」

只要不是傻子都聽得出來，這話是說給李伯元聽的，說到底劉景泉還是賣了面子給他。

李伯元卻轉而把人情賣給了夏芍，「我聽說陳老闆準備在古董街上重新開店，不知道是不是真的？」

陳滿貫看了夏芍一眼，「是有這事。朋友出資，我出力，就是給人打工而已，不過具體的事還沒商量。」他說的是實話，這事夏芍說要等拍賣會結束後再商量，且她還要上學，店裡的事必定不能事事親為，到最後可能需要他天天在店裡看著。

「這是好事啊，慢慢來，以陳老闆的經驗，很快就可以東山再起。有什麼困難，可以來找政府解決。」劉景泉笑道，也算是許下承諾。

夏芍在一旁聽著，微微挑眉。劉副市長是個實幹派的人，她還以為他作風會很強硬，沒想到該有的「親和力」還是有，難怪能做出不小的政績。

四人相談甚歡，這一幕落在不遠處緊隨的吳玉禾眼裡，叫他震驚不已。

「陳滿貫什麼時候和李董事長攀上關係的？」

他身旁的女人也捂嘴驚呼，「你說那個楊助理是嘉輝集團的董事長助理？董事長助理怎麼會陪著那個小丫頭？她是什麼人？」

吳玉禾有點茫然。他怎麼知道？難道那個女生真不是陳滿貫帶來的女伴？

女人擰了他一把，「你不是說你跟劉副市長有點交情，要趁這次拍賣會請他幫你引薦李老，你倒是過去呀！」

吳玉禾被掐得一痛，齜牙咧嘴間牽動嘴角磕破的傷，頓時煩躁地甩開女人，指著自己腫得老高的嘴角大罵，「我是想去，可我都破相了，能過去嗎？媽的！出門沒看黃曆，真晦氣！」

剛才怎麼就摔跤了？他的腿平時好好的，怎麼就突然僵冷了？這事真邪門了！

吳玉禾有苦難言，一肚子火氣。

拍賣會快開始時，來參加的名流陸續走進拍賣大廳，按號碼落座。李伯元的座位在當中視野最好的位置，劉景泉和楊啟陪著坐在左邊，夏芍和陳滿貫坐在右邊。

這次的拍賣會雖然深受市裡重視，但不是投資大會，就沒有主席講話之類的官腔。主持人上臺講了幾句，拍賣師便上場，拍賣會就此開始。

第一件拍賣品正是那個北宋時期的鈞瓷水仙盆，起拍價二十萬。

「五十萬。」李伯元第一個叫價。

夏芍見老人果然目光灼灼，看起來很喜歡這個瓷器，一副勢在必得的模樣。這場拍賣會把這件古董放在第一位，未必沒有讓李伯元拔得頭籌之意，看來是要哄他開心了，但夏芍心裡不希望他拍到這個古董。

眾人見李伯元叫了價，彷彿要把氣氛炒熱，紛紛跟價，一會兒就喊到了一百五十萬。

「一百六十萬！」

「一百八十萬！」

「兩百萬！」李伯元又跟進。

夏芍微微皺眉，聽見有人叫價兩百二十萬，李伯元想跟著叫價，她便開了口：「李伯父，這件您還是放一放吧。」話說得婉轉，意思卻很明顯，勸李伯元棄拍。

劉景泉、陳滿貫和楊啟都愣了愣。劉景泉皺眉，這女孩子怎麼這麼不懂規矩？這鈞瓷就是市裡為李伯元準備的，對他的喜好，市裡可是沒少下功夫。

陳滿貫也替夏芍捏了把汗，她可別在劉副市長面前留下不好的印象，這對她日後在東市發展沒有好處。楊啟卻挑了挑眉，在他看來，夏芍不像是不懂分寸的人。雖然她年紀不大，但他就是有這種感覺。

三人心中各有所想，李伯元卻當真沒再叫價，問道：「世侄女有何見教嗎？」

見教？劉景泉一愣，這話說得太客氣了吧？這女孩子到底是什麼人？

夏芍微微一笑，「李伯父，這東西是土裡出來的，普通人帶著身上容易虛病纏身，您剛剛大病初癒，就更不合適了。」

考慮到劉景泉在，夏芍這話說得很隱晦，沒把陰煞、運勢之說端出來，畢竟不是很多人能接受這些，她還是要顧及自己在市長官面前的形象，不想落下神棍的印象。

但劉景泉活到四十多歲，豈能聽不出這話裡的含義？這下子不由怪異地看向夏芍，這女孩子看起來也就十五六歲吧，怎麼說話像個神棍似的？這是接受現代教育的學生該說的話嗎？

陳滿貫卻愣住，雖然他不知道夏芍是怎麼斷定這東西是土裡出來的，可她的本事他是見識過的，她說會虛病纏身就一定不會錯，怪不得那時在展示櫃前她會皺眉頭，原來是因為這樣。

楊啟也愣住，他不是香港人，一開始並不信這些，等到了香港工作後，見到上至政商名流下至平民百姓，都對玄學易理深為信服，他自己更是幾番見識了當地風水大師的厲害之處。別人不說，那位香港風水界的第一大師可是極厲害的人物，確有真才實學，他這才慢慢改觀，只是怎麼也沒想到這個女孩子也是玄學人士。

李伯元驚道：「妳是說這東西有陰煞？」

劉景泉險些被口水嗆到，怎麼這老爺子還真信？隨即他就想通了，香港人確實比較信這些。不過，這女孩子才多大，李伯元竟然相信她的話？

劉景泉哪裡知道，李伯元豈止是信，簡直是信服。他見夏芍只是微微一笑，既沒點頭也沒搖頭，果然不再叫價了。這讓劉景泉對夏芍的印象有些不好，不過他沒說什麼。李伯元和夏芍的關係看起來不普通，他不可能傻到當著李老的面訓斥她。這個鈞瓷雖是市裡有意準備的，但整個拍賣會並非只有這個瓷器，只要李伯元拍下幾件來且過程高興，讓電視臺的報導好看一點，不讓市裡認為是自己伺候得不好就行了。

這時，價碼已喊到三百五十萬，叫價的人是吳玉禾。

吳玉禾糾結了，在場參與競拍的人都有意將這個鈞瓷讓給李伯元，競價不過是為了炒熱氣氛，誰想到他突然就不叫價。

吳玉禾腦門滲出了汗，他急切地看向李伯元，心想莫不是價叫高了，李董事長不高興了？不應該吧，以嘉輝集團的財力，別說三五百萬，就是三五個億也應該是不放在眼裡。

那到底是出了什麼事？

就在吳玉禾想來想去想不通時，只聽臺上咚的一聲，拍賣師落了槌。

拍賣成交！

所有人都側頭看過來，吳玉禾成了大廳的焦點，卻一臉欲哭無淚。

夏芍別有深意地一笑。居然被他拍到了，這真是冥冥之中自有報應啊！

第二件拍賣品接著亮相，是一個宋代哥窯的粉青釉雙耳瓶。

劉景泉看向夏芍，只希望她這回不要再出么蛾子了。

夏芍這回確實沒說話，李伯元深諳官場和商場上的規則，接下來頻頻喊出高價，連拍下數件古物，拍賣會的氣氛一度被推向高潮。

劉景泉懸著的心總算放下了，夏芍忽然目光一凝，接下來的拍賣品正是她委託李伯元幫忙送進來的紫砂壺。

紫砂壺是個很特殊的收藏門類，因其除了藝術性之外，尚有實用性，但只有實用性而沒有藝術性的紫砂壺，是不具有鑑賞價值的。一般來說，紫砂壺的鑑賞要看工、型、泥、款這四個方面著手，大師作品的素養和積澱都會體現在這四點上。

夏芍委託李伯元幫忙送拍的這個紫砂壺就是明代名家時大彬所製，他對紫砂的泥色、形制、技法、銘刻都極為熟知，是紫砂壺歷史上不得不說的一號人物。只是他對自己要求嚴格，不如意的作品多數被毀，流傳於世的壺寥寥無幾，傳世的也就數十件。

夏芍送拍的這個紫砂壺是名家早期所製，在工、型上比其晚年略顯欠缺，說白點，就是藝術性差了點，但因是名家所製，且年代久遠，仍不失為一個值得收藏的老物件。

起拍價只有三萬，夏芍卻很淡定。

她不要求太高，今天拿來的三個古董所拍得的錢足夠她開店的資金就可以了。

「二十萬！」

競拍一開始，突然有人大喊。

夏芍愣了，轉頭循聲看過去。

叫價的人又是吳玉禾，他看向李伯元，扯扯紅腫的嘴角，笑得難看而討好。

夏芍眉尖動了動，他為什麼看向李伯元？他知道這紫砂壺是李伯元送拍的？夏芍轉頭，見李伯元銜著吳玉禾微笑點頭，一旁的劉景泉則露出滿意的笑容。

夏芍心中一動，想通了其中的關聯，不由露出別具深意的微笑來。

看來今天的競拍要超乎她的預料了。

她將三個老物件委託李伯元以香港嘉輝集團的名義送拍，而會場裡的人不乏想藉此機會跟李伯元套交情的，因此她的紫砂壺一出現，大廳立刻出現爭相叫價的情形。

競拍價轉眼過了百萬，卻還是有六個人繼續叫價。

「一百五十萬！」

「一百八十萬！」

「一百八十五萬！」

「兩百萬！」吳玉禾咬牙。

這時，陳滿貫也想通這個紫砂壺遠遠超過市面上收藏價碼的理由，不由笑著看向夏芍。他知道拍賣所得是用來開店的，只是吳玉禾要是知道紫砂壺的主人不是李伯元，而他有心抬高的價錢到最後會給自己引入個競爭同行，不知道臉色會不會很精彩。

吳玉禾拚命跟進，競拍價上了三百萬之後，原本六人爭拍的局面變成四人。等到過了四百萬，就只剩下兩人了。

其中一人是吳玉禾，另一人則是省會青市一家煤礦企業的老總。兩人爭得面紅耳赤，雖然沒站起來吵架，但那叫價時咬牙切齒的力道可見一斑。

「四百三十八萬！」

「四百五十萬！」

「四百六十萬。」

「四百八十萬！」

煤企老總狠狠瞪吳玉禾一眼，他之所以較勁到這時候，只是想跟李伯元套交情。他不懂收藏，在他看來，一個喝茶的壺要價四五百萬，無疑是天價。花這麼多錢還不知道最後能不能撈到好處，想到這裡，他便想打退堂鼓了。

「五百萬！」他咬牙喊了最後一次，這是他的底限了，吳玉禾再跟，他就棄拍。反正跟到現在，自己也算是在李伯元面前露過臉，不算虧了。

吳玉禾的想法卻不一樣，他之前拍下那個鈞瓷，不知道有沒有惹李老不快，只希望高價拍得這個紫砂壺，變相討好。事實上，他的心何嘗不是在淌血？他是古董商，對這市價也就百萬的古物叫出了五倍的高價，不心疼是不可能的。

好在五百萬對他的身家來說不算什麼，於是他咬牙繼續跟進。

「五百一十萬！」

吳玉禾叫完價看向煤企老總，心裡默念：別再跟了！

老天似乎聽到了他的心聲，煤企老總嘆了口氣，閉上眼睛。

拍賣師落槌，五百一十萬成交。

吳玉禾額頭滲出汗來，舒心一笑，討好地對李伯元陪笑點頭。

陳滿貫差點笑出來，李伯元則是呵呵一笑，看向夏芍。

夏芍卻是很淡定，而兩人見她如此淡定，也不覺得意外，可能他們自己都沒發現，他們已經不把夏芍當孩子看待了。

三個拍賣品沒放在一起，而是打亂順序出場。眾人手中都有拍賣品的型錄，上面有詳細的資訊，眾人顯然早已知曉哪件是李伯元送拍的，所以一出現便是一輪熱拍。

胎畫琺瑯半開蓮花的鼻煙壺，最終以兩百三十萬成交，清乾隆款的琺瑯彩玉壺春瓶則是以三百八十萬成交。夏芍原本的盤算是這三件古董能拍到五百萬就不錯了，當然，得是在不流拍的情況下，卻不想遠遠超出了她的預估。

東市的第一屆夏季拍賣會，連續幾件古董的成交價攀上新高，成績傲人。電視臺和報紙媒體自是熱烈報導，李伯元也拍得了幾件喜愛的物件，可謂是各方歡喜，圓滿落幕。

拍賣會結束後，拍得夏芍送拍的三件藏品的人，過來與李伯元握手寒暄，趁機露臉，並且都當場辦理了付款取貨手續。吳玉禾對夏芍的身分很在意，不敢直截了當地問，便拐著彎誇了她兩句，變相為之前的衝撞道歉。

等散了場，李伯元才對夏芍笑道：「上次連帶這次的錢，妳看什麼時候轉給妳？」

這話聽得劉景泉發愣。

夏芍笑了笑，李伯元早把支票給了她，但她一直沒去銀行辦理存款手續，等的就是拍賣會結束一起辦，於是道：「擇日不如撞日，就今天吧。陳伯伯，你跟我一道去趟銀行開戶吧。」

「反正拍賣會也結束了，我這個老頭子也陪妳走一趟吧。」李伯元笑道。

劉景泉聽不明白，問道：「李老，這是……」

李伯元也不隱瞞，回道：「劉副市長既然問了，我就不瞞你了。其實那三件古董不是我的東西，是我這世侄女委託我送拍的。」

「什麼？是夏小姐的？」劉景泉驚住，看向夏芍，見她還是淡定微笑的模樣，不由暗暗心驚。這女孩子究竟是什麼來歷？聽兩方的意思是要去銀行開戶轉帳，可為什麼要開戶？即便這三件古董是這女孩子的，難道不應該是她父母的嗎？難不成要存到她的帳戶裡？

這年頭，即便再富裕的家庭，也沒有在十五六歲的孩子帳戶存千萬鉅款的，再說，他還是想不起來東市有哪戶姓夏的家庭有這樣的身家。

「李伯父，這一上午您也累了，這點小事就不勞您陪著了，您的身體還是需要多休息。您要是不放心，就讓楊助理陪我走一趟好了。」夏芍笑道。

李伯元點頭，其實他一個小時後還有一個會議要開，現在回飯店也只能略作休息而已。

事情就此商定，楊啟和陳滿貫陪夏芍去銀行開戶存錢，剩下劉景泉在震驚和疑惑中陪同李伯元走出了大廳。

去銀行開戶存款辦得很順利，原本按照銀行的規定，夏芍開戶必須拿著戶口本，由父母陪同才能辦理，但規矩是規矩，有時只要證件齊全，行員才不管你有沒有人陪同。未免遇上較真的，夏芍這才拉上陳滿貫，打算如果有個萬一，就讓他冒充自己的叔伯。沒想到在車上時楊啟打了通電話，三人一下車，銀行的行長就親自迎了出來，將三人請進貴賓室裡。

銀行行長姓宋，名丘茂，四十來歲，雙目炯炯有神，不怒而威，笑起來又不失和善。他在聽了夏芍的情況後，當即笑著讓工作人員拿來兩份表格，讓夏芍坐著填。

有關係好辦事，她也不多說什麼。楊啟身為李伯元的特別助理，工作肯定很多，也不是整天無所事事陪著自己做這些小事的。直接打電話找銀行行長，可以節省時間不說，還省去不少麻煩。

夏芍辦了兩張卡，將一百萬的卦金單獨存起來，這筆錢她打算日後成立慈善基金用來做善事。另外一張卡則是這次拍賣會所得。

得知夏芍要存入的金額時，宋丘茂和前來貴賓室為夏芍辦理手續的工作人員都吃了一驚。她的家庭資料在表格裡填得明明白白，這女孩的父親是工廠主任，母親是工人，很普通的小康家庭，來辦理開戶手續卻能勞動嘉輝集團董事長的特助親自陪同已經讓人驚異，這鉅款又是哪裡來的？

宋丘茂對工作人員使了個眼色，藉故出去了。

回來的時候，夏芍原先那兩張普通的金融卡變成了銀卡，上面布滿細小的鑽石圖案，中間有銀灰色的「VIP」打凸字樣。

「這是？」夏芍當然知道這是銀行的貴賓卡，但這種卡在九七年的東市銀行已經有了嗎？

「呵呵，夏小姐可能不知道，這是我們銀行推出的新服務，我們為日均存款達到一定額度的使用者開放貴賓資格。您今後在我行將享有理財顧問、健康醫療、機場接送、尊貴高爾夫等服務，另外，我行每年在重要假日都會舉辦頂級客戶聯誼會，屆時您可以出席。」

宋丘茂親自送上貴賓卡，不管這女孩子的家庭背景怎樣，就憑她和嘉輝集團的關係和她帳戶裡的金額，這張貴賓卡是一定要辦給她的，說不定日後她會成為重要的客戶。

夏芍看了貴賓卡一眼，挑了挑眉，微笑地收下。

見她如此從容不迫，宋丘茂越發覺得這女孩子讓人看不透。一般來說，她不是應該表現得興奮或驚訝一些嗎？

他哪裡知道夏芍還是有些驚訝的。她現在才知道，前世還在上學為成績努力的時候，在東市這個剛剛開始發展的城市，已經有一群人開始享受這種頂級禮遇，這讓她對自己生活的城市有了新的認識。

有的時候，你以為沒有，其實只不過是你沒有到達那個高度而已。

而人生的際遇與差別，有時就是這麼大。

出了銀行，楊啟要回飯店準備會議事宜，卻還是很盡責地提出先將夏芍送回家。

夏芍搖頭，「不了，我還有事，就不麻煩楊助理了，今天很謝謝你。」

「夏小姐不必客氣。」楊啟笑道。比起早上初見時的職業化笑容，此時多了些溫和。

夏芍對楊啟的印象不錯，看他的面相，三十歲之後事業會有一次大的變動，日後他多半會成為一名成功的商人。

楊啟走後，已快到中午，夏芍和陳滿貫約定下午兩點在市中心的一家茶樓見面，而後去通訊行買手機。這時候國內手機剛出現不久，沒有特別漂亮的樣式，價格也很貴。

正是中午吃飯的時間，營業員一副無精打采的模樣，愛理不理的。

夏芍也沒計較，挑了款還看得過去的手機，營業員抬了抬眼皮，敷衍地報了個價格。

「包起來吧。」夏芍淡淡地道。

「好的，包起來……」營業員重複著，這才反應過來，抬頭驚訝地看著她。

夏芍把卡放在櫃檯上，「刷卡，謝謝。」

營業員接過卡，眼睛都直了。別人可能見得比較少，但她們櫃檯可是見過這種銀行貴賓卡的，聽說分三個等級，金卡、白金卡和鑽石卡。她曾經為拿著金卡的客戶辦理過業務，卻是第一次接待這種拿著鑽石貴賓卡的客戶，而且鑽石貴賓卡的主人居然是個十來歲的少女。

營業員頓時倦意全無，一改馬虎的態度，邊殷勤辦理邊打量夏芍。不怪她之前沒看出來，這年頭能買手機的都是有錢人，像夏芍這樣的少女，很少會自己來。

夏芍對營業員前倨後恭的態度無動於衷，為這點小事生氣不值得。

買好手機，她中午隨便吃了點東西，便去了和陳滿貫約好的茶樓。

「陳伯伯，你看對面的商店怎麼樣？」

夏芍和陳滿貫臨窗而坐，她點了一壺碧螺春，輕輕啜了一口，微笑問道。

東市的古董一條街在後面，這條街則是東市三年前投資建設的，這幾年一直門庭冷落，直到這年的夏季拍賣會結束後，古董熱潮才來臨，這條街便也成為了古董街，而且街上有茶樓雅座一類的休閒場所，熱鬧程度不亞於後面的古董一條街。

夏芍挑這裡，主要是後面的古董一條街已經沒有多餘的好店面，而這條街的中段卻有一個不錯的空店面。

陳滿貫沒意見，「這條街也不錯，幹咱們這行的，講究貨源和人脈，離後面那條街很近，不礙什麼事。主要是現在引入投資，這條街很快會繁榮起來，現在買下店面正是好時機。」

夏芍點頭，「陳伯伯看，啟動資金要多少比較合適？」

陳滿貫沉吟，「店裡總得有些好貨，這方面的門路我熟，這店像模像樣開起來，少說也得五百來萬吧。」

夏芍笑了笑，「行，我那裡還有一百來件古董，你回頭跟我去看看。」

陳滿貫愣住，好半天沒說話，只是盯著夏芍看。

「存放在我師父那裡，改天你跟我去看看。」

「妳、妳還有？」陳滿貫震驚了，「撿漏撿來的？」

夏芍笑而不語，算是默認。

見陳滿貫睜大眼睛，她又笑，「並非每件都熱門，有些很冷門。」冷門遇上識貨的收藏家，也是值錢的。古董這東西，就看能不能遇見喜歡的，要是碰到喜歡的人，冷門他們也願意出高價。

「我知道了，先把店面買下來，我再跟你去看貨。」

「嗯，店裡平時要勞煩陳伯伯幫忙打理，算你百分之二十股份。另外，我還不到法定年齡，只能先以股東的身分入股，公司以你的名義註冊。我們簽好合約，明年你再轉給我就行了。」

百分之二十的股份已經很高了，對現在的陳滿貫來說，哪怕是百分之一，他都不會拒絕。一個古董店百分之二十的股份，放在以前，他或許看不上眼，但眼下他有一種預感，夏芍的成就絕不止於這家店。要知道，她今年才十五歲。

想著，陳滿貫問出自己的疑問：「夏小姐為什麼相信我？公司以我的名義註冊，妳就不怕明年我不還給妳，把這些占為己有？」

夏芍笑看了他一眼，答非所問道：「陳伯伯，你看下面這條街，聚通達之勢，從風水上來說，這裡必定興旺，所以我把店面選在這裡。」

陳滿貫愣愣地點頭。

夏芍又道：「風水不是一成不變的，在我眼裡，有太多方法可以讓這條街變成散財之局，只不過，師門有戒，不可妄欺凡人，但不代表有人欺到我頭上我得忍著。這世上，我想沒人願意與風水師為敵，你說是吧？」

陳滿貫露出恍然又驚駭的神色。

夏芍斂了笑容，正色道：「不過，經商有經商之道，一行有一行的規矩，我盡量不用這些，畢竟對別人不公平。我們是合作夥伴，我希望我們可以互相信任。」

陳滿貫苦笑。是啊，互相信任，剛才她對他說出還有一百來件古董，不就是一種信任嗎？想到此處，陳滿貫也認真起來，「夏小姐，妳放心，我老陳經歷這大起大落，很多事也看開了，怎麼說我還是知恩圖報的人，妳就放心交給我吧！」

夏芍笑著點頭，這事就這麼敲定了。

當天下午，陳滿貫就買下茶樓對面的店面，並將自己東山再起的消息放了出去。

東市的拍賣會剛結束，電視報紙全是拍賣盛況的報導，一時間掀起了古董收藏熱潮。陳滿貫趁著這股熱潮，宣布自己即將東山再起，在東市的古董界掀起了一場不小的風波。

許多人不相信，偷偷跑來看，見陳滿貫當真買下一個很大的店面，忙裡忙外地重新裝修，而拍賣會當天，他和香港嘉輝國際集團的董事長李伯元坐在一起的消息也不知被誰給傳了出去，於是，陳滿貫要東山再起的消息震驚了許多人。

以前那些生意上的朋友紛紛冒出了頭，祝賀之餘旁敲側擊他是不是跟李伯元攀上了關係。要知道，香港剛回歸，港澳那邊的收藏熱比內地還高，那邊的富豪也有的是錢。

陳滿貫對這些人的出現並未表現出厭惡，反而熱切相迎，就像沒有之前自己落魄時眾人避而不見的事，可對於和香港方面的關係，他卻打太極忽悠了過去，沒讓這些人討得半點好處。

忙碌的間隙，陳滿貫和夏芍回了趟十里村的山上，在唐宗伯的後院看了一屋子的古董，把他給驚了個不輕。那滿眼的真品讓他對夏芍的眼力產生近乎膜拜的信任，自此對她算是服了。

一個月後，福瑞祥古董店開業。

當天，李伯元親自前來剪綵，東市的副市長劉景泉也在其中，陳滿貫全盛時期的朋友也來了，還請了東市古董商會的一些泰斗、收藏家。眾人見李伯元親自來了，對陳滿貫的東山再起再無疑慮，反而存了交好的心思。

李伯元剪綵時又賣了個人情給夏芍，當著眾人的面對陳滿貫笑道：「陳老弟啊，貴店的那個元青花大盤可得留著給我，明年拍賣會上我非拍到不可！」

一句話激起千層浪，福瑞祥有元青花的消息頓時震動了東市的古董界。

許多老頭子當即衝進店裡，想要開開眼。

有心人想起當初在古董市場裡，趙明軍疑似賣丟了一只元青花，當時就是陳滿貫帶著李伯元去發現的，卻不想陰錯陽差賣給了一個學生。現在想想，這個青花大盤又到了陳滿貫手上，想必是他用了什麼方法找到那個學生，從人家手上給忽悠了來，這才攀上了李老的關係，換得了東山再起的機會。

有人嫉妒，有人感慨，有人懊悔，有人泛酸，但無論怎麼說，陳滿貫又回歸東市古董界了。

開業這天，因李伯元的到來和他的一句話，福瑞祥古董店一炮而紅，隨後又憑著陳滿貫多年的經驗和人脈，福瑞祥的運作很快步上了正軌。

然而，正式開業這一天，福瑞祥真正的老闆夏芍卻沒有出席。

因為，她開學了。

重生五年多，夏芍已經習慣了上學的日子，儘管剛開始時她經常覺得自己體會了一把柯南小朋友的心酸，但時間一長，她就漸漸習慣了，只是在每次假期結束，回到學校的時候，會忍不住想起前世的時光。

東市一中附中是市裡最好的初中，夏芍今年是初中最後一年，明年面臨高中考試。

夏芍沒有什麼壓力，雖然前世成績普通，但這一世有著成年人的理解能力在，功課對她來說很容易融會貫通，因此這麼多年來她一直占著全市第一的高材生名頭。

成績好的學生總是受人關注，每個學校都不乏風雲人物，夏芍便是其中之一，但她絕對是最特別的一個。她並非因為成績好、長得漂亮或在什麼比賽中獲獎而出名，她之所以成為一中附中的風雲人物，完全是因為八竿子打不著的低調。

對，就是低調。

低調到極致。

夏芍成績好到讓人嫉妒，卻婉拒擔任班級幹部，更不參加學校的活動，一放學就飛奔回家，一到週末就不見人影，放假就更別提了，沒人能在假期時找到她，也沒人知道她在忙什麼。

低調是好事，可低調到極致，反倒成了一種高調，引起不少人的好奇，於是，當夏芍踏進教室的時候，班裡頓時安靜下來。

「芍子，妳放假去哪兒了？找都找不到妳。」同桌兼好友姜瑤見夏芍慢悠悠走過來，湊上來小聲問道。

姜瑤是個白皮膚圓臉蛋的女生，平時很靦腆，不敢大聲說話，只有夏芍知道她是不擅長交際，私底下卻是經常人來瘋。

夏芍把書包放到桌上，忍住翻白眼的衝動，這問候語她熟得不能再熟，每回開學必聽。

「回老家。」這句話也成了她的制式答案。

姜瑤好奇地湊過來，還沒開口說話，夏芍便打斷了她。

「如果妳的下一句是『老家有什麼好玩的』，那妳可以不用問了，妳不覺得我們是在重複上個學期的對話嗎？」

姜瑤立刻露出「妳怎麼知道」的眼神，夏芍無奈笑著坐下。

有人邊笑邊走了過來，「姜瑤，妳還不清楚？她以前在鄉下讀書，放假了自然回去找那些朋友，誰還記得妳？」

姜瑤一看是徐文麗，纏著夏芍時的興奮立刻變成靦腆，縮回椅子裡不說話了。

夏芍也笑了笑，不說話。

她跟徐文麗上輩子就不對盤，說起來兩家算是遠親，兩人的母親在同一個村子長大，親如姊妹，後來徐文麗的母親在東市一家菸草企業工作，擔任部門經理，丈夫是東市政府祕書處的處長。夏芍的母親李娟是普通的女工，父親也只是工廠的小主任，兩家的身分便有了不同。

原本逢年過節兩家還會聯繫，再來只在過年時才見上一回。李娟本以為是對方工作忙，沒空聯絡，直到有一回在街上遇見，李娟主動與徐文麗的母親打招呼，對方正與朋友從百貨公司出來，看見她竟裝作不認識她，李娟這才明白了什麼，也為此難受了好一陣子。

從那以後，兩家就徹底沒了來往。

夏芍和徐文麗從小認識，又在同一個班，徐文麗家境不錯，人也算漂亮，穿衣打扮在同齡人中很時尚，成績也不錯，在班上頗有人氣。她自認是萬人迷，笑起來愛學成熟女人的嫵媚勁兒，在學校確實迷倒了一票男生。

夏芍因母親的事對徐文麗一家人很反感，平時並不搭理徐文麗，偏偏徐文麗愛裝熟，說的話總是調笑裡帶著嘲諷，這其中除了兩家的那些事之外，夏芍認為還有一個重要的原因。

這個「原因」現在正背著包包，優哉游哉地走進教室。

十五六歲的少年，臉上稚氣未脫，卻比同齡人多了幾分沉穩的氣質。臉上的笑容很陽光，教室的光線明亮，可以看見少年白皙乾淨的皮膚和笑起來時如星辰般黑亮的眼眸。

元澤一走進教室，圍在夏芍桌旁的幾個女生便發出低低的驚喜聲。

他轉頭看了過來，視線穿過那些女生，落在夏芍身上時，眼睛明顯一亮，接著走了過來。

「這是怎麼了？一大早妳就被圍住，看來大家都對妳一放假就消失的事很感興趣。」元澤還在變聲期，聲音有些低沉，但配著他略沉穩的氣質，倒多了點契合感。

夏芍很想嘆氣，心裡有說不出的鬱悶。

早知道藍顏禍水，她去年就不出手救這傢伙了！

元澤出身正經的政治世家，父親原本是東市的市委書記，去年調到省會青市，擔任省長兼省委副書記。有一天放學，元澤被幾個小混混堵在巷子裡。

前世這件事的發展是元澤被綁架，雖然後來被成功救出，卻受了重傷，導致他休學一年，但元家對外宣稱他是隨父親轉學去青市讀書，當時夏芍也是這麼以為的。

去年暑假前的一天，夏芍從元澤的面相上看出他會出事，念及這少年平時為人不錯，跟仗父母權勢為所欲為的官二代不一樣，她才動了惻隱之心。

哪知從這以後，夏芍再不得清閒。兩人從此成為朋友，她卻也同時成了元少愛慕者的公敵，其中以徐文麗為首，帶著班上其他女生頻頻擾她清靜。

夏芍這些年養成了怕麻煩的體質，對於麻煩是能避則避，可自從元澤以朋友身分出現在她身邊後，她再不得安寧。周遭小女生炫耀攀比搶風頭的無聊事，實在讓她不勝其擾。

她一鬱悶，態度就不好，「你一放假也失蹤，所以我失蹤的事你不覺得輪不到你過問嗎？」

這話說完，還不等元澤應聲，徐文麗便皺了皺眉，「妳這是什麼態度？元少跟妳打招呼，妳就不能態度好一點嗎？」

夏芍挑眉，看也不看徐文麗，而是看向元澤，用眼神詢問：我態度不好？

元澤笑了笑，他哪敢說她態度不好？他至今可沒忘記當初她撂倒那些小混混時的狠辣勁兒，這丫頭深藏不露著呢！而且，相處越久他越是覺得她很神祕，讓人不知不覺想關注，但並非所有人能看見她的另一面，只有被她當作朋友時，她才會抱怨，甚至態度不好。這可不是每個人都能享受到的待遇，至少徐文麗這些人就被她徹底無視了。

「我假期的行程眾所周知，不過就是去我家老爺子那裡轉轉，妳呢？」元澤調侃道。

「老家。」

元澤毫不意外地挑眉，與夏芍對視一眼，兩人相視而笑。

這笑容看在徐文麗眼裡很刺眼，她咬了咬嘴唇，夏芍的無視讓她相當難堪。

有人開口幫她緩解了尷尬。

「真稀奇，現在還有人放假回老家？」開口的女生微胖，名叫趙靜，表情有些炫耀之意。她故意擠過來，往夏芍的桌子上靠，笑著問：「我猜妳放假都在鄉下那麼老土的地方待著，一定不知道香港嘉輝國際集團來咱們東市投資陶瓷產業，其中有一處陶窯就是我們趙家的。我這個暑假都在那邊看他們修繕陶窯，我大伯跟李董事長的合照還在展覽館裡擺著呢，要不要改天帶妳去見識見識？」

見識？見識什麼？見識李伯元和趙靜她大伯的照片？

夏芍不由失笑。她已經見過李伯元本人，何必去看人家的照片？

不過，夏芍不是愛顯擺的人，也不會做這麼無聊的事，更不會跟著起鬨。

她不附和，其他圍著的女生卻驚嘆起來。

「真的？趙靜，那妳大伯去過拍賣會場嗎？聽說去的都是省裡和市裡有名的人，沒有邀請函進不去。裡面的拍賣品可貴了，電視上都報導了，一個紫砂壺居然拍出了五百多萬！」

「我大伯當然去了！」趙靜提高音量，眉梢眼角都快飛起來了，「我們家的陶窯是這次市裡主要發展的重點，怎麼可能沒有邀請函？」

一群女生立刻又發出羨慕的讚嘆聲。

有人問徐文麗：「妳爸去了嗎？」

「我爸在工作，怎麼能隨便蹺班？」徐文麗皺起眉頭，表面上笑著回答，暗地裡卻瞪了那個女生一眼，明顯覺得沒面子。

夏芍卻知道，徐文麗的父親徐志海不過是市政府祕書處的處長，平時只負責相關會議的事務，比如會議記錄、管理印章的使用等等。像出席拍賣會開幕式這樣的事，有市政府祕書長那些人陪著，根本就輪不到徐志海。

元澤家學淵源，自是明白這些事，但他並未開口說破，自始至終都帶著和煦的笑容。這跟他從小良好的教養有一定的關係，但也有很大的一部分原因是……他在看戲。

或者說，自從徐文麗、趙靜等人開始在夏芍面前炫耀，元澤就沒再開過口。不是他不想幫夏芍，而是覺得她的反應很有趣。一群女生圍著夏芍的桌子嘰嘰喳喳，夏芍卻自顧自地擦桌子、擺放課本，她的周圍彷彿自成一個天地。

元澤自認擅長處理人際關係和討人厭的打擾，可從沒試過這種極端無視的方法。

或許，以後可以試試看？

從頭到尾被忽視的徐文麗，覺得很沒面子，臉色不太好看。

趙靜見了，率先對夏芍發難：「喂，我們在跟妳說話，妳不理是什麼意思？看不起人？」

聽了這話，夏芍總算抬起頭來，眼神很無辜，「哦？妳們在跟我說話？我還以為妳們只是圍在我的桌子旁邊聊天，而且聊得很起勁。」

「噗！」元澤別開頭，笑出聲來。

「妳——」徐文麗臉色青紅，更加難看。

趙靜被夏芍堵得沒話說，也覺得沒面子。她脾氣不好，被夏芍這麼一激，當下伸手向她推去。她想把夏芍連人帶桌推倒，讓她在元少面前丟臉。沒想到她的手剛伸出去，便被人抓住。

抓她手的不是別人，正是夏芍。

夏芍目光微涼，涼得令趙靜忍不住打了個哆嗦。

最先反應過來的是徐文麗，她立即喊道：「夏芍，妳幹什麼？想打人嗎？」

她這一喊，不少人都聽見了，紛紛轉頭看過來。

趙靜反應過來，便要奮力甩開手，但不管怎麼甩，夏芍都動也不動，穩穩地坐在椅子上，甚至抬頭看向徐文麗，表情淡然，說話的語氣不緊不慢：「想打人的是她，我只是正當防衛。這裡這麼多人，我想大家的眼睛還是很好的。」

夏芍邊說邊環視周遭的人一眼。

果然，圍在她身邊的女生都不約而同噤聲，一來是被這突如其來的情況嚇到，二來誰也不想承認自己的眼睛不好。

夏芍笑了起來，笑得意味深長，「徐文麗，這裡這麼多人，只有妳一個人的眼睛長歪，我深表遺憾。有病早點去看醫生，現在的醫學已經很發達了。」

徐文麗被擠兌得一句話也說不出來。

她從沒見過夏芍這個樣子，在她的印象中，夏芍明明是個內向的乖乖女。

事實上，夏芍是被逼的。如果徐文麗不找她麻煩，她會當徐文麗不存在，偏偏徐文麗要來擾她清靜。佛都有三分火性，夏芍也受不了有人天天找碴。

今天趙靜竟想對她動手，她自然不會姑息。

惹火了她，她不介意讓她們長長記性。

看了徐文麗一眼，夏芍鬆開了手。

趙靜本來還在掙扎，夏芍這一放手，她整個人猛地向後倒去。後面的女生下意識退後，眼睜睜看著趙靜跌在地上，摔得難看。

「要聊天去自己的座位，別來我這裡圍著，空氣不好。」夏芍下了逐客令。

夏芍給人的印象，用再過十年的流行語來說，就是「軟妹子，好推倒」。沒想到她今天一反常態，整個教室頓時鴉雀無聲。

好在這時上課鈴響了，一群人只得散了，各自回座位。

夏芍看了元澤的背影一眼。自從救了他，她就感覺到什麼叫做藍顏禍水桃花劫，這一劫，她覺得她遲早得應付。

夏芍的推斷沒錯，這日放學後，徐文麗和趙靜走在最後，兩人偷偷留在了教室裡……

徐文麗倚在窗邊，陰沉地咒罵道：「賤人！給我找人教訓她！」

趙靜有些忌憚，「不好吧？我今天被她抓得好痛，感覺她好像很厲害。」

「哼！厲害什麼？我還不知道她嗎？」徐文麗嘲諷一笑，「我們從小認識，她放學就回家，放假就回老家，乖乖女一個，有什麼厲害的？今天她仗著元少在旁邊，故意裝樣子而已，賤人！」

「那妳想怎麼教訓她？」

「這還不簡單？找幾個小混混，保管一嚇，她就老實了。」

「妳打算找他們幾個啊？」

「妳笨啊！」徐文麗白了趙靜一眼，「他們幾個都是咱們學校的，平時都認識，惹出麻煩來誰收拾？當然是讓他們幾個去找校外的人。」

趙靜露出擔憂的神色，「行嗎？他們幾個認識的人聽說都有點那個，萬一出事了……」

「就是要出事！我就是要她沒臉見元少！我要她怕我，以後看見我，看見元少，就給我繞道走！」徐文麗瞪著趙靜，「跟我走，我們去找他們！」

……

夏芍不知道發生在教室裡的事，放學回家的途中，她先去了趟古董店裡。

古董這行雖說是三年不開張，開張吃三年，但陳滿貫浸淫多年，客源廣，加上李伯元捧場，介紹了不少港澳方面的客戶，今天古董店一開張，福瑞祥的名聲就在東市古董一條街上打響了。

「李老介紹很多香港的收藏家，我以前結交的客戶今天過來的也不少，咱們古董店的生意妳可以放心。」陳滿貫笑道，今天是開業的日子，也表明他可以重新開始，他自是感慨的。

夏芍點點頭，「晚上店裡的防盜要做好。」

陳滿貫是有經驗的，夏芍這麼說只是因為店裡今天展出了青花大盤，風頭出得有些大。

「那是當然，夏小姐放心。」陳滿貫自信滿滿地道。他的自信不僅來自多年的經驗，也來自夏芍。她可是玄學大師，趨吉避凶是她的專長，店裡要是有什麼事，她提前就能看出來，這種未卜先知的感覺實在是太有安全感了。

夏芍點點頭，又問：「對了，陳伯伯，你對拍賣這行熟不熟？」

陳滿貫一愣，「我還真有點了解。這一行在咱們國內興起的時間不長，但國外和香港那邊都有很有實力的國際拍賣行。我早年在那邊參加過幾次，結交了幾個這方面的朋友。妳想讓我們古董店多送拍些古董，再打開些名氣嗎？」

夏芍卻是笑道：「不，我的意思是，我們要自己成立一家拍賣公司。」

陳滿貫倒吸一口氣，他並不是覺得這個主意不好，而是感到驚訝。自從見識過夏芍的本事，他就沒再把她當作普通少女看待。她既然有很深的玄學造詣，又有連他也比不上的鑑定眼力，更有敢拚的魄力，這別說在同齡人裡，就是很多成年人也是比不了的。他以為自己已經把她看得很高，沒想到還是低估了她。

她的心絕對不止於古董行當。

今天福瑞祥才剛開業，她就在琢磨下一步了。

的確，拍賣行雖然在國內還是新興產業，但隨著東市的發展，隨著古董熱的興起，這勢必是個發展前景不錯的產業。經過這次的夏季拍賣會，相信有眼光的人已經看出來，只是有多少人有膽量嘗試就是未知數了。像他這種年紀的人，大多都只想守成，鮮少有人願意開疆拓土了。

果然，這就是初生之犢不畏虎嗎？

陳滿貫嘆了口氣，突然覺得自己真的老了，尤其經歷大起大落之後，心境平和了很多，覺得跟家人在一起才是最好的。他只要能養家糊口，給妻子和兒女衣食無憂的生活就很滿足了。

不過，陳滿貫有預感，跟著眼前這個少女，只怕他想平淡都不成。

「先留意有潛力的拍賣師、鑑定人員、產權經紀人、房地產估價師、土地估價師和證券執業人員，我們要做就做最好的，各行各業有名氣的專家顧問也注意一下。我記得成立文物藝術品拍賣企業註冊資金應該要不低於一千萬，而成立其他資產拍賣企業註冊資金則不低於一百萬。我們的古董店剛開業，到處都需要用錢，先不急於一時，趕得上明年的夏季拍賣會就好。」夏芍說道。

陳滿貫愣了愣，她已經查得這麼清楚了？看來是勢在必行了。

陳滿貫應承下來後，夏芍便吩咐他有事打電話給她，她的手機號碼已經給他。若是有什麼古董收上來拿不準，可以找她來鑑定。

然後，夏芍就回了家。

這些年，家裡還是跟前世一樣，住在父親廠子分的老公寓。家裡是小了點，但父母感情好，夏芍又常在家裡擺換風水陣，父母一直沒病沒災，不僅如此，老家也因她暗地裡佈了風水陣，爺爺奶奶這些年身體還算不錯。雖然爺爺的脾氣還是老樣子，奶奶的身體卻比前世好上許多。夏芍打算繼續幫奶奶調理身體，幫她度過前世時那場大劫。

夏芍暫時不打算跟父母透露福瑞祥的事，自己此時的年紀難免叫他們擔心，還是等上了高中再找合適的時機說。

回到家裡，進門的時候，李娟正在廚房做飯，一見女兒回來，就拿著鍋鏟探出頭來，笑問：「開學情況怎麼樣？」

夏芍回房間放了書包就出來洗手幫忙，對母親的詢問哭笑不得，「還能怎麼樣？不就是新學期嗎？還是老樣子。」

「怎麼會是老樣子？新學期有新氣象。妳就要考高中了，課業不能落下，快去做作業看書，不用妳幫忙，媽忙得過來。」李娟攆著女兒，笑容慈愛。

夏芍接過李娟手裡的鍋鏟，「媽，我來吧。您去休息一會兒，上了一天班，也該累了。」她熟練地炒著菜，以前她性格內向，不好意思跟家人說這種親近的話，現在想想，只要母親聽了開心，有什麼不好意思的？母親覺得窩心比什麼都好，寧願自己臉皮厚點。

夏志元下班回來，卻是一臉愁色。

一家人坐在桌旁吃晚餐時，夏志元嘆道：「這兩年工廠的收益不好，今年訂單更是特別少，隔三差五的才有活幹，再這麼下去，薪資說不定都發不下來了。這兩年大妹夫家的生意越做越好，志濤前兩年也跟人合夥做建材生意，做得還不錯。我在想是不是要琢磨其他出路，萬一工廠倒閉，不能叫妳們母女倆跟著我吃苦。」

夏芍聽了這話，笑得溫暖。她這一世最想改變的就是家人分離的命運，現在已經不需要擔心了，因為現在從父親的面相上，她完全看不出有與家人分離的徵兆。

這說明她的努力有了成果。

因此，不管父母怎樣擔憂，夏芍都只管寬慰。

誰都不知道，對於夏志元的工作，夏芍心裡早有了安排。

第二天，夏芍很早就去了學校。

她這些年習慣早起，每天早上雷打不動地打坐，調整元氣，導氣於周身，待達到平衡後才會開始做一天的事。

來到教室，班上沒幾個人，徐文麗和趙靜卻已在教室裡。兩人在夏芍進門的時候，同時抬頭看了她一眼。這一眼，讓夏芍蹙了蹙眉。

剛才那一眼，趙靜眼神虛浮飄忽，明顯在躲她，而徐文麗目露凶光，眉峰騰起，山根犯青，這是主凶惡的徵兆。

夏芍目光微閃，走向自己的座位時，開天眼看向徐文麗。她現在動用天眼只是一瞬間的事，不會讓對方察覺異樣，所以只是一眼，夏芍便收回目光，同時眼神微寒。

果然是桃花劫，沒想到這麼快就到了！

既知是劫，且在今日，避不過，夏芍乾脆不避了，反正是幾個小混混而已。

傍晚放學，夏芍故意慢悠悠地收拾東西，走在最後。她家離學校步行不過半個小時的路程，中間會經過不少老社區，這些社區的巷子窄，夏芍七拐八繞，選了處僻靜的地方停了下來。

「出來吧，都跟了一路，不累嗎？」

巷子口有三個男人走了出來，兩瘦一胖，胖的那個約莫三十來歲，瘦的兩個約莫二十來歲，手臂上都有刺青，兩個瘦子還染了一頭金髮，穿得流裡流氣。

「喲！王哥，這小妞兒知道我們跟著她呢！」

「她知道我們跟著她，還走得這麼慢，是不怕咱們呢？還是看上咱們哥兒幾個了？」

兩個瘦子一人一句，哈哈大笑，放肆而淫邪。

夏芍只是安靜看著三人，淡淡地笑。她修習了幾年玄門心法，皮膚越發白皙，像玉瓷一般，透著薄暈，身後紅豔的晚霞映進巷子裡，染紅了她雪白飄逸的連身裙，讓她整個人如在畫中。

三人突然愣住，好半天才反應過來，夏芍卻主動向他們走來。

這三人勒索恐嚇的事做多了，見了他們的人不是躲就是逃，所以他們見多了怕他們的，還沒見過敢大搖大擺走過來的，尤其對方還是個十來歲的少女。

「我知道是誰叫你們來的。」夏芍慢悠悠地道：「回去告訴徐文麗，做人做事留一線，把心思放在正道上。我不欺人，別人也別欺到我頭上來。今天的事下不為例，否則，後果自負。」

三人互看一眼，被稱呼「王哥」的胖子先笑了，「小妹妹膽子真大。既然妳知道得罪什麼人，那就好說話了。那人請我們兄弟來教訓妳，要妳離那個姓元的小白臉遠一點，不過……」他的眼睛色瞇瞇地在夏芍身上轉了轉，「我看妹妹挺合哥兒幾個的眼緣，不如妳陪咱們幾個去舞廳玩玩，教訓妳的事就這麼算了，怎麼樣？」

「妳要是今晚跟咱們去玩個痛快，以後誰欺負妳，我們都可以幫妳擺平！」

「對！我們哥兒們也是講義氣的，答應了的事，不辦的話，叫我們面子往哪兒擱？除非妳給我們一些好處！」

兩個瘦子也跟著附和，眼睛同樣放肆地在夏芍身上打量。這小妞兒太漂亮了！也說不出來哪裡漂亮，反正就是叫人看了移不開眼。他們平時也沒少玩學生妹，卻從來沒見過這麼特別的。

三人在腦子裡意淫，夏芍卻是笑了。

「也就是說，你們的哥兒們的義氣，是可以通過玩女人來抵銷的，是嗎？」

三人被譏得有點惱怒，其中一個瘦子喝道：「少他媽廢話！要不是看妳長得還算標致，我們會他媽跟妳廢話這麼久？一句話，來不來？」

夏芍仍在笑，看不出半點驚慌，「我要是不去呢？」

「不給面子是不是？」王哥的臉拉了下來。

「你們有面子嗎？」夏芍挑眉。

「媽的！給臉不要臉！哥兒們他媽把妳在這巷子裡就辦了，信不信？」瘦子怒了，手中的菸頭一掐，狠狠往地上甩，伸手便要去抓夏芍。可手還沒碰到她，便覺膝蓋一陣劇痛，一道大力讓他整個身子騰空，向後飛摔出去，摔在巷子底的一堆木箱上，登時爬不起來。

另外兩人頓時驚愕。

王哥叫罵一聲，揮拳向夏芍打了過去。

夏芍比他先動，肩上的書包一甩，直接拍在王哥臉上。與此同時，她的手肘飛快朝旁邊的另一個瘦子頂去，只聽瘦子慘叫一聲，撞到了牆上，接著便嘔出了幾口血。夏芍並未停手，腳尖一踹，王哥頓時像狗吃屎般趴倒在地。

夏芍在王哥趴倒的瞬間，握住他的手腕，身子凌空飛起，落下時一腳踏在王哥的肩膀上，王哥立刻發出殺豬般的慘叫聲。他的手腕被夏芍壓到後背，她輕輕一按，這條手臂就會廢了。

撞到牆的瘦子掙扎著要起來，夏芍拎著書包甩了出去。瘦子被砸了個正著，頓時兩眼發黑，身子一晃，徹底暈了過去。

夏芍微微俯身，輕聲說了幾句話，然後又道：「交代你傳的話，記住了嗎？」

「記記記住了！記住了！」

「那就好。」夏芍笑了笑，「給你一個忠告，別想要報復我。不給我安生日子過，我就叫你們沒日子過，懂了？」

王哥哪裡敢搖頭，他已經痛到說不出話來，只能渾身冷汗地點頭。

夏芍滿意地鬆開手，拾起書包，拍了拍灰塵，慢悠悠地走出了巷子。

直到她走出巷子，三個男人還趴在地上爬不起來。

這時，巷子口對面的路邊，一輛黑色紅旗車的車窗緩緩降了下來……

車裡有兩名男子。

其中穿著米色休閒服的男子，望著夏芍離開的方向，拍手讚道：「好！身手敏捷，出招利索，實打實的練家子。這三個人運氣好，對方手下留情了，不然剛才那兩下子，足以叫他們在醫院躺個一年半載。呵，有點意思，看起來年紀不大，沒想到東市這種小地方還藏龍臥虎。」

男子幾乎趴在車窗上，修長的手指在夕陽的霞彩裡染著潤澤的光，一看便知平時保養極好，身分非富即貴，但他隨意的動作卻跟身分搭不上一點邊兒。

「人外有人。」

冷沉的聲音自旁邊傳來。

這聲音與其說是冷，不如說是漠然，聽不出情緒起伏。

穿著休閒服的男子道：「你總算開口了！聽你說句話真不容易，這一路快悶死我了！」他的眼神發亮，欣喜又興奮，「你對剛才那個女孩子的身手感興趣嗎？不然你怎麼捨得開口說話？我說，你終於開竅了，也懂得欣賞女人了！」

夏芍的身影早已不見，他摸著下巴思索，「年紀是不是小了點？這年紀追到手，還得放在家裡養幾年，不過，我還是喜歡成熟的女人，胸大、懂事、風情萬種……想不到你居然好那一口，怪不得你這些年總是孤家寡人……」

男子自顧自呱噪，身旁的男人卻像是沒聽見他的話，只是低頭看著手上的玉葫蘆。

如果夏芍在這裡，她一定會很驚訝。

男人手上的玉葫蘆是上好的羊脂白玉雕刻而成，散發著金吉之氣，是件極好的法器。

這件法器無論是器形或大小，都跟她拜師時唐宗伯送她的玉葫蘆一模一樣。

穿著休閒服的男子視線也落在那個玉葫蘆上，看了一會兒，嘆了口氣，對司機道：「開車吧，辦正事要緊。」

車窗緩緩關上，車子駛離了巷子對面的馬路。

車窗關上的前一刻，男子的聲音隱約傳來：「這回要是再找不到，你就得回去任職了。軍區還是省委，隨便你。老首長交代的任務，我要是勸不動你，回去就等著挨我家老爺子的訓吧。」

……

第二天適逢週末，學校放假，夏芍回老家山上陪師父，唐宗伯卻是嘆了一上午的氣。

「師父，是不是您老人家又有故友要來，要不要我幫您卜一卦？」夏芍端著水果盤過來，放在院子裡的石榴樹下，笑著逗唐宗伯。

唐宗伯瞪她一眼，「不用。我老頭子寶刀未老，此地天機本就紊亂，我要不想讓他找著，他就找不著。」

「他？師父說的他是誰？」夏芍托腮望來，眼底有疑惑和憂心之色。師父從不說往事，而他越是不說，她越是擔心，總覺得他隱瞞的事一定不簡單。

唐宗伯語氣有些感慨，「算起來那小子應該有二十五了吧？論輩分，他是妳的師兄。」

夏芍好半天沒反應過來，等回過神來，不由驚奇道：「師兄？我什麼時候有師兄了？」

唐宗伯一笑，臉上露出懷念的神情，「妳師兄跟著我的時間可比妳長。他三歲就跟我學玄門術法了，在奇門陣法一道上可是奇才。他十五歲那年，我們師徒分開，後來……唉！這些年，依那孩子的性子，只怕找我找得很苦吧……」

唐宗伯揮揮手，不想再說。

「師父怎麼從來沒說過師兄的事？」夏芍試探著打聽，之前一直以為自己是師父唯一的徒兒，今天忽然聽說還有個師兄，她難得好奇，想知道師兄是什麼樣的人，有沒有機會見面。

「為師不跟妳說，是因為還不到妳知道的時候。」唐宗伯眼神慈愛，「再過兩年吧，現在跟妳說，對妳沒有好處。」

唐宗伯都這樣說了，夏芍再疑惑，也只得尊重師父的意思。

接著，師徒兩人像往常一般練氣打坐，研習玄學易理。飯時夏芍下廚炒了兩道拿手小菜，山中生活閒適安樂。

因為還要上課，傍晚夏芍就又回到東市的家中。

一進門，見李娟放下電話，神色驚慌地要出門。夏芍正開門進來，差點撞上母親，一抬頭，卻見她眼眶紅紅的。

夏芍立刻問：「媽，出什麼事了？」

李娟一見女兒回來，眼淚掉了下來，「我也不知道，剛剛妳爸工廠裡的朋友打電話來，說是下班的時候，妳爸突然被幾個小混混打了，現在正送往醫院。」

夏芍眼神一寒，對父親這災劫是怎麼來的心知肚明。週末這兩天她在山上陪師父，沒見著父親，就沒發現他有這個劫難。

她警告過那群小混混，一直以為就算他們不聽勸，也應該是找她報復，怎麼也沒想到他們竟敢對她的家人下手。

夏芍深吸一口氣，難得動了肝火。安慰母親幾句，便和她一起趕往了醫院。

兩人來到醫院的時候，夏志元正躺在病床上，頭上包著繃帶，腳上打著石膏，看起來傷得不輕。詢問了醫生才知道，他肋骨斷了兩根，右腿小腿骨折，頭上也縫了八針。把他送來醫院的同事害怕那幾個混混報復，沒敢報警，就先打電話通知夏芍家裡。

李娟一見到夏志元，就哭著撲了過去，「你這是怎麼了？好端端的，得罪什麼人了？」

夏志元的嘴角腫得老高，全是青紫，說話有氣沒力，「我哪知道得罪什麼人了，咱家的人都老實本分……」

「爸，你別說話，先好好休息。」夏芍走過來拍拍父親的手，嘴角緊抿。她轉身看向將夏志元送來的同事，她認得這人，他是夏志元的老朋友。

「蔡叔，你還記得那幾個小混混長什麼樣子嗎？」未免累及無辜，夏芍決定問清楚。

蔡廣愣愣地道：「小混混還能長什麼樣子？染著金髮，有刺青，流裡流氣的，一看就不是什麼好人。他們一大幫人，少說有七八個，我只記得裡面有個胖子。」

夏芍聞言，眼裡冷意更盛。

果然是他們！

見夏芍表情冰冷，蔡廣趕緊勸道：「妳問這些幹什麼？該不是想報警吧？可別報警，那些人不是好人，知道妳報警，不會放過你們家的！妳一個女孩子，要是被這些人纏上就不好了！你爸這事就當是天降橫禍，忍一忍吧！」

李娟轉頭看著女兒，也是擔憂和驚恐，「妳這孩子可不許管這事，知道嗎？這是我們大人的事，我們解決就行了，妳什麼都別管！」

「我知道了，媽，您別擔心，您還是照顧好爸吧。」夏芍輕聲安撫母親。

不管？難道她父親就這麼讓人白打了？

冤有頭債有主，這事是她教訓那三個小混混種下的因，但究其源頭，徐文麗若是不找她的碴，她就不會教訓那三個混混，那些人也就不會報復到她爸身上。

夏芍不會天真地以為三個被找來教訓她的小混混會對她家裡的事這麼清楚，她父親是誰，在哪裡上班，長什麼樣子，這些事如果沒人透露，那幾個小混混哪會這麼在工廠外頭堵人？

而對她家的事知道得這麼清楚，又和她有仇怨的人，除了徐文麗，不作他人想。

這些年來，夏芍一直恪守師父的教導，不妄欺凡人，做事低調，一門心思放在修練自身和為家人的將來打算上。班裡的那些事，她真沒放在心上，她沒時間陪一群小女生爭風吃醋，但她怎麼也沒想到竟有人的心思這麼歹毒，為了喜歡的男生，找小混混把她的家人打了。

若在上一世，這虧她家還真得這麼嚥下去，但這一世，她絕不叫父母吃這種啞巴虧。欺負到她家人身上，就得付出代價。

他們給她等著，一個也跑不了！

……

醫生建議夏志元留院兩天觀察傷勢，但夏志元覺得最近工廠發不出薪資，不想花太多錢，堅持要回家裡休養。

夏芍和李娟極力勸說，最終還是把他留在了醫院。

開玩笑，現在夏芍還怕家人住不起病房嗎？雖然她的古董店剛開業，但只那個青花大盤就價值近億，其餘的古董加起來，她如今少說有兩三億的身家。別說住院的費用，她把這醫院買下來都成。

陪著父母坐了一會兒，安撫了驚魂未定的母親，見父親睡著了之後，夏芍才提出回家。夏志元住院，晚上李娟自然要在醫院陪著，但第二天夏芍得上學，她一說要回家，李娟馬上就應允。只是不放心，叫她回家以後一定要鎖好門窗。

夏芍答應下來，可出了醫院卻沒回家。

她不可能回家，今晚，她要幾個人從東市消失。

第四章　佈陣催命

走出醫院的時候，天色剛暗下來。

夏芍見天色還早，心知徐文麗和趙靜家中定然還沒睡。她們既然敢找人打她父親，她就要讓她們自食其果，嘗嘗家人受傷的滋味。

只是她要佈風水陣，需要在夜深人靜神鬼不覺之時，所以夏芍決定先去處置那幾個打人的小混混。她拿出手機，打電話給陳滿貫，詢問他一些事。

陳滿貫打滾多年，黑白兩道認識的人不少，夏芍跟他打聽的就是東市黑道的事。

東市的黑道被盤踞北方的地下黑道安親會所掌控，據說安親會的前身是清雍正年間以漕運業建立起來的幫會青幫。共和國建立之後，幫會便退居地下，以實業集團的名義經商洗白，但其實暗中仍然掌控著黑道，且在美國等各國都設有分堂，在世界上算是稱霸一方的梟雄。

東市雖然是三線城市，但因香港集團來投資的事，敏感的人都覺察出這座城市具有即將飛速發展的潛力，所以安親會剛決定在這裡設分堂。

「聽說安親會的新任當家在分堂落成那天會親自到場，咱們東市現在黑道上有頭臉的人物都在準備這件事，市中心有一家億天俱樂部剛落成，他們應該就在那裡談事情。」手機那頭傳來陳滿貫的聲音，「夏小姐，要不要我出面？別的不說，託您的福，我老陳現在東山再起，在咱們東市地頭上還是能說得上話的。只要我打個電話，保准叫那幾個小兔崽子吃不了兜著走。」

「不用，我家人的事，我自己解決。」夏芍掛了電話，望著華燈初上的東市夜景，冷然一笑，向市中心走去。

陳滿貫所說的億天俱樂部在東市的確稱得上頂級，這地方對於前世的夏芍來說，是沒有資格踏足的。裡面的人在當時她和同學的眼裡，不是同一個世界的人。這種富家公子、政商名媛會來的地方，離她們很遙遠，讓她們自慚形穢。

億天俱樂部一樓是舞廳和酒吧，走廊有休息區，往上是VIP包廂，再往上是多功能的娛樂廳、賭場和三溫暖中心，裝修豪華。最上面三層則是會議室和私人用所，不對外開放。

這家俱樂部自開業便吸引了東市上流社會的人士前來銷金。舞廳和酒吧對出入人員沒有限制，但越往上，所需要的VIP等級和會費越高。

天色黑沉，穿著一身白色連身裙的夏芍站在俱樂部門口，聽著裡面傳來的嘈雜音樂，再看街上閃爍的霓虹燈一眼，忽然感覺恍若隔世。

在山上待久了，她變得喜愛清靜自然的地方，像這種人聲吵鬧、空氣污濁的地方，她一點都不愛，但是今晚她來了。

過了今晚，她要東市再沒有人敢動她的家人。

夏芍冷哼一聲，往俱樂部門口走去。

門口的兩名服務生遠遠的便注意到她了。她不像是出入俱樂部的舞女或混跡街頭的小太妹，也不像是趾高氣揚的富家女，身邊連個男伴都沒有，就這麼自己走了過來。

原本進入俱樂部舞廳的人是不必盤查的，但兩個服務生也不知怎麼的，把夏芍攔了下來。

「對不起，小姐，您……請您出示貴賓卡。」先開口的服務生差點說錯話，他剛才差點問：請問您是不是走錯地方了？

不管怎麼看，這名少女都不像是會來這種龍蛇混雜之地的人。

夏芍微微一笑，兩個服務生暗暗心驚，因為人到近前他們才發現這少女身上散發著威嚴的氣勢。只是一笑，兩人就感覺到了壓力。

夏芍道：「我找你們老大。」

兩人又是一愣，其中一人反應快些，吶吶問道：「您找高哥？請問您有預約嗎？」

夏芍閒閒地道：「我不管他是高哥還是矮哥，總之，東市地頭上誰坐第一把交椅，就讓誰來見我。或者……我去見他。」

這話一出口，兩人再傻，也聽出火藥味來了。

聽這少女的意思，她和高哥壓根兒就不認識？

不認識還敢來找高哥麻煩？

她知不知道高哥在東市地頭上是什麼人物嗎？人家可是安親會分堂的堂主啊！

兩人驚疑不定，夏芍卻沒耐心在這裡跟兩個服務生糾纏，抬腳便往裡走。

這時，有個男人從舞廳裡面搖搖晃晃走出來。

他手上端著酒杯，手臂有刺青，喝得醉醺醺的，大著舌頭道：「什麼人……在門口堵著……知不知道這裡是……什麼地方！」他看清夏芍的長相，眼中頓時露出驚豔之色，「喲，好清純的……妞兒！來來，陪……哥哥到裡面……喝、喝個痛快，讓哥哥好好……疼疼妳……」

他邊說邊去抓夏芍的手，但還沒摸到人，只聽「喀」一聲，他的手肘猛地往外翻，整條手臂詭異地扭曲。門口來往的人瞬間噤聲，直到聽到慘叫聲，才驚醒過來。眼前的白衣少女，竟然把一個大男人的手臂給折斷了。

「啊……我的手……我的手……」那名刺青的男人跪在地上，哀嚎不斷，只差打滾了。

四周的人開始尖叫，門口亂成一團，裡面看場子的打手衝了出來。

「什麼人敢在安親會的地頭鬧事！」衝出來的打手滿臉殺氣，視線掃向陌生的白衣少女。

圍觀的人驚呼出聲，那個白衣少女居然一腳把高頭大馬的打手踢飛出去。

近百公斤的大漢被踢飛，正好撞上後面衝出來的其他打手，那些人又被撞了進去。

舞廳的舞池一陣大亂，跳舞的男女紛紛被砸進來的打手嚇到，紛紛慌亂閃躲。

又有一群打手持刀衝過來，卻在看清楚來踢館的人時愣住。

這膽大包天，敢來砸安親會場子的人竟是一名柔弱的美少女，而且少女出手狠辣，凡是想抓她的人全都被她打飛。她進來不過一會兒的時間，地上就橫七豎八躺了二三十人。

見這架勢，眾人不敢再把夏芍當成普通少女看待，拿著刀就圍攻過去。

安親會的打手人手一把長刀，這一刀砍下來，絕不是皮肉傷了事。

想往外跑的人一見這情形，誰還敢動？大家都怕往外跑時被砍中，於是紛紛躲去角落。很多女人甚至捂著眼睛，就怕看見太過血腥的畫面。

白衣少女遊走在四五十個打手中間，出招快狠準，而且角度刁鑽，腕脈、手肘、腋下、內膝，全是不好防備之處。每次出手，長刀必然落地。白衣少女似乎討厭見血，搶下刀後，只拿刀背砍人，只是刀背落下必能聽見骨裂聲，倒地的人沒有一個能再爬起來的。

在這混亂的場面裡，酒吧的吧臺邊，有一名男子正安靜地喝著酒。

男子約莫二十五六歲，穿著一身黑色休閒裝，衣袖略挽起，手上端著一杯紅酒。酒液在滾動的霓虹燈下漾動著惑人的顏色，映在他V領衣衫下微微露出一線的胸膛上，極為惹人遐想。

黑衣男子在夏芍打進來時，目光在她身上微停，然後平靜無波地移開，繼續喝自己的酒。

酒液反映出他劍鋒般的眉，冷如黑夜的眼，還有一張足以讓女人傾倒的英俊臉孔，可這張臉上寫了四個字：生人勿近。

他對周圍的慘嚎、打鬥、尖叫、喝罵等聲音充耳未聞，彷彿一切都與他無關。

這名與四周情景格格不入的黑衣男子，引起了夏芍的注意。

她看準一個撲過來的小混混，甩手就把人朝黑衣男子丟過去。

她這麼做不是找碴，而是試探。那名黑衣男子看起來不尋常，她想試探他是不是安親會的人，說不定就是她要找的東市地頭的黑道老大。

被夏芍甩出去的小混混，一頭撞在吧臺上，砰一聲巨響，嚇得吧臺裡的服務生抱頭蹲去裡面，黑衣男子卻是連動都沒動，對腳邊躺著的小混混看也沒看一眼，全然事不關己。

夏芍挑眉，她發現黑衣男子絲毫沒有緊張的情緒，似乎知道小混混不會砸到他……

她的嘴唇微微揚起，眼裡露出幾分興味，難得起了玩心。

接著，她把衝殺過來的打手一個接一個往黑衣男子那裡丟了過去。

她倒要看看他到底能無動於衷到什麼時候！

夏芍撈著人就往黑衣男子那邊踹，可黑衣男子的定力顯然超出她的意料。

於是，接下來場面混亂的大廳裡就出現了極為滑稽的一幕。

大廳裡人影橫飛，慘嚎迭起，卻都是朝著吧臺邊坐著的黑衣男子招呼而去。那些打手一個壓一個，很快就疊成了一座小山，躲在角落的人們表情慢慢變得古怪。

這兩人認識？

有仇嗎？

沒仇的話，白衣少女怎麼拚命找那黑衣男子的碴？瞧那些人堆得都快把黑衣男子掩埋了。可是，若說有仇，看著又不太像。因為白衣少女把人丟過去之前，必定卸去對方手裡的刀，再把人踹過去，這顯然是不想傷著黑衣男子。

這到底是在演哪一齣？

周遭人搞不懂，夏芍卻停了手。因為她把人丟過去的時候順便觀察了這些打手的表情，他們似乎不認識黑衣男子。

看來，黑衣男子不是她要找的人。

夏芍看了他一眼便收回目光。既然不是她要找的人，那她就不浪費時間了，她還有正事要做。於是，在解決最後一個打手後，她一路往樓上打去。

樓上又有一批人衝下來，夏芍二話不說踹到樓下。她不想浪費時間，但凡遇敵必是一招制服。她以一敵眾，卻沒注意到在她衝去樓梯口的時候，吧臺邊的黑衣男子終於放下酒杯，緩緩轉頭看向她。

直到她的身影消失，他才收回目光。

安親會在億天俱樂部裡安排的人不少，夏芍一路過去，少說撂倒了一兩百人。賭場在八樓，夏芍打上去時，數名身穿黑色西裝的人衝了過來。這些人一看就比下面充當打手的小混混們訓練有素，個個拿著手槍，黑洞洞的槍口指向夏芍。

「在億天鬧事，不想活了！」

夏芍兩世為人，還是第一次跟真正的槍械面對面。換作從前，她定然不知所措，但現在她還真是不怕。

這幾年的她內家功夫已經練到暗勁上，加上玄門的養氣功夫和對天地元氣的操控，這些人想近距離對她開槍，實在是天方夜譚。

夏芍微微一笑，笑容頗冷，「我討厭別人用槍指著我，你們最好把槍收起來，否則，我讓你們這輩子都拿不起槍。」

黑衣人聽聞這話，先是一怒，接著瞪大眼睛，滿臉驚駭。

他們扣著扳機的手指竟然動不了了。

別說手指動不了，根本是整條手臂都變得僵硬冰冷。

這是怎麼回事？

「我要見你們老大，帶我去見他，我可不介意一層一層打上去。」夏芍一腳把身後撲過來的一個打手踹下樓，冷聲道。

夜間的娛樂場所是容易聚集陰煞的地方，只要引動一點到人身上，就沒人動得了。當然，這些在普通人眼裡是難以理解的。即便是黑道的人，也只是普通人罷了。

夏芍冷笑一聲，又道：「但是，我的耐心有限，如果真讓我一層一層打上去，也許我打到哪一層就失去耐心，不想打了，到時或許我就不想見你們老大了。只是我不見他，我心情就不好，倒楣的會是你們億天。」

夏芍這話可不是說假的，對億天俱樂部動手腳，令其變成散財的死局，對她來說輕而易舉。重生之後，她還沒做過這種事，但她不介意試試。

眾人都不可置信地看著她。在東市的地頭上，誰說出這話來，眾人一定笑其不自量力，可此時此刻誰也笑不出來，因為他們被區區一個少女制住是不爭的事實。

這混亂的畫面，透過樓道裝設的監視器，傳進了頂樓的一間會客室裡。

不久之後，終於有人員來傳話。

「這位小姐，我們大哥有請。」

夏芍被帶到了頂樓的會客室。

夏芍一進門便看見一名三十來歲的男人坐在落地窗前的桌子後面。

這個男人面容粗獷剛毅，正是東市黑道的一把手，安親會堂口的堂主，高義濤。

「大哥，人帶來了。」領著夏芍過來的人稟報完，便負手站在門邊。

他站的位置剛好擋住夏芍出門的路線，夏芍卻看也沒看他一眼，也沒特意去看高義濤，而是看向高義濤身旁。

高義濤身旁有一名五十來歲的老人，老人左眼有一道縱深的疤痕，似是傷到了眼睛，所以左眼一直瞇著，看起來有點駭人。他身材中等，面有紅光，眼神炯亮有神，不怒而威，一看便知是練家子。

會客室的沙發上還坐著兩個男人，都是穿著黑衣，目光冰冷。他們見夏芍進屋來，看她的眼神就像在看死人。夏芍只掃了他們一眼，就知道他們身上背了不少人命，那一身的煞氣，不是外面那群烏合之眾能比的。

這兩人正是安親會總部的左右護法郝戰和華晟。

他們來東市是為了新堂口落成的事，沒想到會遇見夏芍來踢館。

夏芍在兩人冷寒的注視下淡然一笑，泰然自若地走到他們對面的沙發坐下，然後看向高義濤，只是說出來的話，出乎眾人的意料之外。

「高老大最近家中是不是有動土之事？」

夏芍既然能在億天鬧事，屋裡的人對她的膽量和身手自是有所了解，因此看到她進來之後從容鎮定也不驚訝，倒沒想到會被她突如其來的話給問愣了。

這話怎麼聽著莫名其妙？

高義濤看著夏芍，喜怒不露，但給人沉沉的壓迫感，「夏小姐，妳今晚在我們億天傷了這麼多兄弟，不會就是為了跟我說這句話吧？」

夏芍挑眉，別有深意地笑了笑。

她笑的是高義濤對她的稱呼。

夏小姐？

她從樓下一路打上來半個小時不到，高義濤就已經弄清楚她的身分。安親會不愧是北方黑道的掌權者，即便是在東市這種小地方，能量依舊不容小覷。

這正是夏芍一進來不開門見山的原因。她的事業剛起步，兩三億的身家在東市算得上頂級，但在掌控著整個北方地下黑道，且有國際財團實力的安親會面前，就沒什麼優勢了。

要跟人談判，自然要有談判的本錢。

她今晚是來鬧事的，卻不會被憤怒沖昏頭。打她父親的人要辦，可她打的是將整個東市的黑道一起擺平的主意。

她性子懶散又怕麻煩，平日裡的小麻煩是能躲就躲，遇上不得不辦的，她選擇直搗源頭。與其處置幾個小混混，不如把整個東市黑道擺平，日後在東市就沒人再敢動她的家人。

從源頭入手，類似的事才不會再發生，她不會再給人傷害家人的機會。

夏芍笑著調整了個舒服的坐姿，這才道：「當然不是，只不過，我剛才進門時，見高老大五黃煞氣纏身，家中近期必有凶事，所以免不了問一句罷了。」

她的語氣閒適，像在談論天氣一般。

會客室裡卻安靜了。

高義濤皺起眉頭，很明顯不相信這些。

他身旁的老人卻和郝戰、華晟對望一眼，眼中的意味有些古怪。

他們三人與高義濤不一樣，高義濤只是東市地頭的老大，安親會一個分堂的堂主，而他們三人卻是安親會總部的高層。正因為身居高位，知道的祕聞也多。

世上有不少案件很詭祕，查無頭緒，有的甚至牽扯到一些用科學解釋不了的現象，而這些案件有許多其實是風水師的手筆，全世界的商業圈更是如此。無論是內地、香港、東南亞甚至是華爾街，每個國際大財團背後都站著一位神祕莫測的風水大師。

這些風水大師，論真才實學，莫過於玄門。

說起來，安親會與玄門還有著千絲萬縷的關係。

據說，清朝時期玄門的掌門與當時兩大幫派青幫和洪門的當家是拜把子的兄弟，其後玄門歷代與兩大幫派交情甚篤。即便是到了現代，青幫和洪門早就更名為安親會和三合會，暗地裡掌控著南北黑道，玄門的掌門依舊與兩大幫會的當家交情不錯。

不過，玄門如今傳承的人很少，且行事隱祕，世上多數人不知其名，但玄門這兩個字在安親會和三合會，以及世界各大財團的當家人耳裡，可是響噹噹的。即便是花費重金，也不一定能請得動玄門的嫡傳弟子看風水。

當然，這其中不包括安親會。安親會因為和玄門有很深的淵源，所以每回公司或是分堂動土，都會事先請玄門的人來看風水。

此時此刻，三人沒想到這名少女會提及玄學風水之術，這實在是……有些可笑。

除了玄門的人，誰敢在他們面前提風水？

他們的眼界早被玄門弟子養刁了，還真看不上其他人。

這個少女顯然打錯了主意。

呵呵，有趣！

哪裡來的神棍竟敢糊弄安親會？

「還以為妳來我們億天鬧事是為了什麼，原來是來忽悠人的？夏小姐，妳很有膽量，不過，忽悠人之前，妳也不打聽打聽安親會是什麼地界。奉勸妳一句，膽大包天的人往往都自以為是，而自以為是的人通常都死得早。」

說話的人髮梢挑染淺淡的酒紅色，表情不善，正是左護法郝戰。

郝戰看著夏芍，眼神透著冷嘲和失望。

本來見這少女身手不錯，沒想到是打著神棍的名頭來安親會撈好處的心思。她竟敢騙到安親會頭上來，膽子實在太大了。

這少女不可能知道安親會與玄門的關係，而且知道玄門的人非富即貴，這少女還不夠格。

夏芍看了郝戰一眼，不惱不怒，反而贊同地點頭道：「沒錯，自以為是的人通常都死得早，所以人還是別太自以為是的好。」

郝戰的想法只對了一半，夏芍確實不知道玄門和安親會有這麼深的淵源，唐宗伯從來就沒對她說過，以致於此時雙方見了面，誰也不認識誰。

郝戰皺起眉頭，眼看就要發怒。

她這話什麼意思？是在說自以為是的人是他？

夏芍不再理會他，又轉向高義濤，「高老大，你的兒子生病了吧？而且，不只你兒子，最近你父母妻兒常有磕碰之事，且每次必然見血，我說的可對？如果我沒看錯，你家中近期必有動土之事，且大門必是開在西方。」

夏芍的語氣肯定，其他人都看向高義濤。

高義濤依舊定定地看著夏芍，氣勢更顯壓迫，似乎是想看出她這番話是猜測之詞，還是她提前摸清了他家裡的情況。

「我知道高老大不信這些。道上混的人手上沒少沾血，背著人命的不在少數，也沒看見什麼報應，只是，有句老話說：『大惡之人，鬼神難近。』像高老大這樣的人，周身煞氣逼人，外界的凶煞反而奈何不了你，可這不代表你的家人也會無事。」

夏芍神色認真，娓娓道來：「風水中有三煞，一為太歲，二為三煞，三為五黃正關煞。五黃的煞氣比前兩者大幾倍，飛到之處，若為靜象則無事，若遇動象，殺傷力便會顯現。今年是農曆丁丑年，五黃煞位正是在西方。你家大門必是開在西方，且前些日子定然動過土。家宅中陰煞之氣過盛，居住的人陰陽嚴重失調，於健康自是有礙。如今並非只是你兒子生病，我觀你面相日月角處色澤暗昧，主父母有疾厄，如果再不擇吉化煞，我敢保證，不出三天，必有白事。」

白事？

高義濤慢慢皺起眉頭，郝戰卻是率先發作。

「混帳！妳打了我們的人，砸了億天的場子，還敢咒高堂主家中掛白！女人，妳當真不怕死嗎？」郝戰大怒，沒見他怎麼動作，手中便多了把槍。

夏芍的語氣有些冷，「我不喜歡被人拿槍指著，你最好拿開。」

坐在沙發上的夏芍動也沒動，郝戰卻倏然變色。

他的手臂忽然變得僵硬，完全抬不起來，根本無法用槍威脅夏芍。

其他人都跟著驚住，郝戰最拿手的便是那一手快槍，出槍之快，槍法之準，他敢稱第二，沒人敢稱第一，而此時他的手臂竟是抬到一半就舉不起來了。

旁邊的華晟面色一冷，也出手拔槍，但手尚未觸及腰間，便也遭遇同樣的怪事。

高義濤總算是變了臉色，開始認真審視夏芍。

在他旁邊一直未曾開口的老人忽地「咦」了一聲，眼中閃動驚異之色。

這女孩的招法看起來怎麼……

「女人，妳動了什麼手腳？」郝戰怒氣沖沖，心裡的震撼難以言喻。他雖然知道玄門的存在，對玄門的人的了解卻停留在神鬼莫測的風水術數上，壓根兒沒跟這種人動過手。

在他看來，眼下的情形萬分詭異。

「我什麼也沒做，動手的人不是你們嗎？」夏芍看向兩人的槍，目光有些嘲諷。

這時，高義濤說話了，「夏小姐，我不知道妳是怎麼做到的，不過還請放了我的兄弟，我保證他們不會再拿槍指著妳。」

夏芍看了他一眼，幾乎在他話音落下的瞬間，兩人便恢復了正常。

兩人一恢復正常，就面露戒備之色，果真沒再有動作。

「女人，妳太讓人不爽了，背地裡搞什麼小動作！起來，跟我實打實過兩招，妳要是明著來能贏我，我就放妳走，今晚的事不追究，否則……」

郝戰話沒說完，就挑眉看向夏芍，等待她的回答。

夏芍卻是看向牆上的鐘，悠閒地露出玩味的笑容，「你恐怕很難如願，因為，在三分鐘之內，你會離開這裡。」

郝戰被夏芍氣笑了，「三分鐘內我會離開這裡？我怎麼不知道我自己會離開？」

夏芍笑而不語，一副篤定的模樣。

方才她開了天眼，不可能會看錯。

見夏芍一副老神在在的模樣，眾人都不由自主看向牆上的鐘。

三分鐘不長，這會兒卻變得很長，會客室裡一時安靜得只剩牆上掛鐘指針轉動的聲音。

眼看著三分鐘快到了，郝戰笑道：「女人，今天我要是不走，我就把妳從這裡丟出去！」

就在這時，忽然有手機鈴聲響起。

其他人都愣住，接著不約而同看向郝戰。

郝戰自己也愣了，下意識從褲子的口袋掏出手機，按下通話鍵。才聽了幾句，眼神立刻一寒，連招呼都打，就匆匆往門外走。臨走前，還瞥了夏芍一眼。

那一眼有著說不出的糾結，意思……極其複雜。

郝戰一走，會客室更安靜了。

最終，高義濤先開了口：「夏小姐，妳能看出我兄弟遇上什麼急事嗎？」

這話等於信了夏芍之前說的事，只是話中還是帶了試探之意，畢竟郝戰會回來，只要問過他，就知道夏芍說的準不準了。

夏芍一笑，「他妹妹遇上一點麻煩事，不過不太要緊，有他出馬，自會迎刃而解。」

高義濤和華晟對看一眼，都在彼此眼中看見驚異之色。他們知道郝戰自幼父母雙亡，唯一的親人便是他的妹妹。眼前的少女竟能看出是他妹妹出了事？

難不成她說的那些禍福吉凶都是真的？

當真會應驗不成？

這個白衣少女真的會是風水師嗎？

高義濤垂下眼簾，掩去眼中的憂色。

他再是東市黑道上令人聞風喪膽的人物，面對家人的安危，也同樣會擔心。

相比起高義濤，最震驚的是他身旁的老人和華晟。

華晟深深看了夏芍一眼。

世上的風水門派不止玄門，莫非，她是其他門派的人？

老人打量著夏芍，雖然臉上帶笑，卻有股威壓的氣勢，「小丫頭，妳年紀不大，在玄學上的造詣倒是頗深。我先前看妳的身手應當是出自內家，不知妳師承哪一派？師父是哪位高人？」

夏芍聽聞此話，從沙發上站了起來，朝著老人行了個江湖禮，笑道：「老前輩詢問，本該如實相告，可惜未得師父允許，不敢相告，實在抱歉。」

「這還有不讓說的？真是奇了。」老人一聽就笑了，對她師承何處的事並不罷休，「妳不說也行，難得在這裡遇上身手不錯的後輩，我試妳兩手，就當切磋。妳要能在我手上走過二十招，我就不難為妳，要是走不過，妳就得告訴我妳師父是誰。」

夏芍笑了笑，這老人倒精明。聽起來是對她有利，但以他這樣的高手，二十招之內怎可能探不出對方的派別來路？

師父因為某些原因，不想被人知道他在此地，那夏芍便不能讓別人看出她的招式來歷。

不過，當今武術界雖不像過去的江湖，卻仍是很注重輩分和規矩。對方是前輩，出於尊重，她不好拒絕他的提議，何況她今晚還是來億天擺平東市黑道的。

要過招，還不能被看出功夫來路，這並不容易。

夏芍笑了笑。

不容易，但她有把握做到。

這老人也是個練家子，頂多剛進入暗勁，算得上是頂尖高手，可他或許沒料到她也入了暗勁，而她的師父唐宗伯更是將化勁運用得神乎其技的高手。

平時她在師父手下過百來招都沒問題，莫說是這個老人了。

剛才老人後半段的話，自以為算盤打得不錯，不過是挖坑給她跳罷了。

從老人的面相上來看，不是奸邪小人，想必會信守承諾。

夏芍笑著應下，「可以，那就請前輩手下留情了。」

會客室很寬敞，兩人要過幾招，地方還是夠用的。

高義濤和華晟齊齊挑眉。

面對齊老，這個少女居然還是那麼從容自若。

齊老在武術界可是泰斗級的人物，弟子遍布四海，極有威信。在安親會裡，連華晟這種現代搏擊的高手面對他都能感覺出明顯的壓力，這個少女卻還是淡然微笑。

他們不由認為夏芍是故作鎮定，直到兩人開始動手過招，他們才露出驚訝的表情。

齊老是八卦掌的傳人，學的是正宗的內家功夫，且已練至暗勁的境界。

內家功夫與外家功夫不同，外家以練力為主，講究速度與力量，容易上手，學起來見效快。而內家則以練氣為主，注重內修，講究的是個勁字。這種勁分為明勁、暗勁、化勁三個境界。只可意會，難以言傳。

進入化境的高人幾乎見不到，像齊老這樣的暗勁高手已是泰斗，而這個少女卻能在這樣的泰斗級高手面前遊刃有餘地出招……

只見兩人的打鬥走如風，行如龍，推、拿、勾、打之間一點動靜都聽不見。這不像兩個外家高手過招，砰砰之聲勁猛，而是無聲無息，卻殺機暗湧，無形中似有一股氣勁充斥在屋中。

高義濤和華晟面面相覷。

能跟齊老過招成這樣，只能說明一件事，那就是這個少女也是內家暗勁境界的高手。

可是……這怎麼可能？

這可不是外家功夫，練個三五年就有成效。內家功夫難練，十年八年的也難有小成。不說別人，就說齊老，他年過五十才剛邁入暗勁的境界，而眼前這個少女多大？十五歲吧？

這差距也太大了！

高義濤不得不又仔細審視夏芍，在把她請進來之前，他接到了陳滿貫的電話。在電話裡他才知道這少女是福瑞祥古董店真正的幕後老闆。

一家古董店資產不過兩三億，安親會還看不上，但想到這少女的年紀，卻令人吃驚。

一個十五歲就擁有上億資產的少女，年紀輕輕就將內家功夫修煉至暗勁的身手，再加上她在玄學風水術上深厚的造詣……東市的地頭上，什麼時候多了這麼一號人物？

高義濤頭一回覺得自己這東市黑道老大當得不夠稱職。

正當高義濤和華晟驚愕之時，夏芍已在齊老手下走過二十招，兩人卻沒停下來。

齊老心中也驚異無比，他到了這般年紀，經歷豐富，收徒無數，見過好資質的後輩，卻從來沒見過這麼驚人的。這丫頭年紀相當輕，卻已跟他練至同個境界了。

這太不得了了！

驚異之餘，難免驚喜，他不知不覺較了真。只見他腳下一擺，朝夏芍的腳踝處扣去，且掌似遊龍，見影不見形，往夏芍面門處威逼。

夏芍微微一笑，這老人家有意思，竟想試她下盤。不過，他要失望了。論下盤穩紮穩打的勁兒，她可是下了苦功的。

她十歲跟著唐宗伯習武，按年齡來說，已是晚了幾年。唐宗伯為此花了不少心思，在後院立梅花樁，三寒的天兒裡下過雪，把雪掃了，潑上水，等結了一層冰，便讓她上去走。如此摔摔打打，每天渾身淤青，唐宗伯再讓她泡藥湯，這才打熬成好筋骨。

如今她走梅花樁，閉著眼睛也栽不下來，僅憑這老人的一條腿就要她栽跟頭？

夏芍笑了笑，步伐穩若泰山，紋絲不動，接著上身旋動，肩上用力，暗勁一震，將齊老的掌勁震開。其後雙手遊龍一轉，疾若飄風，直逼他的胸口。

齊老眼裡精光一閃，興奮地要去接，哪知夏芍這一手是虛晃，走了個過場便猛然退去。

這一退退到了遠處，隔著會客室的沙發，遠遠朝齊老抱拳一笑，「多謝前輩指點，二十招已過。」

齊老愣住，他的手還擺著應戰的架勢，哪知夏芍已經收兵。

他忍不住放聲大笑，笑起來聲若洪鐘，笑聲充滿會客室，半晌才搖頭道：「這丫頭，妳竟還記得二十招的事，看來妳從一開始就知道能在我手下走過去，乾脆將計就計了吧？沒想到讓妳擺了一道！」

夏芍只笑不語。

「罷了罷了，長江後浪推前浪，江山代有才人出！來來來，丫頭，坐下聊！」齊老對夏芍招招手，自己也坐到沙發上，看著她的眼神目露讚賞。

夏芍依言坐下，齊老沒試出她的招法路數，也沒再提此事，果真如她所料，老人重諾，說出口的話便不會反悔。

「唉，妳這身手，必然是有名師悉心教導。我也算桃李滿天下，怎麼就沒讓我遇著這麼個奇才？」齊老很遺憾，說話間有道光芒隱在眼底，顯然已是心中有數。

他邊嘆邊詢問夏芍一些事，包括她今天來億天踢館的原因。

其實這個原因高義濤已從電話裡得知了。

陳滿貫可不知道夏芍有這麼一身好功夫，他聽說她要來億天，擔心她一個女孩子會吃虧，趁著以前做生意時跟高義濤算是點頭之交，就打電話來說明詳細情況，並委婉請高義濤不要為難夏芍。陳滿貫要是知道夏芍是一路打上來的，估計會驚掉下巴。

高義濤雖略知事情經過，但由夏芍這個當事人來說更詳細。

這一聽，高義濤和齊老都皺了眉頭。

道上有條不成文的規矩，叫做禍不及妻女。黑道上混的人，難免有仇怨，但都不禍及對方家人。儘管這條規矩也時有破壞的，但安親會的前身是歷史悠久的幫會青幫，幫會內部至今奉行之前的規矩，設有六部，即：吏部、禮部、工部、戶部、兵部、刑部。六部各司其職，其中刑部即為執法堂，幫內有人犯規，便會交由刑部按幫規處置。

幫會大了，下面的小混混多了，偷雞摸狗之事常有，而這些人入不了幫會高層的眼，也沒那麼多功夫處置，多半是睜一隻眼閉一隻眼。像夏芍的父親被打之事，可謂每天都有，安親會可不會什麼事都不做，光處置這些。

只是，這幾個小混混倒楣，這回遇見了夏芍。

且不提她的身手，僅憑她在玄學方面的造詣，高義濤就不會與她為難。

這樣的風水大師若是結交，日後有說不得的好處。人生在世，誰沒個趨吉避凶的需求？拉攏她還來不及，誰會為難她？更何況，他家中還有急需化解的凶煞。

齊老道：「高堂主，道上的規矩禍不及妻女，既是幫裡的人壞了規矩，就幫規處置吧。」

高義濤點點頭，站起來道：「夏小姐，妳放心。我手下的兄弟打傷令尊的事，我會給妳一個交代。」他轉頭看向守在門口的人，吩咐道：「把他們幾個給我帶進來！」

打傷夏志元的共有九人，以胖子王哥為首，包括當時在巷子被夏芍教訓了的兩個瘦子。

這九人其實早被查出來了，當高義濤接到陳滿貫的電話時，就派人去查了。以安親會的能耐，根本不需要知道這些人的名字和長相，只要查今天下午誰在夏志元的工廠外打人，就知道罪魁禍首是哪些人了。

至於要不要處置，就看夏芍的本事了。

安親會並非誰來踢館都不追究，如果沒有合理的解釋及讓安親會滿意的地方，他們是不會姑息這種嚴重的挑釁。

不過，夏芍做到了。高義濤非但不會追究她，甚至還有事得求她幫忙。

九個小混混很快被帶到。

九人一進億天便看見滿地狼藉，像是剛大戰過一場。從大廳的舞池到往上的樓梯，一路都還有人躺在地上哀嚎。門口停了幾輛救護車，一個個往上抬，受傷的人不少，且都傷得不輕。

王哥驚駭地問：「這是……場子被砸了？誰這麼大膽？」

其他幾個小混混也義憤填膺，「他媽的！誰這麼不長眼，億天的場子也敢砸！告訴我們，哥兒幾個砍死他全家！」

幾個人罵罵咧咧，眼角偷瞟帶他們來的幫會成員。正式的幫會成員跟他們這些底層的小混混不一樣，他們也不知道為什麼會被帶來，只是見幫會的人員面色冷肅，不發一語，幾個小混混便開始心裡打鼓。

有人暗自猜想，是不是自己平時打架賣力，膽識被大哥看上，自此要飛黃騰達了？

可是不對啊，他們也沒做什麼驚天動地的事，就是今兒下午圍毆了一個人，但那個人也不是道上有名號的人物，只是普通老百姓，被他們幾個一拳就揍趴下了。

幾個人一路猜著上了頂樓，摸不準老大為什麼會傳喚他們這些小角色。

等到進了會客室，眾人都愣了。

尤其是王哥和兩個瘦子，看到沙發上的少女，眼神都直了。

三人一眼就認出了她，她的模樣化成灰他們都認識。他們被一個女孩子揍了，這可是從來沒有過的恥辱，為此他們才怒氣沖沖找上徐文麗，並聽了她的教唆，去把夏志元圍毆了一頓，當作出氣和報復。

他們想，就算她身手再厲害，也不過就是個普通家庭的孩子，看見家人被打，能不害怕？至少要叫她知道，對付不了她，他們可以對付她的家人。他們這些人，不是她能惹得起的。

只是，誰能告訴他們，為何她會出現在億天？還在大哥的會客室裡喝茶？

其他小混混卻不認識夏芍，幾個人點頭哈腰，諂媚地對坐著的高義濤、齊老和華晟行禮，一名小混混道：「大哥，我們剛才上來時發現有人砸場，是誰吃了雄心豹子膽？只要大哥說一聲，我劉九立刻去砍人！」

旁邊的人也跟著拍胸脯道：「大哥，還有我王豹！」

「還有我！」

「還有我！」

一群人爭先恐後表忠心，高義濤卻冷哼一聲。

這一哼，眾人立刻閉嘴。

高義濤的聲音聽不出喜怒，「好啊，你們真會給幫會長臉！」

一群人愣住，很快臉上露出喜意。

大哥這是在誇獎他們？

王哥卻往夏芍身上瞟，心裡有些不安。

大哥這話聽著像是在誇人，可臉色怎麼不太對？

高義濤冷淡地看著他們幾人，問道：「道上的規矩，禍不及妻女。你們壞了規矩，還讓人家找上門來。說吧，要怎麼辦？」

幾個摩拳擦掌等著飛黃騰達的小混混們，你看我我看你，笑容僵在臉上。

王哥和兩個瘦子一驚，心開始往下沉。

他們不說話，高義濤繼續道：「既然這樣，那就按幫規處置了。」

這話讓小混混們打了個寒顫。

王哥嚥下一口唾沫，頭上直冒汗，「按、按幫規處置？」

黑道上，禍及妻女是大忌。道上的人最恨這個，這可是死罪。

其他小混混卻不明白闖了什麼禍，急忙問道：「大哥，我們、我們沒犯忌啊！是不是……」

哪裡搞錯了？

那小混混沒敢把話說完，就算關乎生死，對大哥出言不遜，只會死得更快。

高義濤沒解釋，而是看向夏芍，「或者，交由夏小姐處理。」

「那就謝謝高老大了。」夏芍這才放下茶杯，從沙發上站起身，慢悠悠走過來。

她走得不快，臉上甚至掛著淺淡的笑意，王哥和兩個瘦子卻開始往後退。其他人不知道怎麼回事，正被高義濤的話震得發懵，見夏芍走來，還覺得莫名其妙。

兩個瘦子僵著脖子轉頭，抖著聲音說了幾句，這些小混混才臉色大變。

什麼？這個看起來柔柔弱弱的女孩子，就是他們下午打的那人的女兒？

可王哥不是說那家是普通人家嗎？為什麼這女孩會在億天？她跟大哥認識？什麼交情？

「喂，王哥，怎麼回事？她跟大哥認識啊？」
「你這不是坑我們嗎？」
王哥滿頭大汗，徐文麗明明說她家是普通家庭。
大廳那慘狀，該不會是這女孩做的吧？
今晚是她砸了億天的場子？
他到底闖了什麼禍啊？
王哥只覺得背後發冷，喉嚨發乾。
夏芍已走到近前，負手而立，像見到老友般打招呼：「我們又見面了。」
王哥乾笑一聲。
夏芍也笑了，「我說過，不給我安生日子過，我就叫你們沒日子過，還記得嗎？」
「記、記得，記得！」王哥吞了口唾沫，兩個瘦子也點頭如搗蒜。那天在巷子裡被揍的事還歷歷在目，現在夏芍一靠近，他們就緊張。
「夏小姐，夏小姐，妳聽我們哥兒幾個說，這事有誤會！」王哥趕緊解釋：「這其實是妳那個同學的主意，我們兄弟只是拿人錢財與人消災！令尊的事真不是我們的本意，都是妳那個同學，她、她好像叫徐……徐文麗！對，徐文麗！旁邊還跟著個妞兒，姓趙，妳……」
「你不用往她們身上推，我現在在說你們的事。處置完你們，就輪到她們了。你放心，一個也逃不了。」夏芍淡然說著。
王哥往後退了一步，兩個瘦子面面相覷，旁邊卻有人忍不住了。
「大哥，這妞兒不是道上的人，憑什麼按道上的規矩辦？我們不服！」

有個小混混忽然出聲抗議，其他人都覺得有理，剛要點頭，猛然聽到一聲槍響。

一名幫會成員的槍口冒起白煙，他面無表情地把槍收起，而前一秒還衝著高義濤大吼大叫的小混混眉心多了個血紅的黑洞，接著直挺挺倒地不起。

子彈穿頭而過爆開的血沫濺在旁邊人的臉上，那人立刻就呆了。

所有的小混混瞬間白了臉，嘴唇發抖，誰也不敢妄動。

夏芍皺了皺眉。

她第一次親眼看見有人被殺，說不反胃是假的，但她忍住了。

王哥噗通一聲跪下，伸手就想去抱夏芍的腿。夏芍腿上氣勁一震，王哥莫名倒向一邊，卻沒心思想剛才是怎麼回事。

他一把鼻涕一把眼淚爬回來，哀求道：「夏小姐！夏小姐，我錯了！我我我求求您，您饒了我！我不能死，我真的不能死，我上有老下有小……」

這求饒的經典臺詞，換了平時，夏芍肯定笑出來，然而此時她臉色卻冷了下來。

「上有老下有小？你們打我爸的時候，怎麼沒想想他也是上有老下有小？」夏芍冷笑一聲，「我不是道上的人，不能按照道上的規矩來是嗎？那好，就按我的規矩來！」

夏芍的視線從一群小混混白著的臉上掃過，「八個人，剛好，雙數。」

趴在地上的王哥，有些發懵地抬起頭來，卻只看見夏芍轉身走開的背影。

眾人都不知道夏芍要做什麼，連齊老、高義濤和華晟都看向她。

夏芍往沙發上一坐，「打吧，兩個人對打。」她的嘴唇抿成冷肅的弧度，「記住，一條腿、兩根肋骨，頭上要見血。」

「……」會客室裡一陣死寂。

夏芍不再說話，只是盯著那八名小混混看，看得一群人恐慌起來。

高義濤遞了個眼色給幾個幫會成員，他們立刻掏手出手槍，對準八名小混混。

八人大驚失色，不敢再拖延，抓著身邊最近的人就狂毆起來，會客室裡頓時充斥著拳腳打在肉上的悶聲、骨頭斷裂的慘叫聲。

一群人毆打在一起，高義濤看向夏芍。

這個少女看起來笑咪咪的，實際上卻是個狠角色。這些人手上都沒拿棍棒，依他們的身手，根本做不到一招斷骨。想打斷對方的骨頭，只能反覆毆打，一遍遍打同一個地方。

就像是鈍刀割肉，這才是最痛的。

夏芍眼前鬥毆的場面，越看眼中的冷意越盛。今天下午她父親就是被這樣打斷了骨頭的，她只要想起他是怎麼蜷縮在地上被這些人圍著打成重傷，她就怒不可遏。

一群人打了很久，打到最後癱在地上沒了力氣，斷了骨頭的疼痛，讓他們險些睜著眼睛昏過去，哪還有力氣打人？

夏芍似不解氣，站了起來，走過去挨個查看。

「這個腿沒斷。」

她一開口，立刻有人上前一腳踹斷那個小混混的腿。

小混混慘叫一聲，昏了過去。

夏芍挑眉看向另一人，笑了起來，「哎呀，這個肋骨斷了三根，是誰下手這麼狠？」

所有人包括高義濤在內，聽了這話嘴角都抽了抽。

夏芍俯身問小混混：「告訴我，是誰打的？」

小混混要是現在能爬起來，肯定拔腿就跑。他驚恐萬分地看著夏芍，就像在看惡魔。他不敢多說話，抖著手指了指旁邊。

夏芍一看旁邊的人，不由笑了，小混混指著的人正是王哥。

此刻王哥鼻青臉腫，門牙掉了兩顆，眼睛腫得只剩一條縫。

他從眼縫裡看夏芍，喉嚨發出嗚嗚聲，彷彿是在求饒。

「我這個人最講究公平，你們打斷我父親一條腿、兩根肋骨，我就要你們一條腿、兩根肋骨。多出來的傷，算是你們自己的恩怨。」夏芍轉頭對小混混道：「他多打斷你的一根肋骨，去，去補回來。」

小混混哪裡爬得起來，兩名幫會成員把他架起來，直接丟到王哥身上，喝道：「打！」

小混混半個身子趴在王哥身上，只得拿手肘拚命撞。王哥的肋骨已經斷了兩根，哪經得起他這麼一下一下地撞，頓時疼得嗷嗷叫，之前斷掉的肋骨似乎戳到了肺部，他不由噴出一口血，兩眼一翻，也昏了過去。

夏芍這才站了起來，「高老大，過了今晚，我不想在東市再看到這幾個人。」

高義濤痛快地點頭，「行，沒問題。按幫規，這些人該死，夏小姐還是手下留情了。」

「殺伐太厲，有違天和。殺人惡業太重，我不怕擔，卻不想讓我的家人沾上惡業，這教訓足夠了。」夏芍說話的功夫，已有人過來將小混混們清理出去，「今晚傷了高老大不少兄弟，實在抱歉。醫藥費我出，我欠高老大一個人情，府上的煞氣我改日幫你化了。」

高義濤笑了，這還是夏芍第一次看見他笑，看起來少了幾分嚴肅，多了幾分隨和，「夏小姐這話豈不是在說我們安親會連幾個弟兄的醫藥費都出不了？這事本就是幫裡的弟兄傷人在先，妳放心，日後東市的地頭上，我保證妳家人平安無事！」

夏芍點頭，她今晚的目的算是達到了。

「對了，先前夏小姐說我家中三天內會有凶事，不知妳什麼時候能去我家看看？」

「化五黃煞須占卦擇吉日，只有在吉日化煞，力量才會更強。高老大不必憂心，你今晚可以將家人遷往別處暫住，等煞氣化去，再將他們接回來。」

聽了夏芍的解釋，高義濤這才放下心來。

夏芍提出告辭，高義濤問道：「妳那兩個同學，需要我找幾個幫裡的兄弟幫妳解決嗎？」

「多謝高老大的好意，我家人的事，我自己解決。」

高義濤也不強求，其實他對風水之事還是將信將疑，儘管前頭有郝戰的先例，他還是覺得有些玄乎。只是關係到家人的安危，他寧可信其有。夏芍拒絕他幫忙，他也想看看她會怎麼解決那兩個仇家。

夏芍出了億天，來到一樓大廳，大廳已經看不出之前打鬥的痕跡，很多年輕人又在舞池裡熱舞起來，但還是有人認出她來。一群人躲得遠遠的，不知道這少女有什麼本事，在億天鬧了這麼大的事，竟然還能毫髮無損地走出來。

億天裡安親會的人都得了上頭的命令，以後在東市的地頭上，誰也不許招惹這個少女，誰冒犯了她，就按幫規處置。

夏芍走出大廳時，不自覺往吧臺處看去，那個英俊的黑衣男子已經不在。

她微微一笑，覺得那個男子頗有意思，不知以後還有沒有緣分見到。

走出億天，外面的天色已經黑沉如墨，許多商店都關門了。

夏芍冷然一笑，朝徐文麗家的方向走去。

她不知道的是，她前腳剛踏出去，億天的會客室中，一扇內置的門被打開了。

一名穿著淺白色中山裝，墨髮束在身後，身材頎長的男人從裡面走了出來。

他的唇邊掛著幾分如沐春風的笑意，乍看俊逸如古時候的翩翩君子。

高義濤、齊老和華晟都站了起來。

高義濤和華晟神色謙恭，齊老也收斂氣勢，笑著問道：「當家怎麼看？」

這男人正是北方地下黑道的龍頭，安親會的新任當家，龔沐雲。

龔沐雲走到落地窗前，往樓下望去，視線正好落在那個遠去的白色身影上。

他含笑道：「看來這趟東市是來對了，呵呵，有趣！」

徐文麗和趙靜家境都不錯，兩家住的是獨門獨院的小別墅，這給夏芍佈風水陣提供不少便利。

對夏芍來說，避開社區外面的保全是輕而易舉的事。

夜色深沉，夏芍站在徐家別墅外面，手裡拿著一只金虎。

金虎不大，她已經用元氣加持過。

夏芍繞著別墅轉了一圈，躲過巡邏的保全，並確定了方位。

在風水中對於方位有著所謂左青龍、右白虎、前朱雀、後玄武的說法。青龍喜水，白虎喜靜，朱雀喜鬧，玄武喜穩。這四方什麼能放，什麼不能放，都有講究。沖了四獸的喜好，必有禍端。唯有四方安，家宅才能寧。

徐家的別墅坐北朝南，夏芍找好方位，挖開牆根，將金虎埋了進去。

古時候有龍虎相爭之說，在青龍方加持白虎，會使龍氣受挫，虎氣猖獗。白虎主殺，主破財和血光之災，一般情況下，白虎位上要安靜，不能有大路、車庫、遊樂設施等，否則驚動白虎，見財吃財，見人吃人。

此陣極為凶厲，不亞於五黃大煞，輕則傾家蕩產，重則有血光之災，性命不保。總之，破財、破家、重病、突發災禍，總要有人傷亡來祭白虎。

當初，唐宗伯教夏芍這陣法時，曾告誡過她：「此陣對風水師本人有風險，倘若佈下的白虎被人發現毀去，風水師本人必死於非命，以祭白虎。」

唐宗伯年輕時嫉惡如仇，曾幫一位客戶化煞時發現白虎催命陣，便將白虎取出毀掉，令那施術的風水師死於非命。當時他不覺得這麼做有何不妥，如今年紀大了，慢慢參透天命，這才每每感慨，有些後悔。

他常囑咐夏芍，不可逞凶鬥狠，非大仇大恨，凡事最好給人留一線生機。

夏芍倒不怕這陣法被人破去，且不說東市有沒有人能制得住這白虎殺陣，即便是白虎被毀，她身上還有法器在，護持她性命沒有問題。

至於徐文麗和趙靜兩家人的性命，夏芍自有分寸。

之後，夏芍離開徐家，前往趙家。徐趙兩家離得近，只隔一條街，夏芍來到趙家的社區後，也佈下同樣的風水陣，這才離開。

就在她從趙家所在社區走出來時，一輛紅旗車突然剎車，停在遠處的路邊。

駕駛座上的男人搖下車窗，對後座的冷酷男子興奮喊道：「天胤，是那天在巷子看到的女孩子，快看！」

秦瀚霖笑咪咪轉頭，卻見徐天胤充耳不聞，他正盯著自己手腕上的錶。仔細一看，錶盤跟普通手錶大不相同。那只手錶的錶盤比一般手錶厚，錶盤正掀開著，露出底下那層微型羅盤。

此時，羅盤表面的指針正急速轉動著。

徐天胤順著指針的方向望向車窗外，視線投向某社區的方向，皺了皺眉。

前方的煞氣好凶！

有人佈陣？

有人佈陣不稀奇，但在東市這樣的地方佈白虎催命陣……

「喂，我在跟你說話，你能不能不要每次都不搭腔？你要急死我啊！」秦瀚霖見徐天胤對他的話沒反應，便拍拍車座靠背，催促道：「我說你們實在是太有緣了，咱們明天就要離開了，今晚居然又遇見她了，這就是緣分啊！這種緣分，不搭訕豈不是太可惜了？你還等什麼？快去啊，再不去人就走沒影了！」

徐天胤這才將目光轉回來，顯然方才分了心，剛聽到好友的話。

秦瀚霖翻白眼，指著夏芍的方向，徐天胤順著望過去，目光微凝。

對面的街上，有一名穿著白裙的少女正轉過街角，昏黃的路燈照亮她的側臉，她那白皙的臉龐在燈光下好似起了一層白霧。只那麼幾秒，少女就沒入黑暗中，不見人影。

只是一眼，徐天胤便認出了夏芍。

她在億天俱樂部裡露的那一手，想叫人不印象深刻都難。

而且，這是他們今晚第二次相遇了。

徐天胤順著夏芍的背影掃去，正好瞥見那凶煞沖天的社區。

不知為何，他眉峰肅斂，突然拉開車門，三兩步衝去了對面的街道。

他的動作敏捷如黑豹，秦瀚霖沒想到他會真的追出去，不由吹了聲口哨，誇張大笑，「這小子來真的啊？」

徐天胤跟著夏芍轉進巷子，巷子裡黑漆漆的，沒有路燈，一眼望去是一片老社區。巷子窄而四通八達，像是迷宮似的。他的身影在黑暗的巷子裡急速穿梭，卻在轉了幾圈後停了下來。

少女不見了……

站在空蕩蕩的巷子裡，徐天胤的面容隱在黑暗中，看不清表情。

半晌，他才回到車裡，不待秦瀚霖問，便道：「明天不走，找到她！」

就在夏芍回了家，徐天胤在車上做出決定的時候，億天俱樂部頂樓的會客室裡，龔沐雲笑著轉身，看向齊老。

「你和她過招，感覺像嗎？」

齊老搖頭道：「不好說。這丫頭涮了我一把，我居然沒能探出她招法的來歷。像她這樣年紀輕輕的，便將內家拳法練到暗勁上，我還從來沒見過，這丫頭可不簡單。加上她在玄學上的造詣，我覺得有必要查一查。」

華晟也點頭道：「屬下也這麼覺得。這些年唐大師失蹤，生死不明，三合會居然想推舉唐大師的師弟擔任玄門新當家。誰不知道當年唐大師是遭了他師弟的暗算，三合會明顯是跟那人成了盟友，那人要是掌控玄門，形勢就對三合會有利。我們和三合會在地盤上的爭鬥已經白熱化了，不能再讓他們得逞。就算有萬分之一的機會，也要找。」

龔沐雲靜靜聽著，溫文如雅的笑容始終未變。

末了，他轉身又走去落地窗前，背著身子道：「查，但不要驚動她。」

夏芍早起做了早餐，送去醫院給父母親。傷筋動骨一百天，夏志元重傷才第二天，正是疼的時候，本應好好休息，夏芍走進病房的時候，卻見他正嘆著氣。

「爸，怎麼了？」夏芍過去放了早餐便問道。

她邊問邊掃了病房裡一眼，病房的桌上堆滿禮品，且都是價格昂貴的燕窩人參等補品。

夏芍一看就知道這些不是自家親戚送的，心裡已有了數。

果然，夏志元嘆了口氣，李娟忙安撫他：「你少說幾句話，養身體要緊。」接著對夏芍道：「唉！還能怎麼著？妳爸倒楣唄，今早來了三個人，一看身分就不一般。裡面有個二十來歲的小夥子，說是安親集團的。還有一個三十來歲的男人和一位老人，都很有氣勢，瞧著怪嚇人的。不過，他們的態度很好，說是帶著這些補品來道歉，昨天打錯了人。妳爸不要這些東西，他們最後還是放在這兒了，臨走的時候又把住院的錢給結了。」

夏芍一聽便知道這些人的身分，應該是高義濤和齊老等人。

她沒想到安親會的人會到醫院來，還帶了這麼多東西。高義濤這是在對她示好來了，看來幫他家化煞的事要加緊腳步了。

其實今天早上陳滿貫也打電話來，說要來醫院探望她父親，但被夏芍婉拒了。

他要是來，她要怎麼跟父母解釋她和他的關係？

「唉，妳知道什麼？」夏志元聲音虛弱，「安親集團是大集團沒錯，可是聽說有黑道背景。這些人的東西，怎麼能要？」

「不要能怎麼辦？丟出去？萬一惹火了他們……」李娟一臉憂心，「我只希望咱一家人平平安安的，能別沾事就別沾。」

聽著父母的話，夏芍只是笑著安撫二老。

李娟擔憂地問道：「昨晚家裡都還好吧？」

夏芍自然不會告訴母親她昨晚擺平了東市黑道，還動了別人家裡的風水。

她笑著道：「能有什麼事？都說打錯了人，還能打去咱們家裡不成？」

李娟這才放了心，道：「那快去上學吧，別遲到了。」

夏芍點點頭，勸父親好好休養，便出了醫院。

她向來起得早，早上又因要送早餐到醫院，起得更早，所以到教室時，班上的人不多。

夏芍放下書包，少見地走出教室，來到走廊。她倚在牆上，雙臂抱胸，等著。

她想看看白虎催命陣的效果如何，而且，別人「問候」了她父親，她當然要回敬。

就在夏芍在走廊上等徐文麗和趙靜的時候，徐文麗也很興奮。她坐在自家的轎車裡，催促母親開快一點，她等不及要看夏芍哭喪的臉了。她最討厭夏芍那副淡定的模樣，她這回要看看她還笑不笑得出來。

徐文麗露出舒心的笑容，感覺到前所未有的好心情。

然而，她揚起的嘴角還沒落下，車子猛地劇烈晃動了一下。

緊急剎車的刺耳聲、尖叫聲充斥，接著是一陣天旋地轉……

夏芍一直等到上課，徐文麗和趙靜都沒有來。她微微一笑，轉身走進教室。

徐文麗和趙靜第二天才來學校，兩人都臉色蒼白。徐文麗額頭纏著繃帶，趙靜更慘，左手斷了，吊在胸前。兩人在教室前的走廊上遇到，這才發現對方也在昨天上學的路上出了車禍。

徐文麗的母親傷得較重，雙腿被壓在車下，嚴重骨折。她本想不來，父親卻讓她來上課，畢竟高中考試快到了。而送趙靜上學的是趙家司機，奇怪的是，司機沒事，她的手臂卻斷了。

兩人沒想到會同一天出車禍，雖然湊巧，但也只是覺得湊巧而已。

她們在教室門口遇見夏芍。

夏芍倚著牆，雙手環胸，淡然笑道：「妳們看起來似乎不太好。」

徐文麗皺起眉頭，趙靜雖然易怒，但那天被夏芍威嚇過後，她就有些懼怕她。

徐文麗走了過來，「妳說什麼？」

「我說，害人終害己，善惡終有報。」夏芍的語氣像是在談論天氣。

「妳說什麼？賤……」徐文麗大怒，她本就因車禍的事心有餘悸，沒看見夏芍哭喪的臉，自己反倒出了事，正覺得晦氣，被她這麼一說，不氣才怪。

她一巴掌向夏芍搧來，手腕卻被夏芍半空截住，向前一帶一甩，反而將徐文麗按在牆上，接著她手臂一橫，卡住了徐文麗的脖子。

走廊的同學驚恐地看過來，在看到是夏芍後，驚恐就變成了驚奇。

夏芍沒管旁邊，笑著打量徐文麗憋得通紅的臉，湊到她耳邊道：「聽不懂我的話嗎？該不會是車禍撞壞了耳朵吧？那我就在妳耳邊說，害人終害己，事情沒完，等著，還有妳受的！」

她的聲音不大不小，剛好能讓徐文麗和趙靜聽見。她說完就放開徐文麗，走進教室。

這天以後，夏芍在學校裡的形象發生了大逆轉，有見過那天她身手的同學，把她傳得神乎其神，尤其是男生，對她的好奇心更重。從那天以後，她是情書天天收，天天丟。

徐文麗和趙靜就比較倒楣了。

夏芍的話就像詛咒一樣，兩人家裡接連出事。繼徐文麗的母親出車禍後，趙靜的父親在家中陶窯修繕的過程中，差點被鋼筋砸到。上午剛躲過一劫，下午就被工地的石塊砸傷肩膀，緊急送去了醫院。

這還沒完，徐文麗的父親和趙靜的母親因為每天要去醫院照顧病人，兩人的脾氣變得異常暴躁，動不動就發火，徐文麗的父親從醫院出來的時候，還差點被車撞到。

兩人家中的倒楣事不斷，而且這些事還是在兩三天之內陸續發生的。

徐文麗和趙靜終於怕了，而夏芍也覺得差不多了，再這樣下去，真要出人命了。她不需要她們兩家出人命，罪不至死，不必把人往死裡逼。

但，死罪可免，活罪難逃。

所謂傷筋動骨一百天，她父親夏志元什麼時候傷好，她們兩家什麼時候才能消停。這段時間的煎熬，希望她們受得住。

這天天黑之後，夏芍又來到徐家的別墅。

她打算把白虎陣解了，佈個相對不凶厲的風水陣。

夏芍熟門熟路地來到三天前埋下金虎的牆角。她以柳木為釘，佈於四周，解除陣法的一些危害，也不傷及白虎。

接著，她開了天眼，看準方向。一般來說，風水師確定方位需要用到羅盤，夏芍卻不需要，她有天眼，對陰陽二氣看得極為清楚，很容易掌握方位。

夏芍牽引周身元氣，對著白虎念了三遍「除靈咒」，並虛空畫出一道符。

如果此時有玄門的長老在，一定會萬分驚訝。並非每個風水師都擅長符籙，但擅長的人多以朱砂黃紙作畫，很少有能虛空製符的。玄門裡，只有唐宗伯和他的師弟有這等功力。

念畢咒法，夏芍對著白虎道一句：「得罪了。」然後用紅繩將其縛住，以雞血封目，這才取出。這還不算完，回去後要貼符焚香，請其歸位才行。

夏芍暫時將白虎收起，敏捷地跳上徐家附近的一棵樹上，拿出一個小鏡子。

鏡子在風水上是常用之物，用得其所可以添福增運，反之則損福破運。

家家都有鏡子，臥室、浴室，夠用就行，不宜多放。因為鏡子可以照出影像，家中放置太多鏡子，會讓人出現視覺混亂。經常看反射出來的影像，容易令人精神衰弱、精力不集中，甚至有的人會產生幻覺。

有人喜歡在家中放置落地大鏡子，想要以此達到視覺上拓寬空間的目的，但這並不合適所有人，尤其是患有抑鬱症、精神衰弱的人。上了年紀的老人，也不適合住在鏡子多的屋子裡。

夏芍要做的，就是利用鏡子將陰煞之氣引入陽宅。

陽宅顧名思義就是活人住的地方，而陰宅就是死人住的地方。陽宅之所以為陽宅，自然是陽氣旺盛，這樣人才能生存。夏芍開了天眼，看了看下方別墅的陽氣和陰氣分布情況，然後將鏡子調向陰氣那方，通過折射將其引向別墅。

之後，夏芍從樹上下來，在別墅四周安放幾面鏡子。她沒把別墅的陽氣全部封死，只是將陰氣引入得多些。她有天眼在，可以掌握分寸。短時間內不會傷及性命，但有害健康和運勢。

什麼時候她父親的傷好了，什麼時候她就還徐趙兩家安寧。

她父親吃苦頭的時候，她們必須陪著，而且要全家陪著！

在徐家周圍佈完陣，夏芍來到趙家，同樣將白虎取出，實地勘查一番後，佈下風水鏡，這才轉身離開。

她沿著路燈照不到的黑暗處走，身手靈巧地翻過牆頭，準備返家。

然而，雙腳一落地，卻踩到了一道黑影。

那是人的影子，被路燈的光線拉成長長一條。

夏芍一驚，霍然轉身。

轉身的瞬間，心中已確定對方應該不是社區保全，如果是保全，看見自己從社區翻牆出來，必然會大聲呼喝，說不定還會把她當成賊。

這個念頭一閃，夏芍已經轉身，而且看清了那人的模樣。

而這一看，不禁愣住。

一名穿著黑色休閒服的男人站在路燈下，他的衣袖略挽起，雙手插在褲子的口袋裡。路燈的光芒暖暖的，他的眼眸卻像是沉在黑夜裡，有著望不盡的冷，看不透的漠。

夏芍挑了挑眉，心中的大石落下，臉上露出幾分笑意，「真巧，又遇到了。」

她邊說邊注意對方的反應，雖然知道他不會有什麼表情，但她對他出現在這裡有些在意。

徐天胤沒有說話，一如既往的孤冷，只是微微轉頭，看了社區一眼。

夏芍自動把他的意思翻譯成：妳怎麼大半夜從裡面翻牆出來？

這人看起來不像是會管閒事的類型。

「沒什麼，我精神好，大半夜閒著沒事，翻牆玩玩。」夏芍笑了笑，這話明擺著糊弄人，但她還就是糊弄他了，反正兩人不認識，她沒義務跟他解釋。接著，她擺擺手道：「我翻夠了，你繼續站街，我回家睡覺了，再見。」

她轉身慢悠悠地往前走，轉身的時候仰頭望了望天空，這才發現「站街」這個詞聽起來好像有點……顏色？

夏芍眨眨眼，下一秒決定，有顏色就有顏色吧，她懶得解釋，早早回家洗洗睡才是王道。

只是，她的腳步剛踏出去，就聽見身後傳來對方的聲音。

他的聲音在安靜的夜裡顯得特別有磁性，低而不沉，透著奇特的韻味。被夜風一送，彷彿聲音全都融在風裡，久久不散，令人難忘。

而更令夏芍難忘的，是他所說出來的話。

「白虎催命陣。」

這五個字讓她停下了腳步。

她轉過身，第一時間開了天眼。她的天眼能看見陰陽二氣，也能看見人的元氣。普通人是沒有這種元氣的，只有修煉內家心法的人才懂得導氣周身，運轉不息。

夏芍不知道她為什麼會用天眼去觀察這個男人，這只是一種直覺。她從來沒在東市遇見其他術師，可這人能說出白虎催命陣來，必是同行。

出於本能，她開了天眼。

她覺得這個男人不尋常，或許是第一次在億天俱樂部見面的時候，他給她的印象太深刻。

夏芍用天眼看過去，徐天胤的眉峰微微一動。

他本就面無表情，這一動比常人更明顯。

夏芍心中一驚，只見徐天胤黑不見底的眼神倏然一沉，渾身的肌肉都在瞬間繃緊，整個人霎時間散發出一種極度戒備的應戰氣息。

夏芍立刻收回天眼，驚訝不已。

這個男人……能感覺出她天眼的存在？

這些年她頻繁練習天眼，越發運用純熟，看人未來都只是一瞬，別說是掃一眼別人周身有無元氣了。那速度快得就像是普通人隨便看一眼一樣，根本不會給人任何異樣的感覺。

至少，被她看過的人都沒感覺。

可這人的感覺好敏銳。

他感覺敏銳還在其次，剛才那一眼，夏芍已經看得清楚，這人周身有一層渾厚的元氣。

果然是同行，而且是修為很高的同行！

第五章　驚逢敵手

夏芍從未想過有一天會在東市遇見同行，更重要的是，對方的修為看起來不比她低。

她的反應很快，畢竟心智不同於同齡人，很快就接受眼前的情況，她淡淡地笑道：「沒錯，是白虎催命陣，但那又如何？之前在億天見人被砍你都不救，現在卻來管這種閒事？別忘了，在我們這行，破壞別人的陣法，可是會招禍的。」

徐天胤果然是惜字如金，對她的話不作任何解釋，只是問：「妳的師門是？」

「無可奉告。」夏芍惡劣一笑，也學他惜字如金。

說罷，她轉身就走。

「等等！」

身後傳來男人的聲音，夏芍沒回頭，卻見腳下踩著的黑影動了動。她看見對方抬起手想要攔住她，一股陰煞之氣向她纏來。

夏芍一驚。

咦？這人也會使用陰煞？

驚疑歸驚疑，她幾乎在同一時間就避開，操縱陰煞往對方的手腕逼去。

徐天胤少有的微愣，就在他愣神的功夫，夏芍敏捷地閃過街角。

她滑入了黑暗之中，就像三天前的夜裡轉過街角，再也尋不著。

徐天胤飛快跟了上去。

停在對面街上的紅旗轎車裡，秦瀚霖無奈地扶額，「有沒有搞錯？這小子到底懂不懂怎麼追女人？在這條街上守株待兔三天，才見面就把人給嚇跑了……」

秦瀚霖很鬱悶，夏芍也很鬱悶。

她不斷在條條窄小的巷子裡穿梭，卻甩不掉緊跟在後的追兵。

對方似乎擅長追蹤，而且感覺敏銳得出奇，她幾次以為會甩掉他，結果還是被追上。

夏芍深知轉去馬路上更走脫不得，且她已耗費不少時間，今天父母從醫院返家，萬一母親夜裡起來照顧父親，發現她不在家中，那就不妙了。

她轉進一條窄巷，瞥見前面堆著幾堆木箱，乾脆藏在了其中一處的後方。

她打算在這裡解決他，先把人放倒再說。

夏芍前腳一藏好，徐天胤後腳就進了巷子。

巷子黑漆漆的，安靜無聲，看起來就像是她又鑽進了別條巷子一般。

徐天胤慢慢地往前走。

他的腳步極輕，就像是一個對氣息控制自如的內力高手，每一步都踏在平靜無波的水面，驚掠無痕，有的只是那行動間衣衫輕輕的摩擦聲。

夏芍躲在木箱後，將自己的氣息如數收斂，僅憑耳力聆聽對方走來的聲音。

風從巷子盡頭吹過來，徐天胤的衣衫摩擦聲被帶著散去老遠，寂靜的巷子裡有一種靜與動之間壓迫出來的緊張氛圍。

夏芍忽然皺了皺眉頭。

糟了！

她低頭看向自己的裙子，她蹲下來的時候，裙角壓得嚴實，但夜風吹來，裙角還是會帶起細微的聲音。尋常人聽不到這種聲音，但逃不過高手的耳力。

幾乎是同時，夏芍倏地從木箱堆後躍起。

徐天胤已在同一時間逼至。

砰！

兩人的拳頭撞上，分毫不差，卻沒有半分聲響。

確切地說，兩人的拳頭沒有實際到肉。徐天胤不想傷害夏芍，這一拳並未使出全力，夏芍則是抱了將對方放倒的心思，這一拳帶上了暗勁。

徐天胤感覺到一股暗勁，但沒有退開，在兩人的拳頭撞上前也使出暗勁。

只聽噗一聲，空氣似震了震，兩人不約而同向後退去。

腳後跟剛落地，兩人又齊齊發力，奔向對方。

時機分毫不差，彷彿極有默契一般。

這讓兩人都挑了挑眉，卻誰也沒停止攻擊。

黑暗的巷子裡，兩名高手過招，只聞風聲咻咻咻響動，聽不見半點拳腳相交的打鬥聲。

少女身形飄逸如風，男人動作矯健如豹，你來我往之間，纏鬥不休，交織如舞。

徐天胤抬腿掃去，勾住夏芍的腳踝。夏芍伸手平抓，制住徐天胤的手臂。

兩人抬眼，目光撞上，隨後又同時動作。

這時兩人互相箝制對方，離得極近，按理說應該各自退開再戰，但兩人都反其道而行，繼續朝對方發動攻勢。

夏芍曲起膝蓋，身體前傾，就要撞上徐天胤的膝蓋。

徐天胤不怕被她傷著，藉著她手臂的力道將手肘順勢送來，抵著她的臂窩。勢均力敵。

且兩人的應變、招法，幾乎如出一轍。
他們彷彿能預料到彼此下一步的動作，總能不期然撞上。
這種情況在一開始還能稱之為巧合，之後就越來越不對勁。
兩人的武功路數分明是同出一路。
……同門？
兩人的目光同時一變。
夏芍是訝異，徐天胤卻是眼底迸射希冀的光芒。那光芒像是落水者看見浮木，一丁點的生機點亮了暗沉的黑眸。
兩人同時收起暗勁，也同時避開攻擊對方的要害，只是雙方本就離得近，收起暗勁倒也罷了，力道是收不住了。因為不願意傷到對方，兩人收斂攻勢後，夏芍的膝蓋和徐天胤的手肘同時撲了個空，而且他們各自被收不住的力道往前帶，結果撞在了一起。
「嘶！」夏芍倒抽一口涼氣，額頭滲出冷汗。
兩人撞在一起，遠遠看起來，就像是一對年輕的情侶在夜裡幽會。
當然，實際情況並不是那麼美好。
夏芍剛發育的胸部被撞上，對方的胸膛傳來溫暖的熱度，不像他的人感覺那般冰冷。這樣的胸膛，任何一個女人枕著都會覺得很美好。
偏偏夏芍現在什麼也感覺不到，她只感受到疼。
胸部疼。
月亮好巧不巧從雲層裡探出頭來，照亮了她發白的臉色。

「妳怎樣？」徐天胤聲音微涼，透著不易察覺的關切。他握住她的手腕，視線筆直地落到夏芍的胸部上。

夏芍皺起眉頭，掙脫開來，退後老遠。

徐天胤這才後知後覺，往後退了一步，退去月光照不見的黑暗，耳根微微發紅，目光卻還是盯著夏芍不放，生怕她逃掉。

夏芍沒趁機溜掉，而是站在原地不動。她很快就壓下疼痛，也平復了尷尬，看向對方。

徐天胤很有耐心，直到她調整好情緒，才拿出一張照片，問道：「妳認識這位老人嗎？」怕她看不清楚，他特意往前走了一步。

照片上是一位滿面紅光的老人。

夏芍看到老人的臉，突然囧了。

不是吧……

眼前這個男人是同門就算了。

該不會……

是她師兄吧？

夏芍很想望天，如果這人真的是她一個師父教出來的親師兄，那豈不是她第一次見自家師兄，就找了師兄的碴，第二次見他，就跟他打了一架？

儘管鬱悶，夏芍依舊微笑著。她可沒忘記師父不想被人知道他在東市的事，即使眼前的人很可能就是她的師兄，在沒得到師父的允許前，她不好上前相認。

「你平時打聽失蹤人口，都是這麼個打聽法嗎？逮著人先跟人打一架？」夏芍的視線從照片上移開，笑意透著戲謔。

阿彌陀佛！師父，徒兒不是故意把您老人家稱作失蹤人口的！誰叫人家尋來了，你躲著不見，害我遇到都不敢跟人相認！

「見過嗎？」徐天胤不理會夏芍的調侃，再次問道。

夏芍挑眉。這人的態度真堅定，轉移不了注意力。她還以為他會對她那句「失蹤人口」表示不滿，她就可以來一句「你態度不好」，然後要麼再打一架，要麼甩手走人。

他如此堅持，倒叫她不好回答了。

說不認識嘛，明顯不實在。師父就算失蹤了七八年，也依舊是玄門的掌門。現在兩人是同門，怎麼可能連掌門長什麼樣子都不知道？

可要是說認識嘛，之後必然還有一堆後續問題，比如她師父是誰？玄門哪個輩分？什麼時候拜師的？

她的師兄看起來可不像傻子，自他拿出師父的照片開始，她就感覺像是被獵豹盯上，她的細微表情他都看在眼裡。要糊弄這人，不太容易。

「見過嗎？」徐天胤不厭其煩地問，好像只要夏芍不回答，他就會一遍一遍重複問下去。

夏芍又看向那張照片。

那大概是師父十多年前的樣子，那時的他比現在更有精神，雙腿沒有殘疾，站在一棵樹下，笑容慈祥。而且當時他的頭髮烏黑，看不出年過五旬。反觀如今，他已是滿頭白髮……

夏芍心中有些酸楚。聽師父說，師兄三歲拜他為師，他們之間除了師徒情分，應該還有父子情分吧？師兄十五歲那年，他們師徒分開，後來師父就出了事，輾轉來到東市，隱姓埋名。

師父說，依師兄的性子，這些年必然在苦苦尋他。她不知道為什麼師父明知他找來了，卻還是不見。或許師父有他的理由，但就她本身來說，還是希望他們見上一面的。

不管有什麼事，他們師徒三人都可以共同面對。

「見過嗎？」徐天胤又問。

他的聲音微涼，帶點漠然，夏芍恍惚看見他黑沉的眸底有著翻湧的懇切與煎熬。

換成自己知道師父失蹤，想必也會這麼心急地尋找吧？如果她知道眼前有個人可能知道師父的情況，哪怕只是微薄的可能，她也會追著不放，且絕對做不到如此自制。

僅憑這一點，這人倒是讓她佩服。

確實夠格做她的師兄！

夏芍微微一笑，心中有了決定，當下轉身便走。

「等等！」

「週末！」夏芍的腳步沒停，朝身後瀟灑地擺了擺手，「上午八點，福瑞祥古董店斜對面的茶樓見。」

接下來的幾天，說服師父見師兄一面的事，占據了夏芍全部心神。她在心中預演了各種說服師父的辦法，徐文麗和趙靜的事倒被她放在一邊了。

反正已經佈下風水陣，他們兩家絕對好過不了。

之後，兩家確實沒再遇見過什麼血光之災，但看似平靜的背後卻沒有一件順心事。

徐文麗的母親剛住進醫院，公司的下屬就瞄上了她的位子，以她少說要休三五個月的病假為由，暫代了她經理的位置。徐文麗的父親則是每天下班都很累，精神不濟，臉色也不好，不知道是不是工作上遇到棘手的事。

趙靜家也不好，趙家的陶窯她大伯父占的股份最多，也是家中的繼承人。她家原本有自己的生意做，父親進了醫院後，母親不懂生意的事，許多案子被競爭對手搶去。她大伯母更藉著這事不冷不熱地說了幾句，那意思好像是他們家故意鬧這一齣，好回來賴在陶窯，意圖奪權。

徐趙兩家事事不順，徐文麗和趙靜煩心不已，兩人心中有火氣。她們不是沒想過再找人教訓夏芍，可是當她們找到學校裡的幾個不良少年時，才得知那天毆打夏芍父親的人，莫名其妙在第二天就從東市消失了，全家連個影子都搬沒了。

她們覺得事有蹊蹺，又有點害怕，跟那幾個不良少年打聽，他們也不知道當天的具體情況，他們只是在學校混的，跟真正的黑社會不一樣，尤其是安親會這樣的幫會，他們更是連邊都摸不著，只罵罵咧咧道：「我們怎麼知道？媽的！都是妳們兩個惹的好事，害我們現在沒老大帶了！妳們他媽惹了什麼人啊，現在安親會的地盤上誰都不能惹夏芍！幫裡下了死令，誰惹她誰死！我們差點被妳們兩個騷貨害死，以後這種事別他媽來找我們！」

徐文麗和趙靜聽得愣愣的，直到他們摔摔打打走了，兩個人還沒反應過來。

這、這是出什麼事了？

為什麼東市黑道會下令不准惹夏芍？

「妳們倆真的是從小一起長大的嗎？」趙靜驚恐地問徐文麗。

「我怎麼知道？她家就是普通家庭啊！」徐文麗也驚疑不定，咬著唇，想不明白。夏芍到底是什麼時候學會一身功夫，還有這麼大的能量？

這天以後，兩人看夏芍的眼神都萬分複雜。

夏芍沒心思理她們，只不過是被看兩眼，她不疼不癢。

好不容易熬到週六，夏芍立刻回了十里村的後山上。

她先做了一手好菜，把老人家哄得開開心心的，直到吃飽飯，師徒二人坐在石榴樹下，唐宗伯才問：「說吧。妳這丫頭一獻殷勤，準沒好事。」

按理說，唐宗伯應該能算出夏芍身上發生的事，儘管她命格奇特，推演不出命理走勢，但近來發生過什麼事，還是能看出來的，怪就怪在近來的事唐宗伯都看不出來。

夏芍也不隱瞞，便從父親挨打說起，再將砸了億天場子、擺平東市黑道，到佈下風水陣，偶遇師兄的過程，詳細說了一遍。

夏芍邊說邊注意師父的臉色，而唐宗伯聽完之後，嘆一聲，頗為感慨，「唉，天意！」

「師父到底為什麼躲著師兄不見？」

唐宗伯在聽見她遇到徐天胤時，分明流露出幾分溫情。既是這樣，為何不見？

唐宗伯嘆了口氣，轉動輪椅，抬頭望向遠處，「他不清楚我當年出事的情況，要是他知道我這腿變成了這樣，依那孩子的性情，決計會幫我報仇。你們都還年輕，不是那個人的對手，我不能讓你們平白送了性命……」

夏芍神色一變，這還是多年來師父第一次正面說起他腿傷的事。原來，師父竟是被人所害。他不願意見師兄，也不願意跟她細說，目的是為了保護他們。

「師父。」夏芍站起身，走到唐宗伯身邊，神色認真，「我和師兄不是小孩子，我們當然會想要為您報仇，可我們不會魯莽。師父常說，天道有常，人生無常，我們怎會不珍惜當下？師兄這些年到處尋找師父，不知您是否尚在人世，他受了多少煎熬？您能見時不見，卻在心裡掛念，這不是苦了你們兩人？別人受了一丁點苦沒有？師父這是當局者迷了。」

「當局者迷？」唐宗伯喃喃，半晌嘆了口氣，「或許妳這丫頭說的對。」

夏芍聽了，眼睛一亮，「那就見見師兄吧！」然後，讓她聽聽當年發生了什麼事，她要知道是誰把師父害成這樣。

唐宗伯沒好氣地看她一眼，「妳這丫頭，不會替師父答應什麼了吧？」

夏芍一笑，「我哪敢呀，我當然還是要問問師父的意思。我約了師兄明天早上在茶樓碰面，您要是不見他，我就放師兄鴿子，不去了。」

她重新坐下來，托著腮，嘆氣，「唉，反正我第一回見師兄就找了他的碴，第二回跟他打了一架，第三回再放他鴿子也沒什麼，總比不知道怎麼跟他說的好。」

唐宗伯聽得吹鬍子瞪眼，「行了！妳這丫頭，一天到晚就知道算計師父！」說完，他轉動輪椅回屋，聲音透過背影傳來：「讓那小子來見我吧，咱們師徒三人是該聚聚了。」

週末一大早，福瑞祥古董店對面的茶樓剛開門，就迎來了一位引人側目的顧客。

他一進門就走到靠窗的位置坐下，接著閉目養神。清晨的陽光透過玻璃窗照在他身上，那

V領衫下隱約露出的胸膛和鎖骨，散發著性感的氣息。

幾個年輕的女服務生聚在一起，興奮地往他身上瞄，小聲議論著。

好帥的男人！

一群人推搡著其中最漂亮的一名女孩子，慫恿她上前搭訕。

那個女孩子紅著臉，咬著唇拚命搖頭。男人看起來不太好親近，萬一……

「怕什麼？他是客人，妳去問問他要點什麼茶水，他還能趕妳不成？」

「妳看他，又帥又酷，一看就是有身分的人。還等什麼？快去！」

一群人推著那個女孩子，女孩子做樣子推脫了一下，視線還是不住朝男人身上飄，最終深吸一口氣，面帶微笑，挪動腳步。

她剛走出去，店門提醒來客的鈴聲就響了，一名身穿白色連身裙的少女走了進來。

少女笑容恬靜，雪膚玉貌，讓幾個女服務生齊齊驚豔。少女不是時尚靚麗的類型，卻有一種令人心神安寧的氣質。

她徑直走到男人對面坐了下來。

察覺到來人的腳步聲，徐天胤睜開了眼睛。茶樓裡的溫度忽然下降了幾度，他的眼神比黑夜還冷，而且那種望不到盡頭的深邃，有一種致命的神祕感。被這樣的眼睛看上一眼，只怕心跳都會跳拍。

女服務生們個個屏氣凝神，看著少女神色自若地道：「一壺碧螺春，謝謝。」

這話驚醒了幾人，有人小聲唏噓，「妳看，早叫妳過去，現在人家正牌女友來了！」

被慫恿的女孩子咬了咬唇，表情明顯有些失落。

「請慢用。」沏好茶送過去，女孩子還是不自覺偷看徐天胤。

徐天胤一點反應也沒有，別說看她一眼，就連點頭都沒有。越是離得近，女孩子越有一種強烈的感覺，眼前的男人周身似乎有一道說不出的屏障，把她擋在外頭。她明明在他身旁，卻根本不在他的世界裡，跟空氣沒什麼兩樣。

女孩子皺了皺眉，識相地退去遠處。

算了，這樣的男人就算搭訕上了，也不是她能駕馭得了的。

只是，她還是忍不住好奇，想知道什麼樣的女人能被這樣的男人放在心上，於是不停地注意那邊的狀況。

坐在徐天胤對面的少女卻是閒適得很，自顧自倒了一杯茶，不是自己喝，也沒遞給徐天胤，而是端著站起來，施過一禮，笑吟吟地道：「師兄，請用茶。」

十里村雖然離東市很近，但九七年的時候，私家車進村的情況還是比較少，況且對方開著的是紅旗車，掛的是京城的牌子。

村裡人張望著，見那輛轎車往後山開去。

後山只有一座宅院，住著一位老人，那位老人已經在這裡住了七八年，村裡人卻都沒見過他。每年他都給村裡用地補貼，這麼多年來他幾乎成了村裡的一份子，只是依舊神祕罷了。

「有轎車開上山了，大人物就是不一樣。」孟嬸探頭探腦，直到樹林擋住轎車，她才把目光收回來，問夏芍的奶奶道：「小芍子這些年不是還常去山上？這孩子就是心眼好！」

「可不是。」提起最疼愛的孫女，江淑惠笑得慈愛。

車子停在半山腰的宅院門口，兩男一女走下車，正是徐天胤、秦瀚霖、夏芍。

「唐大師這些年就住在這裡？嘿，風景挺好的！」秦瀚霖站在院子外頭望了望四周，接著自然而然看向夏芍。

今天他真的是驚喜到了，世界原來可以這麼小。他們來東市一個星期偶遇了三回的女孩子，竟然是徐天胤的師妹。世上還有比這更巧的事嗎？如果這都不算緣分，什麼才叫緣分？

夏芍禮貌地對秦瀚霖笑了笑，轉頭看向徐天胤。

她已經將師父這幾年來的情況大致說了一遍，包括師父腿殘的事。她覺得有必要給他提前打個預防針，免得乍見師父的腿，會受到太大的衝擊。

不過，看起來他的情緒波動還是很大。二十五六歲的男人，這一刻就像個歸家的孩子，目光沉沉地盯著宅院的大門不放。然後，他抬起手，輕輕推門。

一路往唐宗伯住的屋子走去，途中徐天胤將院中的景致像刻在眼裡般仔細看過一遍，直到屋門口才停下腳步。

「師父在書房等師兄。」夏芍微笑道。這男人挺重情的！

徐天胤轉頭深深看了她一眼，夏芍在那一眼裡看見感激之情。

夏芍體貼地並未跟進去，師父和師兄情同父子，分別這麼多年，肯定有很多體己話要說。

她請秦瀚霖去西邊的廂房，泡了一壺熱茶請他喝。她的心思全在書房那邊，沒想到秦瀚霖是個話癆，好茶也堵不上他的嘴。

他閒著沒事幹，拉拉雜雜說了一堆徐天胤的事，最後竟牽起了紅線。

「天胤這個人，你別看他面冷，其實外冷內熱，很重感情。他認準了的事，一輩子都不會變。我敢保證，他結婚以後一定是愛老婆、愛孩子、愛家的三好男人。雖然跟他過一輩子悶是悶了點，但他的床上功夫絕對不悶。」

夏芍一聽這話，差點被茶水嗆到。

她抬眼，認認真真打量秦瀚霖。她不是普通的女孩子，不會一聽這話便臉紅得不知所措。她坐得穩穩當當，打量完他之後，笑道：「從你的面相上來看，你沒有做媒婆的命，還是別浪費力氣了。」

秦瀚霖眼睛一亮，「那妳看看我有什麼命？」

「你有妻管嚴的命。」夏芍笑容甜美，「桃花太多不是好事，當心娶個悍婦回來管你。」

「悍婦？」秦瀚霖誇張地從椅子上跳起來，「大師，求化解！像我這麼英俊多金、風流倜儻的男人，怎麼能娶悍婦？我喜歡胸大腰細、嫵媚多情、風情萬種的女人！」

「不化！化去一段天命姻緣，得惹多少業障？」夏芍往旁邊退去，避開某人抱大腿的行為，「但是我可以幫你化桃花，看在你和我師兄是好朋友的分上，七折優惠，有需要儘管找我。」

「我不需要化桃花。」

「你會有需要的一天。」夏芍篤定一笑，看著秦瀚霖的眼神像是在看錢飛進她的帳戶裡。

說起來，她是該擴充帳戶了，一百萬成立慈善基金會太少了，明年父親的工作就著落在這上頭，明天她得抽空去店裡一趟。

正想著，書房裡傳來唐宗伯的聲音：「小丫頭，進來。」

夏芍一聽，趕緊起身去了書房。

唐宗伯坐在書桌後面，徐天胤坐在書桌旁的椅子上，夏芍進來的時，徐天胤嘴角的弧度還未落下，看得夏芍微微一愣。

原來這個人會笑？

「來來來，」唐宗伯笑著對她招手，「來見過妳師兄。」

玄門重視輩分規矩，儘管知道夏芍和徐天胤見過面了，唐宗伯還是要求夏芍給他敬茶。

夏芍不肯，理由是，在茶樓已經敬過了。

唐宗伯說道：「那不算數，在師父這裡才是正式的。」

夏芍不介意敬茶，她只是想逗逗徐天胤而已。

剛才進來見他臉上似有淺笑，讓她忍不住想逗他，看能不能逗他笑。就算逗不笑，惹急了也大好，總之，她就是想看看他多點表情。

夏芍眨眨眼，「師父不信問師兄，早上我敬他的茶，他接了沒？喝了沒？我雖然是師妹，但好歹有些分量。遞出去的茶，喝進肚子裡，就要算數。」

「那為師喝了妳這麼多的茶，妳以後就不敬了嗎？」唐宗伯無奈，假意訓斥道：「妳這丫頭，平時算計師父就算了，現在又來欺負妳師兄！」

「哪有？師父可別冤枉我！您怎麼不問問師兄我有沒有欺負他？」夏芍背著手，身子前傾，笑著看向徐天胤，聲音甜而不膩，「師兄，我欺負你了嗎？」

徐天胤凝視著近在眼前的甜美笑顏，平生第一次失神。

初見她，在巷子裡，她留下一個優雅的背影，他甚至沒看清她的臉，也沒有在意。再見她，在億天俱樂部裡，她看似找他麻煩，卻處處留了分寸，他因此多看了她一眼。三見她，他滿心都是尋找師父的事，直到今早，她走進茶樓裡，傾身敬茶，那一聲「師兄」，解了他多年來的焚心煎熬。

直到此時此刻，心中重石落下，忽見她的笑容，那一抹寧靜突然就入了心底。

夏芍本是開玩笑，面對徐天胤，她難得有玩心，沒想到冷了場，倒叫她很是尷尬。最終，她還是規規矩矩敬了茶。

唐宗伯坐在一旁，將徐天胤的表情看在眼裡，不由撫鬚，皺了皺眉。這孩子命格孤奇，命中有一次危及性命的情劫，莫非會應在小丫頭身上？

敬過茶，師徒三人才出了書房，秦瀚霖向唐宗伯恭敬地行禮。原來他小時候也見過唐宗伯，幾年不見，小夥子已經長成了俊帥風流的公子哥兒。唐宗伯感慨之餘，也很高興。

宅院裡許久沒這麼熱鬧了，中午夏芍親自下廚，做了滿滿一桌子的菜，四人就在院子的石榴樹下擺了桌椅用餐。

席間閒聊，夏芍才知道秦瀚霖的家世了得，他的爺爺竟是中央政府的紀委副書記，正經的官家豪門，他從小就是皇城根兒下實打實的公子爺。

至於徐天胤的家世背景，唐宗伯半點也沒有提起，但他從小跟秦瀚霖一起長大，想必也有不容小覷的背景。

夏芍不甚在意，她在意的是另一件事，「師兄是怎麼找到師父的？師父明明在這個宅子周圍佈下了風水陣。按理說，推演他的所在不容易。」

尋人在風水一脈中也有來由，只是需要借助陣法、被尋者的生辰八字及平時所用之物等等作為牽引，而且推演時極為消耗元氣，對風水師本人的修為是相當大的考驗，甚至失蹤時間越久，推演難度越大。

如今失蹤了七八年之久的人，還能推演出其所在來，除了唐宗伯之外，就只有他師弟有這本事了。當初唐宗伯為了防止被他尋到，特意在四周佈下奇門陣法，絕了自己的生氣，這才安然無事這麼多年。

徐天胤不應該找得到蛛絲馬跡才對。

徐天胤沒有答話，只是從懷裡拿出一樣東西，攤在手掌心給夏芍看。

夏芍一看，不由「咦」了一聲。只見徐天胤手裡放著一個玉葫蘆，玉葫蘆周圍包裹著金吉之氣，居然是件法器，而且跟她身上這些年戴著的一模一樣。

她眼睛閃閃發亮，將自己掛在脖子上的玉葫蘆掏了出來，拿在徐天胤眼前晃了晃。

原來唐宗伯把當初得到的羊脂白玉做了一對玉葫蘆，在一處風水極好的穴中蘊養，並為這對法器開光加持。後來，先後收了徐天胤和夏芍為徒，便將這對玉葫蘆給了兩個弟子當見面禮。這對玉葫蘆上的金吉之氣來自同一處，還都沾了唐宗伯的元氣，有這牽引，徐天胤才能尋到線索。

徐天胤在看見夏芍身上的另一個玉葫蘆時，視線頓住。

夏芍笑了，「原來這些年師兄尋的不是師父，而是我呀！」

話是這麼說，不過，她與唐宗伯在一起，尋著她等於尋著了師父，其實是一樣的。只不過，她一有機會就想打趣徐天胤。

秦瀚霖也好整以暇地看向好友，調侃道：「我說你這小子這些年怎麼這麼拚命，推演法陣像不要命似的，吐了好幾回血。今兒一見，我算是明白了，原來你是為了尋妻，一尋還是七年，真有毅力啊！」

徐天胤依舊沉默。

他尋了七年的人，是她？

夏芍壓根兒不理會秦瀚霖的話，她被徐天胤的目光看得莫名酸楚，此刻除了他自己，恐怕誰也難體會這種心境。本想安慰他幾句，話到嘴邊卻覺得千言萬語也難抵他這些年的勞心勞力，最終她伸手朝徐天胤攤開的手掌覆了上去，對他柔柔一笑。

她的笑容恬淡，卻比石榴的顏色更加明豔。

徐天胤的手微微僵硬，他向來不喜別人的觸碰，現在卻不覺得厭惡。他垂下眼簾，視線落在掌心上，少女的手纖細粉嫩且暖暖的，讓他心中生出幾分異樣的感覺。

秦瀚霖看到這情景，眼睛亮了亮。

唐宗伯卻是若有所思。

夏芍這時已轉過頭來，問道：「師父的腿到底是怎麼傷的，現在可以告訴我們了吧？」

徐天胤聞言，也抬起頭看過去。

唐宗伯嘆了口氣，「原本想瞞著你們，既然是天意，那就跟你們說說吧。」

他像是在回憶過往，過了一會兒才道：「我這腿是跟我師弟，也就是你們的師叔余九志鬥法的時候受傷的。」

「玄門弟子分量不小，世界各國的財團政要都以聘請玄門的風水師為榮，這些雇主相爭，同門弟子之間也難免比拚。好在玄門有規矩，同門鬥法不可下死局，因此，很少發生傷及同門性命的事。」

「那師父和余九志為何要鬥法？」夏芍問道。

她既然知道此人是傷害師父的元凶，就不願稱他一聲師叔。

「說來話長。」唐宗伯嘆道：「這得從現今國內兩大黑道龍頭安親會和三合會說起。」

「安親會？」夏芍挑眉，安親會跟玄門有淵源？

「嗯。」唐宗伯點頭道：「師父之前沒跟妳說。要是跟妳說了，妳前些日子哪需要自己打上去，把玄門的名頭一報，那群兔崽子就得規規矩矩把妳請上去了。」

「這兩大幫會的前身是清朝時期建立的青幫和洪門。青幫當時以漕運為業，業務遍布大江南北，俗稱糧船幫，而洪門則是主張反清。到了民國時期，兩大幫會成了國內的龍頭。當時咱們玄門的掌門祖師偶遇兩大幫會的大佬，因緣際會幫二人化解劫難，並指點他們往外發展求存，三人還因此燒了黃紙拜了把子。」

「建國之後，國家不允許有明面上的黑道存在。幸虧兩大幫會早聽了勸告，各自在國外設立堂口，並將勢力洗白到明面上，這才保住了不被打散的命運。從那以後，咱們玄門和改換名頭的安親會與三合會便交情不淺。」

「同樣是建國後，玄學被當成迷信，日漸式微，反倒是港臺和東南亞一帶保留了傳統。很多風水師都轉往這些地方發展，有的人還移民去美國和新加坡，混得風生水起。」

「安親會在北，三合會在南，而且三合會的總部就在香港，因此咱們玄門平時跟三合會接觸比較多，關係也就比較親近。不過，安親會的老爺子是個重義氣的人，我跟他可以說是換命的交情。但這些年安親會和三合會在海外和內地經常為爭地盤而發生衝突，玄門內部也分成兩派。我身為掌門不好偏幫，你們師叔卻是屬於三合會一派。」

「七年前，我受安親會老爺子的邀請，赴新市為落成的堂口選址，順道點幾處風水地供他們日後啟用。那地方剛好是兩個幫會爭奪的地盤，你們師叔就提出我與他鬥法，誰贏了這處地盤就歸誰。玄門有門規在，我的修為又在他之上，於是就應了。」

唐宗伯說到此處，深吸一口氣，「我之前算到這次鬥法會有危險，也做了萬全的準備，可卦不算己，我對自己的吉凶也只能知曉個大概。沒想到，你們師叔哪是想要鬥法，他根本就是想要置我於死地。」

「師父不是說余九志的修為沒您高嗎？」夏芍問道，眼神已如寒冰。

徐天胤黑眸深沉陰鬱，薄唇抿成了刀子。

秦瀚霖也收起玩世不恭的態度，皺起了眉頭。

唐宗伯哼了一聲，「憑他當然不成！他違背師門規矩，擅自和泰國的降頭師通密及歐洲的奧比克里斯黑巫家族的人串通，我以一敵三，雖然保住了命，腿卻廢了。很多人以為我在那場鬥法中死了，誰也不知道我通過以前積累的人脈和玄門信得過的一部分力量，幾經輾轉，來了這裡休養。沒想到這一住就是七年，還收了丫頭這個徒弟。有這丫頭在山上陪我，我這老頭子倒是享了幾年天倫之樂。」

「師父的天倫之樂還長著，有我跟師兄這麼孝順的徒兒陪在您身邊，您老一定長命百歲。」夏芍站起身走到唐宗伯身邊，蹲下來幫他捶打癱瘓已久的雙腿，眼中一片冷意。

香港的余九志，泰國的通密，歐洲的奧比克里斯家族⋯⋯

這筆帳，她記下了！

總有一天，她會跟他們清算！

徐天胤尋到了唐宗伯，回京城的日子再次延期。

他打算在山上陪師父住些日子，秦瀚霖無奈，只得一人先回京城覆命。

「你打算住多久？」

「過年。」

「什麼？我說你……」秦瀚霖很頭疼，「看來我回去肯定要挨罵了。過了年你可一定要回京城，你爺爺等著你想通了回去任職呢！」

徐天胤沉默不語。

秦瀚霖不懷好意地一笑，「你到底是打算在這裡陪師父，還是醉翁之意不在酒？」

徐天胤轉身，「多事。」

夏芍過了週末便要回城裡的家中，她還要上學。週末傍晚臨下山時，跟徐天胤要了手機號碼，並將自己的給了他。如果有什麼情況，兩人可以及時聯繫。

交換手機號碼的時候，還發生了一段小插曲。

這年頭手機算是奢侈品，普通家庭不會買，學生就更用不起了。當夏芍拿出手機輸入徐天胤的號碼後，一抬頭見他正看著自己，似乎在等待著什麼。

「師兄要我的號碼嗎？」

徐天胤點頭。

「你笑一下，我就給你。」夏芍把手機放到身後，笑看著徐天胤。

徐天胤凝視著她，黑夜般的眼眸彷彿要將人吸進去。被他這麼深深地注視著，一般的女人早就腿軟了，即便腿不軟，也該心頭小鹿亂撞了。

可惜夏芍早已過了發花癡的年紀，她不說自己不是外貌協會的，但至少將其看得不重。她對徐天胤只是出於好奇與那麼一丁點不多見的玩心，所以芳心並沒有被動搖到。

等了一會兒，徐天胤只看著她不說話，她便聳聳肩，轉身準備走開，「好吧，看樣子我不受師兄待見，既然這樣，我識趣，我走開，我退散。」

她走得很堅決，卻被拉住了手腕。

轉回頭，夏芍先看向自己的手腕，徐天胤也看著她的手腕，似乎沒想到自己會出手，但他沒放開，還略微收緊，就怕一鬆開，她當真走開了。

夏芍抬眼，正好看到徐天胤扯了下嘴角，那弧度像刻上去的，要多生硬就有多生硬。

徐天胤顯然很少笑，很不習慣，可見夏芍表情糾結，他還是努力調整了好幾次嘴角，最後勉強淺淺一笑，而那淺笑緩和了他眉眼的冷肅。

等夏芍反應過來，手機已在徐天胤手中。他直接從夏芍的手機裡調出自己的號碼撥過來，再把夏芍的號碼存到自己的手機上。末了，還對她晃了晃手機，劍眉微挑，像是示威。

夏芍一笑，笑得有些興味。

師兄竟然還會示威？

這讓他看起來有人味多了。

這個發現讓夏芍立刻決定，以後要多多「調戲」師兄。

第二天放學，夏芍去了福瑞祥古董店。

靠著陳滿貫的人脈和李伯元介紹的海外客戶，福瑞祥一開業，店裡的生意就比預期的好很多，在三年不開張開張吃三年的古董店中，福瑞祥的業績可謂甩同行一條街。

夏芍聽完陳滿貫的報告，又幫他看了新收回來但難辨真偽的古董，之後便坐在店裡等。

沒一會兒，三輛黑色賓士整齊地停在福瑞祥門口，兩名穿著黑西裝的男子從車裡下來，正是安親會東市堂口的人。

高義濤親自來請夏芍上車，這一幕看在其他店家眼裡，驚異不已。能在這條街上開店的都有些身家，自然也有見識。其中不少人認出高義濤，頓時震驚，不知道他剛才客客氣氣請進車裡的少女是什麼人。

那少女常在放學後去福瑞祥，她跟福瑞祥的老闆陳滿貫又是什麼關係？

直到車子開走，看不見車尾，還有不少人伸著頭看。

坐在車裡的夏芍從後視鏡看見這情景，露出耐人尋味的微笑。

她一向不喜高調，一旦高調，自是有她的目的。

今天是她卜出的吉日，便按照約定來到高義濤家幫其化解五黃凶煞。

車子停在市郊的一棟別墅外，高義濤為夏芍開車門。他對夏芍的態度極為客氣，且少見地帶了三分尊敬。

這事要從徐文麗和趙靜兩家的遭遇說起。憑安親會的本事，很輕易就查出招惹夏芍的人是誰，接下來的一段日子，兩家血光之災和倒楣事不斷，高義濤全都看在眼裡，他這才對風水之事信服幾分。

信服之餘，不免心驚，這豈不是殺人不用刀？

如若兩家人一夜之間死於非命，只怕警方也查不出真相。

更令他不解的是，當家似乎對這少女很感興趣，當徐趙兩家的報告送去他桌上時，看似溫和實則冷情決斷的龔沐雲，眼神別有興味，「保護好她，不許任何人對她不利。」

郝戰有一瞬間的糾結，對當家的命令卻忠誠執行，「是東市地頭，還是整個安親會？」

「整個安親會。」龔沐雲含笑看著手中的照片，眉眼流露出惑人的風華，「但消息只在東市地頭傳下去，其他地方暫時祕而不宣。現在，還不是時候。」

當家下了命令，高義濤自然把夏芍奉若上賓，只是他越發看不懂這少女到底還有什麼他不知道的背景，否則怎麼能讓當家如此重視？

夏芍不知高義濤心中的嘀咕，她下了車便開天眼，一觀之下不由皺眉，整棟別墅果然都籠罩在一片濃郁的黑色煞氣中。距離她看出高義濤家犯五黃煞到今天，至少過了一星期。這一星期倘若有人住在這煞氣沖天的房子裡，早就性命不保。

夏芍看向大門外的牆根，牆縫裡果然有殘留的新土，一看就是動過土，符合她的猜測。

她回到車裡拿出兩個包包，取出一對她用元氣加持過的銅辟邪。

辟邪的擋煞力強，她將其放在門口，又跟高義濤要來一個玻璃杯，盛滿水，放銅錢六、銀幣一，並撒了一把鹽。鹽屬水，可以加強水的力量，還能防止水質變壞。

看著夏芍的種種舉動，高義濤問道：「這樣就可以了嗎？」

是不是太簡單了？

夏芍看向別墅上方，點點頭。

別墅的陰氣已經快速散去，她收回視線的時候，掃了高義濤一眼。

簡單？真以為化五黃凶煞這麼容易？煞氣這麼重，她為了用元氣幫這對銅辟邪加持，昨晚一夜沒睡。消耗了這麼多精神，換作別人，她一定大敲一筆。

這對銅辟邪，可比她當初為李伯元卜的那一卦值錢多了。

只不過看在前幾天的事情上，她白送高義濤一個人情罷了。

得了便宜還賣乖！

高義濤被夏芍瞄這一眼，不由咳了一聲，表情有些尷尬，當即閉上嘴巴。他是覺得簡單，卻不懷疑效果，她那兩個女同學就是活生生的例子。

夏芍在觀察陰煞消散的狀況時，眼角餘光瞥到別墅後方某處，陡然生出疑惑。

咦？那裡的煞氣怎麼不散？

夏芍立刻朝那裡走去，高義濤跟著過去，安親會的人則在前面的院子守著。

來到後面，夏芍就明白這裡煞氣不散的原因了。

原來別墅後面被裝修成花園，美則美矣，可惜中間有一個游泳池。

「高老大，你們剛住進這棟別墅不久吧？」夏芍問道。

「這裡是新開發的地段，別墅蓋好一段時間了，我上個月才舉家搬過來。家父覺得大門不好，我才讓人拆了換新的。」高義濤如實答，反問：「怎麼，後院也有問題嗎？」

「對，有問題。搬來之後，你兒子夜裡睡覺經常驚醒對吧？」

高義濤驚異地道：「是有這麼回事。」

「問題就出在這裡。幸虧發現得早，也沒住太久。」夏芍指著中央那修得大氣的游泳池，有些無奈，「把這個池子填了。你要是想建池子，去那邊建。」說著，她又指向東邊。

「好，我讓人去辦。」高義濤直覺點頭，又好奇地問：「我能問問這其中的緣由嗎？」

夏芍倒不吝解惑，「按照你家房子的坐向，後院在玄武位上。玄武在五行中屬水，卻不能有水。我不知道高老大有沒有見過鄉下的老房子，那些房子的屋簷後都放置著一條水槽，用來接住下雨天落下來的水。因為玄武方的水氣很凶，沖到不吉。玄武喜穩，以高大厚重為吉，主事業、地位等。這說起來與人們的習慣也有關係。大家都喜歡背後有靠，才會覺得安心安穩。你在這裡挖地建池，壞了穩重的格局，使得陰陽地氣失了平衡，陰煞就開始聚集。如此一來，孩子必然夜裡頻頻驚醒，老人也睡不安穩。時日久了，對你的事業也不利。你若想建游泳池，就建去那邊，青龍喜水。府上屋裡如果有書房、健身房，也請裝修在那個方向。」夏芍又指了指剛才的方向。

「好。」高義濤表情嚴肅，「夏小姐不妨再幫高某看看這房子還有沒有不妥的地方。」

至此，他已是主動請夏芍幫他看風水了。

夏芍笑笑，也不推脫，當即在四下轉了轉，又進屋看格局，最後沒再發現什麼問題。

「三天後我再過來看看，煞氣若是散盡，你再把家人接回來。」

高義濤當即點頭，他雖然很想問煞氣有沒有散盡怎麼才能看得出來，但是覺得問了也不一定聽得明白，這一行挺玄乎的。

開車將夏芍送回福瑞祥，路上高義濤再次表達謝意。

夏芍笑道：「高老大不必謝我，我還有件事想請你幫忙。」

「夏小姐有事儘管開口。」高義濤道。她現在可是安親會的貴客，儘管她自己不知道，當家的命令卻要執行。

「我想借高老大的人脈幫我介紹一些客戶。」為了怕高義濤誤以為是古董店的客戶，夏芍特地解釋道：「我指的是風水相面、卜問吉凶、八字命理這類的客戶。」

她要把慈善基金會辦起來，帳戶裡的錢還差得遠。高義濤認識的人多是政商兩界的成功人士，位子越是坐得高的人，越是在乎運勢命理，信不信的都會想要求個心裡安穩。這些人捨得花錢，也花得起錢，對她積累人脈很有好處。

高義濤痛快地點頭答應，「沒問題！不知夏小姐看風水的酬勞如何？剛才幫高某看風水，需要多少酬勞，夏小姐儘管開口。」

「高老大的就免了，上回我給你們億天造成不少損失，就當賠禮了。」夏芍一笑，轉頭看車窗外的風景，「不過，我看風水相面的價碼不便宜。有需要的人，高老大可以讓他們去福瑞祥找我，我每天放學後會過去。因為不能耽擱太晚，所以，我每天只接一單。」

話雖這麼說，夏芍可不認為自己一開始會很忙，畢竟任何一行都要講究口碑，風水師也不例外，而口碑需要靠案子數量來積累。

不過，當夏芍第二天下午來到店裡，與前來找她的人見面時，她頗為意外。

她認識這個人。

這個人不是別人，正是陳滿貫當初生意失敗後，成為省內最大的古董商，在當初拍賣會上看見夏芍就露出色瞇瞇眼神的男人，吳玉禾。

吳玉禾在拍賣會結束後，不知道怎麼的走了楣運，店裡的生意變得很不好。一開始他還以為是陳滿貫東山再起，福瑞祥搶了自己的生意。雖然這也是事實，但他的精神也逐漸變差，去醫院又檢查不出毛病。

這段時間他做什麼事都不順心，跟朋友喝酒時抱怨了兩句，結果，朋友告訴他一個消息，說是高義濤家中風水不好，前些日子請了一位很厲害的風水大師，對那位風水師很是信服。

高義濤是什麼人？東市黑道的老大！他都信服的人，一定有本事。

吳玉禾對這些事還真有點相信，他也確實是楣運纏身，不如死馬當活馬醫，找那位風水大師給瞧瞧，改改運。

當他知道這位大師只在福瑞祥才能見到時，足足愣了半晌。他原本不願意來，又忍不住想知道陳滿貫跟這位風水大師的關係，便硬著頭皮來了。

然而，令他震驚的還在後頭。

當陳滿貫笑著幫他引薦夏芍時，吳玉禾徹底愣了。

「夏、夏小姐？怎麼是妳？」

「我也沒想到會是吳老闆，看來，我們很有緣分。」夏芍把吳玉禾帶去一道屏風後面的小茶桌坐下，陳滿貫幫兩人沏了壺碧螺春就退出去了。

吳玉禾瞅著夏芍閒適地坐在蒲團上，見陳滿貫為她倒茶，她就這麼理所當然地接受了，看得他驚疑不定——這個少女到底是什麼人？

他記得在拍賣會上，李老先生稱夏芍是他的世侄女，既然這樣，她怎麼又會是風水師？她才多大？這個年紀應該還在念書吧？她真的懂風水術嗎？

吳玉禾驚訝不已，一時間只顧盯著夏芍，連話都忘了說。

夏芍喝了口茶，泰然自若，微微含笑，倒是真有幾分高人的氣度。

「吳老闆近來運氣不佳，精神不濟，身體也大不如前，但是去醫院又查不出毛病。還看過中醫，醫生說你是體虛之症，脾胃虛寒、腎虛。我說的，可對？」

吳玉禾肥碩的身子震了下，驚愣地道：「對對對，全都對！夏小姐，妳……妳怎麼知道的？」他拚命點頭，「我確實去看過一位老中醫，他說我體虛，開了副藥給我，可是一點藥效都沒有。」

夏芍連眼皮都沒抬，「當然有藥效。醫生開的藥方，怎麼會沒效？只不過，這邊喝了藥，那邊又沾上了陰煞，身體自然好不了。」

「陰煞？」吳玉禾錯愕地吞了口唾沫。他雖然相信這些，卻從沒接觸過，乍聽不是什麼好詞，不由慌了神。

「吳老闆在拍賣會上拍到手的那個鈞窯瓷還在店裡吧？」

「在店裡。夏小姐問這個的意思是？」當初拍賣的時候，那個鈞窯瓷眾人都以為最終會是李老的，為了討個好彩頭，叫價踴躍了些，因而拍到手的價格略高，至今還沒出手。他打算放在店裡再存兩年，這種掛紅的鈞窯瓷有很大的升值空間。

「吳老闆，你可知道當初李老為何棄拍這件鈞窯瓷？因為那是件鬼貨，墓裡來的，而且是從那種風水不太好的墓裡出來的，所以沾染了陰煞之氣。你和這東西在一起久了，陰煞之氣就沾到了你身上，導致陰陽失調，你自然精神不濟，運勢不佳。」

「什麼？」吳玉禾震驚，但轉念一想，又道：「夏小姐是怎麼看出這件鈞瓷是鬼貨的？」

夏芍態度從容，「我是風水師，我要是連這個都看不出來，就不用在這行混了。」

「那夏小姐的意思是，當初李老就是因為知道這個鈞瓷上有陰煞，所以才不要的？」

夏芍含笑點頭。

吳玉禾卻急了，「我、我說夏小姐，妳這不是坑我嗎？」

「吳老闆，說話小心點。」夏芍的語氣帶了冷意，聽得吳玉禾一驚，「我跟吳老闆非親非故，有義務提醒你嗎？況且，當時有那麼多人在搶拍叫價，如果不是你一心想攀附李老，這東西未必會到得了你手上。說到底，許多事有因才有果。」

吳玉禾從未想到有一天會被一個十五六歲的少女看一眼就悚然心驚。他這才驚覺自己與她坐在一起說了這麼久的話，竟然絲毫沒有感覺出和她的年齡差距來。

「吳老闆要是有心化煞，我便去你店裡看看。要是沒這個心，那就恕不招待了。」

「哎，夏小姐，妳別生氣，我這不是著急嗎？我當然是有心化煞了！」吳玉禾暗怪自己說話不小心。不管怎樣，這個女孩子跟李老的關係很好，她能讓李老放棄那個鈞瓷，又能讓高義濤那樣的人認可，說明她在風水上絕對有真本事。

雖說夏芍告訴他問題出在哪裡，他大可以把這個有問題的鈞瓷賣給別人，但吳玉禾這人性子詭詐，無利不起早。

一來，這個鈞瓷拍下來的價格略高，現在出手賺不了錢，還可能虧錢，他不會這麼傻。二來，他一直想攀附李伯元，就憑夏芍跟李伯元的關係，他也不會得罪她，還會盡量透過這件事來拉攏討好她。別說現在他確實需要化煞，即便不需要，他也會請夏芍去他店裡看風水。

夏芍當然知道吳玉禾的盤算，所以當吳玉禾再三致歉，邀請她去他店裡時，她依言前往。

吳玉禾的古董店裝修得頗氣派，與古色古香的福瑞祥不同，他的店一看便知老闆講究排場，擺放著古董的博古架上都鑲著鎏金，極其晃眼，一看就讓人覺得很高檔。

吳玉禾的店裡分成幾個區域，西洋古董單獨陳列。這看得夏芍眼睛一亮，福瑞祥的西洋古董不多，這給她提了個醒，日後若有機會把古董店開到國外去，專門買賣西洋古董也不錯。

吳玉禾要是知道他領了個同行進來參觀，大概會吐血。

他笑嘻嘻地對夏芍吹噓這些古董的來歷，吹噓自己的人脈有多廣，然後旁敲側擊夏芍跟陳滿貫的關係。

夏芍笑而不語，她開了天眼掃視店裡一遍，挑眉道：「吳老闆，你店裡的鬼貨不少啊！」

吳玉禾搓著手笑道：「呵呵，夏小姐，妳也知道，我們這行哪能不沾點這種東西。怎麼，這些都有陰煞？」

當然不是。沾染煞氣的都是風水比較凶的墓，若是風水極好的墓，不僅不會有煞氣，說不定還能蘊養出沾了金吉之氣的法器來。

夏芍在吳玉禾的店裡看見三件帶陰煞的古董，只是另外兩件不重，鈞窯瓷的陰煞最重。

夏芍將這三個古董指出來，吳玉禾立刻退得遠遠的，驚恐地問：「要怎麼化煞？」

夏芍瞥他一眼，「化煞不是問題，但有一點我要事先跟吳老闆說明白。這煞不是白化的，畢竟我們這行也不是餐風飲露，總要吃飯的。」

「這個我懂，我明白！」吳玉禾一點也不意外地點頭，「那不知夏小姐把這三個古董的煞氣化去，要多少酬勞？」

「化煞需要找一處風水上佳的寶地，少不得還要佈法陣，將這幾個古董放在裡面蘊養幾日，所以，要價……三百萬。」夏芍說得輕巧。

吳玉禾的眼珠子都快瞪出來了，「多、多少？」

在這年頭三百萬可不是小數目，夏芍幫李伯元卜一卦就收了一百萬的卦金，那是因為這一百萬在李伯元眼裡真不是錢，但在吳玉禾眼裡就不少了。他雖說有個幾億身家，可為這三個古董化個看不見摸不著的陰煞就要花三百萬，他還是很肉疼的。

夏芍就是要叫他肉疼。這價碼還真是她胡亂開口要的，誰叫這個老色鬼當初冒犯她。反正他也不是什麼良善之輩，她很樂意讓他出點血。

「吳老闆以為找一處風水上佳的寶地很容易嗎？風水師可不是什麼人都能做的。要是吳老闆覺得不值當，那就另請高明吧。」

「哎，夏小姐，留步，留步！」吳玉禾牙一咬，心一橫，扯出笑容來，「妳把我老吳看成什麼人了，我會在乎這點錢嗎？有錢也難買運勢不是嗎？我懂，我懂！」

他拿出支票來，不等夏芍把陰煞化去再付款，當即寫好就遞給她。看來，為了結交她，他是下足了本錢。

夏芍接過支票，笑容依舊淺淡，好似手裡拿著的不過是一張紙而已。

「吳老闆，這三個古董我就帶走了，三天後還你，需要我寫個字據嗎？」

「不用，我信得過夏小姐！」吳玉禾笑得虛偽，眼睛直勾勾盯著夏芍手上的古董，牙都快咬碎了。她要是帶走不還，他不僅損失三百萬，還會損失三個古董。依他的精明，絕對不會做這麼有風險的買賣，但想到夏芍一開心，他或許就能攀上李老這條大魚，他就提心吊膽地忍了。

就算她當真不還，只要能幫自己引薦李老，那三百萬和這三個古董的錢，相比起能得到的好處，根本就不值一提。

這樣一想，吳玉禾舒心了很多。

夏芍也很舒心，抱著三個古董，輕鬆愉悅地走了。

不過，她沒真的去找什麼風水上佳的寶地，那都是忽悠吳玉禾的。以她的修為，就這點陰煞，略微施展元氣就可以化解了。

可是，夏芍連自己的元氣也懶得用。

第二天放學，她直接帶著三個古董回了十里村的山上。師父的宅院風水極好，是現成的風水寶地。這點小小的陰煞，擱個一天半日就消弭於無形了。

只是，當唐宗伯和徐天胤看見她抱著三個帶陰煞的古董回來，兩人聽她說完事情的來龍去脈後，都有點傻眼。

唐宗伯氣也不是笑也不是，指著夏芍就對徐天胤說道：「你瞧瞧這丫頭，收了人家三百萬，什麼事也不做，把東西往我這兒一甩就算完了。你說，天底下還有比這更好賺的錢嗎？」

徐天胤聞言，這回嘴角當真勾起淺淺的弧度，抬頭往樹下望去。

夏芍剛剛摘了顆石榴，正低頭剝著石榴籽，聽到師父的話，連頭也沒抬，只道：「誰叫那個老色鬼惹到我了，他不出血誰出血。」

「嗯？」唐宗伯一愣。

徐天胤嘴角的弧度落下，「老色鬼？」

「是啊，我跟那個人前段時間在拍賣會上見過，他看人色瞇瞇的，心思不正。」

「名字？」

「吳玉禾。」徐天胤一問，夏芍就隨口答了，答完才饒富興味地一笑，「師兄問那個老色鬼的名字做什麼？難不成你好這口？我可是聽說師兄不近女色，有人嚴重懷疑你有隱疾，難不成……你不是有隱疾，只是口味重了點？」

「……」

一陣風吹過院子，院子忽然變得冷颼颼的。

徐天胤幽黑的眼眸盯著夏芍，少見的臉色有點發黑，夏芍卻笑得一臉無辜。

唐宗伯咳了一聲，「說什麼呢？這是女孩子能說的話嗎？」

「誰？」徐天胤突然開口，聲音冷得能把人凍成冰渣。

「秦瀚霖。」夏芍毫不猶豫地供出元凶，沒有半點愧疚感。

遠在京城的秦瀚霖忽然打了個寒顫，不知寒意從何而來……

夏芍把三個古董放置在唐宗伯的院子裡一天，第二天放學後就來取走。儘管答應吳玉禾三天歸還，但她可不願意讓這三個古董多沾師父院子裡的吉氣。

不過，她還是等到三天後才如約將古董還給吳玉禾。

吳玉禾一見她把東西還回來，心中的大石頭總算落下，立刻笑容滿面地問道：「夏小姐，這……這樣就行了？」

「行了。」夏芍道：「過些日子就沒事了。不過，我要給吳老闆提個醒。縱然運勢回轉，身體方面還需你自己注意，不然，別的不虛，腎也會虛的。」

夏芍暗指他心多淫慾，吳玉禾愣了愣，以為她還記著當初拍賣會上自己調戲她的事，連忙道：「夏小姐，那件事確實是我老吳誤會了，為了向夏小姐賠罪，也為了謝謝夏小姐的幫忙，不知夏小姐肯不肯賞光一起吃頓飯？」

夏芍當然不願意跟這個老色鬼吃飯，當下婉拒告辭回去了。

過了幾天，吳玉禾果然發現他的精神漸好，店裡的生意也有了起色，甚至做成兩筆大生意，狠狠賺了一筆。這不免讓他心驚，風水這東西還真是玄乎。

這麼一來，吳玉禾更生出結交夏芍的心思。在幾次三番邀約她被推脫後，他開始從別處下手示好。他將自己認識一位風水大師的事透露給幾個朋友，當然，這些朋友都是有些身家的。

這段時間陸續有人到福瑞祥找夏芍，這些人都是通過高義濤的關係來的，但當看見夏芍如此年輕後，無一例外地懷疑她到底有沒有真本事。其中也有人不在乎，他們本就是衝著高義濤的面子才來的，不過是想跟安親會搞好關係而已。

只是，坐下來跟夏芍談了幾句話後，這些人全都變了臉色。

準！太準了！

不必開口，他們家中的情況和以前遇過的事，都被這個少女逐一點破。於是，這些人收起了無所謂的敷衍心態，開始請求夏芍指點。

高義濤介紹的無一不是東市的上流人士，他們問的事從事業運程、家居風水，到投資、出行、婚姻子女，乃至生死前程、股市房地產等等，包羅萬象，甚至還有闊太太來問怎麼樣才能防止丈夫在外頭花天酒地。

夏芍出手化解的價碼貴得令人咋舌，但眾人所問所求之事，最後無一不得到解決。

短短一個月的時間，夏芍的名字便在東市上流社會漸漸傳開，引起了震動……

有錢有勢的人最在乎的就是自己的錢權勢能不能長久，如今東市有一位看風水相面極準的大師出現，大家自是趨之若鶩。

這位大師不僅看風水相面極準，卜卦問吉更是神乎其技，但要見她一面有點困難，因為她立下規矩，每天只見一人，週末和國定假日都休息。

有事相求？預約排隊！

連省內有名的國企老總親自驅車來福瑞祥拜訪都沒能見她一面。

這位老總好排場，架子大，脾氣出了名的暴躁，許多人都猜這位風水大師要倒楣了，福瑞祥可能會被這位暴躁的國企老總給掀了，卻沒想到這位大師不僅安然無恙，半個月後，國企老總還笑呵呵又驅車來東市，親手送上厚禮。

這引起了更多人的好奇心，不少上人想見夏芍一面，對預約排隊的規矩，慢慢沒了不滿，反而對見她一面的機會越發珍視和重視。

陳滿貫特地讓一個店員專門負責安排預約之事，很快的，想見夏芍的人就排到了年後。

夏芍在古董店接待這些客戶，還為店裡帶來不少生意。

那些富商來福瑞祥時，大多數會特意看看店裡的古董，有的是出於結交陳滿貫的目的，有的則是看出夏芍和陳滿貫關係不一般，抱著討好夏芍的目的。總之，福瑞祥的客源增加了不少，且都是社會名流。

對此，陳滿貫頗為佩服夏芍的心思，這算盤打得夠精。

這天，夏芍像往常一樣來到店裡，陳滿貫迎了出來，表情卻有些古怪。

「怎麼了？」夏芍問。

陳滿貫搖搖頭，「我也說不好，夏小姐進去看看就知道了，這人是找妳的。」

夏芍挑了挑眉，不知什麼人會讓見慣各種人的陳滿貫有這樣的表情。

她不由笑了笑，往裡面走。

只見一名身穿淺白色唐裝的男子正站在茶室外的松墨屏風前。

那人悠然欣賞著放置在博古架上的青花大盤，光看側臉就知道是一位風流俊逸的美男子。

他感覺到夏芍進來，微微轉頭，含笑望來。

「要見大師一面可真難。」他的雙手負在身後，溫煦一笑，流露出幾分貴氣。

陳滿貫顯然被這人的氣度震住，夏芍沒來的時候，他一直小心翼翼陪著，直到夏芍進了店裡，才在她身旁小聲道：「高老大打電話來，說這位是安親會的貴客。」

夏芍挑眉，視線落在對方的面容上。

這面相，再加上這氣質……她大概猜出這人是誰了。

「我姓夏，不必稱我大師，聽著不習慣。」夏芍朝對方頷首，緩緩走了過來。

對方的眼神微亮，笑意越發溫和。

夏芍請他到屏風後的茶室坐下，照樣是沏了一壺碧螺春。她捧著茶杯，沒說破對方的身分，只是像對待尋常客戶那般問道：「這位先生來此想求什麼？」

龔沐雲笑道：「夏小姐不妨看看在下想求什麼。」

「看出來的，未必是閣下想求的。閣下想求的，未必適合自己。」夏芍故意把話說得高深，卻是暗自腹誹：最近很常聽見這句話呢！每個來見她的人，十個裡面有七八個會拿這話來試探她。一開始她還認真答，後來懶得開口，便想了這麼一句話。但凡有人問她，她就這麼答。

愛信就信，不信拉倒！

她總算知道為什麼很多玄學大師說話都那麼高深……根本是被逼的。

如果她猜的沒錯，眼前這人應該就是安親會的新任當家。

陳滿貫以前說過這位當家會在東市堂口落成時親自前來觀禮，可他卻找上了她，她不得不懷疑是跟玄門有關。

安親會與三合會的爭鬥，他許是需要師父的幫忙。她這些日子在東市上流社會名聲太響，以安親會的能量，可能已經懷疑她，並且查到了師父的下落。

那麼，這人今天前來，很有可能是想見師父一面。

但……這得看師父的意思。

「這話倒是有道理。」龔沐雲含笑點頭，似是很贊同夏芍的話。他輕啜一口茶，不緊不慢地問：「夏小姐相信天命嗎？」

「看樣子，閣下不太信。」夏芍還是不正面回答。這人是專程來聊天嗎？倒是沉得住氣。

夏芍端起茶杯垂眼喝茶。就陪他打打太極，看誰能忍到最後。

她低著頭，微微翹起的唇角卻落入龔沐雲眼裡。他輕輕挑眉，眼底滑過幾分興味。

她知道他是誰，也知道他來此的目的？

呵，有趣！

龔沐雲聲音溫潤地道：「無關信與不信，只是有些不太舒服。人活一世，命若早由天定，何必一生奔波為那早已定下的局？我寧願相信命運由我。」他看望著夏芍，「夏小姐不如幫我看看，我倒想知道，天命為我這一生定下了什麼。」

「抱歉，我不推演八字命理。」夏芍放下杯子，「命可看不可斷，否則業障太大。閣下應該聽過一句俗語：一命二運三風水。命即是命理，乃是八字先天帶來的，主一生起伏，但這並非一張圖紙，不是每個人的一生都要按這張圖紙走。每個人的一生總有那麼三兩回大劫，有的人能過得去，有的人過不去，這跟自己的選擇與這一世所積的善惡有關。我不主張推演命理，是因為每個人都有在命運岔路選擇的權利。一旦推演出來，就等於決定了別人的命，等於是絕了別人選擇改變命運的機會，會遭天譴的。有人說命越算越薄，就是這個道理。」

夏芍嘴角微翹，「非遇大事，不可算命。讓自己的人生保持神祕，不也挺好的嗎？」

「我還是頭一回見相師勸別人莫算命。如此一來，夏小姐豈不是少了許多生意？」

他看起來當真是來聊天的。

夏芍暗自盤算著，這是不是虧本了？要不要考慮跟這人酌收聊天費？

「閣下以為為人推演命理不必耗費心神嗎？那過程不止耗神，還惹業障，不如只幫人看看風水、卜問吉凶，業障沾得少，錢也不少收。我觀閣下也是精明人，換了你，你會選哪樣？」

龔沐雲微微一愣，眸中忽而閃現一抹奇異的光彩，接著低聲笑了起來。

夏芍看了他一眼，「雖然一般情況下我不為人推演命理，但是我看得出來，閣下今天有災厄和破財之兆。」

這突如其來的話讓龔沐雲挑眉，他表情未變，反倒生出些好奇，「哦？怎麼說？」

「閣下今天來這裡，帶了個尾巴。」夏芍邊說邊以天眼看龔沐雲，然後虛指了一下他右側斜後方的方向。那裡被屏風擋著，她不擔心外面的人發現她指出了他的所在。那人在對面大樓的頂樓，是個狙擊手。

龔沐雲看向她的手指，瞳眸微微一縮。

暗殺對他來說是家常便飯，令他驚奇的是，夏芍居然知道對方的位置。

這是她……看出來的？

龔沐雲將目光收回來，神色平淡，竟然繼續問：「那破財又如何說？」

夏芍深深看龔沐雲一眼，這男人的氣度甩那些請她看風水的集團老闆何止一條街。外面藏了個等著要他命的人，他還有心情在這裡關心「破財」之事。

儘管夏芍對此人頗欣賞，笑容也稱得上甜美，可眼底沒有半分笑意，態度甚至算不上好，「你要是再不走，任由那人朝我店裡開槍，打壞我的古董，你就得按市價賠我，這就叫破財！」

夏芍說到最後，忍不住瞪著他。

龔沐雲噗哧一聲笑了出來，連連點頭，「原來如此，好，好，我這就走。」

他準備要起身，夏芍卻一把按住他的手，「等等！你不要命了？」

龔沐雲一愣，視線落在她按著他的手。夏芍卻沒看他，而是看向對面大樓。福瑞祥的門開著，從門口看進來，正好能看見屏風。雖然中間有幾個博古架隔著，還是能看見一些。

如果她是狙擊手，在龔沐雲站起身的一刻，很有可能開槍。

剛才她用天眼沒看見狙擊手開槍，只看見龔沐雲從店裡走出去後，狙擊手便倒在血泊裡。狙擊手是怎麼死的，畫面裡沒有出現。夏芍知道，但凡跟自己有關的事，用天眼都不一定看得到，但沒看到不代表她一定有出手，也可能是龔沐雲有安排人在附近戒備，殺手也許是被安親會的人幹掉的。

不過，夏芍不打算冒這個險。

龔沐雲若是在她的店裡出事，對聲譽和生意絕對有影響。

夏芍不會讓這種事情發生，所以，她決定出手幫忙。

她目測目前所在位置和對面大樓之間的距離，隔了一條街，約莫五十公尺遠。把人制住雖然會費點心神，但應該沒有太大的問題。

「我幫你把人制住，你趁機離開。」夏芍盤腿坐下來，看也沒看龔沐雲就開始動作。

龔沐雲見夏芍吸了一口氣，吹在手心裡，隨後右手劍指在左手心上快速畫了什麼，接著喝了一聲，握拳。最後，抬起頭對他道：「我已經把那個人制住，他現在動不了。你離開之後，百步之內不可傷他。過了百步，我就不管了。」

龔沐雲看了看她握拳的手，也不多問，不慌不忙起身，繞出屏風時，卻回頭問道：「我還可以再來找夏小姐嗎？」

「可以。不過，我的規矩要改。聊天要收費，帶了尾巴來，收費更要加倍。」

「妳真是……小財迷。」龔沐雲搖頭一笑，眼底有奇異的流光。

夏芍看著龔沐雲的背影，估摸著他即將走出百步，這才把手中的指訣放開，放那個狙擊手自由。她要龔沐雲百步之內不許傷人，是因為要預防那個狙擊手在被她束縛住時，被安親會的人解決掉。這樣的話，那條性命的業障多多少少會算在她頭上，她不想枉造殺業。而龔沐雲走出百步後，已不在福瑞祥的範圍內，那時他們再動手，一來波及不到店裡，二來她已放開狙擊手，安親會的人就算動手，也只能算是他們自己的恩怨了。

收回天眼，夏芍不想看那個狙擊手的下場。雖說有一條性命在自己知情的情況下結束，這種感覺很難言說，但那人既是殺手，身上背著的人命也必然不少，只能說是因果循環。

陳滿貫見龔沐雲走了，明顯鬆了一口氣，走過來小心問道：「夏小姐，那個人是誰啊？」

「安親會的當家。」

「安、安親會的……當家？」陳滿貫嚇了一跳，險些咬到舌頭。他、他今天竟然在夏小姐不在店裡的時候，招待了那尊大神？

安親會的當家可是在北方黑道跺跺腳，地面都要顫一顫的地下皇帝，他竟來找夏小姐？

陳滿貫震驚地看向夏芍，越發覺得自己的老闆太厲害了，小小年紀的，居然就入了安親會當家的眼，以後的前途還能了得？

「今天的事要保密，別對任何人說。」夏芍吩咐完，這才起身道：「我回家了。」

夏芍打算在回家的路上打電話給師兄，可她還沒走出店裡，吳玉禾就來了。

他一進來便笑呵呵地道：「喲，夏小姐還沒走呢？我是來請陳老哥出去喝酒的。」

「喝酒？」陳滿貫立刻擺手婉拒，「吳老闆客氣了，你知道我現在很少喝酒。你嫂子還在家裡等我吃飯，我答應她不晚歸的。」

「陳老哥跟嫂子很恩愛啊，哈哈！」吳玉禾大笑，「男人有事業，在外面喝酒應酬是常事。嫂子那麼賢慧，哪能不理解老哥？老哥就別推脫了。」

「哎，這真不行……」陳滿貫連忙擺手。

兩人你請我推之間，夏芍微微挑眉，目光在吳玉禾的臉上停頓。

吳玉禾眼神昏沉，奸門兩耳發暗，天蒼發青，這是破財和牢獄的徵兆，而且就在月內。

這時，吳玉禾故作不快，道：「陳老哥，我這三番四次請你，你都推脫不去，太不給我老吳面子了吧？今天青市那邊石化公司的老闆過來，他可是老藏友了，我特意帶你過去見見，對生意也有好處不是嗎？」

「這……」陳滿貫知道吳玉禾這人狡詐得很，無利不起早，再說兩人是同行，他有什麼道理幫同行介紹客戶？這裡面肯定有別的事，但他說出這一番話來，自己還真不好推脫。

做生意應酬是難免的，只是陳滿貫知道吳玉禾這幫人的喜好，他們談事情都有小姐作陪。前段時間還聽某位和吳玉禾等人一起吃過飯的客戶說，他們竟從學校找了女學生來。那些女學生年紀都不大，大多十六七歲，有的甚至還是初中生。那客戶沒膽對女學生下手，半路藉故接了通電話，說家中有事便離開了。

陳滿貫以前應酬也找過小姐作陪，他雖沒突破底線，可現在想想，還是覺得那些年對不起妻子。自從跟了夏芍，他性子也平淡許多，看不慣吳玉禾幹這種事，實在不想去赴他們的約。

正為難間，夏芍開了口：「吳老闆，今天我跟陳伯伯還有事要談，飯局就改天吧。」

只要不是傻子，就知道夏芍在幫陳滿貫解圍。

吳玉禾卻是一喜，抓了夏芍的話柄，「夏小姐，這話可是妳說的，改天我老吳再來請，你們可一定要給我面子！」

他最想請的其實是夏芍，只是她每回都端出一副世外高人的氣度，不肯答應他的邀約，他才不得不把腦筋動到陳滿貫身上。陳滿貫在生意場打滾久了，也是油滑，但吳玉禾有的是辦法。他找了幾個稚嫩的女學生，又弄了點搖頭丸，到時候偷偷放進陳滿貫的杯子裡，狠狠灌他幾杯酒，把他灌迷糊了，不就什麼事都問出來了？

今天夏芍為了幫陳滿貫被他抓了話柄，實在是老天爺都幫他！

「我說的話，自然算數。」夏芍不急不惱，淡淡點頭，只是在心中默默加了一句：就是不知道你還有沒有這個機會。

吳玉禾歡快地走了，陳滿貫對夏芍又是感激，又是憂慮，「夏小姐，這人沒安什麼好心。這回被他拿了話柄，下回可就不好推脫了。」

「放心吧，他沒這個機會了。」夏芍望著吳玉禾的背影，意有所指地笑了笑。

「啊？什麼意思？」

「意思就是，陳伯伯剛才沒答應他是對的，不然連你也會有麻煩。」

陳滿貫一愣，「要是正經飯局我哪會不去？就怕他們幹些沒天良的事，我這才想拒絕。」

夏芍滿意地點頭，「陳伯伯這麼做就對了。」

「夏小姐，妳是不是看出來吳老闆會有什麼事？」

「多行不義，當然有事。不出一個月，他會家財散盡，有牢獄之災。」

「啊？」陳滿貫倒抽一口涼氣，震驚地看著夏芍。

夏芍雖是知道吳玉禾的下場，卻是不懂他為什麼會有這個劫。

依吳玉禾的面相來看，本不該有這一劫的。這人雖是淫邪狡猾之輩，做過不少壞事，但六十歲之前無大劫。只是晚年淒涼，子孫離散，無人送終。而吳玉禾現在才四十來歲，不應該有這一劫的。

怎麼回事？

第六章　天才神棍

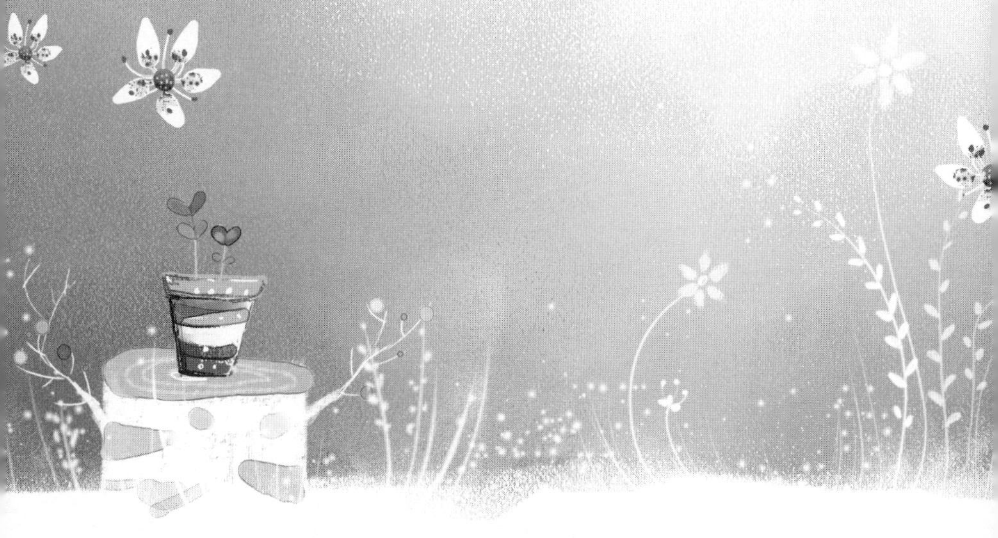

夏芍對於吳玉禾突如其來的劫數非常不解，離開福瑞祥後，沒有直接回家，而是去了前面的古董老街，吳玉禾的古董店就在那裡。

還沒走到，夏芍就開了天眼，一看之下，不由挑了挑眉——有人下招。

她沒走過去細看，街上的商店都還開著，她不方便過去細查。用天眼確定有人佈了風水局後，她就原路折返，拿出手機，聯絡徐天胤。

兩人交換手機號碼已經有兩個月，這還是夏芍第一次主動打電話給他。

手機鈴聲響了一聲，那頭便接了起來，冷而不沉的好聽聲音傳來：「喂？」

「師兄。」聽見徐天胤的聲音，夏芍不自覺嘴角上揚，笑吟吟地問道：「最近做了什麼壞事，老實交代。」

手機那頭沉默了一會兒，才傳來徐天胤冷漠的語氣：「妳說他惹妳不快。」

「我……」在發現有人下招後，夏芍便認定是徐天胤做的，只是知道他出手的動機後，她還是有些意外。

就因為她說了那句話？

夏芍心底生出異樣的感覺。如果換作是她，有人惹了師兄或她的家人不快，她也會出手整治，但整治的程度要看對方做了什麼事。比如徐文麗和趙靜找人打傷她父親，她便令她們的父母也深受其害，以其人之道，還治其人之身。若是像吳玉禾這樣的，他沒做實質傷害她的事，不過是第一次見面的時候印象不太好，她還不至於下這麼重的手。

她自認不是心軟的人，該狠時則狠，卻沒想到她師兄會比她狠絕。

只因她說了句吳玉禾惹自己不快，吳玉禾就遭到師兄這麼嚴厲的報復。

當然，這只是針對她個人而言，如果針對吳玉禾犯下的那些齷齪事，他百死難辭其咎。這樣對付他，他一點也不冤枉。

「妳因為他才打電話給我？」徐天胤的聲音清冷，夏芍卻神奇地從他的語氣裡聽出不悅。

夏芍輕笑出聲，打趣道：「好吧，是我的錯，讓你的『第一次』不太美好。」她說的第一次當然是指兩人第一次通電話，不過這話說出來容易讓人想歪。

她猜不出電話那頭徐天胤會是什麼表情，她只是忍不住想逗逗他。她平時不是愛開玩笑的人，只能說遇到師兄之後，他的面癱激發了她內心微小的惡劣基因。

電話那頭沒聲音，夏芍卻知道徐天胤沒掛斷，正等著她說話，於是她收起嬉鬧的心思，正經道：「說正事，我今天遇到安親會的當家了。」

徐天胤的眉頭蹙了起來，聽夏芍把事情經過說了一遍，包括龔沐雲遇襲的事。

「師兄問問師父吧，我想師父他應該會有決定。」

「嗯，明天找妳。」徐天胤說罷，掛斷電話。

夏芍以為徐天胤的意思是明天會打電話給她，沒想到放學來店裡時，他竟在店裡等她。

可憐的陳滿貫，昨天接待了龔沐雲，今天來了個徐天胤。龔沐雲還算溫和，至少他肯說明來意，徐天胤卻是對陳滿貫視而不見。

店裡的兩名學徒和一名幫夏芍安排預約的女服務生，被徐天胤的冷漠氣場所懾，都不敢上前詢問。從老闆到服務生，四人眼睜睜看著一名陌生男人走進他們的店。他進了店，對古董卻不感興趣，發現屏風後面有個小茶室，便坐了進去。

好半天陳滿貫才反應過來，小心翼翼進去招呼，結果被徐天胤冷漠的一眼看成冰渣。

夏芍從來沒見過陳滿貫這麼幽怨的臉，像被惡霸欺負了的小媳婦。聽著他的告狀，夏芍噗哧笑出聲，同情地看著陳滿貫，「陳伯伯，委屈你了。以後他再來，你只管送壺茶進去，別的什麼也不用說。你說了，他也不見得會理你。」

「夏小姐，那位先生是什麼來頭？」也難怪陳滿貫詢問，他看見徐天胤來時開著紅旗車，那可不是一般身分的人開得了的。

這種車通常都是京城首長的座駕。

知道對方來頭不小，陳滿貫這才任由他進來，不敢打擾他。

「自家人，我師兄。」夏芍一笑，走了進去。

陳滿貫好一會兒沒反應過來。

師兄？也是風水師？可……可這人看起來怎麼一點也不像？倒像是，像是……他也說不出那種感覺，反正被他看一眼，驚得他渾身發寒，從頭冷到腳。等到從茶室退出來，他背後都冒起了虛汗。活了這麼大的年紀，他還是頭一回遇見有這麼冷的氣場的人。

夏芍進了茶室，天氣已入秋，她穿著一件淺粉色的薄外套，襯得臉蛋酡粉如瓷。

正閉目養神的徐天胤睜開眼睛，目光定在她臉上，嘴角扯開一個不易察覺的弧度，令他整個人的氣場柔和下來。

「師兄，你嚇到我店裡的人了。」夏芍的笑容有點無奈，也有點疑惑，不知道徐天胤這性子是怎麼養成的。一個人的性格與經歷有很大的關係，比如她自己。她以前內向，略微自卑，重生之後，才慢慢養成如今的從容。

夏芍不知道徐天胤遇過什麼事，單從他的面相上來看，命格極貴，卻犯了「五弊三缺」命格中的「孤」。所謂孤，即幼年喪父。而且從他面相上能看出，他的母親也在他年幼時亡故。一個幼年就失去父母的孩子，不知什麼樣的遭遇才讓他養成孤冷的性情？無論是什麼樣的經歷，必定都不怎麼美好。

「妳店裡的人警戒心不夠。」徐天胤道。

「嗯？」夏芍愣住。

徐天胤倒了杯熱茶給她，「要是歹徒進來店裡，他們也不管，不是引狼入室嗎？」

夏芍哭笑不得，「他們還能把你趕出去不成？我店裡的人也是有眼力的，你開著那輛車來，態度又那麼嚇人，誰敢趕你走？我算是知道什麼叫得了便宜還賣乖了。」

她見徐天胤把茶杯推過來，動作很自然。這些事他在山上陪著師父時也常做，她見過他在師父熟睡時拿毯子蓋在他腿上，見過他幫師父捶腿，還見過他下廚。這個男人對認定的人其實很好，話不多但體貼，只是很少有人享受得到他的體貼。

夏芍捧著人家的體貼，眼底浮現笑意，又忍不住打趣徐天胤，「我還以為師兄會打電話來，沒想到師兄親自來了。我記得我們兩天前才見過，難不成……師兄想我了？」

徐天胤凝視著夏芍，半晌才輕輕「嗯」了一聲。

夏芍怔愣。她沒想到他會回答，而且他看她的眼神很專注，讓她的心漏跳一拍。

夏芍正有些尷尬，外面突然傳來一個女人尖銳的聲音：「什麼預約？你不知道事急從權啊？我說陳老闆，咱們都是熟人，你用得著跟我來這一套嗎？」

夏芍隔著屏風往外看了看，然後起身走了出去。

店裡來了個胖女人，打扮貴氣，手上拎著一個名牌皮包，脖子戴著珍珠項鍊，手指上的金戒指亮得晃眼。即便她濃妝豔抹，仍是掩飾不了老態。

陳滿貫好聲好氣解釋：「吳夫人，我們夏小姐就是這麼個規矩，不是針對妳一個人。今天已經有顧客預約了，只是人還沒到而已。」

胖女人聲音拔高道：「沒來讓我進去不就得了？陳老闆，不是我說你，做生意腦筋得靈活一點，這麼死板還做什麼生意？再說，我們家老吳跟你是老熟人，你該不會是看我們家老吳遇上點事，就落井下石吧？」

聽到這裡，夏芍已知道這個胖女人是誰了。

吳夫人繼續大聲嚷嚷：「陳老闆，你可別跟我來這一套，活像我們家不給錢似的！我可是聽我們家老吳說了，這位大師的酬勞高得嚇人，一看就是個貪財的。既然這樣，我多付點錢就是，我們家不缺錢，你讓她出來！」

「我已經在這裡了。」夏芍慢悠悠走了過來，神色冷淡，「吳夫人，妳家中也是做生意的，商人講究和氣生財，就算有天大的事，也不該在別人店裡大呼小叫。」

「妳……就是我們家老吳說的大師？」吳夫人上下打量夏芍，眼神跟多數第一次見到夏芍的人一樣，都是不可置信。

這也太年輕了吧？

「大師不敢當，我姓夏。」

吳夫人見夏芍氣度不凡，略微收斂脾氣，但看她年輕，還是懷疑她有沒有真才實學，因此，態度還是有著三分傲慢。

「那好吧，夏小姐，既然咱們見著了，我們家老吳的事就請妳幫幫忙了。他遇上一些麻煩事，希望妳能幫忙化解。他也算是妳的客戶，妳知道我們家有的是錢。」

夏芍微笑著聽她把話說完，這才道：「吳夫人，錢不是什麼都能買得到的，要不然妳也不會來找我。妳要是真覺得錢這麼好用，不如把妳想砸在我身上的錢拿去做善事，或許可以幫吳老闆積點善德，以後少遭這種牢獄之災。」

夏芍說完，轉身就走，吳夫人卻是臉色大變。

不為別的，就因為夏芍提到了牢獄之災。

今天早上，吳玉禾突然被幾個上門的警察帶走，這可嚇壞了她。這些人平時都是給他們一些面子的，今早卻不由分說把人帶走，說吳玉禾涉嫌侵犯未成年少女和聚眾淫亂吸毒。

跟吳玉禾做了這麼多年夫妻，吳夫人自然知道老公是什麼貨色，但她能怎麼辦？他要是進去了，家業就沒人打理了。他們夫妻老來得子，兒子寵得不成器，親戚們虎視眈眈，沒一個好東西。她這一天忙著攀各種關係，可是那些王八蛋沒出事時跟老吳稱兄道弟，見了她哪個不叫嫂子，現在老吳出事了，誰見了她都躲。那些當官的更是擺出公事公辦的樣子，她跑遍了關係，還是沒能見到丈夫。

心急之下，她才想起這幾天丈夫時常提到一位風水大師。她一開始沒往心裡去，現在被逼得實在沒辦法，這才找來了。

哪知這個少女一開口就道破是「牢獄之災」，難不成老吳真的會被判刑？

陳滿貫在一旁看著，心中又是佩服又是嘆氣。佩服的是夏芍看得真準，昨天說吳玉禾有牢獄之災，今天就應驗了。嘆的是吳夫人這模樣，讓他不免想起自己落難之時，妻子也是這般四處看人臉色。如今他慶幸家有賢妻，不像吳玉禾，看他夫人這態度，夏小姐恐怕不會幫忙了。

夏芍當然不打算幫忙，吳玉禾不知糟蹋了多少女孩子，這是他自作自受。她往裡面走去，吳夫人慌忙地作勢要攔她。

這時，店門口忽然傳來驚疑不定的聲音：「小夏？」

夏芍愣了愣，轉身看去。

只見一個男人站在門口，四十歲出頭，身材中等，戴著眼鏡，看起來有些斯文。

陳滿貫認出那人，笑著上前與其握手，「徐處長，你好。」然後轉身為夏芍介紹道：「夏小姐，這位是市政府祕書處的徐處長，預約今天來找妳。」

夏芍挑眉，對方卻是驚疑。

陳滿貫看出點門道，問：「怎麼，你們認識？」

認識！

當然認識！

這人不就是徐文麗的父親，東市政府祕書處的處長徐志海嗎？

真是……人生何處不相逢！

夏芍意味深長地一笑。徐文麗的父親來找自己看運勢？呵，且不說他根本不知道他們家最近的禍事都是她設的局，只說這個平時高人一等的知識份子居然也信這些了？

夏芍的笑容看在徐志海眼裡，讓他臉上火辣辣的。政府的工作人員是不能公開談論怪力亂神的，他只是偷偷來看看，沒想到這位近期很有名氣的風水大師是自己認識的人。

女兒的同班同學，竟然會自稱風水大師。

徐志海臉上火辣之餘，便有些尷尬和被人欺騙了的惱怒。

他很清楚夏芍的家庭狀況，她懂不懂風水他會不知道？她八成是利用課餘時間出來騙人。最丟臉的還是他自己，竟因最近家裡發生的倒楣事，來找所謂的風水大師看運勢。

徐志海的臉色不太好看，當下擺起架子道：「小夏，我是聽說最近有人自稱風水大師，給人卜卦算命，造成很不好的影響，這才過來看看，沒想到會是妳。聽說妳的成績不錯，怎麼這麼糊塗，搞這些迷信的事？萬一被查到，是會被懲處的。」

他倒會打官腔，立刻就為自己找了個出現在這裡的藉口。

夏芍譏諷地一笑。

吳夫人眼珠一轉，聲音陡然拔高：「好啊，我說妳怎麼不願意救我家老吳，鬧了半天是騙人的神棍！妳給我說清楚，妳之前可是騙了我們家老吳三百萬的！」

她的聲音尖利，很快就引來街上過往行人的注意。不少人遠遠地駐足看熱鬧，兩旁的店家也探出頭來往這邊瞧。

夏芍目光頓時變冷，這時，徐天胤從茶室走了出來。

徐志海聽見吳夫人口中的三百萬，不由倒吸一口氣。

「小夏，這事是真的嗎？」徐志海的表情嚴肅，做出一副痛心疾首的樣子，「妳父母辛辛苦苦把妳養大，妳怎麼能做出這種不肖的事情來？」

夏芍沒理他，而是冷冷地看著吳夫人。

吳夫人被她看得一驚，氣不打一處來，撒潑道：「怎麼？我說的不對？我就說妳小小年紀，怎麼可能會是風水大師！真是大師，幹麼躲在古董店裡給人看風水？看妳年紀不大，長得也漂亮，卻不是什麼好東西，誰知道妳和陳老闆私底下幹些什麼見不得人的勾……啊……」

吳夫人話沒說完，忽然慘叫一聲，肥胖的身子被打飛到店外。

徐天胤緊抿著嘴唇，負手站在夏芍身前，擋住外面圍觀人群看向她的視線。

被他冷漠的黑眸一掃，店外的人瞬間鴉雀無聲。

吳夫人趴在地上爬不起來，臉頰腫得老高，別說尖叫，連喘氣都困難。她只覺得兩眼發黑，胸口發悶，嘴裡全是血腥味。

遠處忽然傳來車聲，圍著的人紛紛散開，一輛黑色林肯車緩緩駛來，停在福瑞祥門口。兩名黑衣男子從車裡下來，上前架起吳夫人，把她拖到旁邊丟下。

有位穿著唐衫的男子隨後下車，他的目光在徐天胤臉上頓了頓，接著移向他身後。

夏芍從徐天胤身後走出來，龔沐雲見了她便笑道：「真熱鬧。」

東市並非人人都知道龔沐雲的身分，徐志海卻是認得他。

安親會雖是人盡皆知的黑幫，安親集團卻是正派的國際大財團，財團的當家人不管到了哪個城市都是極受各方籠絡的存在，更別提東市這種剛剛開始發展的小城市。

東市副市長劉景泉三天前還以市政府的名義宴請過龔沐雲，徐志海不過是祕書處的處長，並未列席，卻曾見過龔沐雲，記住了他的長相。

見龔沐雲來到福瑞祥，徐志海驚愕不已。見龔沐雲對夏芍揶揄，顯然兩人是相熟的。

「我以為，依閣下的性情，應當不愛熱鬧。」夏芍神色淡然。

「那要看是誰的熱鬧。」龔沐雲含笑道。

兩人在福瑞祥門口你一言我一語，再笨的人也看得出來兩人相識了。

吳夫人喘過來氣來，驚恐地盯著徐天胤，他竟然敢打她？

這光天化日的，徐處長還在旁邊呢！

可惜徐處長沒心情理她，他正驚愕地看著夏芍。

她是怎麼跟安親集團的當家人認識的？依她的家世背景，不應該認識這種身分的人才是，而且看她的態度，一點也不像十五六歲的少女。就算是成年人，面對安親會的當家，也難免會局促，就像此刻的他自己一樣，完全不知該不該上前與龔沐雲打招呼。夏芍卻泰然自若，好像面前站著的是普通人。

徐志海不敢隨意說話，他得先弄清楚龔沐雲和夏芍的交情到底怎樣。他就是憑著這份察言觀色和謹慎，才坐上了今天的位置。

夏芍挑了挑眉，「既然如此，那閣下繼續看。不過，別看太久，這麼多人圍著會耽誤店裡做生意。一時半會兒還成，久了，閣下又要破財了。」

龔沐雲輕笑出聲，夏芍轉頭看向徐天胤，徐天胤的唇緊緊抿著，護在她身前。

「師兄，我們進去喝茶。上好的茶，冷了怪可惜的。」夏芍柔柔一笑，用手輕輕拍了拍他緊握的拳，安撫道：「你說，一會兒要不要撒點鹽，去去晦氣？」

感覺到她的安撫，徐天胤的身體微震。夏芍的目光柔和，笑容淡雅，彷彿炎夏裡葡萄架下吹過的微風。風過之處，躁動自然平息。

徐天胤放鬆下來，只覺得夏芍笑吟吟的眼神似乎在勾著他。她往裡面走，他也跟著走。只是劍眉微蹙，語氣不太好，「把人丟出去不就成了？」

「哪成啊？你沒見門口有位官爺嗎？光天化日之下行凶，不得了喔！」

「處長也算官？」

「麻雀雖小，五臟還俱全呢！在我們這些小老百姓眼裡，處長可不是大官嗎？」

「哼！」

「唉！小地方，您多擔待！」

兩人漸行漸遠，對話頗有一唱一和的意味。

陳滿貫滿頭大汗，盯著夏芍走進茶室的背影，再看看被晾在門口的龔沐雲，欲哭無淚。夏小姐就這麼走了？安親會的當家還在門口呢！她真把人給撂下不管了？

陳滿貫連忙擠出笑容，上前賠罪，「龔先生，實在不好意思，夏小姐是跟您玩笑的，您、您快裡面請！」

龔沐雲搖頭輕笑。

「無妨，我只是來跟夏小姐討論玄學易理。平日研讀《易經》，難得遇上有真才實學的，不請教一番，實在浪費了緣分。」

他這話聽起來是對陳滿貫說的，卻聽得徐志海臉色微變。

他知道《周易》在中國文化中的地位，國家雖打擊迷信，但從來沒人敢站出來說《周易》是迷信。所謂的迷信，指的是用鬼神手段詐騙錢財，而《周易》在國學中則是占有重要地位。

龔沐雲這是擺明告訴他，夏芍是玄學大師，與耍手段欺人的神棍不可混為一談。

徐志海的臉色一陣紅一陣白，見龔沐雲跟著進去，他走也不是，留也不是，頓時成了店門口最尷尬的人。

門外只剩下徐志海和吳夫人，圍觀的人群卻不肯散去。安親會的人上前把人給驅散，之後就像門神似的站在福瑞祥門口。

吳夫人一瘸一拐地朝徐志海走過去，捂著腫得老高的臉頰道：「徐處長，你倒是管管啊！我大白天的被人打了，你們這些政府官員就當沒看見嗎？」

徐志海覺得今天倒楣透了，都是這個沒事撒潑的女人的錯。

「吳夫人，妳這事歸警察管。我不在其位，謀不了這個政。妳是當事人，妳可以選擇報警，申請傷情鑑定。」

報警？報警有用嗎？她老公剛被警察抓走，她再惹上官司，誰來走關係？

都怪這個徐處長，沒事打什麼官腔，要不然，她會誤會那個姓夏的小丫頭嗎？

兩人在心裡彼此埋怨，夏芍、徐天胤和龔沐雲三人卻沒一會兒就又走了出來。

吳夫人一看見徐天胤，就像受驚的兔子般躲得老遠。

龔沐雲上了他的林肯車，徐天胤也把車子開過來，示意夏芍上車。

這時徐志海才發覺，徐天胤開著的是輛紅旗車。只要是在政府工作的人，都知道紅旗車代表的意義。他震驚地看向徐天胤，想起他那句「處長也算官？」的話，心頭直跳。

這位，難不成……有什麼來頭？

正驚疑之際，夏芍走過他身旁時停了下來。

「徐處長。」夏芍眼中的笑意微涼。以前過年過節兩家走動的時候，她還稱徐志海為徐叔叔，自打兩家不來往了以後，這聲叔叔她便不願意叫了。

「夏小姐……」這稱呼一出口，徐志海自己都愣住。說起來，夏芍是晚輩，可現在他居然不自覺叫她夏小姐？

兩家斷絕來往之後，老夏家到底發生了什麼事？

「徐處長剛才有句話說得很對，父母辛苦把子女教養長大，有些事為人子女不該做，不然少不得要連累父母，更叫父母臉上無光。這話你跟我說了，我也就還給你，希望你回去也要把這番道理教給自己的女兒才是。」

徐志海呆了呆，還沒問是怎麼回事，夏芍懶得解釋，自顧自坐進徐天胤的車裡，兩輛轎車便駛離了福瑞祥。

兩輛車沒往十里村去，而是先去了億天俱樂部。表面上看，龔沐雲請夏芍和徐天胤進了俱樂部，實際上，三人又從俱樂部後面一處隱祕的車庫出來，改坐上一輛不起眼的桑塔納轎車，這才往十里村駛去。

一起跟著去的還有齊老和安親會的左右護法郝戰和華晟。

到了十里村後山的宅院門口，兩輛車子停下，齊老從車裡下來，見了夏芍便大笑道：「夏小姐，妳藏得真深啊！堂堂玄門掌門的嫡傳弟子，居然親自打上安親會討說法，妳真是……妳要是早說一句，咱們不就不用打了！」

夏芍一笑，「齊老還是叫我丫頭吧，這聲夏小姐我可不敢當。」

「有什麼不敢當的？江湖上不論年紀，只論輩分，妳這輩分夠高呀！」

齊老這話可不是恭維，江湖上確實對輩分看得極重。

玄門至今還傳承著老一輩的江湖規矩，相當重視輩分。就拿玄門的三規六誡來說，一不准欺師滅祖，二不准藐視前人。這兩條排在最前面，可見對輩分的重視程度。

玄門的輩分，分為玄、宗、仁、義、禮、智、信。

只有掌門是玄字輩，四位長老是宗字輩，長老收的弟子則是仁字輩，弟子若再收弟子，便是義字輩，往下以此類推。

夏芍是掌門唐宗伯親收的嫡傳弟子，排在宗字輩，輩分極高，與長老同一輩。以當今江湖大佬的輩分來說，唐宗伯跟安親會、三合會的老爺子同輩，夏芍便跟現任當家龔沐雲同輩。齊老雖然算是泰斗級的人物，但論輩分論影響力都不能跟唐宗伯這些大佬比，在夏芍面前，他自然就算不上輩分高。

「私下你還是叫我的名字吧，聽著確實不習慣。」夏芍這是真心話，論年紀，對方確實算是她的長輩，尊敬是理所應當的。

齊老笑著擺擺手，顯然不會真這麼叫。

今天來見唐宗伯，夏芍只是引薦。龔沐雲早就查出唐宗伯住在這裡，只不過身為晚輩，他貿然來訪不妥，這才到了福瑞祥，請夏芍領他們過來，幸好唐宗伯最終答應見他。

夏芍和徐天胤帶龔沐雲進書房，齊老、郝戰和華晟在外面等。

龔沐雲年少時見過唐宗伯，一別數年，兩人相見，自是一番感慨。

唐宗伯連道了三聲好，嘆道：「沐雲也是長成了，我們這些老傢伙確實是老了。」

「唐伯父。」龔沐雲恭恭敬敬地對唐宗伯行晚輩禮，視線落在他坐著輪椅的雙腿上。當年若不是龔老爺子請唐宗伯去，他也不會跟余九志鬥法，更不會落得如此傷殘的境地。

唐宗伯知龔沐雲心思，擺手道：「不是你父親的錯，對方有意害我，怎樣都會下手。」

兩人談起當年的事，夏芍便起身告辭回家。今天不是週末，她在古董店已經耽擱好一陣子，如今又來山上，再不回家，父母該擔心了。

因為趕時間，夏芍就沒拒絕徐天胤送她回去的要求。

她家住的是當年父親工廠分配的老公寓，夏芍不是沒想過幫家裡換個房子，但家裡不知道她做生意的事，而且高中升學考試在即，若現在透露這事，父母難免擔憂她的成績，親戚知道了也不會消停。父親還在養腿傷，她更不想在此時讓父母操心。

等她考完試，再跟父母坦白吧。

未免讓鄰居看到她從陌生的男人車上下來，夏芍特意要徐天胤把車子停在離社區有一段距離的路邊。

車子一停下，徐天胤便傾身過來。

夏芍愣了愣，卻見徐天胤伸手過來，親自幫她解開安全帶。

他做這些事時，目光極為認真，不像刻意討好而故意展示紳士風度。他並沒有送她下車，似乎知道她想要避著人，就只坐在駕駛座上看她。

車裡光線昏暗，讓徐天胤冷峻的面容多了幾分朦朧。

夏芍在他的凝視中慢慢湊過去，不懷好意地笑問：「師兄，要來個離別吻嗎？」

徐天胤望著她，看到她眼中戲弄的光芒，看到她欺近他，想要看他好戲。

思及他們自從相認，她似乎總喜歡出言逗他，徐天胤不由瞇了瞇眼。

「妳確定？」他的話音未落，人已出手。

他出手快如閃電，夏芍離他本就近，發現不妙，疾退時還是被他大手箝住腰身，指尖朝她腰間點去。夏芍的腰頓時使不上力，徐天胤趁機翻身將她壓在座位上，長腿壓制她的膝蓋，接著一手制住她的細腰，一手制住她兩隻手腕，如黑雲罩頂般俯視她。

徐天胤的嘴角勾起淺淡卻危險的弧度，眼底也有笑意，「妳想吻，我不介意。」

夏芍對他突如其來的反擊有些驚訝，但她也不是吃素的，當即細腰和手腕振出一股暗勁，一隻手從徐天胤掌中走脫，疾點他大腿內側。徐天胤的腿讓開，制住她細腰的手卻不放開。夏芍的雙腿一得到自由，腳尖立刻刁鑽地往徐天胤腳側勾去。

兩人在狹窄的空間裡過招，只見得兩人越打眼睛越亮，臉上還掛著笑意。

突然，夏芍皺眉，腰身一弓，驚呼一聲，「啊！」

徐天胤愣了一下。正是這愣神的功夫，車門啪嗒被打開，夏芍敏捷地翻了出去。

夏芍在車外站定，笑吟吟地對徐天胤拱手抱拳，以眼神挑釁——你中計了！

接著，她朝他揮了揮手，悠閒地轉身走了。直至她的身影消失在巷子口，徐天胤都沒將目光收回來。他默默坐在車裡，等到天色黑沉，街燈亮起，才發動車子離開。

這天之後，夏芍便忙碌起來。

起因與吳玉禾被捕的事有關。吳玉禾因猥褻未成年少女、聚眾淫亂和吸毒的罪名被逮捕，在東市像颳了一陣風，幹過這些齷齪事的人都躲了起來，被吳玉禾猥褻的少女家長也要求巨額賠償。這些賠償對吳玉禾的身家來說雖不算什麼，但吳玉禾是坐牢坐定了。

到頭來，最可惜的是他的古董店。

古董店不是內行人經營不起來，吳玉禾的妻子不懂這些，獨子又不成器，家裡的親戚即使虎視眈眈地盯著，也是不懂這行。

夏芍得知此事後，打起了收購吳玉禾古董店的主意。

陳滿貫得知她的想法後犯了難，「我算了算咱們的資金，這些日子賺的不少，收購吳老闆的古董店剛剛夠，只是東市不止我們福瑞祥一家，盯上吳老闆古董店的人也不是只有咱們，聽說省內已經有古董商瞄上這邊，競爭恐怕會很激烈。我怕就算咱們給的價錢合適，吳夫人也不會同意咱們收購。」

之前夏芍和吳夫人鬧得不太愉快，那之後她雖沒敢再來，可定是懷恨在心了。

夏芍笑了，「陳伯伯，你倒是變得實誠了。什麼時候收購的事，還講究對方同不同意了？咱們又不是惡意收購，該給的一分也不會少給。她要是跟咱們有仇，不想叫咱們收了去，咱們不叫她知道不就成了？」

「夏小姐的意思是？」

「我之前讓你留意拍賣公司的事，你不是說已找到合適的經理人和拍賣師了嗎？」

陳滿貫恍然大悟，「夏小姐的意思是，我們以拍賣公司的名義去收購？」

夏芍點頭，「上回你帶到店裡來的那位孫經理，我覺得不錯。依他的面相看來，他雖然早年時運不濟，但只是時運未到。我觀他中庭較長，鼻端嘴寬，屬於踏實肯幹的性子，也很會處理人際關係，是做生意的好手。而且，他坐相端走路直，福厚祿旺，後半生穩定安康，這個人可以用。」

陳滿貫忍笑道：「夏小姐，我算是明白了，敢情跟著您，連員工面試都省了，直接看面相就知道可不可靠了？」

「這只是作為參考，其實我最看重的還是他在經理人方面的能力。他要是沒有這能力，面相再合適，咱們用不著也是白搭。」

職業經理人在這年頭跟拍賣公司一樣，國內不太多見。這位孫經理名叫孫長德，年幼時跟著父親移民美國，過的是清貧日子。他年少發奮，在二十七八歲的時候就成為職業經理人，但華人在美就職多少會遇到阻力，孫長德一氣之下便回了國。

可國內對職業經理人的認知這時候比較少，他四處碰壁，最終連他自己也沒想到會在東市這個小城市遇到機緣。他對夏芍想成立拍賣公司的想法非常感興趣，拍賣公司在國內還不是遍地都是，能有這種想法的人，至少是比較有遠見的。只是令他驚訝的是，有這種想法的人，竟是個在讀書的少女。

當孫長德得知福瑞祥古董店的真正老闆是夏芍時，他非常激動。年紀輕輕就有敢創業的魄力，這即便是在美國的年輕人裡也不多見。他有種預感，好像明白了這麼多年自己鬱鬱不得志到底是在尋找什麼。

這就是他一直在尋找的，一個可以親手創造出來的奇蹟。

這個奇蹟終將會震驚世人，成為一個帝國。

雖然現在這個帝國還小得可憐，但他可以清楚地看見那一天。

孫長德年齡比夏芍大了將近二十歲，兩人卻一拍即合。

一九九七年底，華夏拍賣公司在東市成立。

公司一成立，孫長德便著手收購吳玉禾的古董店。這時候，東市有實力的三位古董商都已經跟吳夫人有過接觸，只是吳夫人很記仇，這些人平時跟她丈夫稱兄道弟，出了事就都閉門不見。現在看他們家要垮了，便想低價收購謀取暴利，門都沒有！

吳夫人軟硬不吃，三個古董商跟她軟磨硬泡了兩個月，還是不見結果。就在這時，省內一個很有名氣的古董商找到了吳夫人。

這名古董商名叫杜興，有點黑道背景。聽說他年輕時是個不要命的主兒，憑著勒索恐嚇打下家業，後來倒騰古董發了財。

杜興來到東市後，可不管吳夫人吃軟還是吃硬，他在道上混了這麼多年，人脈也廣，直接雇了幾個小混混，先把吳家的兒子給狠揍一頓，再找幾個人三天兩頭去吳夫人家騷擾恐嚇。

吳夫人見兒子被打，終是怕了。正當她考慮服軟的時候，孫長德找到了她。

孫長德來的時候，直接帶了兩名鑑定人員和一名房地產評估師，開出的條件很優厚。古董店的東西他們會有專門的鑑定人員進行鑑定評估，連吳夫人想要賣掉的吳家幾處房子都給可以幫她進行評估，安排拍賣。

吳夫人眼睛一亮，她確實想要把吳家的幾處閒置房子賣掉。她這麼急著處理古董店和家裡的房子，為的是防範吳玉禾的幾個兄弟。一開始她對八竿子打不著的拍賣公司找到自己很納悶，但聽過孫長德開出的條件後，著實驚喜了一把。古董店的收購價碼，這家拍賣公司給的不比其他家高，卻可以幫忙處理房子的事，她便也請對方幫忙評估拍賣她的私人首飾。

吳夫人很快就決定把古董店轉手給孫長德。她不是傻子，怕杜興來鬧事，想早早賣了這些東西，到外頭躲一陣子再回來。

兩人暗地簽了合約，第二天，吳夫人就帶著兒子跑路了。

她是跑了，吳家古董店被收購了的消息卻像風一般傳遍了東市。

誰出的手？

在所有人都以為這塊肥肉會被杜興吞下時，華夏拍賣公司的出現，跌破了所有人的眼鏡。

拍賣公司？這對東市的人來說雖不陌生，卻絕對是新興事物。

一家拍賣公司收購古董店做什麼？

在大部分人驚奇的時候，有些摸爬滾打的老狐狸想通了其中的關聯，頓時恍然大悟。

這是誰想的好主意？

今年夏天的拍賣會上，眾人都見到了古董拍賣潛在的巨大市場。這些古董大多來自收藏家和古董店。拍賣公司靠著收取一定比例的傭金來賺錢，而這個比例可不少，拍賣藝術品收取的比例可以高達百分之十到十五。

這已經是很大的利潤了，但這些拍賣會上的古董如果都是拍賣公司自己的呢？

那豈不是代表競標拍賣下來的利潤都是自己的？

華夏拍賣公司低價收購吳氏古董店，裡面的古董都是以最低價收購的，要是再把這些低價收來的古董放到拍賣會上高價拍賣，那利潤得有多高？

這個孫長德是什麼人？好精密的算計！

「這個孫長德是什麼人？」

很多人都在問這句話，杜興也在問。

某個飯店的豪華套房裡傳出酒瓶碎裂的聲響，讓跟著杜興從青市來這一趟的幾個人都禁不住打了個寒顫。

「給老子把這人找出來！老子倒要看看，誰敢搶老子的肥肉！」蓄著一臉絡腮鬍、相貌凶狠的杜興怒氣沖沖地喝道。

幾個手下趕緊應聲，準備要離開。

「等等！」杜興眼裡精光一閃，「先給老子查這小子什麼來路，查明白了回來告訴我。」

杜興身材中等，其貌不揚，卻也有點精明心思。拍賣公司是新興事物，有眼力的人都能看出這行的發展潛力，卻沒多少人敢去開這種公司。

為什麼？因為拍賣公司拚的是人脈。

你光有拍賣品沒用，能不能邀請到社會各界名流，能不能聘請到那些眼高於頂的專家，能不能宣傳到位，能不能順利舉辦起拍賣會來，這些靠的都是人脈。

所以，杜興才沒有貿然找孫長德麻煩，他得先看看他的背景。

沒想到，手下三天後帶回的資料令他極為惱火。

孫長德不是東市本地人，雖是歸國華僑，卻無權無勢，在東市沒什麼門路。

就這麼個人，搶了他到嘴的肥肉？

杜興氣笑了，眼睛一瞇，眼神發狠，「好，好，這小子既然手敢伸這麼長，伸到老子這裡來，老子就剁了他的手！」

杜興在東市認識不少人，其中關係最好的要數安親會東市堂口的一個小頭目，名叫李新。

杜興熱情地請了李新到東市新開的高級飯店，兩人各自帶了幾個兄弟圍坐一桌。

李新聽了杜興說的情況，當即就笑了，「還有這種人？我這兩天也聽說了。強龍不壓地頭蛇，這人在東市沒根基就敢幹下這種搶肥肉的事，這不是愣頭青嗎？我倒是佩服他的膽量。」

「我就是想教教他，在社會上混，光有膽量是不夠的！李哥，你就說句話吧，你幫不幫兄弟這個忙？」

「你看你，你叫我一聲李哥，我還能不幫你嗎？」李新想了想，反正孫長德沒權沒勢，便點了頭，「行。你告訴我他住哪裡，這兩天我有時間就帶人過去，讓他把剛弄到手的古董店轉給你，你看怎麼樣？」

「那就謝謝李哥了！到時候還請李哥把這個人交給我，我得剁他一隻手出出氣！」杜興笑著對李新敬酒。

就在一群人推杯換盞的時候，一名少女走進了飯店大廳，然後直接上二樓的一個房間。剛進去，陳滿貫和孫長德便起身，「夏小姐來了？」

「沒久等吧？」夏芍笑著坐下來。

如今已是寒假，自從成功收購吳玉禾的古董店，福瑞祥一夜之間成為東市最大的古董店，只不過許多人不知道華夏拍賣公司和福瑞祥是一家。

陳滿貫和孫長德早想慶祝，夏芍卻一直沒有時間，今天好不容易放了假，兩人便在飯店訂了包間，準備聚在一起好好慶祝。

孫長德今年三十三歲，看起來比同齡的人還要老成些。一提到成功收購古董店的事，他不由有些興奮，「我至今還記得簽下那紙合約時的心情，那真是……難以言喻的激動啊！」

夏芍剛想打趣他，視線落在他臉上的時候，忽然挑眉。

「我臉上有什麼東西？」孫長德發現夏芍盯著他的臉看，尷尬地咳了一聲。

夏芍開口道：「你有麻煩了。唇色青暗，口角無稜，有人要害你。」

「什麼？」孫長德知道夏芍是風水師，他以前在美國打拚，知道華爾街的大亨都很相信風水，在得知夏芍有這本事後，很是驚奇。此刻聽她這麼說，臉色微變，「有人要害我？」

陳滿貫也驚住，「孫老弟來這裡不久，也沒得罪什麼人，誰要害他？」

「就是因為來這裡不久，要害他的人才好猜。」夏芍的眼神有些冷，「一定是跟收購吳家的古董店有關。」

陳滿貫和孫長德都覺得有道理，陳滿貫想問化解之法，夏芍卻拿出手機撥打了一個號碼。響了兩聲後，電話那頭傳來高義濤的聲音：「夏小姐？真難得，妳會找我。」

「高老大公務繁忙，沒事我怎麼好打擾？」夏芍將事情跟高義濤說了一遍。

高義濤吃了一驚，原來最近在東市被議論不休的華夏拍賣公司是夏芍的。

「夏小姐，妳放心，我保證沒人敢動貴公司的人。我會傳令兄弟們，留意有沒有人雇幫會的人對妳的員工不利。一有消息，我會馬上通知妳。」

「好，那就謝謝高老大了。」夏芍說罷，掛了電話。

陳滿貫和孫長德這才知道她打電話給誰。孫長德對夏芍連黑道的人也認識很驚愕，陳滿貫卻淡定多了。東市地頭的老大算什麼？夏小姐連安親會的當家都見過了。

知會高義濤後，兩人安心了不少。孫長德的膽量還說得過去，一會兒就不把有人要害他的事當一回事，還喚來服務生，張羅著上菜。

正當服務生前來上菜時，隔壁間內，杜興和李新帶著各自的人走了出來。

他們經過夏芍這間時，有個女服務生正好端菜進來。那個女服務生身材很好，杜興一眼就黏了上去，視線便跟著飄進了包間裡。

這一飄進來，剛好瞥見了孫長德。

杜興雖沒當面見過孫長德，卻見過手下拍回來的照片，對這個搶了自己獵物的人記憶深刻，一眼就認了出來，他當即大叫道：「就是他！」

陳滿貫和孫長德正準備跟夏芍敬酒，被杜興這麼一叫，兩人手裡的酒差點灑出來。

李新剛看過來，杜興已氣勢洶洶帶人衝了進去，「好小子，叫爺爺在這兒碰見你了！」

十幾個人衝進來，孫長德站了起來，陳滿貫率先怒斥：「你們想幹什麼？」

「幹什麼都不關你他媽的事，給老子滾一邊去！」杜興一把撈了離自己最近的一瓶酒，抬手就朝陳滿貫甩了過去。

幸虧陳滿貫躲得快，那瓶酒砸在他身後的牆上，砰一聲爆開，酒液帶著玻璃碎片四處飛散，陳滿貫和孫長德的脖子和側臉好幾處瞬間就被劃破皮。

兩人第一時間來到夏芍身邊，把她從椅子上拉開，擋在身後——在他們眼裡，她不僅是他們的老闆，而且年紀還很小。

不過，跟在杜興身後進來的李新一看見夏芍，臉色忽然刷白。

夏芍推開陳滿貫和孫長德，走到兩人前頭站定。

「夏小姐！」

兩人一驚，伸手想去拉她，卻見她從容不迫，很是鎮定。

夏芍問道：「要找人麻煩，先劃出道來。我只問一句，你是不是安親會的人？」

「安親會？」杜興沒見過在這種場面下還這麼鎮定的女孩子，一時沒反應過來，順口就答道：「爺不是，怎麼著？」

夏芍點點頭，竟還嘆了口氣。

「唉，我還以為我要教訓高老大的人兩回，幸好你不是。」她慢悠悠地道：「既然你不是安親會的人，那我就可以放心揍了。」

接著，在所有人還反應過來的時候，夏芍動手了。

她揮了一下手，一瓶未開的紅酒就砸了出去。

杜興反應也快，迅速往旁邊閃避。

紅色酒液夾雜著玻璃碎屑，砰一聲爆響，驟然四射，散落一地。幾個躲閃不及的小混混被波及，同樣被玻璃碎片劃破了脖頸和臉頰，看起來比陳滿貫和孫長德好不到哪裡去。

「媽的！你他媽……」

杜興還沒罵完，夏芍已經躍起從圓桌上翻了過去。

她的動作奇快，勢如疾電，身子尚未落下，杜興已經被她一腳踹了出去。

這一腳帶了暗勁，杜興無法抵擋，身體撞上牆壁，一陣劇痛襲來，他立刻頭昏目眩，摔下來時還正好砸在玻璃碎片上，結果雙手皮肉被扎得慘不忍睹，直冒鮮血。

直到這時，其他人才反應過來。

幾個服務生驚惶地跑出去，杜興帶來的人則是大怒，叫罵著衝向夏芍。

「停！停！都給我住手！」

場面大亂，不知是誰在喊停手，可這時候哪有人聽得進去？

一群小混混搶上前去圍堵夏芍，卻三兩下就被夏芍撂倒，倒在地上哀嚎。

杜興也爬不起來，夏芍踹的那一腳實在太重了，踹得他兩眼發黑，疼痛難耐。

「住手！」

這時又聽到有人喊停手，倒在地上的人這才循聲望去，沒想到喊停的人竟是李新。

也是這時才有人發現，被撂倒的都是杜興的人，李新的人站在他身後，一個都沒敢動。

杜興腦袋昏沉，看不清人，但他聽出是李新的聲音，便有氣無力地喊道：「李哥，快他媽……給兄弟報仇啊！就是這小子……媽的！這娘們兒……老子要廢了她！」

「廢了誰？我他媽廢了你！」李新怒氣沖沖地抬腳，踹在了杜興的胸口上。現在的杜興哪裡還忍得住這一腳，險些睜著眼睛昏過去。

他怎麼也想不明白，李新到底是怎麼了？

李新哪有心思跟他解釋，他快步上前，對夏芍連番道歉：「夏小姐，對不起，我這個朋友不是東市人，不知道那位孫先生是夏小姐的朋友，這才吃了熊心豹子膽。兄弟們也不知情，要知道是夏小姐的朋友，怎麼也不會衝撞了您。您看……」

「你是安親會的人？」夏芍問。

「呃……是的。不過，我們兄弟幾個只是混口飯吃而已，入不了夏小姐的眼，還請夏小姐高抬貴手。」李新就差跪地磕頭了。

他入幫會的時間不久，只有三年多，從沒聽過有整個幫會奉若上賓的人。夏芍打進億天的事，全幫會都知道，親眼看見那天的事的人卻不多，他便是其中之一。他親眼看見夏芍從門口一路打上去，再被大哥請進會客室，最後完好無傷地走出來。

那天之後，幫會底下的小混混死了一個，另有八人舉家搬離東市。

那天之後，幫裡多了一條幫規，誰冒犯這位夏小姐，就按幫規處置。

那天之後，未防遇見她時不認識，幫會裡每個成員都看過夏小姐的照片。

他因為那天就見過她，所以印象特別深刻。

今晚一見到她，李新便心裡叫苦。他怎麼這麼倒楣，偏偏遇上這尊大神，所以他才趕緊道歉，希望夏芍放他們一馬，不要將這件事告訴大哥。不然，依幫規處置，他們不死也得殘。

夏芍點點頭，掏出手機，撥了出去，「高老大嗎？」

李新的臉色一白，身後的人也一臉「死定了」的表情。

卻聽夏芍道：「我找到那個人了，不是幫會裡的，你不用叫下面人忙活了，多謝。」

掛斷電話，李新等人還沒反應過來，過了好一會兒，幾個人臉上才有了活人的氣息。

李新感激道：「多謝夏小姐高抬貴手，兄弟幾個記著您的情了。日後夏小姐若有需要我們的地方，儘管開口，哥兒幾個赴湯蹈火，絕對不會推辭。」

夏芍神色淡然，「不知者不罪。你可以把他們帶走了，以後讓他們少來東市。」

李新立刻應下，趕緊帶人把杜興和他的幾個兄弟給拖走。

這些人挺會辦事的，走後把飯店的經理也安撫好了，還賠了砸壞東西的錢，又叫飯店另外開一個貴賓間，把夏芍三人原先點的菜重新上一遍，最後買了單才走。

夏芍三人換了房間，再坐下來面對著一桌菜時，陳滿貫和孫長德的心情很複雜。

他們沒想到夏芍的身手居然這麼好。

老闆，您是無所不能嗎？

夏芍不知兩名員工的心思，她正對著滿桌子價格不菲的菜嘆氣。

陳滿貫和孫長德以為她經過了剛才的事，沒了胃口。

夏芍卻道：「我是心疼那一桌菜，好好的就這麼糟蹋了，真是浪費啊！」

陳滿貫：「……」

孫長德：「……」

老闆，您關注的重點歪了吧！

放寒假的第二天，夏芍就回了十里村。

離徐天胤過完年回京城的時間不遠，夏芍便盡量待在山上，沒事跟師父鬥鬥嘴，或是拉著師兄去後院的梅花樁上過招，日子過得愜意又有趣。

這個有趣，指的是夏芍發現徐天胤的小習慣。

他每天早上六點起床，然後在院子裡打坐。院子按七星排列種了七棵樹，他週一到週末，每天換一棵。而且，幫師父準備的早餐，週一必有燕麥，週二必有牛奶，週三必有豆漿，週四必有紅豆粥，週五必有綠豆粥，週六必有米粥，星期日則是八寶粥。

夏芍發現他這個習慣時，笑了好久，她師兄竟然這麼死板。雖然他會熬粥讓她感到驚奇，但是他那機械化的習慣也讓她感到無語。

夏芍一度起了玩心，試著打亂徐天胤的習慣。她週一搶了他打坐的第一棵樹，週二把他趕去第三棵，結果他沒什麼不適，也不反抗，乖乖去她指定的樹下打坐。等到夏芍有事回家一趟，回來後發現，他的習慣又回來了……

可惜她沒有太多研究師兄這古怪習慣的時間，因為很快就過年了。

過年前一天，夏芍的父母和叔叔嬸嬸都回了老家。這些年家中還是老習慣，李娟年二十九一早就回來，幫著婆婆忙裡忙外，兩人忙得腳不沾地，直到傍晚叔叔嬸嬸才帶女兒夏蓉雪回來。

夏蓉雪過了年才六歲，臉蛋白皙，像包子似的，非常可愛。只是膽子小，不愛說話。這模樣和性格都跟夏芍前世小時候很像，而且這性子的養成也跟夏國喜重男輕女有關係。

夏國喜一直盼著小兒媳能為老夏家生個孫子，結果生出來還是孫女，他便看小兒媳也不怎麼順眼了。

蔣秋琳不是受氣的性子，她見公公總是挑自己的刺兒，沒事便從不回來看望老人，連夏蓉雪也很少回老家，除了逢年過節，夏芍都看不見這個小堂妹。

夏志濤去年和別人合夥做起建材生意，家中小有積蓄，腰板也挺得直了，以往一回來就搓著手哭窮，跟老人要錢花，現在一回來就笑道：「爸媽、大哥大嫂，我工作忙，回來得晚，你們別介意啊！」他一邊說一邊呼喝老婆：「快點去幫媽和大嫂的忙，一點眼力都沒有！」

蔣秋琳瞪他一眼，撇撇嘴，然後慢悠悠拉了拉自己的皮草外套，「我這不是剛進家門嗎？你總得讓我先換件衣服。」

這年頭流行皮草，街頭有很多皮衣店，很多人喜歡過年時買皮衣穿。皮衣的價格不便宜，至少要四五千塊，這對普通家庭來說算是奢侈品。

蔣秋琳有意顯擺她的皮草外套，李娟正圍著灶臺轉，只是看了她一眼，笑了笑沒說什麼。她向來勤儉持家，不會買這麼貴的衣服，而且她也覺得這麼貴氣的衣服，自己穿不出那貴婦的氣質來，自是不羨慕。

如果夏芍知道母親的想法，一定挑眉——這哪是貴婦的氣質，根本是暴發戶的氣質！

夏芍暗笑著搖頭，她一直覺得穿衣服以舒適為上，從來沒想過買這種衣服給母親。以她此時的資產，莫說一件皮草，就是把整個東市的皮草店都買下來也不成問題，但那又如何？這些衣服不適合母親。適合自己的衣服，才是最漂亮的。

她早想買衣服給母親，只是在母親眼裡，她現在還花著家裡的錢，到時買衣服的錢哪裡來的，還得跟父母解釋。她打算考完試後，買新房子，再勸母親把工作辭掉。她勞累了這些年，該享享清福了。

南北方過年的習俗不一樣，夏芍家在北方，按照當地的習俗，除夕夜要吃餃子，而且通宵不眠。吃完年夜飯後，就要在村子裡挨家挨戶拜年。

夏芍這些年卻習慣了陪家人吃完年夜飯便去山上陪師父。師父腿腳不方便，雖能自己做飯菜，但她只要一想到他無兒無女，過年冷冷清清的，就心中酸楚，總想著多陪陪他。

今年徐天胤在山上，兩人在過年前就早早去城裡置辦年貨，夏芍還提前包了餃子送上山。兩個徒弟都在，唐宗伯的心情非常好，多年不飲酒的他，破例喝了不少，然後坐著輪椅到門口，看夏芍拉著徐天胤到院子裡放煙火。

性冷的徐天胤跟煙火這種燦爛的事物完全不搭調，他只是站在夏芍身邊，像尊雕像。幸好這個雕像會動，在夏芍要點燃煙火時，從她手上把煙火接過去，點上後護著她退後。等到煙火升空，看到她的笑容，他才繼續當他的雕像。

夏芍看夠了煙火，徐天胤便轉去後院，回來的時候對她攤開手，「給妳。」

夏芍看向他的掌心，眼睛亮了亮。

好漂亮的玉簪！

徐天胤手裡拿著的是一支雕工精細的白玉簪，簪頭是一隻維妙維肖的小狐狸。

小狐狸瞇著眼，頭枕著尾巴，尾巴尖兒延伸出來做成簪身。

這白玉一看就是老玉，年代久遠，外面有一層微黃的玉皮，卻不妨礙簪子的美觀，反而沉澱著歲月的古韻。小狐狸也似穿著微黃的外衣，絲絲金縷，毛髮分明，靈氣充沛。

夏芍接了過去，心中極為喜愛。

老玉比新玉難尋，也很難鑑定估價，還有價無市。而且，這支玉簪明顯是件法器。簪子在吉氣充盈的地方蘊養過，戴在身上有趨吉避凶的好處。

只是……

夏芍抬起頭來，略微糾結，「師兄，你為什麼要送我狐狸？在風水裡，狐狸可是招桃花的，而且就屬白玉狐狸的法力最大。」

尤其這東西還是法器，難不成是要讓她桃花滿天飛？

徐天胤深邃的眼眸凝視著夏芍，「我雕的，我養的。」

「嗯？」

「我的元氣。」徐天胤笑了笑，短暫但唇形優美。

他走到夏芍身後，觀察了一下她的頭髮，然後伸出了手。

夏芍沒注意到他的動作，只是被他的話吸引了注意力，不由轉頭挑釁地笑問：「你雕的，你養的，你的元氣？你是想當我的桃花嗎？」

「正宮。」徐天胤接過夏芍手中的玉簪，將玉簪插到她的髮中。

夏芍突然發現，他還是不笑的好，她怎麼覺得他的笑意裡有算計的意味。

好一會兒，脖子發涼，感覺到冷意，她才愣愣地用手摸自己的頭髮。

不知何時，徐天胤竟然把她的長髮綰了起來。

夏芍著實愣住了。兩世為人，她曾經也是個小女人，有著像其他女人一樣的夢想。希望有一天能夠遇見她的嫁，親自為她綰起長髮。

不過，前世她始終沒有這個緣分。隨著年齡閱歷的增長，這種心思慢慢地淡去。愛情不是人生的全部，即便沒有這樣的人，人生還是會繼續下去，該嫁的年紀也還是要嫁。

而這一世，她的心性改變不少，也豁然開朗。何必感到無奈呢？人生有八苦，生、老、病、死，其中有一苦，便是求不得。既然求不得，不如不求。遇到了是緣分，遇不到，就孑然一身，去追求別的。

為父母，為自己，人生有太多的事情可做，不是非愛不可。

這一世直到現在，夏芍一直這麼想，也這麼做。她已經過了對愛情有憧憬的年紀，對她來說，每一天看著自己走得更高更遠，是極有成就感的事。

她喜歡這種成就感，愛情早就被她拋到了九霄雲外。

可是，老天就喜歡戲弄人，當她不把感情的事放在心上的時候，緣分就悄悄來到？

她的師兄徐天胤，這個她只是有些感興趣卻不了解的男人——她只知道他表面看起來冷漠，實則相當重情。看起來孤高，實則很會照顧人。看起來是個死腦筋的人，實則會耍小心思，竟然送她風水狐狸，意圖要成為她的正宮緣……

更重要的是，他在除夕夜親手為她綰髮，在她沒想到的情況下，圓了她前世的夢想。

難道，師兄真的會是她今生的緣分？

夏芍許久不曾有過波動的心湖泛起了一絲波瀾，也讓她難得花了好幾天的時間去思索。難得的新年假期，她把時間全敗在這事上。

一連想了幾天都沒想出結論來，徐天胤卻要回京城了。

夏芍看得出來他的家世不凡，但他的家人居然允許他在外地過年。她記得秦瀚霖曾提過要他回去任職的事，雖然沒說是什麼職位，但在徐天胤離開東市的時候，她還是想通了。

不可否認，兩人確實有緣分，可有緣分也不一定能走到一起。

別的不說，兩人的家境相差太大，她雖不自卑，但人家說的門當戶對不是沒有道理。若是閱歷、見識、經歷、價值觀等都相當，可以讓彼此在相處時減少很多摩擦。

現在還不是她考慮這個問題的時候，不說她的年紀不大，就說她和徐天胤之間的情誼也還沒深厚到足以談感情的分上。

她很明白一個道理：想要獲得更好的，先要讓自己變得更好。

夏芍笑著對徐天胤揮了揮手，等到他的車子開遠後，才慢悠悠轉身離開。

徐天胤從後照鏡盯著少女的背影看，劍眉微蹙，眸色漸深。接著，他拿出手機，撥了個號碼，手機那頭傳來秦瀚霖驚喜的聲音。

「你居然會打電話給我？你居然會打電話給我！」

徐天胤直接忽略秦瀚霖的聒噪，道：「任職的事，我決定了。」

徐天胤回京城後，夏芍把心思放到了課業上。還有半年就要參加高中升學考試，她的成績雖然不錯，課程對她來說也簡單，但她還是沒有太過放鬆，以致於等到開學時，她才知道徐文麗轉學了。

徐文麗不聲不響地轉學，連跟她最要好的趙靜都不知道。

直到開學第一天，老師宣布徐文麗轉學的事時，班上一片譁然。

明明就快要升學考試了，她怎麼這時候轉學？

沒人知道徐文麗不是轉學這麼簡單，她是舉家搬離了東市，且沒人知道他們搬去哪裡。

這事其實要從那天徐志海和吳夫人在福瑞祥的一場鬧劇說起。那天，徐志海回到家裡，把女兒叫來跟前問話：「妳老實說，妳有沒有得罪夏芍？」

徐文麗又驚又怕，她以為父親知道她找人打夏芍父親的事了，但她不敢承認，只好裝傻充愣，這才發現父親根本什麼都不知道。既然這樣，父親為什麼突然問起夏芍？她不敢多問，就怕引起父親懷疑。

徐志海見女兒不承認，不由嘆了口氣。他怎會看不出女兒撒謊？只不過他覺得可能是同學之間的小矛盾，女兒頂多是跟夏芍合不來，能有什麼事？

想起夏芍說的那番話，徐志海覺得可能是自己多心了。

可是，這天以後，徐志海發現他越來越倒楣。

妻子車禍住院，他一邊照顧妻子一邊上班，精神不振，工作上難免出差錯。以前這都不太要緊，但最近上頭好像忽然盯上他，總是在會議上點名訓斥他，這讓當了幾年處長的他丟了臉。

一開始徐志海還安慰自己是他出錯在先，後來他發現上頭根本是有意找碴，連他的下屬犯的芝麻小錯都被當成他領導不力。

過年前他又被抓了錯處，上頭竟免了他祕書處處長的職位，調他去鄉下擔任小小的辦事員。

徐志海工作以來，一直仕途平穩，從沒受過這麼大的挫折，一時有些接受不了。他的妻子也在養傷期間，經理的位置被下屬頂替了去。她本就心情不好，一聽說老公遭到了貶黜，更加受不了，整天哭鬧。夫妻兩人為了這件事從早吵到晚，過年都沒好好過。

過完年，徐志海沒臉再在東市待下去，再不願意去鄉下也得去。儘管他可以獨自去任職，讓妻子和女兒繼續在東市生活，反正週末他可以回來。可妻子覺得沒面子，東市到處是親戚朋友，住在這裡沒法出門見人，便決定舉家搬離。

徐文麗聽到父母的決定，覺得天都塌下來了。

她不知道這一切到底是怎麼回事。原本她有一個身為處長的父親，在公司擔任經理的母親，家境富裕，受同齡人羨慕，可這些……怎麼說沒就沒了？

要她去鄉下讀書？她才不要！

只是不要又能怎麼樣？難道要在班上被人嘲笑？

最後，徐文麗哭哭啼啼地跟著父母離開。一家人搬走的那天，連朋友也不好意思通知。

徐文麗轉學，趙靜沒了玩伴，沒人在背後鼓動她，她不敢再找夏芍麻煩，因為她家裡的禍事也不消停。父親住院，母親對公司的事不熟悉，生意被搶走大半，等父親從醫院回家休養時，公司已元氣大傷，恢復不了了。好在他們家還有陶窯的股份，只是要看大伯母的臉色而已。

夏芍在徐家搬走後，夜裡去了徐家的社區一趟，把風水陣給解了。她不想害到這個房子以後的主人。從徐家出來後，夏芍順道去了趙家的社區，把佈在她家外的風水陣也一併解了。

父親的傷已經養好，她們兩家也得到了懲罰，這件事就此了結。

接下來，夏芍安心備考，把福瑞祥和華夏拍賣公司交給陳滿貫和孫長德打理。

八月有第二屆的夏季拍賣會，政府正在招承辦的拍賣公司，夏芍志在必得。

今年的夏季拍賣會，李伯元還會從香港過來，他盼福瑞祥裡的那個青花大盤盼了很久。今年的拍賣會，福瑞祥和華夏的名氣要一起打響，震一震整個古董界。

夏芍交代孫長德，政府方面如有搞不定的人際關係，可以打電話給她。如今東市許多政商要員，沒找過她看風水運勢的還真不多。

對於人脈，她一點都不愁。

去年的夏季拍賣會結束後，國內一下子出現幾家拍賣公司，今年都盯著東市，競爭可謂不小。孫長德在東市雖無根基，但交際手腕不錯，自華夏拍賣公司成立，他就籠絡了不少市政要員。這些人在招商的時候就派上了用處，只是對手也各有人脈，競爭還是很激烈。

在升學考試的關鍵時刻，夏芍不想分心，為了避免再發生杜興的類似事件，夏芍知會了高義濤，又對那些請自己看風水運勢的政商要員透了口風。

她沒直接表明華夏是自己的公司，但她暗示孫長德能力好，能帶動東市的經濟發展。

老狐狸們一聽這話就明白了——敢情孫經理走了夏小姐的後門啊！

一群老傢伙們心中有了數，事情就基本定了下來。

不出所料，華夏拍賣公司拔得頭籌，成功拿下舉辦第二屆東市夏季拍賣會的資格。承辦資格到手，後面的事夏芍就放手讓孫長德去做了。

夏芍拋開公司的事務，乖乖當起了備考的學子。

不過，身為風水師，在能用風水的時候不用，實在是浪費資源。

夏芍眼睛一彎，找到家中的文昌位，佈了個獨占鰲頭的風水局。

在家中佈風水局，首先要考察的是房屋的坐向。坐向是風水局的基本，找不對方向，局就沒法佈，佈了也不準。這個坐向不是尋常意義指的「上北下南，左西右東」，風水中的「坐」和「向」有獨特的說法。坐方指的是背靠的方向，向方指的是面對的方向。

打個比方，坐在椅子上，背靠的就是坐方，面朝的就是向方。

但這只是舉例，實際在考察房屋坐向的時候很複雜，因為現代建築裝潢多元，坐向難尋。風水講究氣口，即吸納一方氣場的口子，作用重大，關係到一棟建築的興衰。古代地多人少，傳統宅院占地廣，常以大門為最大氣口，也就是以門為向，坐向自是好判斷。

然而，現代土地寸土寸金，除了傳統建築外，還有不少奇形怪狀的前衛建築。這些建築不像古代建築，沒有明堂，氣口通常不在大門，要判斷坐向，考驗的就是風水師的功底和經驗了。

夏芍對自己家中的坐向自是瞭若指掌，她找好方向，斷出了文昌位的所在。住宅坐向不同，文昌位的位置也不同。倘若擺錯了位置，風水局便沒有效果。

夏芍家是坐西朝東，文昌位在西南，於是，她選定了時辰，在西南方供奉魁星踢斗像，放置實心金元寶三枚，以元氣加持。

父母看見她在家裡搗鼓這些，不由笑她。

夏志元假意訓斥：「搗鼓這些做什麼？有時間搞迷信，不如去看書。成績好，怕什麼？」

李娟捶了丈夫一下，「說什麼呢？女兒成績好，快考試就不能緊張了？你讓她搗鼓搗鼓，安安心都不成嗎？」

夏芍聳肩一笑。原本她還打算佈個五行八卦陣，對應五行，對文昌位進行催旺。現在才在家裡添了這麼點東西，就把父母驚住……得了，暫且就這樣吧！

反正她佈的這個風水局是簡單的，只不過是加持狀態，讓精神旺盛，衝力十足。至於讀書，還是要靠自己。自身才是本源，再好的佈局也只是助力。

半年時間過得也快，轉眼考試在即。

前世考試前夕，家中的情形夏芍還歷歷在目。那時她的成績普通，父母卻很重視，早上起來做了豐富的早餐，母親更請假在學校門口等。那時候夏芍父母的重視讓她很有壓力，但重生後，她能夠理解父母的心情。

上一世她雖然考上了高中，成績卻只排在中等，但她至今記得父母在她拿到錄取通知時，雙雙鬆了一口氣的表情。

這一世，她必定叫父母歡喜。

走進考場，夏芍很快收拾好心情，進入狀態。李娟請假全天陪她，等出了考場便問：「考題難不難？考卷都寫完了嗎？」那模樣比夏芍還緊張。

夏芍笑了笑，反過來安撫母親。依她的成績，考入東市一中毫無懸念。

夏志元和李娟也心裡有數，女兒從上學開始就沒讓他們操過心，考入一中絕對沒有問題。

然而，考試成績出爐那天，夏芍回到家裡還是給父母帶來了一個驚喜。

全市第一！

這本來沒什麼，就夏芍這些年的成績來看，這只算是她正常發揮，但去學校拿成績單的時候，發生了讓夏芍都有些意外的事。

東市有兩名狀元，其中一人是夏芍，另一人很巧的竟是元澤。

兩人被老師帶到校長室，校長告訴他們，青市一中想要邀請兩人去省會青市就讀，不僅學費全免，還另有獎學金。

「青、青市？」李娟聲音微抖，喜極而泣，「那可是省會城市，明星高中啊！老公……」

夏志元比妻子鎮定些，他讚許地對女兒點點頭，「好，很好！」

夏家的親戚都知道夏芍的成績很好，但誰也沒想到她會直接被青市一中錄取。這在老夏家絕對是光宗耀祖的喜事，於是長年勤儉的夏志元夫妻當即決定宴請賓客，為好好女兒慶祝。

宴請親戚的飯店就定在新開的高級飯店，也就是夏芍和陳滿貫、孫長德聚餐的那家。

老夏家的親戚們都到了。

大姑夏志梅、大姑父劉春暉、表哥劉宇光一家三口。

小姑夏志琴、表妹張汝蔓，至於小姑父張啟祥，因身在軍區，沒能出席。

叔叔夏志濤、嬸嬸蔣秋琳和堂妹夏蓉雪也來了。

另外，還有爺爺夏國喜和奶奶江淑惠。

加上夏芍一家，十來個人，一進門，大家先是道喜，這才圍坐下來。

「姊，妳太厲害了，小妹佩服！以後咱們離得近，小妹就靠妳提拔了！」眾人一坐下來，最先開口的是張汝蔓。她才不管有沒有長輩在場，反正都是一家人。

張汝蔓跟夏芍從小感情就好，雖然一個直爽，一個恬靜，性子相差十萬八千里，兩人卻親如姊妹。夏家的長輩都不懂這兩個孩子為什麼感情這麼好，她們一年相見的次數並不是很多。

張汝蔓因為父親在軍區當連長，放假時總喜歡跟著他去軍區，聽說她還學了槍法。夏志琴拗不過女兒，只能和丈夫商量，讓她轉學到青市，方便她放假時去軍區玩。

夏芍要去青市讀書，姊妹倆離得就近了。

「汝蔓，女孩子要有女孩子的樣子，學學妳姊！妳整天比男孩子還野，長大了萬一嫁不出去，我還得操心！」夏志琴揉了揉太陽穴，萬分頭疼。

夏芍輕笑一聲，正因張汝蔓率直，她們兩人才感情好。前世時，張汝蔓確實是到了二十五六歲還沒有合適的男朋友，整天打電話跟她吐苦水。那時候她以為是她的性子不是多數男生喜愛的類型，所以選擇少些。

可現在她看張汝蔓的面相，發現她桃花不少，而且還有一個命定桃花，但兩人的感情路頗崎嶇，要經過一陣磕磕絆絆才能走到一起。

「汝蔓這性子，以後適合到部隊去，說不定會是個女軍官，多威風！」李娟笑道。

「威風什麼？我養的是女兒，又不是兒子。她整天跑軍區，還學打靶……一個女孩子打什麼靶啊？當初我生她的時候，她是不是男孩錯投了女胎？」

李娟噗哧一笑。今天女兒是主角，她這個當媽的覺得欣慰，眉梢眼角都帶了笑意。她的笑容落進蔣秋琳眼裡，蔣秋琳撇了撇嘴，咳了一聲。

李娟和夏志琴回過神來，這才發現兩人各自說著自家女兒，怠慢了其他人。

李娟有些不好意思，剛要說話，蔣秋琳便對她笑了笑，「嫂子，恭喜妳啊，小芍去青市讀書，給妳長臉面了。」

李娟趕緊笑著擺擺手，頗為局促。她跟妯娌平時說話不多，總覺得她說話怪裡怪氣的，因而不敢當她的誇讚。

蔣秋琳笑著關切地問道：「不過，青市可是省會城市，花銷應該很大吧？孩子在那兒讀書，每個月生活費想必不少，妳家能負擔得起吧？」

蔣秋琳這話一出口，氣氛立刻變得尷尬。

這話本沒什麼，一家人能幫忙的就幫忙，這很正常，問題在於說話的人。

蔣秋琳向來是事不關己，喜歡在一旁納涼看戲的人，她自從嫁進夏家，老公沒做生意以前，兩口子最常做的事就是回家跟老人哭窮要養老錢花。現在家中有了些積蓄，卻從沒孝敬過公婆，今天忽然問起李娟來，不得不叫人覺得古怪。

李娟看了看夏芍，笑道：「我們小芍不是亂花錢的孩子，學費也全免，還有獎學金，我想應該花不了多少錢。」

蔣秋琳好笑地看了李娟一眼，然後擺弄自己手腕上剛買的玉鐲，「嫂子，妳想得太簡單了，獎學金能有幾個錢？能抵多少生活費？青市新鮮好玩的事多，和同學出去玩，到時別人花錢，咱家小芍還能看著？人家有的，小芍沒有，不是叫人笑話嗎？」

李娟愣住，覺得有幾分道理，不由看向女兒，滿眼擔憂，又有些愧疚。這孩子從小就懂事，都怪她和丈夫沒本事，不能給她更好的環境。她小學業成績好，要是因為吃穿被人看不起，孩子心裡得多難受？

夏芍看見母親眼中的歉意，微微皺起了眉頭，但她還沒說話，夏志元就先開了口。

「我們家的孩子不會。小芍從小就懂事，課業不用我們操心，而且她心地好，絕對不會嫌棄家裡窮。我和娟兒雖然沒本事，但我們沒少疼她。我的閨女，我有信心。」

夏志元語氣嚴肅，讓本來喜慶歡樂的氣氛變得僵硬。

夏芍聽到父親的話，心中感動之餘，唇抿得更緊。

江淑惠聽不下去了，皺眉道：「秋琳，不是媽說妳，今天妳大哥請一家人吃飯就是給小芍子慶祝的。好好的，妳說這些做什麼？」

蔣秋琳見丈夫瞪過來，這才笑道：「媽，瞧您說的，您還不知道我？我向來是有什麼說什麼，直爽性子。我也是好心問問，哪知道大哥和大嫂不愛聽……」

「誰愛聽？今兒請的是什麼席？要說回家裡說去。」江淑惠性子軟，在家裡都是夏國喜當家做主，她很少擺出長輩的姿態訓斥兒子和兒媳，今天實在是看不下去了，就說了兩句。

「媽，我覺得秋琳說的沒錯。今兒雖是大哥大嫂請客，但一家人說說也沒什麼。大哥大嫂真以為去外面讀書這麼容易嗎？」夏志梅開了口，她在東市一中當老師，原本說話就像訓話，如今更帶著些威嚴，「大哥，你別不愛聽，我在學校教書多少年，我最知道學生的想法。現在的孩子哪個不攀比？這年紀正是青春期，愛玩、自制力差，對什麼都好奇。你以為孩子去外面讀書就好？青市是省會城市，新奇事多，家長不在身邊，沒了人管，孩子很容易就學壞了。」

接著，夏志梅舉了幾個例子，說學校裡有一些鄉下來的學生，看見城市孩子的生活後覺得自卑，結果心思都放在了攀比上，成績也一落千丈。

她說得有理有據，李娟臉上早就沒了喜氣，越發擔憂。女兒乖巧，要是去外頭學壞了，還不如就在東市一中讀書。原以為考去青市是好事，怎麼還有這麼多叫人擔心的事？

「我女兒考到青市，按妳這麼一說，還是她的錯了？」夏志元皺了皺眉。大妹說的話有道理，但不管以後怎樣，孩子考上青市一中是喜事，他今天請客就是為了慶祝這件喜事。

今天就不能叫孩子好好高興高興？要說這些事就不能過了今天的宴席，回家再說嗎？

見大哥生了氣，夏志梅語氣這才緩了緩，「小芍被青市一中錄取，當然是好事。我們也只是幫大哥分析分析，你們也掂量掂量家裡的情況，看看孩子到底適不適合離家到外面讀書。」

「二姊說的有道理。」夏志濤點頭道：「大哥，現在這社會，沒本事受了欺負都沒地兒說去。學校也是個小社會，小芍要是在學校被欺負，人家家長比咱們有本事，咱連個給孩子說理的地方都沒有。就像你去年在工廠門口被人打了，結果對方一句打錯了人，付點醫藥費就完了？你要是有頭有臉的人，人家一眼就認出你來，還能打錯人？就算打了咱們，咱們也有本事叫對方不好過。你看看大姊夫……」

夏志濤邊說邊看向劉春暉，「大姊夫的生意做得多大？家裡有油料加工廠，現在又辦起廠房，跟國內一線的品牌汽車公司簽了合約，生產零組件，在咱們東市就屬於有頭有臉的人。你想想，要是大姊夫被人打了，對方能好過？別說大姊夫了，就是我，現在在建材市場裡也沒人不認識我。誰敢欺負到我頭上，他都要掂量掂量。」

劉春暉笑著擺手，故作謙虛，卻面有紅光。

夏志濤繼續道：「我聽說大哥的工廠這兩年不景氣，好多人都離開另謀出路去了，大哥怎麼還守著這連薪資也發不下來的廠子？社會在發展，人得拚搏，出人頭地才能叫人看得起，老婆孩子也不跟著受委屈。」

夏志濤言辭激烈，席間氣氛更僵滯了。

夏志元和李娟夫妻被說得臉色漲紅，一開始夏志元還有些氣憤，此刻卻不言語了。

夏芍在心裡嘆氣。叔叔的話不能說沒道理，現實確實是這樣。父親被打的事，他們不知道其中細節，自然不知道她已經幫父親把場子找回來。要是前世她沒有這些本事，哪能打上億天？哪能在東市的黑道立威？

若是前世父親被打了，這虧還真就吃定了。

夏志濤在老夏家排行老么，父母和哥哥姊姊從小就寵著他，他也最不成器。在夏志元任工廠車間主任，夏志梅在高中任教的時候，他在村人的眼裡還是個「老夏家遊手好閒的小兒子」，整日伸手跟老人要錢，沒少受村人背後指指點點。現在事業有了起色，做出些名堂，身邊的人都開始對他刮目相看，討好、稱讚、恭維……這一番變化，從前與現在的差距之大，或許才讓他有了這些想法。

可夏芍還是認為今天的場合說這些話叫人不喜，就算他們覺得有必要提醒自己的父母，難道不能私下說？非要在父母歡喜的時候潑冷水？叫他們花錢請客還得吞這一肚子的委屈？

見父母親被教訓得一句話也說不出來，夏芍看向夏志濤。

「叔叔的話不能算錯，可人外有人，你再成功，站得再高，永遠有比你成功的人。並非每個人都逢高踩低，輕蔑或友善都與身分地位無關，而是關乎各人的修養。」

她的話讓眾人愣了一下，紛紛看向她。

夏芍繼續道：「大姑的話也不算錯，但還是同樣的道理，並非每個人都會迷失，這與各人的心性有關。」

面對一眾長輩的視線，夏芍坐得很安穩。

她很低調，平時在大家眼中沒什麼存在感，就算今天的聚會是為她而辦的，還是沒人把她放在心上，卻沒想到她會在這種狀況下開口，說的還是反駁長輩的話。

李娟偷偷拉了拉女兒的衣角，拚命對她使眼色，要她別說話。她跟丈夫兩人被說一頓就算了，她可不想讓女兒也成為眾矢之的。

夏芍笑著拍拍母親的手背安撫她。

這時，張汝蔓突然拍手，「我姊說得有道理，不是每個人都跟你們的想法一樣，也不是每個人都會成為你們嘴裡的那種人。自己是這種心態，別以為別人也是。」

她在一旁早就聽得火大了，只不過一時插不上嘴，此時聽表姊這麼說，她就第一個跳出來聲援她。她覺得表姊的修養太好了些，對這些人根本是不打臉不解氣。

張汝蔓一眼瞪向挑了事就在旁邊看戲的蔣秋琳，嗤笑道：「要是別人有的自己沒有，就要被人嘲笑，那小舅媽豈不是被人笑了好多年？」

她指的是夏志濤一家以前的家境，傻子都聽得明白。

蔣秋琳頓時臉色漲紅，沒想到竟然會被晚輩打臉。

夏志濤反應過來，皺眉喝斥道：「汝蔓，妳怎麼說話的？沒大沒小！」

「我沒大沒小？」張汝蔓哼了一聲，「小舅，你也差不多吧？你都快把大舅訓成孫子了！我沒記錯的話，他是你大哥吧？」

夏志濤一愣，臉色微紅。

夏志梅也跟著皺眉頭。這話雖然不是對她說的，卻也是一巴掌連她一起打了。

夏志濤怒氣沖沖地拍桌子站起來，看向夏志琴，「三姊，妳不管管妳的女兒嗎？」

夏志琴趕緊扯了扯女兒，低聲斥責：「少說兩句！大人說話，哪輪得到妳插嘴？」

「三妹，我當初就跟妳說了，孩子在外頭讀書，時間長了心就野了，現在妳相信了吧？汝蔓這麼任性，現在我看妳是管不住了。」夏志梅臉色嚴肅道，邊說邊看向自己的兒子，「看看我們家宇光，我從小對他就嚴格，妳看今天宴席上長輩們說話，他有插過嘴嗎？」

劉宇光今年十八歲，在東市一中讀高三，一百八的個頭兒，長相不錯，此刻正面帶笑容，雙手交疊放在膝上，看起來像教養好的公子哥兒。

然而，在眼前這種氣氛下，他的笑容多少讓人有些不舒服。

席間的矛頭都轉向了張汝蔓，夏芍掃了眼這些姑姑叔叔，目光在爺爺的臉上頓了頓。

夏國喜從來都以一家之主自居，今天竟是一句話都不說。

夏芍這些年修養再好，也不禁心生煩悶。

就在這時，服務生進來上菜，夏芍順勢道：「今天是我爸媽為我辦的慶賀宴，姑姑、叔叔、嬸嬸，各位要是有話說，也請過了今天。今天讓我好好吃頓飯，成嗎？」

她的語氣不太好，其他人被說得呆了一下，頭一次知道這孩子有脾氣。

夏志濤坐了下來，氣還沒消，笑了一聲，「好，好，大哥大嫂，反正我該說的話都說了，本來還想說，家裡要是有什麼困難，兄弟可以幫一幫，既然你們不愛聽，那我就不說了，以後別說兄弟沒心幫襯。」

「唉，忠言逆耳啊！」夏志梅搖頭。

夏芍眉頭又皺了皺。

這些人還有完沒完？

她好聲好氣勸了兩回，是聽不懂人話嗎？

或許不是聽不懂，而是沒人聽得進去。他們一家在這些叔叔姑姑眼裡，就是可以隨便敲打的軟柿子，誰都能捏一捏。

「是啊，忠言逆耳。」夏芍的笑意冷了下來，「既然這樣，汝蔓的忠言逆耳，叔叔和姑姑怎麼就聽不進去？」

她先看向蔣秋琳，「嬸嬸，我爸媽負擔得起我讀書的費用，這點不勞您操心。有這份心思，請看好我叔叔。男人有錢了，在外面亂來的不少，很不幸的是，妳遇上了這樣的人。」

蔣秋琳臉色微變，愣了好一會兒才反應過來夏芍話裡的意思。她當然不會知道夏芍是從面相上看出夏志濤有外遇的，她只以為是夏志濤背著她在外面鬼混，不小心被夏芍看見了。她眉頭一擰，也不管夏芍對她不敬，當即就瞪向夏志濤。

夏志濤心裡咯噔一聲，面對兩位老人和兄嫂、姊姊姊夫投來的目光，惱羞成怒地喝道：「妳胡說什麼！」

「我說什麼不重要，重要的是叔叔問心無愧。容我提醒叔叔一句，色字可沾不得，當心人財兩空，妻離子散。」夏芍笑咪咪地翹起嘴角，「請務必聽進我的話，忠言逆耳喔！」

夏志濤氣得嘴唇發抖，手也跟著哆嗦。

夏芍卻不再理他，轉而看向夏志梅，「姑姑，我爸是妳的大哥，請不要把妳在學校教訓學生的那一套帶回家來，他不是妳的學生，謝謝。」

之後，她掃了幾位長輩一眼，笑了笑，「可能我說的話是冒犯叔叔嬸嬸和姑姑了，但忠言逆耳，我想你們明白我的苦心的。咱們都是一家人，我想不分場合說說這些，應該也沒什麼。好了，既然大家都說完了，咱們開席吧。」

她指指桌上的菜，卻沒人動筷子。

一家人都盯著夏芍，好像不認識她了似的。

連夏志元和李娟都張著嘴，他們也是頭一次看見女兒這個樣子。他們算是看出來了，女兒這是以其人之道還治其人之身。不管她說的事是不是真的，她那些「忠言逆耳」的話，可不就是志梅拿來擠兌他們夫妻倆的話？

女兒這是看不過去了，在幫他們出氣呢！

夏志元與李娟對視一眼，又是感動又是心疼。女兒向來乖巧，什麼時候頂撞過長輩？今天要不是被逼急了，她會這樣嗎？

夏志梅卻氣笑了，「好啊，有出息了！這就是我們夏家的孩子，一個個真有教養啊！」

「她有什麼教養，書都白念了！考上明星高中又怎麼樣？學校會收這種品性的學生嗎？」夏志濤用力拍桌子，「妳小時候我也沒少疼妳，妳今天居然這麼跟我說話？什麼叫人財兩空、妻離子散？這是一個晚輩說的話嗎？妳今天必須把話給我說清楚！」

夏志濤動了肝火，這一拍桌子，聲音大得嚇人，還震得桌上的湯都灑了出來。

整個包間靜悄悄的，夏芍依然坐得穩當，一副很閒適的模樣。

夏志濤大怒，指著夏芍，「妳給我站起來，長輩問妳話，妳竟敢坐著？」

夏芍挑眉，非但沒起身，反而又往椅背靠了靠，唇邊的笑意意味不明。她不僅敢坐著，她還要看看夏志濤能裝到什麼時候。他雙眼眼角處有一條黑色的線，山根呈雜色，人中略微發赤色，明顯是有了外遇，時間還不算長。

上一世，夏志濤和蔣秋琳離婚，娶小三進門。蔣秋琳走時連女兒也沒要，撫養權歸了他，他卻對女兒不好，夏蓉雪沒少受繼母和妹妹欺負。

僅憑這一點，夏芍對夏志濤的印象就很差，今天見他這麼會演戲，不由心中冷笑，乾脆坐著不動。她倒要看看建材市場裡沒人敢惹的夏志濤老闆，會把她這個親侄女怎麼樣。

夏志濤覺得夏芍是在挑釁他，當即離開座位，怒氣沖沖朝夏芍走來。

只是，他剛走出兩步，就有一群吃喝完的人經過門口。走到門口的時候，有人看到裡面一個男人面色不善地衝著一名少女走過去，那人不由多看了一眼。

這一眼，讓他的目光在少女的臉上定住。

「夏小姐？」

夏芍轉頭。

夏志濤停住腳步，一家人全看向門口。

當看清門外的一群人時，夏志濤、夏志梅和劉春暉三人，當先變了臉色。

那聲「夏小姐」出自副市長劉景泉的嘴裡，而他身旁還有福瑞祥古董店的老闆陳滿貫、華夏拍賣公司的總經理孫長德、趙氏陶窯的老闆趙廷光等，其他人也無一例外是東市有頭有臉的人，而且，這些人當中有不少知名企業的老闆。

他們正不約而同看著包間裡面。

劉副市長叫了聲「夏小姐」，讓老夏一家都愣住，這是在叫誰？

夏志梅整了整衣襟，站起身來，神色略微局促。她自然知道這「夏小姐」喊的是她家的女人，但她不認為自己有這面子能讓副市長注意，還主動打招呼。

那……難不成是妹妹夏志琴？

可夏志琴的老公雖是連級幹部，她自己卻只是個工廠的員工，不該有這臉面才是。

剩下的夏家女人，就剩夏芍和夏蓉雪了。這兩人都是孩子，一個十六歲，一個才六歲，這……總不會是她倆吧？要真是，那就好笑了。

正當一家子呆愣的時候，夏芍站了起來，走向門口。

「劉副市長，你好。」

劉景泉一見沒認錯人，當即笑了笑，與夏芍握手，親切地寒暄道：「真是夏小姐啊，我還以為看錯人了，沒想到會在這裡遇見妳。」

夏芍笑著頷首，看了眼陳滿貫和孫長德，兩人對她點了點頭。

其實夏芍早就知道今晚有這個飯局，這是為了一個多月後的夏季拍賣會而辦的。孫長德已經把各方人士都打點好，這次拍賣會來的不止市裡、省裡的人，全國有名的各界人士都有接到邀請函。有些學者更是早在一年前就盯上了福瑞祥的青花大盤，打算趁著拍賣會展覽的期間，過來開開眼界。

今晚孫長德請了東市和省內幾位有名望的老總吃飯，負責東市經濟的副市長劉景泉自然也在飯局名單之中。

夏芍的身分還沒公開，加上正好父母要為自己辦慶功宴，她也就沒參加他們的飯局。沒想到他們先吃完了，雙方還湊巧遇上。

夏芍瞄了這群人一眼，有一半她認識，他們在這一年多來都找她看過風水運程。

也因為這樣，這些人一見是夏芍，紛紛熱情打起了招呼。

不知情的其他人小聲詢問了身旁的人後，齊齊變了表情。他們都聽說過夏芍的名聲，這位風水大師修為高深，看運程卜卦、排盤佈陣都非常靈驗。

於是，不認識夏芍的人也趕緊上前打招呼，並遞上名片。

風水這東西很玄，做生意的人寧可信其有。誰沒個投資方面的難事，諮詢一下也是好的。

夏芍邊聽著老總們自我介紹，邊禮貌地收過他們的名片。

「夏小姐今晚這是？」趙氏陶窯的老闆趙廷光看了眼包間裡，笑著問道。

他正是趙靜的大伯，跟夏芍不熟，但他不介意厚臉皮裝熟。前段時間，弟弟一家走了楣運，公司一蹶不振，他親眼看著經營不錯的公司轉眼落敗，心裡很感慨。今天遇見這位在東市名聲如雷貫耳的風水大師，便想著打好了關係，日後說不定對方能幫到自己。

夏芍也不計較，她跟徐趙兩家的恩怨已了，不會再為難他們的親戚朋友。

「沒什麼，跟家人一起吃慶功飯。」

「慶功？」

「哎喲，我想起來了！」劉景泉恍然大悟地笑道：「最近咱們市裡高中升學考試剛結束，出了兩名狀元，夏小姐就是其中之一。」

一群老總立刻笑著恭賀誇讚。

夏芍點點頭接受祝賀，沒有多說什麼。

「我記得青市一中來咱們這裡挖人了，夏小姐決定去青市就讀了嗎？」劉景泉問道。

「嗯，已經決定去青市了。」夏芍笑了笑。她去青市不只是為了讀書，更是為了發展自己的公司。她要把福瑞祥和華夏拍賣公司開去青市，今後還要進一步擴張。

「真的？那太好了！」一個臉大肚圓，嗓門也大的老總朗聲笑道。他正是當初親自驅車來東市請夏芍看風水，結果遇上週末，要排隊等候的那位脾氣暴躁的國企老總。

這位老總名叫熊懷興，待人豪爽，很有生意頭腦。

熊懷興哈哈笑道：「太好了，我就在青市，以後見夏小姐方便多了！夏小姐什麼時候開學，跟我老熊說一聲，到了青市我給妳接風洗塵！」

東市的幾名老總卻苦了臉。離你是近了，離我們倒是遠了。

打過招呼後，眾人怕影響夏芍跟家人聚餐，便打算離開，倒是劉景泉猶猶豫豫地看向夏芍，像是有話要說。

夏芍善解人意地道：「劉副市長，借一步說話。」

兩人來到走廊沒人的角落，不等劉景泉開口，夏芍便先笑著說道：「劉副市長官祿宮色青，且眉淡，近來有官非，是犯小人了。」

在夏芍的記憶中，劉景泉在前世這個時間被人擠下臺。她還記得當時父親叨念過，說劉副市長的政績不錯，口碑也好，下臺的事肯定有蹊蹺。那個時候夏芍哪會知道其中緣由，她甚至以為是父親想多了。

如今一看，原來是犯小人了。

其實，剛才劉景泉率先出聲打招呼，夏芍就猜出他的目的了。

當官的都愛惜名聲，最忌諱被指稱迷信，就算要找風水師看運程，也得避著人來，如今劉景泉在眾目睽睽之下主動跟她寒暄，顯然是被逼到絕境，無計可施了。

確實如此，劉景泉本來是沒想過要找夏芍的。

去年在拍賣會上，劉景泉見識過夏芍一句話讓李伯元棄拍，那時他還在想這個少女年紀不大，怎麼說話像個神棍？直到去年下半年，夏芍在政商名流間名氣大振，且越傳越神，他才驚覺風水這東西也許真有其事。

至於讓他萌生想找風水師的念頭，是因為他的位子受到動搖。

今年東市官員換屆，原本篤定可以連任的他，忽然感受到危機。

市府裡有兩股勢力在明爭暗鬥，劉景泉的贏面很大，近來卻接連失利，他感覺到自己被處處針對，暗中查了許久，仍是查不到原因和幕後黑手。

這時，因為拍賣會的事，他得知了令人驚訝的事——福瑞祥古董店和華夏拍賣公司的幕後老闆，竟然是夏芍。這是陳滿貫和孫長德告訴他的，還要他暫時保密。

劉景泉非常震驚，依這少女的年紀、家境……她是怎麼做到的？

不管她是怎麼做到的，但她做到了，而且做得有聲有色。因此，對於夏芍在玄學上的造詣，劉景泉覺得可信度更高了。於是，他決定來找夏芍問問自己的運程。沒想到她不等他開口，便看出了他的來意，還斷定他有官非。

要知道，市府內部再怎麼鬥，都不在明面上，夏芍不可能知道，可她卻說自己有官非，犯小人，這就表示她已經看出來了。

「夏小姐，犯小人的意思是？」劉景泉問道。

夏芍搖了搖頭，「單從面相上能看出來的事有限，不如你找個方便的時間，我去你家裡和辦公室看看再說。」

劉景泉點點頭，夏芍就自己的私人手機號碼給他，這才回到自家的包間裡。

她一踏進去，裡面頓時安靜無聲，一家子人全都盯著她看。

見識到剛才的事之後，誰還記得嘔氣？

夏志濤好像忘了剛才他想教訓夏芍，夏志梅也忘了她那些訓斥的話，眾人等夏芍坐下，就開始打聽剛才是怎麼回事。

那可是副市長啊！

那些老總的身家少說也上億啊！

那些人才稱得上企業家，別說夏志濤只是做點建材生意，就連劉春暉的身家也不過千萬。劉春暉平時見了那些老總，都要笑臉逢迎，夏芍這孩子是怎麼認識這些財大氣粗的老總？大家都不是傻子，自然看得出這些老總不僅對夏芍十分客氣，甚至有些討好敬畏，甚至有些老還爭著遞名片給她。

夏志濤和蔣秋琳夫妻、夏志梅和劉春暉夫妻都傻愣愣地想不通，大哥大嫂什麼底細他們還能不知道？可小芍這孩子……

他們急盼著夏芍給個解釋，夏芍卻淡淡地道：「吃飯吧，叫了這麼多菜，不吃可惜。」說罷，她夾了些菜給奶奶和父母，然後自顧自吃飯。

一群等著她解釋的人都有些尷尬，只是這回沒人再說什麼，劉春暉還笑道：「就是，先吃飯吧。今天是小芍的慶功宴，大家要高高興興吃飯。」

其他人這才乾笑兩聲，默默吃飯。菜已經冷了，吃的人也食不知味，夏志濤和夏志梅兩家人邊吃邊看夏芍，發現她神態淡然，動作優雅，氣質與想像中的完全不同。

眾人這才恍然發覺，夏芍這孩子看起來不太像十六歲的女孩子，舉手投足間隱隱生出的沉穩氣度，遠勝於同齡人。

這種感覺就好像是以前沒有注意過的沙子忽然變成了珍珠，讓一家子人五味雜陳。

夏芍一言不發地吃飯，其他人也不敢問話，就這麼尷尬地陪著她吃。她卻好像一點也感覺不出周遭僵凝的氛圍，細嚼慢嚥，菜冷了也吃得下去。她每一道菜都試過，覺得溫熱的，就夾去給身旁的奶奶和父母，還勸張汝蔓和夏志琴多吃些。

飯吃到一半，服務生敲門進來，「請問哪位是夏小姐？」

一家人刷地把視線投向夏芍。

「我是。有什麼事嗎？」夏芍抬頭道。

「是這樣的，華夏拍賣公司的孫總已經幫您這桌買單了。」

「嗯，知道了，謝謝。」

服務生退了出去，臨走時好奇地多看了夏芍一眼。

不知這少女是什麼人，剛才在櫃檯好多人搶著要替她付帳呢！

服務生走後，包間裡更安靜了。

吃完飯，夏芍讓服務生來把剩菜打包，便與爺爺奶奶道別，跟著父母回家了。

夏家其他人最後也沒弄明白夏芍和那些老總的關係。

而在席上一直沒有說話的夏志元和李娟，回到家中後，在客廳坐下，把夏芍叫到了跟前。

第七章

傳奇崛起

進了家門，夏芍先去廚房燒開水，泡了壺安神茶。晚餐父母都沒吃好，需要安安神。

夏志元和李娟看著女兒的身影，心中複雜難言。今天他們才發現女兒竟有那麼多他們不了解的事。這種感覺很不好受，總覺得自己身為父母卻不夠盡責。

「爸、媽，先喝點茶，定定神。」夏芍把杯子放在桌上，往父母的方向推過去。

夏志元和李娟哪有心思喝茶，兩人有許多事想問，一時卻不知道從哪裡開始問起。

沉默了許久，夏志元嘆了口氣，先開了口，卻只說了兩個字。

「說吧。」

夏芍笑了笑，父親這話說得真巧妙。聽起來是不知從何問起，其實是把什麼都問了。

她原本就打算考完試跟父母坦白，卻沒想到今晚事情全都碰在了一起。反正都這樣了，她就順勢將自己拜唐宗伯為師，學習玄學易理的事和盤托出，但隱瞞了玄門的事。沒有師父同意，她不能擅自透露門派裡的恩恩怨怨。說了他們也理解不了，不過是徒增擔心罷了。

接著，她又把自己在周教授家學習國畫書法時，偶然接觸古董產生興趣，之後經常去古董市場撿漏的事也如實說了。至於憑天眼鑑定古董，這當然不能說，她只說自己跟周教授學了鑑定古董的知識。

然後，再說到去年在因緣際會下，撿漏撿到了一個元代的青花大盤，並因此結識了香港嘉輝國際集團的董事長李伯元，以及當時做生意失敗的陳滿貫。

夏芍將如何委託李伯元將三個古董帶進拍賣會、如何收服陳滿貫、如何開福瑞祥古董店的事詳細說了說。其中隱去了她之後要去香港為李卿宇化劫的事。那是會死人的大凶之劫，她不想讓父母跟著擔憂。等到了要去香港的時候，她再想別的辦法圓過去。

當然，她為了父親打上億天，擺平東市黑道的事，夏芍都沒有說，只簡略說了一下成立華夏拍賣公司，收購吳玉禾古董店的事，中間與杜興等人的衝突也抹了去，倒是把自己幫那些政商名流看風水卜算吉凶的事說了，解了父母對自己認識這麼多企業老總的疑惑。

然而，疑惑是解了，夏志元和李娟卻是越聽眼睛瞪得越大。聽到最後，兩人的心情已經不能用震驚來形容，而是震驚到懵了。

女兒拜山上那位老人為師的時候才幾歲？十歲吧？

十歲她就敢自己拜師學藝，也不跟家人商量。十歲她就敢自己跑去逛古董市場，把看中的東西買回來，也不怕買假了，花了冤枉錢。這……就算是個成年人，也得掂量掂量吧？

還有，她才十五歲就敢開古董店，不怕那個陳老闆是騙子嗎？雖然女兒有解釋她是怎麼收服這位陳老闆，但在夏志元的觀念裡，還是覺得玄學風水不太可信。

夏志元好一會兒都沒說話，他一時之間消化不了這些事，他得好好整理整理頭緒。

那個曾經在報紙和電視上宣傳得沸沸揚揚的元代青花大盤，是他女兒撿漏撿來的。

那家東市風頭最盛的福瑞祥古董店，女兒才是老闆。

那個承辦下個月市裡第二屆夏季拍賣會的華夏拍賣公司，老闆也是女兒。

女兒還以風水大師的身分，結識很多有錢的企業家……

夏志元看著女兒，完全不知道要說什麼好。這還是他女兒嗎？

這些事一下子灌進腦子裡，比買彩券中大獎還讓人發懵。

今天晚上見到的那位福瑞祥的陳總，據說身價有幾個億，而那位華夏拍賣公司的孫總，據說因為收購了吳氏古董店，身價少說有個十幾億。

而這兩個人都是女兒的員工……

自己家這是……發達了？

夏志元搖搖頭。

從女兒說的這些話裡，他能感覺得到她是計畫很久的。一般十歲的孩子別說不敢隨便花錢買古董，就算是買了，也藏不住這麼久。尤其得知是真品的時候，就連大人也會興奮得到處炫耀，她一個孩子怎麼能這麼沉得住氣？這得是什麼樣的心性？

對於這點，夏芍有解釋。她說這是因為學習玄學易理，心性會比普通人沉穩。

夏志元還是覺得怪，他沒辦法把乖巧的女兒跟街上擺攤糊弄人的神棍聯想在一起。

「我不懂妳說的玄學，我就是想問問，這些事真的不是騙人的嗎？」看得出來，夏志元很糾結，非常糾結。

夏芍笑道：「很多玄學易理都可以用科學的道理來解釋，比如風水術涉及地球磁場學，占卜相面是複雜的統計學。當然，其中也有科學無法解釋的，只是科學無法解釋的，不一定就是不存在。人類還在繼續探索世界上的各種未知事物，不能因為無法用科學解釋，就斷定不存在。」

夏志元皺著眉頭不說話。

夏芍繼續道：「爸，你工作的工廠今年就會倒閉，而且，你想要做生意，卻不是在東市做，而是去南方，對吧？」

這話一出口，李娟驚訝地看向夏志元，可見夏志元還沒有跟妻子說這事。

夏志元吃了一驚，「這是……妳看出來的？」

夏芍莫測高深地一笑。

她哪裡需要看，這不就是前世的事嗎？

這一世因為她的努力，為父母化解了這一段分離的劫。

「爸，你不能去南方。如果你去了，你和媽至少會分離十年。」夏芍篤定地道。

她就是為了避免父母分隔兩地，才會發奮做生意的。而且，前世她一直想不明白，為什麼姑父劉春暉和叔叔夏志濤做生意能賺到錢，父親在外奔波十年卻錢財不聚，只夠糊口。現在她明白了。南方屬火，與父親的命格相沖，他去那裡賺的不過是辛苦錢而已。

夏芍一句「分離十年」的話，在兩人心頭狠敲了一記。

夏志元和李娟感情很好，要他們分開那麼久，他們怎麼會願意？

李娟立刻抓住丈夫的手，「老公，你不能走。你要是拋開我們母女倆，賺再多的錢，咱們一家三口分開，日子還有什麼意思？」

夏志元苦笑道：「我就算是原來有這個打算，現在也用不著走了。我想出去闖一闖，就是為了給妳和女兒更好的生活。現在我再闖也不可能闖出女兒這麼大的名堂來，咱家的日子不愁了，我還出去幹什麼？」

夏志元邊說邊拍了拍妻子安慰她，心中卻很是感慨。

他一直想要盡一個男人的責任，照顧好妻子和女兒，誰想到會這麼早就得了女兒的照顧，享了女兒的福。或許是他們夫妻兩人命好，上輩子積了什麼德吧。

夫妻兩人還需要一段時間消化女兒說的事，夏芍將冷掉的茶水重新換過，跟他們道了聲晚安，就回自己房間，留給他們慢慢去消化了。

第二天，夏芍起了個大早，回十里村的山上，跟師父說了被青市一中錄取的事。然後做了頓豐盛的午餐，師徒二人好好慶祝了一番。只是，她去青市讀書，跟師父見面的時間就會變少了。現在還可以陪師父過週末，去了青市，除了節日，一個月才能回來一次。

唐宗伯看出夏芍在想什麼，沒好氣地道：「妳這丫頭，我是腿腳有殘疾，又不是殘廢。我能做飯能洗衣，身體硬朗著，還有好些年活頭，妳別弄得像生離死別似的。」

儘管如此說，唐宗伯眼中卻有欣慰之色。他無兒無女，收了兩個弟子都很有孝心，也給他添了不少樂趣。他是把夏芍當孫女疼愛的，心裡早就知足了。

現在是七月末，開學在九月，夏芍卻不清閒。下個月就是拍賣會了，公司裡的事她得聽孫長德的報告，看看哪裡不妥。再者，她也準備要為家裡買棟新房子。

東市的房價還不貴，全國房價上漲卻是從這一年開始的。這年國家對經濟進行市場化改革，房地產開始了飛速的發展。夏芍這時候買房子，可以說是趕上了漲價前的末班車。

東市政府為了發展陶瓷業、古董業、旅遊業，便在趙氏陶窯周圍設立民俗區，這片區域一直延伸到市中心的古董街。在後世裡，可謂博物館、古董店林立，大批恢復青磚紅瓦的古時建築，成為現代鋼鐵叢林般的城市裡一道綠洲般的風景，吸引了不少觀光客聚集。

夏芍要買的房子就在這個民俗區中一個叫做世外桃源的復古園區裡。

世外桃園是東市新開發的社區，也是頂級的富豪區。

夏芍想買這裡的房子並非是要彰顯身分地位，而是從風水的角度考量的。

世外桃源區的房子是古式宅院，社區裡有假山亭廊、小池竹影，像是小型的園林，這正是夏芍最滿意的地方。

從風水上來說，古式建築比現代建築更加接納地氣。

所謂的「氣」，可以理解為磁場，磁場是一種看不見摸不著的衝擊力，對人有著諸多影響。而「氣口」是吸納各方氣場的入口，亦即指門、窗、陽臺等與外部接觸的地方，可以換空氣、通風、接受陽光、聚集陽氣，與外界進行交流。

依古式建築來看，門是最大的納入生氣的地方，也就是最大的氣口。門前留有的活動場所，稱為明堂。明堂將自然之氣聚集起來，經門戶送入中堂，從而帶動星盤運行，達聚風水之勢。

然而，現代都市寸土寸金，為了節省和最大占用面積，樓層越蓋越高，間距越來越近，更別說每棟建築前面都留有明堂了。沒有明堂的建築，就沒有力量吸納生氣，於是現代城市的建築很多都是靠街道等來納氣。有的開發商不懂風水，隨便建樓，樓梯、電梯、建築與建築之間沒什麼講究，就造成了很多所謂的「鬼樓」，以致於宅氣不旺，甚至很凶。

也因此，夏芍一眼就看中世外桃源園區的古式宅院。

房仲小姐多是二十多歲的年輕女子，見夏芍一個人走了進來，都不約而同看向她身後。按照經驗，這麼年輕的女孩子前來，身後如果不是跟著父母親，就一定跟著富商。

意外的是，她們並未看見後面有人。

幾個房仲小姐驚訝地看向夏芍，她是一個人來的？這少女只有十六七歲吧？

「妳好，我想看看這裡的房子，可以介紹一下嗎？」

房仲小姐們驚奇地睜大眼睛，她們不認為這個十幾歲的女孩子能買得起這麼貴的房子，就因為這裡的房價極高，平時來諮詢的人才會那麼少。不過，看到這個少女很有禮貌，反正她們閒著也是閒著，不如跟她介紹，就當打發時間。

其中一名房仲小姐笑著請夏芍到大廳水榭旁的椅子上坐下，她們面前有個小型的園區模型，她指點著為夏芍解說起來。

「我們的世外桃源跟一般的新式社區不一樣，屬於園林式建築，有亭廊湖池，格局寫意，是專門請園林造景專家設計的。園區裡有茶樓、觀景閣、棋坊等休閒養生區，共有『湖光煙波』、『曲橋花池』、『紅蓮香竹』、『遠翠清風』等十二處景觀供住戶遊賞，提供獨一無二的享受。整個園區只有三十處宅院，分布在不同的景觀中，各自擁有不同寓意的名字。」

夏芍邊聽邊點頭，心中則是暗暗感慨。前世當自己還在為考入高中鬆一口氣的時候，當父親還在為失業發愁的時候，當母親還在為即將與父親分隔兩地而傷心的時候，東市竟然已經有人在享受這樣的生活。

這一世她終究不算白活，能夠讓父母不再操勞，以後就在這樣的地方愜意生活。

夏芍又仔細看了園區模型的景觀分布。不愧是園林造景專家設計的，至少在傳統風水上比許多現代建築講究，至少遵循了基本的風水宜忌。雖算不上大吉大利，但也沒有錯處。而且，這個園區的地段走勢很好，前方街道納氣通達，形成富貴長久的格局。離百貨商場也不遠，實在是上佳之選。

等住進去以後，她再佈些風水局就可以了。

「這些宅院都售出了嗎？我想知道我還有哪幾處可以挑。」夏芍問道。

房仲小姐笑容滿面地道：「已經售出十戶，您還有二十戶可以選……」話沒說完，房仲小姐才後知後覺地瞪大眼睛，差點捂住嘴。

她說什麼？她這是……要買？

夏芍不介意對方失態，點頭道：「有詳細的資料可以看嗎？我想知道是哪二十戶。」

「您、您稍等！」房仲小姐反應過來，忙轉身跑去了櫃檯，抱著一疊相冊回來。

這些相冊裡的照片拍得很精緻，還標示出每戶宅院在園區的具體位置及其附近的景觀，同時附上宅院的基本資料，比如幾進幾房、面積多大等等。

「我們園區的住宅跟其他的新式住宅不一樣，不按面積收費，是獨棟銷售。所有的宅院分為三進戶型和五進戶型，您可以根據需要選擇。」

夏芍點頭，表示明白。這要是像樓房那樣按照面積收費，開發商得虧死。不說別的，園區裡的園林式景觀占地太多，這方面的錢，自然是要撈回來的。

夏芍相中了一個三進宅院，便要求房仲小姐帶自己實地去看。傳統宅院講究進深，是以縱向的廳堂數量計算的。三進便是由門廳、正廳、後廳三個廳堂組成的，而廳的兩旁有廂房。一進宅院則是指一個廳堂和兩間廂房。三進就是三套這樣的廳和廂房，五進依此類推。

夏芍看中的是三進宅院，主要是自家人不多，她去青市上學後，只有父母住。從風水上來講，屋大人少並不好，所以，三進宅院就足夠了。

夏芍發現，宅院除了縱向上的廳堂和廂房，橫向上還有兩個小院落。這樣的小院落古時稱為「偏院」，是家中次要人員居住的地方。當然，現在不那麼講究了，怎麼用就看住戶的安排。

宅院裡家具一應俱全，花草樹木全都移栽好，付了錢就可以直接搬進來。

夏芍仔細把宅院各堂各屋都看過，又去了與宅子相鄰的三進式宅院看。跟在她旁邊的房仲小姐以為她是要多看看，比較之後再決定要哪一處，沒想到對方看過之後，竟然道：「這兩個三進宅院我都要了，今天就付款。」

「都要？」房仲小姐瞪大眼睛，驚訝裡帶著幾分驚喜，這個月的業績有著落了！

夏芍點頭。這兩個宅院，一個是給父母的，另一個，她打算勸師父下山來住。她始終不放心師父一個人待在山上，他若是住在這裡，離她父母近，她就可以請父母每天去看望一下師父，哪怕是坐一會兒，陪他聊聊天，至少不讓他太孤單。

其實，她也想把奶奶接來，但是夏國喜那脾氣，母親若是離他近了，難免受氣，所以，這事她決定暫且放一放，等問過母親的意思再說。

夏芍被恭恭敬敬地請了回去，當其他房仲小姐得知她真的要買，還一買兩處時，震驚過後，便是好奇了。只見夏芍認真看過合約，當下就刷刷刷簽下了名字。

這三進的宅院可不便宜，要價六百萬，兩處便是一千兩百萬。以這年頭的物價和房價來說，絕對是貴得驚人。

夏芍簽字簽得利索，房仲小姐看得激動得心都發顫了，哪裡知道夏芍也是有些激動的。兩世為人，她還是頭一次花錢這麼大手大腳。

不過，她不心疼就是。

夏芍刷卡全額付款，當天便拿到兩處宅院的鑰匙，鑰匙附著木牌，木牌上各自寫著「曲蘭汀照」和「聽香水榭」。

當夏志元和李娟得知女兒出去一天，回來居然買了房子時，夫妻兩人只能苦笑。

他們昨夜一晚沒睡，這一天還覺得渾渾噩噩，幾度以為昨天是在做夢。結果今天下午女兒回來，直接就把新房子的鑰匙交給他們。

夫妻兩人對望一眼。好吧，他們現在知道不是在做夢了。

夏芍見父母這反應，不由感到好笑。

為了給父母時間緩一緩心情，三天後她才領著父母去了世外桃源區。

家裡還沒買車，夏芍是開著公司車載父母去看新房子的。

前世夏芍會開車，這一世學都不用學，考個駕照就可以了，但當夏志元夫妻倆看到女兒會開車時，還是驚訝了，夏芍只好笑稱是陳滿貫找人教她的。

夫妻二人沒驚訝多久，便被眼前的風景吸引了注意力。

這也太美了吧？

簡直就是從滿是鋼筋水泥的城市裡，瞬間走進江南美麗的莊園中。

夏芍故意放慢車速，讓父母好好欣賞沿途景致。

車子開到他們的新家才停下，夏志元和李娟從車裡下來，在看見這復古的宅院時，李娟忍不住驚嘆地捂住了嘴。待一家人走進去後，院子裡便不時傳來李娟的驚喜聲。

「老公，快來看看這個床……我小時候就喜歡這種古代大家閨秀睡的床，那雕花真漂亮！還有那小窗、梳妝檯，我做夢都想整天窩在這樣的房子裡！」

「啊，這梳妝檯的鏡子就是我喜歡的那種款式……」

「你說咱們以後真能天天住在這裡嗎？」

「你看這院子裡花草長得多好，咱們能養得活嗎？這要是養蔫了，該多可惜啊！」

站在一旁的夏芍看得直笑。母親像是回到少女時代般雀躍，沒想到自己無意間圓了母親年少時的夢想，看來這個宅院買得值了。

李娟忽然「咦」了一聲，仰頭笑道：「這燈是電燈，只不過上面包著一層雕花的皮。」接著，她又去看了廁所，笑道：「廁所也是現代的。」

這話聽得夏志元哭笑不得，「妳這不是廢話嗎？難不成妳還想晚上點蠟燭，上個廁所都得讓我幫妳打燈籠照路？」

李娟嗔了丈夫一眼，拍拍胸口道：「有這些現代的東西我就放心了，免得住久了，我會覺得跟這個社會脫節。」

「媽，您放心吧，這院子裡的電燈電話、家用電器一樣不少，只不過裝修上為了統一風格，樣式看起來復古罷了。明天我讓公司送一輛車子來，以後妳和爸住在這裡，出入比較方便。這個世外桃源區裡什麼都有，茶館、棋坊，還有小型超市，景色優美，也很安全。以後我去了青市上學，你們住在這裡，我才能放心。」

夏志元和李娟看著女兒，都有些感慨。

李娟道：「要什麼車？賺錢了也得省著點用。而且，我平時去工廠上班，用不著車。」

「還上什麼班？」夏志元看了看妻子，「把工作辭了吧。這些年妳為這個家奔忙，實在是辛苦了。現在女兒有出息，妳這個當媽的就退下來享享福，當妳的大家閨秀吧。不過……我倒是想要再工作幾年。我現在才四十幾歲，這麼早就退休，還真不習慣。」

夏芍很理解父親的心情，自己搶了他照顧妻女的責任，他大概心裡不好受吧？要是不讓他做點什麼，他可能會覺得自己沒用。

夏芍沒有意見，讓夏志元鬆了一口氣，他就怕女兒不同意。

夏芍暫時沒把想請父親打理慈善基金的事說出來，他突然得知的事太多，還是有必要讓他適應一段時間。再說基金會還沒成立，東市目前沒有這種慈善機構，若要成立得挑時機，給市裡的某些人添點政績，籠絡些人。

如果可以，夏芍想把這政績留給劉景泉，但前提是他過得了這次的官災才成。

夏芍把手機號碼給了劉景泉後，等了兩天，他才打電話來跟她約時間。

現在正值換屆的敏感時期，他的辦公室有不少眼線盯著，不能說進就進。好不容易得了空，劉景泉才趕緊打電話給夏芍。

來到劉景泉的辦公室，辦公室裡沒其他人在，劉景泉卻很謹慎，就怕被政敵看見。

夏芍隨意地瞄了辦公室裡面一眼，轉頭就走，「沒問題。」

劉景泉被她來去匆匆的做派給弄得無言，只好帶她前往自己家中。

劉景泉住在政府分配的房子裡，他的妻子教養極好，見夏芍登門，對她笑了笑，然後幫兩人倒了茶，就避到房裡去了。

夏芍像遊魂般在劉景泉家中各處晃，每個房間至多看一眼，最後晃回客廳，捧著茶往沙發一坐，笑道：「沒問題。」

劉景泉這回真的愣了，愣過之後不由生出薄怒。

她就是這樣幫人看風水的？

他本就不怎麼信這些，求助夏芍也是被逼無奈之舉，這時見她行事草率，難免感到不滿。

俗話說，沒吃過豬肉也看過豬跑。風水師怎麼看風水的，他也是知道一些，最起碼要拿個羅盤，仔細查看各個角落。可夏芍卻是隨意瞄一眼，就跟他說沒事，這就是圈子裡名氣響亮的風水大師？

劉景泉又惱又怒，但惱怒之後便是失望、失落，乃至沮喪。

如果不是被逼到絕路，他是不會做出請風水師看風水這種事的。現在市府裡的人都認定他不可能連任，可他不甘心。這些年他做出了這麼多政績，為東市發展陶瓷業和古董業，引進香港集團投資，眼看著收割在即，形勢大好，正是要出成績的時候，卻要將這些拱手讓人，那不等於是自己鋪橋，為他人搭了登山梯？

他真的不甘心，卻無力翻盤，只好把最後的希望寄託在夏芍身上，誰知她是這種態度……

夏芍看著他的臉色一變再變，卻不發一語。

劉景泉感到絕望，多日來的煩躁湧上心頭，讓他沒了氣力。他閉了閉眼，再睜開時，眼神如死灰，接著擺了擺手，「罷了，是我自己妄想了。這不是妳的錯，我這就讓內人送妳回去。」說罷，他站了起來，要去叫妻子出來。

夏芍看著他的背影，點了點頭。

其實她早就知道劉景泉的問題不是出在風水上，那天她已看出他犯小人，之所以要他帶她去他的辦公室和家中看風水，不過是要試探他。

這場官災對劉景泉來說是大劫，前世劉景泉下臺後再沒能夠從政。如果她幫了他，讓他連任，便會改寫東市的政局，打亂本該有的因果，她就得背上不小的業報，但她不知道劉景泉值不值得她這麼做。

這不同於夏芍平時幫人佈風水局改運程，風水相師為人化劫，便要介入別人的因果。小災小難的因果業報小，夏芍是不懼的，但化解劉景泉這樣的大劫，卻需要背負極大的果報。

劉景泉度過這劫後，如若日後為惡，那何必救？豈不是連累自己要幫他承擔業障？

所以，夏芍小試了劉景泉一下。

當人走到絕路的時候，看見一根救命稻草，以為抓上去就能得救，結果稻草卻斷了。這樣的心理落差，普通人都會承受不了，遷怒他人更是很正常的事。

可劉景泉沒有。他失望、失落，卻仍能壓制自己的怒氣，不遷怒別人。絕望之時還能如此自制，可見心境比一般人更強韌。觀他面相，確實是作官的料。不說剛正不阿，至少穩重務實。只不過中年應有官災之劫，而他上一世並沒能順利撐過去。

夏芍微微一笑，有了決定。

「劉市長，請回來坐吧。」

她的一句話，讓劉景泉霍然轉身。

夏芍對他點頭道：「拿紙筆來。」

劉景泉還沒從打擊中回過神來，但還是下意識找來紙筆，遞給夏芍。

「想你心中所想，然後在紙上寫一個字。」

這是……測字？

劉景泉看著夏芍，這東西管用嗎？怎麼看跟路邊的神棍算命一個樣？

夏芍看出劉景泉的疑慮，也不解釋，只管道：「別分神，專心寫。」

劉景泉這才收斂情緒，集中精神。

在玄學諸多門類裡，測字算是比較難的一類。說它難，是因為解字之道千奇百怪，全看算命師的直覺和天賦。它不像風水佈局、相面卜卦等有一定的技巧，測字之法之多之怪，讓很多人摸不著門道。它可以加筆、減筆、轉注、加字，還可以借助身邊事物進行推測。正因為五花八門，是一種很自由的預測學，所以測字對算命師來說是非常大的考驗，並非每個風水相師都有解字的直覺和天賦。

其實，夏芍完全可以不用這種方法幫劉景泉，她可以用玄門的重寶——精準的六壬排盤。不過，她沒把占卜的卦盤帶在身上。師父有六壬式盤，是玄門傳承了百代之物，上有歷代掌門的元氣加持，很厲害的法器。夏芍饞那個卦盤饞了很久了，她一直不肯去買新的，只用師父的那個，而且她嫌放在身上麻煩，所以平時是不會帶出來的。

如果這事被唐宗伯知道，他一定又是吹鬍子瞪眼——丫頭簡直是討打，有這麼當風水師的嗎？竟然連吃飯的傢伙都懶得帶！

總而言之，又看見一線曙光的劉景泉心無旁鶩，在紙上慢慢寫下了一個字：口。

俗話說，字如其人，看一個人的字，能大致看出此人的性情。

比如，筆勢渾厚，此人多半慷慨且有壯志。筆劃嚴謹，此人多半是循規蹈矩。筆勢如針，此人多半個性尖銳。筆勢如鉤，此人多半心思奸巧。

而劉景泉的字，筆勢端正且圓淨，便知他性子沉穩務實，且處世圓滑。若是平時，夏芍一見他的字便可斷定此人衣祿豐隆，但此刻看到那個「口」字，不由笑了笑。

這字穩重圓淨不假，但落筆少了神采，一個「口」字，筆劃這麼少，卻寫得猶猶豫豫，下筆略抖，不夠果決。

夏芍細細地拆解道：「口字遇木，是為『困』，劉副市長現在就像籠中困獸，明知敗了，卻不知敗在哪裡。想要衝出困局，卻發現四面皆堵，尋不見突破口。你已經亂了陣腳，無法靜下心來理出頭緒，心中有了認命的想法了。」

劉景泉愣愣地聽著，好一會兒才呆呆地點頭。

對！說的都對！

他如今就是個困局，心境也是如此！

只是，就憑一個字，便能看出這些來？

劉景泉不解，「夏小姐說的不錯，但我明明寫的是口字，妳為什麼解成了『困』？」

夏芍道：「口字遇木，自然是個困字。」

「哪裡有木？」劉景泉更不解。

夏芍笑著看了面前的茶几一眼。

這個茶几是紅木老桌，方才劉景泉就是在紅木茶几上寫字的。

「這、這就是木？」劉景泉很驚奇，好不容易夏芍解字極準，他有點信了，現在看到這個茶几，他立刻覺得有些瞎扯，「我是測字，這個茶几也能算數？」

夏芍一笑，「萬事萬物都能借助，這在測字中是屬於比較特殊的加字法，不是每回都能用，端看當時形勢。至於何時能用何時不能用，只可意會，難以言傳。」

這可不是夏芍故作高深，事實就是如此。測字沒有固定的解法，同樣的一個字，不同的人問，情況不同，解法便不同。

以一個有趣的小故事為例。

有兩個讀書人結伴赴鄉試，在半路遇見一位風水先生，兩人同時寫下「立」字，問鄉試如何。風水先生解曰：「一人高中，一人奔喪。」兩人不以為然，後來果然一人喪父，不得參加考試，而另一人高中。有人問及其中道理，風水先生道：「喪父者問時，恰有人從旁汲水而過，水遇立為泣，便知必有喪事。高中者問時，恰有人立於旁，人遇立成位，便知必定高中。」

這故事聽起來很玄，就像夏芍把紅木茶几拿來加字一樣，猶如無稽之談，但測字恰恰就是這麼有意思的門類。如果有別人寫了「口」字給夏芍解，她不一定如此解字，因為每個人的情況不同，要怎麼解，靠的是解字者的直覺。

而這種直覺是天賦，所以不是每個風水師都能測字解字。

「劉副市長請我幫忙，為的是走出困局，所以，我怎麼解的不重要，重要的是，準就好了。」夏芍淡然一笑。

劉景泉微愣。確實，對他來說，準才是最重要的。至於為什麼準，不是他該考慮的事。

「既然夏小姐看出我現在的困局，那我要怎麼樣才能走出來？」劉景泉問道。

夏芍又看向紙上的字，「前幾天我在飯店見到劉副市長時，曾說過你犯小人吧？你集中精神，想你該想的事，再寫一個字。」

犯小人？劉景泉點點頭，他記得她說過這麼一句話。

他蹙著眉頭，低頭看紙筆。

官場上的派系複雜，身在其中的人沒有能獨善其身的。而越到敏感時期，各個勢力暗地裡鬥得越厲害，甚至會拉攏對方勢力的人，因此，他對自己這派的人也有那麼一分提防。

說是「犯小人」，還真說不好是指哪一派的人。

想了半天沒有頭緒，劉景泉也不知寫什麼字好，乾脆在紙上寫了個「人」字。

夏芍挑了挑眉，並不急著解字，而是繼續道：「還得勞煩劉副市長再寫一個字，心中還是想著犯小人的事。」

劉景泉依言照做。他實在想不出這個小人是誰，但想到自己原本勝券在握，卻壞在這個小人手裡，便心中一狠，暗道：別讓我知道你是誰，否則……

這般想著，劉景泉便無意識地在紙上氣憤地寫下了一個「你」字。

夏芍看到這個字，眼睛一亮，「有眉目了。」

劉景泉趕緊看她。

夏芍指著「你」字，說道：「你字，人，爾也。爾為汝意，氵、女皆為陰，劉副市長犯的這個小人，是個女子。爾與耳同音，這個女子應該是在劉副市長耳邊說話很有分量，還交情不淺。」

她說到此處，頓了頓，問道：「可有眉目？」

劉景泉似是驚疑不信，又帶點震驚憤怒。

夏芍看到便知他已經想到了什麼人。她不管這個人是誰，也不想知道，只是指著劉景泉之前寫下的「人」字，微微一笑。

「人字無凶禍，那是對劉副市長而言，但對這個女子可未必。」夏芍的笑意不明，又指向劉景泉測字之初寫下的口字，「人字遇口，是為囚。這個女身家不太乾淨，如果劉副市長已經想到這人是誰，可從這方面入手。囚住了她，即可解你的困局。」

劉景泉的目光閃爍不定，實在不敢相信所謂的小人，會是自己想到的那個人。

不會是她吧？怎麼可能會是她呢？

夏芍起身道：「既然已經知道這個小人是誰，剩下的就要看你怎麼做了。」

見她要告辭，劉景泉這才收起驚疑不定的心思。不管夏芍說的對不對，整個解字的過程都讓他感覺到極其神祕。他不敢再輕視夏芍，親自起身，將她送到了門口。

只是，夏芍臨走之際，轉身又道：「我最後再提醒劉副市長一句，人字無凶禍，文書有人來。如果你不確定是不是你想到的人，請看明天誰來找你。如果恰恰是你想的那個人找你，那你還是信了為好。」

夏芍說完，頭也不回地走了，徒留劉景泉睜大眼睛，看著她從容離去的背影。

這件事的後續怎麼樣，夏芍並不知道，她也不想知道得那麼詳細，她只知道半個月後，東市發生了一件大案，引起百姓們的熱議。

出事的是市政協祕書處的一位主任，據說她跟市政府一位主管教育的官員有不正當關係，並且幫其收受賄賂達數百萬。

老百姓最恨的就是當官的貪，狠罵了這些人好幾天，直到拍賣會開幕，焦點才轉移。

很多人不知道這位市政協祕書處的主任是劉景泉的妻妹，算不上他的親小姨子，是他妻子的表妹，與妻子的關係比親姊妹還好，時常到家裡來。劉景泉與她是同一個派系的，又因有這層親戚關係，劉景泉對這個妻妹就比較信任。他從來沒想過，問題竟會出在自家人身上。

劉景泉一開始不願相信是她在背後捅自己刀子，但後來發生的事都被夏芍料準了。第二天這位妻妹來辦公室找他，言語間透露對方派系的一些事，並關切地詢問他的情況。劉景泉平時不在意，那天卻起了疑心。他記得夏芍說過這個女子不太清白，於是便動用自己的人脈，暗中細查妻妹的帳戶出入情況，果然發現了問題。

於是，一封舉報信投到了紀委，紀委開始介入調查，通過劉景泉妻妹的帳戶出入，問出了她與主管教育的官員有不正當男女關係，並且帶出她幫那人收受賄賂的事。所謂拔出蘿蔔帶著泥，被這件事牽連的足有七八個官員。結果，幾乎是一夕之間，市政府的領導班子倒了一半。

劉景泉慶幸自己這麼多年來都謹守底限，即使是出席企業家的飯局，不該收的東西也半點不碰，這才沒被妻妹抓住把柄，不然，他哪能安然無恙走到今天，在將死之局裡迅速翻盤？

當然，他能翻盤全賴某個人測字解字之神準。

這下子，劉景泉就是不信也信了。僅憑自己寫的幾個字，就能解出這麼多事來，這實在是太玄了。他時常回想夏芍解字時的情形，總是暗嘆玄妙至極。

這次被牽連下臺的東市領導班子因為大部分都是敵對派系的人，劉景泉連任的事自然就沒有阻礙了，但他不僅連任沒了問題，憑著這些年為東市經濟做出的政績，竟還官升一級，從劉副市長，變成了劉市長。

新上任的劉市長對即將開幕的拍賣會十分重視，在拍賣會開始前的經濟會議上，對敢於進入新興拍賣行業，並帶動東市經濟發展的華夏拍賣公司給予了高度評價，又對這次展出元代青花大盤的福瑞祥古董店予以表揚，使得華夏拍賣公司和福瑞祥一時風頭無兩。

夏芍知道這是劉景泉投桃報李，今後再舉辦拍賣會，其他拍賣公司想搶也很難搶到手了。拍賣公司的業務不止在拍賣藝術品上，還涉及許多領域，包括接受個人、法院和政府等的委託，拍賣的標的從藝術品到房地產、土地及個人資產，範圍極廣。

而對於今年的夏季拍賣會，孫長德可是下足了功夫，廣邀各界名流，人數比去年多了一倍。他在宣傳方面也卯足了勁，僅憑福瑞祥的元青花就吸引不少青瓷專家湧來，何況這次公司徵拍的古董中，還有一幅來自吳氏古董店的齊白石畫軸。

吳玉禾在古董界打滾多年，自然有不少好東西。這些東西被華夏拍賣公司低價收購，這次拿到拍賣會上拍賣，利潤之豐厚，可不是翻了幾倍這麼簡單。

按慣例，拍賣會前三天有展覽會，展覽地點設在東市最豪華的高級飯店展覽廳。

古董拍賣會的展覽不是什麼人都能進去觀賞的，須有邀請函才可以，而接受邀請的人無疑是各界有名望的人物。

一大早，飯店門口便停了一排豪華轎車，其中一輛黑色的商務賓士駛進停車位，司機打開車門，一名少女走了下來，和她一起下來的還有一個西裝革履的男子。

有拿著邀請函還沒進入飯店的人將認出了這個男子。

這不就是華夏拍賣公司的總經理孫長德嗎？

「孫總，您好，沒想到在這兒遇見，真巧！」不少人圍過來跟孫長德握手打招呼，一邊寒暄一邊偷看夏芍。

這少女是什麼人？怎麼從孫總的車裡下來？

雖然夏芍在政商名流間的名聲很大，但不是人人都見過她，所以，這些人只顧著跟孫長德攀談，沒有太在意夏芍，還以為她是孫長德帶來的女伴。

夏芍也不在意，她打算於展覽會最後一天晚上，在宴請各界名流的舞會上再公開身分。今天她要忙裡偷閒，陪幾個朋友逛逛。

「你先進去吧，我約了朋友，他們還沒到，我在外面等等。」夏芍小聲對孫長德道。

孫長德笑著點頭，與一眾前來打招呼的人一起進展場。

夏芍約的朋友自然是十里村的劉翠翠、杜平和胖墩周銘旭，另外還有同桌兼好友姜瑤。

周銘旭及姜瑤初中和夏芍同班，後來周銘旭考上了東市一中，與前世已是另一番氣象。姜瑤的成績普通，但很有美術天分，考上了市裡有名的藝術學校，打算朝這方面培養專長。

劉翠翠和杜平已是東市一中高三的學生，兩人成績中等，平時寄宿學校，課業繁重，與夏芍見面的機會不多。好不容易盼來暑假，他們聽說夏芍被青市一中錄取，便想要為她慶賀。

夏芍近來在忙買房子、搬家和拍賣會的事，一直沒時間休息。今天是拍賣會前的展覽，終於得了空，便將朋友們請來聚聚，順便帶他們參觀展示品。

姜瑤是最先到的，一到便吐了吐舌頭，問：「我是不是遲到了？」

夏芍一笑，「妳沒遲到，但有人遲到了。等他們三個來，再好好處罰他們。」

話音剛落，劉翠翠、杜平和周銘旭便從對面街上的公車上下來。夏芍正站在飯店門外的臺階上，三人一眼便看到了她。只是走過來時，劉翠翠表情有些氣憤。

夏芍的目光在劉翠翠臉上轉了轉，挑眉問：「怎麼？和人吵架了？」

「妳怎麼知道？」劉翠翠詫異，卻沒往心裡去，而是憤憤地道：「我可沒跟人吵架，是有人故意找碴！老娘看起來很好惹嗎？」

周銘旭有些頭疼，看了看四周，來往的都是穿戴華貴的名流，他們幾個窮學生出現在這裡已經很不搭調了，翠翠姊還這麼潑辣……這下子，更惹人注意了。

果然不少人向夏芍等人投來注目禮，有些打扮高貴的女人更是露出厭煩輕蔑的神色。

周銘旭對夏芍苦笑著咧咧嘴。

夏芍忍著笑，轉頭對上杜平的目光。杜平已是十八歲的少年，平時喜愛運動，身材挺拔。

五官雖說平常了些，精氣神卻是不錯。

夏芍一對上他的目光，心中不由苦笑——這小子對她的心思還沒變淡嗎？

「翠翠姊，到底是怎麼回事？」夏芍問道。

「還不是因為拍賣會！路上遇到一個不長眼的，說我們這種人也配來看展覽！我說關妳屁事，反正我們有邀請函！」

夏芍皺起眉頭。

劉翠翠見夏芍臉色變陰，立刻反過來安慰她：「算了算了，那種女人仗著家裡有幾個臭錢，在學校就跟我過不去，理她幹什麼？我罵罵她就行了，妳跟著生氣就太不值了！走，我們進會場看看去！」

夏芍氣也不是笑也不是，「既然翠翠姊也知道為了那樣的人生氣不值得，以後就別氣了。氣怒傷肝，對身體不好。走吧，我們進去。」

飯店門口的服務生雖見幾個學生穿著普通，但之前有看見夏芍從孫長德的車裡下來，所以沒敢攔阻，又見幾人手上都有邀請函，便恭敬地請他們入內。

展覽廳裡到處是聚在展示櫃前交流攀談的人士。

一進展場，劉翠翠幾個人便被玻璃櫃及裡面價值連城的古董吸引住目光。

周銘旭曾跟著周教授學習古董鑑定，對這些很感興趣，看到展示的各種古董，頓時兩眼放光，興奮不已。

杜平和姜瑤卻有些不太自在，他們是第一次見到這麼正式的場面，看著那些古董的起拍價，這才真實感覺到自己的生活離這些上流社會的人有多遙遠。

劉翠翠倒是自在得很，既來之則安之，當即也像是入了寶庫，拉著夏芍，招呼幾人，歡快地在會場裡來回穿梭。

按理說，幾個人的首要目標應該是那個紅得發紫的元代青花大盤，但除了姜瑤之外，劉翠翠三人卻像是很有默契似的，集體忽視那個元青花，拉著夏芍去別處看。

今天展出的那個元青花大盤，正是當初劉翠翠、杜平和周銘旭陪著夏芍在古董市場的地攤上撿漏撿來的。幾人在得知這個青花大盤是真品的時候，著實震驚了。

他們都以為是陳滿貫把這個元青花從夏芍手中忽悠了去，才換得了東山再起的機會。這個老奸商，一定花了很少的錢騙到這個盤子，現在又裝好人，給了芍子幾張邀請函，請她來會場看展覽，當作答謝。

劉翠翠三人曾經背著夏芍討論過這個問題，三人都認為事情肯定是這樣。至於為什麼要背著夏芍，當然是因為這事攤在誰身上誰心裡都不會好受。就好像中了一張彩券大獎，轉眼卻被別人哄騙了去一樣。

所以，三人在得知夏芍請他們來看展覽時，都很體貼地不去問她邀請函從哪裡來的，就怕觸及她的傷心事，惹她傷感。

既然連邀請函都不能提，那元青花就更不能看了。就算周銘旭想在近處再看一眼，也忍住沒往那邊走。

朋友們的體貼讓夏芍感到溫暖。

幾人結伴去參觀那張齊白石的畫，身邊不時有人經過，幾道小聲的議論聲就傳了來。

「聽說了嗎？那個元青花當初李老出價八千萬，福瑞祥都沒賣，今年不知能拍到多少。」

「能拍到多少最後也是李老的，今年這拍賣就是走個過場而已。」

「說的也是……」

夏芍挑挑眉，李伯元曾出價八千萬的事只有少數人知道，想必這消息是陳滿貫放出去的，用來炒作的。

她笑笑，想招呼幾個朋友繼續走，卻見杜平一臉怒氣，劉翠翠和周銘旭的臉色也不太好看，姜瑤則是非常震驚——她震驚的是一個盤子居然能賣八千萬，而劉翠翠、杜平和周銘旭卻氣憤這盤子這麼值錢，當初那姓陳的奸商坑了芍子多少。

「本來我們是不打算說的，既然這樣……芍子，妳也太吃虧了，那個奸商太坑人了！」杜平怒氣沖沖地拉起夏芍便走，「那個奸商現在也在這個展場吧？妳帶我去找他！」

「杜平哥，不是你想的那樣。」夏芍用上了暗勁，不管杜平怎麼拉她都拉不動。

杜平氣昏頭了，也沒注意到，只道：「妳不用怕，這裡這麼多人在場，他要是還要臉，就不該這麼騙一個學生！那個盤子明明是妳撿漏撿來的，憑什麼叫他占這麼大的便宜，這跟詐騙有什麼兩樣？」他見夏芍不動，又道：「雖然我沒本事，但誰要是欺負了妳，我一定幫妳出氣！就算是揍他一頓，也要讓妳出氣！」

杜平的話讓夏芍很感動，再見劉翠翠和周銘旭都不勸他，顯然兩人也是站在杜平那邊。

夏芍搖了搖頭，「我原本打算今天大家先好好聚一聚，之後再跟你們說的。反正都這樣了，那邊有休息區，我們過去那裡坐，我跟你們說說是怎麼回事。」

夏芍總是認為，朋友相處不該被身外物沾染，但今天見幾個好朋友都為她著急發怒，她覺得再隱瞞下去不太好。

杜平三人互相看了一眼，依言往休息區走。

才走幾步，就聽身後的嬌笑聲：「我說你們的邀請函是怎麼來的，原來是這麼回事啊！」

聽到這聲音，劉翠翠立刻露出怒色。

夏芍愣住，而讓她愣住的不是那個嘲諷的女生，而是女生旁邊那個名十八九歲的少年。

少年身高約一百八，身著米色休閒服，臉上掛著淺笑，有幾分公子哥兒的模樣。

這少年不是別人，正是夏芍的表哥劉宇光。

夏芍露出玩味的笑容。

劉宇光竟然會出現在這裡，有意思！

這屆拍賣會，東市政府和華夏拍賣公司是主辦方，發邀請函給誰是華夏公司說了算。按理說，劉宇光的父親，也就是夏芍的姑父劉春暉家中有千萬資產，出席拍賣會他的身家還不夠，但出席展覽會倒是夠格。

只是，那天在飯店，陳滿貫和孫長德看出來氣氛不太對，惹老闆不快的人他們當然不會邀請，於是發邀請函的時候，劉春暉並沒有收到。

也就是說，劉宇光不該出現在這裡。

不過，有人想帶朋友或家人，多要一張邀請函，華夏拍賣公司是不會拒絕的。

因此，劉春暉沒收到邀請函，劉宇光卻出現了，顯然是別人那裡弄到了邀請函。

夏芍還真猜對了。劉宇光的邀請函就是他身旁那個女生林海茹給的。林海茹的父親是東市陶瓷集團的老總，也就是李伯元投資控股的那個企業。

林海茹是名副其實的千金小姐，她眼高於頂，哪個男人都看不上，偏偏看中了劉宇光。

劉宇光的家世沒辦法跟林氏集團比，但這位林大小姐就是看上他了，甚至還倒追他。當然，追到劉宇光，也沒費她多少心思就是。而劉春暉和夏志梅知道林氏集團的千金看上自己的兒子，儘管擔心家世差距太大，可看在跟林氏千金交往對自家公司有好處的分上，就默許了。

可憐的劉宇光就這麼成為了林海茹召之即來揮之即去的跟班。

在展覽會場裡遇見夏芍，劉宇光也很驚訝，更讓他驚訝的則是剛才他聽見的那些話。

那個李老出價八千萬未得的元青花，竟是表妹撿漏撿來的？

她就是因為這件事，認識了福瑞祥的陳總？

劉宇光有些疑惑，他不是傻子，如果是這樣，那天晚上在飯店裡，劉市長和其他的老總為什麼會對她那麼客氣？

這裡面肯定還有別的事！

當然，有一件事卻是肯定的，轟動古董界的元青花瓷盤確實一開始是表妹的，而現在成了福瑞祥的。這可是價值八千萬的古董啊，到底是怎麼回事？

劉宇光一時想不明白，手臂卻被林海茹狠狠掐了一把。

「劉少，我跟你說話呢！」

劉宇光這才回過神來，發現林海茹和劉翠翠已經開始針鋒相對。

周圍的人紛紛側目，會場大廳的保全已經往這邊走過來了。

「不要以為有邀請函就能進入上流社會，就算能來這裡，也不過是別人施捨的。」林海茹語氣尖刻地譏諷劉翠翠。

劉翠翠氣得渾身發抖，她就是看不慣林海茹高高在上的樣子。剛上高中那會兒跟她嗆了兩句。林海茹便記恨上她，處處為難，每回都以家世壓人，出言侮辱。

夏芍眼神微冷，眼見劉翠翠氣得上前就要打林海茹。

「翠翠姊！」杜平和周銘旭反應過來，一把拉住她。

這裡到處都是價值連城的古董，打碎了一個，他們一輩子都賠不起！

林海茹佯裝驚惶地往劉宇光身後躲，「幹什麼？想打人啊？」她轉頭高聲道：「保全，這裡有人鬧事！」

杜平和周銘旭臉色難看，連姜瑤都皺起了眉頭。

林海茹昂起下巴，得意地在劉宇光身後笑道：「別以為有邀請函就能進來，就算妳進來了，我照樣能讓妳出去。記住，我在的地方，妳只配仰望。」

「那麼，林小姐進來了，我是不是也可以請林小姐出去？」夏芍忽然慢悠悠地出聲。

夏芍說完，看向會場某處，對正望過來的孫長德點點頭。

孫長德立刻喚了一名經理來，在他耳旁說了幾句話，那個經理當下神色大變地走過來。

前來查看的兩名保全不認識夏芍，他們公事公辦地詢問狀況，確認剛才確實是劉翠翠欲先動手。劉翠翠氣得渾身發抖，滿肚子委屈，卻有理說不出。

「對不起，這位小姐，按照我們會場的規定，我們必須請您……」

「對不起，這位小姐，我們為您的遭遇深感抱歉！」

保全和隨後趕來的經理同時開口，說的卻是不一樣的話，讓在場的人都莫名其妙。

保全見經理來了，自然就閉嘴了。

經理看向夏芍，態度恭敬，「對不起，夏小姐，請問需不需要請林小姐離開會場？」

「我認為依林小姐的品行跟修養，待在這裡難免叫大家壞了興致，所以還是請林小姐早些回家歇息吧。」夏芍淡淡地道。

經理看了保全一眼，兩名保全不明所以，仍是硬著頭皮上前道：「林小姐，請吧。」

林海茹呆在原地，震驚地忘了反應，直到保全要來拉她，她才驚醒，用力甩開保全的手，一巴掌甩在保全臉上，「我看你們是瞎了眼！請我出去？你們居然請我出去？我是林氏集團的千金，你們孫總在哪裡？叫他出來！你們知不知道我們林氏集團在東市是什麼地位？憑你們剛成立的小小拍賣公司，也敢得罪我們林氏集團？」

「我們絕對承認林氏集團在東市的地位，但我們不承認林氏集團的千金在東市的地位。」夏芍意有所指地一笑，「林小姐，禍從口出，莫造口業。口業重一分，福緣薄一分，父輩辛苦打拚的基業，恐怕會如流水散盡。」

夏芍的聲音不大，但這邊發生的爭執早就引起很多人注意。有人認出了夏芍，不由同情地瞄向林海茹，搖頭嘆氣。

這位大小姐運氣真差，居然得罪了夏小姐。聽夏小姐的意思，林氏會敗在林海茹手上？

林海茹哪知道夏芍的身分，憤怒地咒罵道：「妳是什麼東西？竟敢在這邊胡說八道！」

夏芍也不跟她生氣，只是搖頭道：「又一業……」她擺擺手，轉身拉著劉翠翠等人就走。

林海茹被請出了展場，跟她一起進來的劉宇光自然也沒面子地被請了出去。

他直到離開也沒看透自己這個表妹到底有著什麼樣的能量。

他看不透，就將今天發生的事情原原本本告訴了父母。

劉春暉和夏志梅夫妻聽完，驚訝之餘，夏志梅憤然道：「她就這麼把你趕出來了？都是一家人，她就這麼踩你的臉了？」

夏志梅拉著兒子就往外走，「我不管這丫頭有什麼本事，我這就去找她爸媽評評理！」她走時還打電話給夏志濤，夏志濤早想弄明白那天飯店裡的事，只是後來打電話問大哥大嫂，他們就是不說。一見姊姊打電話來，夏志濤立刻叫上妻子，兩家人驅車前往夏芍家。

來到一棟老公寓前，一行人怒氣沖沖到樓上敲門，敲了好一會兒都沒人應聲。

夏志元家裡沒人，確切地說，不是沒人，而是搬家了。

這是夏志梅和夏志濤兩家人從鄰居那裡打聽來的消息，至於搬到哪裡，鄰居也不知道。這鄰居也是個多話的，見有人來找，便八卦道：「老夏一家搬走的時候帶的東西可少哩，我瞧著就拿了幾件衣裳、幾疊碗盤。家具之類的大件東西，可沒瞧見找車來拉。」

其實衣裳和碗盤本來是可以不必帶的，用了許多年，夏芍早想換新的。世外桃源區的宅子裡什麼都齊全，人搬過去住就行了，但李娟節儉又念舊，說得要有幾件舊東西放身邊，看起來才像是過日子，家也才像自己的家。

所以，只要母親能適應新家，把老房子裡的家具都搬過去，夏芍也沒意見。

夏志梅和夏志濤兩家沒找著人，站在老公寓外的巷子裡發愁。

「大哥大嫂也真是的，搬家也不跟我們說一聲。」蔣秋琳見沒人說話，便第一個。

夏志梅哼了一聲，「沒聽我們家宇光說，那個元代青花瓷盤是小芍子在古董市場裡撿的嗎？現在那個青花瓷在福瑞祥手上，明顯是賣給了人家，得了點錢，就悄悄搬家了，連我們這些親戚也不通知了。」

「怪不得那天大哥大嫂說能負擔得起小芍子去青市上學的費用，原來這錢是這麼來的。」

夏志濤很不是滋味，「那怎麼還瞞著我們？我好心好意要幫兄弟，最後還害我鬧笑話。」

劉春暉關心的卻不是這些，「大哥大嫂真的把這個青花瓷賣給福瑞祥了？福瑞祥沒開業之前，陳滿貫可是沒剩下多少家底，整天在古董市場外頭轉悠，他要是有錢早東山再起了。他那時候能有多少錢收這個青花瓷？大哥大嫂怎麼就賣了？」

夏志濤笑了，「姊夫，你以為大哥大嫂有你這麼精明？他們哪懂古董，說不定人家給個三萬五萬就覺得多了。也不跟我們商量，偷偷摸摸就賣了，叫人家占了大便宜。」

沒人知道陳滿貫給了夏志元夫妻多少錢，但是幾個人都覺得至少有能買一棟新房的錢，不然依夏志元一家的經濟狀況，哪來的錢買房？

「這就是沒見過世面，一點小恩小惠就被人把東西忽悠了去。要是當初不瞞著我們，我們能叫他們吃這麼大的虧？」夏志梅一臉恨鐵不成鋼的表情，「我倒要找大哥大嫂問問，當著那麼多人的面把我們宇光趕出來是什麼意思！」

這年代手機還不普遍，夏志元一家搬走，沒人知道他們家新的電話號碼，兩家人不肯甘休，又驅車前往夏志元和李娟工作的地方，非要問個清楚不可。

沒想到這一去又撲了空。

夏志元的工廠倒閉了，李娟的工廠倒是好好的，但她辭職了。

兩家人傻眼了。

辭職？那不是夫妻倆都沒工作了？以後要怎麼生活？難不成那個青花大盤賣了不少錢？

夏志梅本就因為兒子的事滿心憤慨，現在一連找了三個地方都沒找到人，火氣更旺了。

「好啊，大哥大嫂做得真絕！我倒要看看他們是不是不要我們這些親戚了，是不是以後連老家都不回了！」

夏志梅在學校教書，受人尊敬，自是清高，再加上嫁了個有本事的老公，兒子成績也不錯，日子過得叫人羨慕，沒受過什麼挫折。無論是在學校還是在家裡，她自認為說話有分量，沒想到在大哥大嫂這裡栽了跟頭，一時氣憤難耐。

她當即叫兒子去飯店門口堵人，哪知道沒有堵到夏芍。

夏芍早就離開會場了。

她把林海茹和劉宇光請出去後，便跟劉翠翠四人大略說了自己這些年來的事。劉翠翠等人非常震驚，又嗔怪她瞞了這麼久。

夏芍原本想帶朋友們好好逛逛會場，但她把林海茹趕出去的時候引起不少人注意，很多人就上趕著來跟她攀談示好。

夏芍無奈，只得帶著朋友們溜出飯店，找了間飲料店坐下來聊天。

夏志梅連番碰壁，心裡那股執拗勁兒上來了，決定非要堵到夏芍不可。

兒子正值暑假，她便吩咐他天天到飯店門口蹲點，見了人就立刻打電話報信。

展覽會為期三天，第三天晚上，東市政府和華夏拍賣公司在飯店舉辦舞會，各界有名望的人士都受邀出席，其中香港嘉輝國際集團的董事長李伯元是最重量級的人物。展覽會開放期間，他並沒有出現，今晚的舞會卻專程從香港飛來。

新上任的東市市長劉景泉也會出席。

令人不解的是，華夏拍賣公司的總經理孫長德和福瑞祥古董店的總經理陳滿貫，竟聯合放出消息，說今晚有一件重大的事情要宣布。

這讓許多人看不透。這兩人怎麼會湊在一起？他們的葫蘆裡到底賣的是什麼藥？不管怎樣，有人是抱著結交權貴的心思而來，有人是抱著參加拍賣會的心思而來，總之，整個東市的目光都聚焦在了今晚的舞會上。

各大電視臺、雜誌社、報紙等媒體的記者也幾乎都到齊了，儼然要辦記者發布會似的。

夜幕降臨，一輛黑色賓士緩緩駛到霓虹閃爍的飯店門口停下。

夏芍從車裡走了出來。

今晚她的裝扮與往常不同，此時身穿淺茶色旗袍，袍上繡著明淨雪白的朵朵山茶花。一頭烏髮挽著髮髻，髮間則插了一支精緻的白玉狐狸簪，令她看起來更嬌俏。而當她盈盈立在燈下時，宛如從泛黃的古畫裡走出的絕代佳人。

接著，轎車後車門開了，一對中年夫妻跟著下了車。男人西裝革履，神態自然，女人則有些怯生生的，但她穿著質料極好的素色衣裙，脖子上戴著精巧的珍珠項鍊，看起來頗為溫婉。

李娟不自在地拉拉裙子，見四周不少人驚豔地看著女兒，她更加怯場了，「小芍，要不……妳跟妳爸進去，媽在車裡等你們好了。媽從來沒參加過這種舞會，萬一害妳丟臉……」

「說什麼呢？」不等夏芍開口，夏志元便安撫妻子道：「女兒要是怕咱們給她丟臉，就不會叫咱們來了。再說，兒不嫌母醜，咱們女兒是那麼虛榮的孩子嗎？她小小年紀就有這樣的成就，先前咱們不知道，這是當父母的失職，今天就跟著她去看看也好。妳看誰家孩子年紀輕輕有咱們女兒這種成就？咱們身為父母應該驕傲才是。妳就挺起腰桿進去，咱們一家大大方方的，誰的臉也不會丟。」

夏芍含笑點頭，見母親看過來，就給了她一個鼓勵的眼神。

李娟深吸一口氣，挽了丈夫的手臂，挺胸抬頭，維持了三秒這姿勢，才僵著脖子轉頭問：「是不是這樣？我看那些進去的闊太太都是這樣的。」

夏芍忍著笑，拍拍母親的手背，「媽，放鬆就好，沒必要學她們。」

飯店對面的街道上，一輛車子的車窗慢慢降下來，露出劉宇光不可置信的臉。

那是……大舅一家？

劉宇光不敢確定是不是自己看花了眼，因為夏志元一家的打扮跟平時很不一樣。他連忙拿出手機打回家，等到掛斷時，夏芍一家已經走進飯店大廳。

「夏董！」陳滿貫和孫長德發現夏芍來了，最先來到她身邊。

今晚的記者會就是為夏芍開的，她從幕後走到臺前，他們就不能再稱她為「夏小姐」了。以前她聽不習慣，也為了隱瞞其他人，現在不必再隱瞞，他們自然改了稱呼。

身為老闆，必須注意上下級關係，這樣才好在員工面前樹立威望。

夏芍笑著點頭，陳滿貫和孫長德見她的父母也在，便鄭重地跟夏志元夫妻握手寒暄。兩人都很會說話，給第一次見這種場面的夏志元和李娟減輕不少壓力。

通過聊天，夏志元夫妻發現陳滿貫說話實在、不浮誇，孫長德也穩重，只是還帶著年輕人的熱情，比陳滿貫活潑一些。

夏志元暗暗放了心。雖說依女兒的年紀，能籠絡兩個經驗豐富的老江湖，自有她的能力和個人魅力，但身為家長，還是得幫女兒把關。今天一見，夏志元覺得女兒的眼光還是不錯的。

孫長德和陳滿貫連日來都是被關注的焦點，很多雙眼睛一直盯著他們的動向，此刻見他們都去到夏芍身邊，不由吃了一驚。

孫總、陳總、夏小姐，這三人可是最近東市上流圈子最常議論的三位。

有心人很快聯想到夏芍幫人看風水運程的地點就在福瑞祥古董店裡，而且華夏拍賣公司得到這次拍賣會的主辦權，據說是因為夏芍曾在某些政要面前提過。

也就是說，孫總和陳總跟這位夏小姐交情匪淺？

想趁此機會弄清楚他們的關係的人，紛紛笑著過來打招呼。

三人身邊很快就圍了一群人，舞會還沒開始，人還沒來齊，三人已經成為會場的焦點。

只不過，陳滿貫和孫長德是什麼人，兩人聯手，哪能好戲還沒開鑼就讓人套出話來？於是，凡是試探的話，全都被他們輕輕鬆鬆糊弄過去。

眾人見套不出話，乾脆轉而圍向夏芍。

夏志元和李娟站在女兒身後，也被圍了個裡三層外三層，夫妻兩人都感覺到壓力很大，卻見女兒神態自若，從容地應付圍上來的人。夫妻二人都不曾見過女兒這模樣，有那麼一瞬間，他們有種吾家有女初長成的感覺。

只是這感覺沒能維持太久，夫妻倆很快就被一群人的問題弄得無言。

「夏小姐，我近來總是精神不濟，運勢不佳，是不是家中風水出了問題？」

「夏小姐，我近來期貨有點虧，您能不能幫忙預測看看我什麼時候能回本？」

「夏小姐，我最近想轉投其他產業，您能不能幫著看看這樣好還是不好？」

「夏小姐，家父近來想重修祖墳，您能不能幫忙看個能旺子孫旺財運的寶地？」

……

這、這都是些什麼問題？

夏志元嘴角抽搐，這些有頭有臉的人，私底下竟然都這麼相信風水嗎？

自從搬到世外桃源區的新家，夏芍便在院子擺起了風水陣，時常搗鼓這個，搗鼓那個。一開始他好奇問了兩句，這才知道她居然是在佈五行調整陣，說是能聚生氣、調養身心，還有安眠、安神的作用。

女兒開始不避著他們夫妻弄風水的東西，且閒著沒事就在他們面前叨念兩句，兩人知道，這是女兒在想辦法讓他們慢慢適應。

事實上，夏志元在聽了夏芍解釋玄學的基本觀念後，也覺得頗有道理，但是根深蒂固的觀念很難一下子扭轉，他想跟他一樣有偏見的人應該不少。

但今晚他的「以為」轟然坍塌，原來這麼多權貴人士都很在意風水運勢。

夏志元不知道的是，人越是有權有錢，越是害怕失去這些東西，自然會想藉著未知的力量保有身家和名望，以求心安。

看著周圍的人越聚越多，問題多得問不完，從公司財務到家庭婚姻，再到出行問卜，什麼問題都有，不一會兒就顛覆了夏志元以前的認知，讓他好像看見了這些權貴的另一面，或者說，看見人心欲望的另一面。

夏志元和李娟對望一眼，忽然覺得這些人的日子過得很累，就跟自己半輩子為了生計奔波沒有兩樣。只不過，這些人名利雙收，家大業大，而他們是小家小業，鍋碗瓢盆。

人這一輩子到底求的是什麼？再有名再有利，到最後還是禍福難料。

這番心境上的變化，讓夏志元夫妻兩人漸漸感受不到自己與這些權貴的差別，反倒覺得人在某些方面都是一樣的。

兩人又相互看一眼，笑了笑，突然都有看開了的感覺。

許多人正圍著夏芍，忽然有個洪亮的聲音傳來：「這位就是名聲響亮的夏大師嗎？」

這聲音不像是大部分人見到夏芍時的驚喜和恭敬，反倒有些不屑和薄怒。

周圍人轉頭看去，看到來人，便讓出了一條路來。

一對中年夫妻走了過來，男的身材中等，微微發福，女的穿著一身華麗的晚禮服，目光凌厲地盯著夏芍看，面色極為不善。

原來是林海茹的父母，林氏集團總經理夫婦。

夏芍一看就知道對方是來找碴的。

「夏大師，久仰大名。一直想去拜見，但聽說大師很忙，預約都排到明年了。我還以為是我林祥全跟大師沒有見面的緣分，沒想到大師倒是給了我一個拜會的機會。」

林祥全話裡有話，是個人都能聽出火藥味來。

夏志元夫妻不知道事情緣由，但也看出來對方來者不善。李娟去拉女兒的手，想把她護在身後。夏芍卻是拍了拍母親的手，示意她放心，不會有事。

林夫人掃了掃四周的人，「什麼拜會不拜會的，一個江湖神棍而已，還真騙得這麼多人給尊成了大師？一場好好的舞會，成了風水運勢諮詢會？呵，外面的記者沒進來，要是進來看見了，明天的報紙可有東西寫了！」

她這麼一說，有的人開始閃躲，有的人乾脆悄悄退後，當然，不悅的人也多。

算命這種事確實不好拿到檯面上來說，但不能阻止有人相信，尤其是找夏芍算過運勢的人都嘆服她的神準，想不信都難。

林夫人有不信的權利，可犯不著這麼說話，這豈不是把在場的人都給嘲諷了？

夏芍含笑點頭，說出的話來卻把林夫人氣得鼻子都歪了，「說的對。好好的展覽，前天被令嫒給鬧成了罵架會，幸虧當日沒請記者進來，不然這兩天報紙早有內容可看了。」

「噗！」

不知是誰笑了一聲，惹得不少人低頭，嘴角微微勾起。

林祥全冷下臉來，「夏大師不覺得過分了嗎？小女是被寵壞了些，可我林祥全在東市也是有頭有臉的人，妳這麼把她請出去，叫我的臉面往哪兒擱？」

夏芍依舊面帶微笑，「林總，誰家父母不寵兒女？寵是一回事，寵壞了就是另外一回事了。因果福緣自有報，還請林總記住，倘若哪日得了果，這因還請往自己身上尋。」

林祥全沒想到夏芍會這麼說，她以為夏芍會像別人一樣惱怒爭辯，不由心中咯噔一聲。他並非完全不相信風水命理，特別是聽不少人說夏芍斷人運勢極準。只是，他覺得以前他可能還會找找夏芍，現在已經用不著了。他們林氏集團有香港的李老投資，李家不倒，林氏就不會有問題。

林氏就如同抱上了一棵參天巨樹，巨樹不倒，他一輩子有地方蔭蔽乘涼。

於是，林祥全冷笑道：「夏大師，我勸妳省省吧！我林祥全活了大半輩子，知道一些你們這些江湖神棍的把戲。你們不就是提前摸清對方的底細，再幫人趨吉問凶嗎？我看妳年紀不大，算是有些本事，不然也不會這麼多人被妳忽悠住。不過，妳也不打聽打聽我林祥全是什麼人，我們林氏集團是誰在背後撐著，我們林氏會有事？笑話！」

他這麼一說，許多人不由看向夏芍。有些人在找到夏芍的時候不是沒有懷疑過，所以有時會問她一些自己當天發生過的事，試探她能不能看出來，結果她每回都是準確無誤地道破，這才使人深信不疑。

人就是這麼奇怪，本來覺得玄乎的東西，一被人揭破，不管說法是對是錯，想想都覺得就是這樣，所以聽林祥全這樣一說，就想聽聽夏芍怎麼解釋。

夏芍什麼也不解釋，她只是笑得莫測高深，「這世上原來當真有只看錢財不看命的人。須知身外之物易求，橫禍枉死豈是求了就能避得過的？」

一句話令現場的氣氛驟變。

橫禍枉死？這是什麼意思？是說林總有橫禍？

「混帳！妳……妳居然敢詛咒我們？」林夫人尖聲斥道：「妳父母是怎麼教的？小小年紀不學好，嘴巴這麼賤！」

想到丈夫被指有橫禍，林夫人又氣又怒，一巴掌就往夏芍臉上甩。

李娟連忙把女兒往後面拉，夏志元也一步上前擋在女兒身前。

夫妻兩人憤憤不平。剛才他們已經從陳滿貫那裡聽說了事情的來龍去脈，那位林家千金刁蠻任性，女兒做的並沒有錯，她的父母怎麼可以動手打人？

哪知夏芍的動作比父母更快，她一步上前，抓住了林夫人的手腕。

在林夫人還沒反應過來的時候，夏芍湊到她耳邊道：「林夫人，我的父母不需要妳問候，妳可以回去問候妳女兒。妳剛才的話，我原封不動還給妳。有空回去好好教導妳女兒，免得日後沒地方哭。我是實話實說，嘴賤的，是妳的女兒！」

夏芍握著林夫人的手腕往後一振，林夫人險些跌坐在地。林祥全急忙伸手去扶，林夫人撞到他身上，力道不小，夫妻兩人同時往後退了好幾步，很是狼狽。

林祥全氣得發抖，指著夏芍道：「我原本看妳年紀不大，不想跟妳計較，前天的事只要妳賠個禮道個歉就算了，沒想到妳竟然這麼囂張，這真是、真是……什麼時候東市的地頭上，我們林家能隨便讓人這麼無禮對待了？妳信不信我叫妳在東市混不下去？」

夏芍挑眉笑了。

叫她在東市混不下去？這位林總真有趣。

見她還笑得出來，林祥全也氣笑了，「好，好，妳不信？」他怒氣沖沖地四周張望，「主辦單位在哪裡？保全呢？」

保全不敢過來，孫長德卻是從人群裡擠出來了，「林總，別找保全了。保全前天被令嬡打了，現在看見你們林家人就怕，有事跟我說吧。」

「孫總！」林祥全雖聽出孫長德話裡的諷刺，但他現在被夏芍氣著，打算先處置她，「孫總在這裡就好，你們主辦單位是怎麼請人的？什麼時候神棍也能充名流了？把她給我請出去！」

孫長德面無表情，「抱歉，夏小姐是我們的貴客。」

「貴客？孫總的意思是，這個神棍可以跟我們林氏集團一樣成為你們的貴客，是嗎？」

孫長德挑眉，「林總，夏小姐不是神棍。」

孫長德的態度讓林祥全怒極反笑，「好啊，原來你們是一夥的！早就聽說孫總這次拿下拍賣會的主辦權是有人在背後出力，看來那個人就是夏小姐！」

林祥全笑得陰沉，又道：「行，她是你們華夏的貴客，我林祥全不是！她不走，我走！」

他叫了妻子一聲，然後指著孫長德和夏芍，「但是，你給我聽好了，今天我林祥全能走出這裡，明天我就能叫你華夏拍賣公司，還有妳，在東市沒有立足之地！」

眾人都沒想到事情會鬧到這個地步，他們紛紛看向孫長德。孫總是瘋了嗎？林氏集團是政府重點扶持的企業，還有香港李伯元的投資，是實打實的東市龍頭企業，得罪了他，以後在東市可不好混。

就在這時，忽然有人出聲問道：「這是要叫誰在東市無立足之地啊？」

眾人齊齊轉頭，只見市長劉景泉正陪著一位老人慢慢走了過來。

很多人沒親眼見過這位老人，卻在財經雜誌上經常看到他。

老人正是香港嘉輝國際集團的董事長李伯元。

林祥全沒想到李伯元這時候到了，他連忙換上笑臉，激動地迎上去。

林夫人也不顧扭到的腳，一瘸一拐地跟在丈夫身後。

「李董事長，您老什麼時候到了，怎麼也不通知我一聲？我好為您接風洗塵！」林祥全點頭哈腰，卻不敢伸手跟李伯元握手。依李伯元的身分和在華人世界的影響力，他老人家不伸手，他是沒資格握的。

李伯元笑道：「剛到就被劉市長請來了，只是一進來就看見林老闆似乎不太高興。」

「呃，剛才……」林祥全一時不知道該怎麼說才好。

李伯元的視線越過人群，落在夏芍身上。

他的眼睛一亮，拋下林祥全走了過去，笑著伸出手道：「吾家有女初長成啊！一年不見，世侄女出落得更亭亭玉立了！」

夏芍與李伯元握了握手，也跟著笑道：「一年不見，您老的精神也更好了。」

「好什麼好？老了，再怎麼著也就這樣了。倒是妳，也不打個電話給我，讓我這個老頭子怪想念的。」李伯元故作不悅。

夏芍說話一點也不客氣，「您想我？我看您是想那個青花大盤吧？我不管，我可是幫您保管了一年，明天的拍賣會上，您得給我加一點保管費。」

李伯元被她逗樂了，「妳這丫頭，就惦記著我口袋裡的那點錢！行了，保管費肯定有！」

眾人全都驚異地看著兩人熱絡地聊天，連夏志元和李娟都瞪大眼睛。他們聽女兒說過因青花瓷巧遇李伯元的事，但沒想到女兒竟然跟他這麼熟。

林祥全和林夫人呆呆地回不過神來。

這是怎麼回事？

世侄女？他們……沒聽錯吧？

這個少女神棍是李老的……晚輩？

周遭已經開始有人小聲議論。

夏小姐是李老的晚輩？兩人這麼熟？還有，那個青花大盤不是福瑞祥的嗎？怎麼聽兩人的意思不是這麼回事？

很多人還想不明白，卻有人忍不住拍了大腿——哎喲，錯過機會了！早知道夏小姐跟李老有這層關係，當時找她看風水的時候怎麼沒多套套交情？

李伯元這時轉頭問：「對了，林老闆，我剛才聽你說要讓誰在東市沒有立足之地？」

林祥全反應過來，連忙擺手，「沒有沒有！李老，這是誤會，是誤會！」

劉景泉插話道：「林總，不管是什麼誤會，還是不要放狠話的好。大家都是在為東市經濟發展做貢獻，要團結嘛！」

林祥全苦笑地點頭，「劉市長說的對，剛才我是火氣大了些，呃……夏小姐，您別往心裡去，我老林就是脾氣急了些，呵呵！」

這道歉的話讓林祥全臉上像火燒似的，他回頭瞪了妻子一眼——都怪妳，都怪妳攛掇我過來幫女兒出氣，現在得罪人了吧？

林夫人滿肚子委屈，她哪知道這個出身平凡的女孩子有這麼大的能量？

對於林祥全的道歉，夏芍只是微微點頭，沒打算跟他計較。

跟一個沒多長時間活頭的人有什麼好計較的？

劉景泉和李伯元到達後，人便算是到齊了。

舞會開始前是記者會，各家媒體的記者已經先一步過去。

一行人以劉景泉和李伯元為首，在工作人員的帶領下，陸續進入會場。

今晚來參加舞會的賓客足有三百多人，也都是各行各業有身分有地位的上流人士。這樣的一群人聚集在一起，一出現就成為記者猛拍照的對象。

現場的舞臺上有一排桌椅，桌上已擺放著鮮花和麥克風。

劉景泉坐在中間，同時列席的還有四個人。

劉景泉的左邊是李伯元，右邊是夏芍。夏芍和李伯元兩旁才是陳滿貫和孫長德。

五人一坐下，臺下的人全都愣住。

劉景泉、李伯元、陳滿貫和孫長德，這幾位他們都認識，剩下的那個少女是誰？

她為什麼也坐了上去，座位還排在市長旁邊？

媒體的記者們不知道夏芍的來歷，認識夏芍的賓客則是不約而同有了預感，感覺今天晚上有大事要發生了。

劉景泉率先致詞，說的是東市這些年在經濟發展上取得的成績，以及未來的規劃，最後說到這次的拍賣會，並對投資東市陶瓷業的李伯元表示感謝，對新興行業裡的新星華夏拍賣公司和古董界的領頭企業福瑞祥給予勉勵。

其後，李伯元也客氣地發表了一番話，表示看好內地經濟發展，鼓勵內地企業家走向世界。

接著，孫長德接過了麥克風。

眾人齊刷刷望向他，等不及想知道他和陳滿貫到底在打什麼如意算盤。

「首先，感謝各位出席今天的舞會前的記者發布會，我和福瑞祥的陳總曾說過今晚有一件重要的事要宣布……」孫長德說到這裡，轉頭看向陳滿貫。陳滿貫點頭一笑，攝影機的閃光燈立刻劈里啪啦猛閃，「我們要宣布的是，自今日起，福瑞祥古董店與華夏拍賣公司合併，併入華夏集團。」

在場的人都愣住。

華夏集團？

那董事長是誰？

公司合併不少見，但集團成立，最頭疼的就是董事長一職。如果是一家的還好，但華夏拍賣公司跟福瑞祥古董店的總經理並不是一個人。

孫總和陳總，誰擔任董事長？

有人覺得應該是陳滿貫，畢竟他年長，資歷足，人脈也廣。

有人覺得應該是孫長德，畢竟誰當董事長要看誰的資產多。華夏拍賣公司收購了吳氏古董店之後，資產大增，怎麼看這個董事長都非孫長德莫屬。

這時，陳滿貫從孫長德的手中接過麥克風，鄭重地朗聲說道：「容我在此介紹華夏集團的董事長……夏芍小姐。」

什麼？

眾人被這個重磅炸彈炸得頭腦一片空白。

他們出現幻聽了吧？

閃光燈停頓了一下，然後忽然如暴雨般打來。

夏芍被淹沒在亮得讓人睜不開眼的閃光燈下，卻依舊淡然微笑。沒有怯場，沒有驕傲，也沒有激動，而是很平靜地接受四面八方投來的震驚目光。

許多賓客一時鎮定不了，尤其是那些知道夏芍風水師身分，並請她算過運勢的人，更覺得這個世界玄幻了。華夏集團的董事長，每天躲在福瑞祥裡面幫人看風水算命？這是世界上最奇怪的董事長吧？

再說，她年紀才多大？十六？十七？剛上高中的年紀吧？

董事長？瞎扯淡，那可是二十多億的資產啊！

各種各樣的疑惑伴隨著閃光燈瞬間湧了過來。

「夏小姐，請問您真的是華夏集團的董事長，福瑞祥和華夏拍賣公司的當家人嗎？」

「請問這兩家企業都是您創立的嗎？您是如何創立的？」

「請問您現在是否還在讀書？方便請問您的年紀和家庭背景嗎？」

所有人都想把夏芍的底細挖出來，夏芍只是簡略說了公司創立的過程，並沒有回答細節和私人問題，但是記者和賓客們的眼神卻都變了。

先是不敢相信，之後是一陣恍然。

怪不得！

怪不得當初陳滿貫生意失敗，沒有資金東山再起，怎麼就開起了一家古董店！

怪不得李老和夏小姐的閒談中會提到那個青花瓷盤，原來它一直都是夏小姐的！

怪不得華夏要和福瑞祥要合併，原來華夏的成立就是為了收購吳氏古董店！

但這麼多的怪不得之後，眾人又是覺得不可思議。

十六歲的少女，鑑定古董的眼力是怎麼練出來的？而且年紀輕輕就敢獨立創業，成立拍賣公司收購古董店。這一個又一個的動作，怎麼看都不像是出自這樣一個妙齡少女之手。

不過，這個妙齡少女確實有著不同於同齡人的成熟穩重。此刻她面對無數的閃光燈和各種驚疑的目光，依然從容微笑，不驚不懼，不卑不亢，就像是一個久經風霜的人，享受著理所當然的榮光。

所有人慢慢安靜下來，他們望著臺上的少女，彷彿是在做見證。

見證一個傳奇時代的開始……

第八章

整治極品

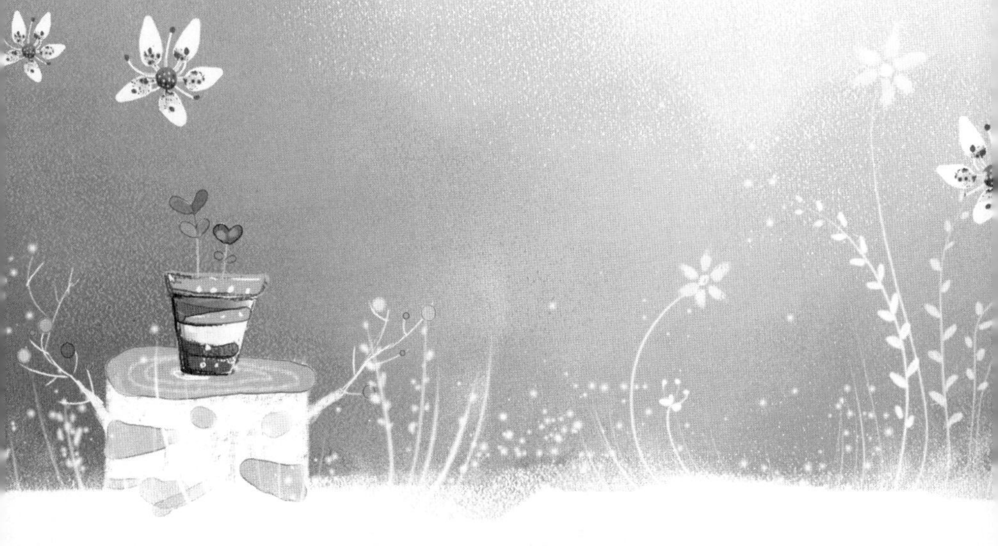

記者會一結束，舞會便正式揭幕。

然而，經過孫長德和陳滿貫聯合投下的震撼彈後，今晚的舞會儼然成為夏芍的專場。她是剛成立的華夏集團的董事長，也是名聲響亮的風水大師。更令人驚訝的是，她還是個剛考上高中的學生，卻白手起家，創下如此龐大的家業。

華夏集團有一位身為風水師的董事長坐鎮，勢必會讓華夏集團在商業界裡地位超然，因為沒有人敢得罪風水師。

想到這一點，各界的老狐狸們又震驚了，彷彿可以預見未來將會殺出一匹黑馬，而且這匹黑馬不知道會到走到怎樣的高度，畢竟她才十六歲。倘若給她十年的時間，華夏集團不知道會成長為怎樣的龐然大物？

這樣的預見，令眾人齊齊變了臉色，主動上前舉杯道賀。

然而，在這些人當中，林祥全夫婦可謂是最尷尬的存在。

林夫人一臉不是滋味地撇撇嘴，小聲咕噥：「董事長？這華夏集團還不知道是怎麼來的，誰知道是不是用那些神棍手段騙來的錢開的！」

「妳給我閉嘴！」林祥全壓低聲音喝止妻子。

雖然記者會上夏芍說的話未必可信，但陳滿貫以夏芍的三個古董拍賣得到的錢東山再起是事實，撇開她風水師的身分，她小小年紀就有這種膽量、魄力和謀算，便不容小覷。

「回家好好管管妳女兒，她都是妳寵出來的！要她沒事學學人家，看看人家年紀輕輕的在幹什麼，妳女兒又在幹什麼？整天不消停，只知道給我惹事！」林祥全沒好氣地道。

林夫人擰起眉來，「你說這話是什麼意思？她不是你女兒嗎？出了事就知道怨我！」

林夫人的聲音惹得旁人注目，林祥全臉上無光，立即把妻子拉去一邊。

夏芍只當沒看見，淡定地周旋在眾賓客之間。

夏志元和李娟尋了休息區坐下，兩人想起女兒在記者會上從容不迫的態度、落落大方的發言，不由既是欣慰又是高興。李娟朝女兒看去，擔憂地道：「這些人真是的，咱們小芍從來不喝酒，可別把她灌醉了。」

夏志元笑了笑，「那是香檳，度數不高。以後女兒要面對不少這種場合，她心裡應該也有數。咱們不可能時時看著她，她得鍛鍊著應付這些狀況。而且，我看她應付得來，妳沒看她都這麼久了，一杯香檳還沒喝完。」

不遠處，陳滿貫和孫長德也端著酒杯，笑看著夏芍。

孫長德眼睛發亮，「陳哥，夏董厲害啊！你看，那些老狐狸拚命慫恿夏董，夏董手上那杯酒還是沒再動過，比咱們倆強多了！如果不是認識她一段時間了，我真不敢相信她是個高中生！」

陳滿貫感慨道：「可不是嗎？我認識夏董的時候，還沒有福瑞祥，可以說我是陪著她一路走過來的。有時候我自己都覺得奇怪，跟夏董在一起的時候，完全感受不到跟她年齡的差距。」

孫長德若有所思地點頭，「確實是這樣。」

兩人又說了幾句，忽然瞥見林祥全夫婦朝夏芍走去，看起來是想過去和她攀談。

孫長德挑了挑眉，頭往陳滿貫那裡湊，問道：「陳哥，夏董說林總有橫禍，你說，那是嚇他的，還是說真的？」

一提起這事，陳滿貫的表情變得嚴肅，「我沒見過夏董拿這種事開玩笑，應該是真的。」

「那就是說……真的會應驗？」

「我相信會。」陳滿貫點頭，對此很信服，「你問這個做什麼？」

孫長德笑了，「陳哥，你不知道，但我在美國的時候可是知道，瓷器在那邊很受追捧。那邊的政商名流，對咱們東方的瓷器非常喜愛，走高端路線的話，銷路會很不錯。」

「你的意思是？」陳滿貫已經聽了出來。

「我是說，就算林氏倒了，東市大力發展陶瓷業的政策也不會變。陶瓷業作為東市經濟的龍頭，林氏空了，總要有人填補。現成的空位，咱們夏董又跟李老有交情，咱們為什麼不能取而代之，跟嘉輝集團合作？」

「主意是好，只是難保有人會說咱們趁人之危。」陳滿貫話說得猶豫有顧忌，表情卻完全不是這麼回事。

趁人之危？哪裡有趁人之危？林總有事，既不是他們害的，也不是他們逼的，用夏董的話說，這是因果福緣自有報，他們只是沒有插手去管而已。人人都有旦夕禍福，誰也不是天生的救世主，依夏董的話法，化生死大劫，介入的因果太大，要看這個人值不值得。

孫長德自然看出陳滿貫的言不由衷，聳肩笑道：「管他那麼多。商場如戰場，本來就爾虞我詐，而且比起咱們袖手旁觀來，那些陰謀侵吞別人資產的，才應該被戳脊樑骨。咱們站得高了，走得遠了，才能更有保護自己的力量，就讓那些說閒話的人仰望去吧！」

孫長德喝了一口酒，眨眨眼，繼續道：「況且，你看咱們夏董收購吳氏的手段，說不定她跟我的想法一樣。」

陳滿貫哈哈一笑，點頭道：「有可能！」

「是很有可能！」孫長德語氣篤定，從服務生的托盤上又換了一杯香檳，看向休息區，「走吧，今晚沒我們什麼事，我們去陪陪夏董的……呃，家長。」

陳滿貫被家長這個詞窘了一下，搖頭苦笑。

像夏董這年紀的孩子，還是需要家長監護的吧？

在夏芍忙著交際應酬的時候，陳滿貫和孫長德卻悠閒得人神共憤，他們陪著夏芍的父母坐著聊天，把夏芍平時的一些作為說給夏志元和李娟聽，頗有幾分跟家長打小報告的意味。

聽到休息區不時傳來笑聲，夏芍心中微微感動。父母能這麼快適應這種場合，陳滿貫和孫長德居功厥偉。

舞會到晚上十點就落幕了，不能鬧得太晚，畢竟第二天是正式的拍賣會。

夏芍陪著父母，在陳滿貫和孫長德的陪同下，被眾人簇擁著出了飯店。李伯元和劉景泉早在記者會結束不久就離開了，李伯元年紀大了，一下飛機就趕場過來，很是疲累，不得不先回下榻的飯店休息。

等在飯店外的記者還沒走，見夏芍一行人出來，立刻湧了上來，閃光燈又是一陣劈里啪啦，李娟則是去車裡拿了件小披肩幫夏芍披上。現在正值夏季，晚上不冷，但當媽的心疼女兒，怕她吹了風著涼。

夏芍簡單地回答了幾個問題，才在孫長德、陳滿貫以及飯店保全的護衛下進了車子裡，然後乘車緩緩駛離飯店，這讓趕來堵人的夏志梅和夏志濤兩家人全都傻了眼。

「那是大哥大嫂一家？怎麼……」蔣秋琳驚疑不定。

李娟那身禮服雖不扎眼，可一看就知料子好，讓她看起來比平常華貴多了。夏志元也是西裝革履，看著很是氣派。夏芍就更不用說了，瞧那一身出眾的打扮，還被一群記者圍著，保全護著，這是明星才有的排場吧？

夏志梅的臉色也變了幾變，他們一家人都沒收到邀請函，進不去飯店，聽了兒子的電話趕來，只得在外面等。這一等就等了三個多小時，越等火氣越大，想著等大哥一家出來，就上去把這些天的帳一併算算，哪知道一群記者的動作比他們還快，把夏芍一家圍了個水洩不通。

而且，那架勢讓兩家人都不敢下車。等夏芍一家三口上了車，兩家人才反應過來。

「車開走了，怎麼辦？」

「還能怎麼辦？找了這麼久，還能白找？跟上去！」

「那是什麼車？我瞧著怎麼像是今年新出的那款賓士？」

「不是吧？那款車我在雜誌上看過，得百來萬吧？」

「那是大哥家的車嗎？跟別人借的吧？」

兩家人你一言我一語，不知道是誰說了這麼一句話，立刻遭了白眼。誰家會把這麼貴的賓士車借給別人開？再說，有那麼大的臉面借賓士開的人家，還會缺錢買車嗎？

車子裡漸漸安靜下來，氣氛暗湧。

兩家人開車跟在夏芍家的車子後頭，一路駛離了市區。

車子越開越偏僻，最後開到了市郊。眾人越發驚訝，這是要往哪裡走？大哥大嫂的家搬到這邊來了嗎？這邊裡可是高級別墅區，精貴著呢！連家中資產千萬的夏志梅一家，都因去年開辦廠房投入不少錢，流動資金有限，到現在都還沒能在這邊買房子。

正當兩家人錯愕之際，前頭夏芍家的車子裡，夏志元正開著車，夏芍陪著母親坐後座，母女兩人靠在一塊兒，說著體己話。

夏芍不經意看了後視鏡一眼，微微蹙眉道：「爸，後面有輛車跟著。」

夏志元早就發現這輛車了，只是剛開始以為對方跟自己同路，卻沒想到竟然一路跟來了這裡，確實是太巧了，巧得不太對勁。他不由放慢車速，看著後視鏡好一會兒。

「啊，那好像是志梅家的車……」

李娟身子一僵，回過頭去看，有些緊張。

也不怪她緊張，當老夏家的媳婦這麼多年，她還能不知道大姑和小叔的脾氣？

按理說，自家搬家了，是該通知親戚的，但李娟有些發怵，她清楚那兩家人沒事都能整出點事來，更別提自家發生了這麼多事。

而且，這段時間他們確實是忙了點，搬到新家後，女兒張羅著幫他們夫妻置辦新衣，天天拉著兩人去百貨公司逛，還找了設計師幫他們量身訂製衣裳，後來聽女兒說要帶他們去拍賣會，她非常不安，就更沒心思通知親戚朋友了，總想著過了這段時間再說，哪知道先被大姑和小叔盯上了。

李娟看著後面跟著的車，緊張地問道：「老公，怎麼辦，要停車嗎？」

「停什麼車？」夏芍接過話，對父親道：「該怎麼走就怎麼走，只當沒看見他們。到了門口直接進去，保全會替我們攔人，不會讓他們跟進去的。」

夏志元看了女兒一眼，「躲得過初一，躲不過十五。」

「那也不能由著他們想什麼時候見就什麼時候見。」夏芍靠向椅背，淡淡地說道：「爸、媽，你們也知道姑姑和叔叔是什麼人，你們要是這樣，我去了青市讀書，可放不下心來。」

這句話比說什麼都管用，夫妻兩人心中五味雜陳，果然都不再說話了。

夏志元沉默地開車，沒一會兒車子拐了個彎，緩緩駛入世外桃源區。

世外桃源區？

跟在後面的兩家人連忙緊急剎車。

他們沒看錯吧？大哥大嫂一家竟然把車開進世外桃源區？

「這地方的房子很貴的……」

「我知道，聽說裡面造得跟園林似的，一個宅子要六百多萬，大一點的據說要上千萬。一年光是管理費就要十幾萬，咱們東市最貴的社區就是這裡了。」

夏志濤和劉春暉互看一眼，其他人也瞪大眼睛。以前覺得劉春暉家業大，可他有再大的家業也不敢在這裡買房子。

兩家人重新發動車子，就要跟著進去，卻被保全攔了下來。

世外桃源區的安保設備是最先進的，監視器完全沒有死角，全天候有人監控。保全也是從安保公司特意請的專家，個個都有點身手。

這些人可不跟你講情面，總是端著一張嚴肅的人，目光一掃，就能叫人雙眼發抖。

「停住，沒有出入憑證和住戶許可，誰都不能進去。」保全眼神犀利，冷冷地把夏志梅和夏志濤兩家人從頭到腳審視了一遍。

「我是剛剛進去的那家人的親戚。」夏志濤下車跟保全溝通。

保全哪管他是誰的親戚？誰家住在這裡，沒幾個親戚上門來找？如果全都放進去，保全的工作還要不要了？

見保全不肯放人，劉春暉道：「我是春暉公司的總經理，不是什麼可疑份子。」

保全油鹽不進，夏志梅見這情況，提議道：「他們家是剛搬進來的，原來的電話號碼打不通了。要不，你把他家的電話號碼給我們，我們自己聯絡，叫他們跟你們說。」

「我們嚴禁透露住戶的資料，而且，就算你們有住戶的電話也不能進去，除非住戶擔保，幫你們辦理出入許可證。同時要在住戶在家的情況下通知我們，我們才會放行。」

兩家人面面相覷，怎麼管得這麼嚴？

夏志濤見保全軟硬不吃，便拿出他混建材市場那一套，板著臉上前，耍橫道：「少給我來這一套！我還不知道你們？什麼地方的規矩沒個例外？我今天非得進去不可，你能把我怎麼樣？這裡的住戶是我的親哥哥，你們還能打我不成？」

保全的臉色變冷，回頭使了個眼色，裡面立刻又出來了十幾個人。這些人個個高頭大馬，腰間都配有電擊棍，氣勢跟一般的保全不同。

夏志濤一看就知道不妙，對方是來真的了。

兩家人傻了眼，趕緊把夏志濤拉回去，在車裡商量一會兒，最後不情不願地開著車走了。

這時，夏芍已隨著父母回到家裡。

李娟道：「今晚累了吧？去洗個澡睡覺吧。早點休息，明天還得出席拍賣會。」

夏芍看了父母一眼，夫妻兩人好像知道她要說什麼，夏志元擺手道：「去吧，聽妳媽的話。家裡的事不用妳操心，我和妳媽說會兒話。」

夏芍點了點頭，泡了壺茶給父母，就回房歇息了。

夫妻兩人坐在客廳聊天，先開口的是李娟。

「老公，我嫁進你家這麼多年，有些話我從來不說，可我覺得現在該說了。」

「妳說吧，我聽著。」

李娟嘆道：「我一直覺得我還算是個賢妻良母，起碼我不會在你面前說你那幾個兄弟姊妹的壞話。我總想著不做挑撥離間的人，家和萬事興，讓你們兄弟姊妹不和，有什麼好的？」

夏志元點頭，他當初就是看中妻子的品性，才不顧父親反對，執意要娶她。

「但是，女兒的話你也聽見了。我們夫妻倆跟著她去了趟舞會，我這會兒心裡還酸著，女兒很不容易的……」李娟眼睛一眨，淚水就掉了下來，「她要不是看出咱倆可能分開，她會這麼拚命嗎？別人家的孩子，這年紀都是父母寵著，想花錢就跟父母要，咱們的女兒呢？年紀這麼小就得應付那些場面。別人都說咱倆命好，生了個好女兒，他們哪裡知道我這個當媽的心裡不好受。」

夏志元拿來衛生紙給妻子擦眼淚，然後安撫地拍拍她的背，聲音略微沙啞地道：「我知道妳的意思，我心裡也不好受。咱們沒為女兒做過什麼，要是連她上個學都得讓她擔心，那也太沒本事了。我想好了……」

李娟紅著眼抬起頭，看見夏志元深吸一口氣。那畢竟是他的兄弟姊妹，他的心裡想來也是不好受的。

「就跟以前一樣吧。咱家什麼都沒有的時候，都是各過各的。現在什麼都有了，也還是各過各的。逢年過節在一起吃飯就好，平時誰也別打擾誰。其他的，我也不求了。」

李娟不說話。是啊，能這樣最好，可是……有可能嗎？

那些人真的不會來打擾他們嗎？

夏志元看出妻子的擔憂，不由笑了笑，「放心吧，這事交給我。我畢竟是男人，要是連自己的老婆和孩子都護不住，還有什麼臉面？」

夫妻兩人有了決定，晚上卻沒睡好，但第二天起床都換上一副若無其事的笑臉。

一家人和和樂樂地吃了早餐，便一起去拍賣會現場。

夏志元和李娟對拍賣會的興趣比舞會大，他們也想看看這些古董是怎麼拍下來的，感受一下會場上叫價的氣氛。

夏芍有意帶著父母做些事，尤其是父親，日後慈善基金是要交給他打理的，他免不了要接觸這些事，最好早點習慣比較好。

當夏志元開著車從社區裡出來時，卻碰上了夏志梅和夏志濤兩家人。

他們明顯是一大早就在這裡守株待兔的，而且都站在車外，見夏芍家的車開出來就招手。夏志元不能裝作沒看見，只好無奈停車。

李娟緊張地看向外面，夏芍卻握著母親的手，壓根兒不下車。

夏志元走下車，夏志濤先開口：「大哥，你真是讓我們一通好找啊！搬了家也不通知我們這些兄弟姊妹，電話也不打一通，我們好不容易找來了，保全還不讓我們進去。這社區裡面住的是總統嗎？管得這麼嚴！」

夏志元像沒聽見他的指責，也不多說，把自己的手機號碼寫給夏志濤，簡單地道：「前陣子太忙，沒來得及通知。這是我的手機號碼，晚上再跟你們聯絡。小芍現在趕時間，遲到了不好。我白天關機，別打給我，有事晚上再說。」

夏志元說完，就回了車裡，逕自開著車走了。

夏志梅和夏志濤兩家人一大早趕過來，好不容易堵到人，卻只得了這麼幾句話，忍不住又生起氣來，當下鑽進車裡，跟了上去。

夏志元把車開到市中心的拍賣會場外，一下車，便有不少人圍上來熱情地跟夏芍打招呼，還跟夏志元和李娟夫妻握手致意，一家人就這麼被簇擁著進入拍賣會場。

兩家人趕緊過來，卻被門口的保全攔住。

沒有邀請函？那就哪來的回哪去！

劉春暉在東市也算小有名氣，丟不起這張臉，只好先帶著人走了。

兩家人各自回到家，只能坐在電視機前看拍賣會的轉播。

這一看不要緊，一看就震驚地站了起來。

兩家人急忙打電話給對方。

「怎麼回事？華夏集團董事長？」

「姊夫，我看錯了吧？那是小芍吧？」

此刻的電視螢幕中，夏芍隨著劉景泉上臺，以主辦單位的名義致詞。

她穿著一襲略微喜慶的石榴紅旗袍，長髮依舊用古玉髮簪挽著，笑容淡雅。

拍賣會的實況是不進行直播的，在主辦單位致完詞，記者便被請走，但拍賣會進行中的時間，節目也沒閒著，針對昨晚華夏集團成立的記者會進行了報導。

看著電視上的報導，夏志梅和夏志濤兩家人心中掀起了驚濤駭浪。

他們都想錯了！

大哥家裡哪裡是賣了那個元青花瓷盤，那個古董盤子根本從頭到尾都是他們的。福瑞祥古董店是小芍與陳滿貫合夥創立的，華夏拍賣公司也是小芍去年年底成立的。

這、這……

這可是二十多個億的資產啊！

董事長是他們老夏家這麼多年來一直乖巧懂事不太起眼的孩子？

兩家人都震驚得說不出話，只知道大哥家裡不同以往了。

這天，拍賣會的情況雖然沒有進行直播，但拍賣會結束後，拍賣品的價格卻被各大媒體第一時間大肆報導。因為拍賣會上被拍下的拍賣品和價格會被專家學者拿去研究，當作投資走勢，為今後藝術品投資者和收藏家提供參考資料。

最受關注的自然是那個元代青花瓷盤，這個古董瓷盤被認定為官窯瓷器。原本傳聞嘉輝集團的董事長李伯元出價八千萬，實際上卻是被他以一億元的價格拍下，創下了瓷器拍賣史上的最高價，成為了今年拍賣市場的熱門焦點。

那幅齊白石的畫也以上億的價格成交，拍走的竟是安親集團在東市分公司的老總，也就是東市黑道的老大高義濤。

沒人聽說高義濤喜歡收藏藝術品，他在接受採訪時只說是安親集團的新任董事長喜愛名家古畫。眾人這才恍然大悟，原來是安親集團的新任當家龔沐雲出的手。

這兩件拍賣品的價格都是實至名歸，只是眾多拍賣出去的古董裡，有一樣卻讓人看不懂，那就是一塊明代的碧玉方雕。

這件碧玉方雕雖說歷史悠久，可品相卻不太完好，邊角有破損。這樣的物件起拍價低，遇見喜歡的收藏家或許會不介意拍下來，但流拍的可能性也很大。

拍賣會上的拍賣品不一定件件都是珍品，也有低中高檔之分。這是因為各類收藏品齊全，才好為收藏趨勢作預測。

眾人原以為這件碧玉雕件很可能會流拍，哪裡知道它不但被拍了下來，價格還相當匪夷所思，竟是高達了兩千萬。

這價碼讓在場的諸位專家摸不著頭緒，更有很多收藏家在聽見記者播報成交價時，認為這拍下來的人腦袋被門夾了。就這麼有瑕疵的殘次品，別說是兩千萬，即使是兩百萬都沒人要。

而這個腦袋被門夾了的人，只是說是受朋友委託，但沒有透露他朋友的身分。

這件事只是一個小插曲，眾人的注意力很快又被這次拍賣會的總成交金額吸引了去。

東市第二屆夏季拍賣會，成交金額總計為二十八億七千萬元，其中瓷器和字畫是競拍熱門類別。紫砂壺因去年那個以五百多萬成交的名家紫砂，收藏有上升的趨勢。古家具和各類雕件也算熱門，只有錢幣及古書籍較冷門。

明代的那塊碧玉方雕被單獨拎出來，專家特意提醒收藏者，此拍賣價格屬於腦子進水型。拍下來的人應該是單方面瘋狂喜愛，不建議借鑒其成交價來改變收藏方向。

這樣的提醒惹得不少人發笑，但笑過之後分析了拍賣會的成交金額，又不免深受震動。

按照拍賣公司的規矩，藝術品拍賣要收取成交金額的百分之十到十五當作傭金。如此一來，華夏拍賣公司得賺多少？流拍品也是要收費的。況且這些拍賣品裡，有不少是當初從吳氏古董店低價收購來的，也有福瑞祥送拍的，而這些拍賣所得的錢，全都屬於華夏集團。

有心人士算了算，一場拍賣會下來，華夏集團在這一天少說進帳十億，而且這筆巨款都掌握在一名十來歲的少女手中。一夕之間，夏芍成為整個東市最炙手可熱的傳奇人物。

很多人卻不知道，這個被視為傳奇的榜樣也有煩心事。

此刻，她正陪著父母坐在飯店的貴賓間裡，面對著一票煩人的親戚。

老夏家的親戚又全部到齊了，連兩位老人都被請了來。

夏國喜從來沒想過，這個從小因為不是孫子就被自己輕視的孫女能有今天這番作為，他在接到老二一家的電話，打開電視的時候，險些犯了心臟病。

江淑惠也是震驚的，她從小就疼愛這孫女，哪想過這孩子不聲不響就來了這麼一齣。她心裡是欣慰的，甚至覺得出了口多年來的氣——讓你再不把孫女看在眼裡！

只是，她一看今天的場面，什麼欣慰都沒了，反而感到悲涼。

都是自己生的孩子，自然清楚他們的脾氣秉性。老大一家向來老實本分，今天這場面要怎麼過？老頭子要是再不發話，她少不得要硬氣一回，不然老大家的日子剛剛好過，非得讓二女兒和小兒子攪得雞犬不寧不可。

江淑惠的預料一點也不錯，剛坐下來，夏志梅和夏志濤兩家還誇獎了夏芍兩句，表示老夏家出了個光宗耀祖的後輩，但兩人是端著長輩的姿態說的，而且很快就轉了話鋒。

「大哥大嫂，你們膽子也太大了，這麼小的孩子就敢叫她做生意。她還在學校讀書，懂什麼？運氣好弄了兩件古董起了家，她還真敢把這麼大的資產交給別人打理？這不是胡鬧嗎？她知道那個陳滿貫和那個孫長德可不可靠？她還在外頭讀書，萬一被人把錢捲跑了，哭都來不及！」夏志濤先開了口。

「志濤說得有道理，社會這麼複雜，還在讀書的孩子哪知道人心險惡？大哥大嫂怎麼也由著她胡鬧？孩子胡亂信人，你們做家長的也這麼天真，不知道給她把把關？」夏志梅附和。

夏芍轉頭看向父親，既然父母昨晚談過了，她想知道他們現在的態度，然後她再根據父母的態度決定怎麼應對。如果父母解決不了大姑和叔叔兩家人，那麼，只好由她親自動手。讓她動手的話，結果就比較難堪了。

感受到女兒的目光，夏志元深吸一口氣，拍拍女兒的肩膀，站了起來。

「志梅、志濤。」夏志元聲音微沉，收斂起平時的憨厚，多了幾分嚴肅。

兩家人愣了愣，看著這個很少在他們說話時發表意見的大哥。

夏志元道：「身為一個父親，我沒能在女兒做這些事的時候陪她一起，盡到做父親的責任，我也很自責，但是我不會因為她已經做了這些事就對她徹底放手，該把關的我會做。至少我活了半輩子，看人的眼光還是有的。陳總和孫總我見過了，人品沒什麼話。至於兩人的能力，我相信女兒的眼光。」

他說得鄭重，卻換來夏志濤一笑，夏志梅也哼了一聲，搖搖頭，彷彿在說大哥天真。

「大哥，知人知面不知心，你見過人家幾面就敢這麼說？別說一面兩面，就是十年八年，也都還人心難測呢！」夏志濤道。

夏志元看著夏志濤，聲音聽不出喜怒，「那麼，你說，什麼樣的人信得過？」

夏志濤愣了愣，夏志梅卻接話了，「大哥，血脈至親，能信得過的當然只有自家人。」

「自家人？」夏志元笑了。

他的視線在自己的妹妹和弟弟身上掃過，問道：「陳總是古董商會的副會長，十五歲入行至今三十年，鑑定古董的眼力堪比專家。三十年的老資格，人脈、資歷、眼力都無可挑剔。孫總幼時移民美國，二十七歲博士班畢業，是職業經理人，管理公司有六七年的經驗，不僅是專業人士，還精通英、日、法三國語言，交際方面很有一套。」

夏志元頓了頓，視線再次從兩家人臉上掃視而過，「如果自家人信得過，我把集團交給你們打理，你們是有鑑定古董的眼力，還是有比陳總更廣的人脈？你們是比孫總更有管理公司的經驗，還是比他更擅長交際？孫總在東市無根基，為了這次拍賣會，在半年的時間裡邀請到了各行各業的專家名流，為這次拍賣會創下百分之七十五的成交成績。我現在不要他們了，換成你們，你們誰能給我做到這個成績？」

夏志元看向夏志濤，「你能？」又看向夏志梅，「還是妳老公能？」

一句話，把兩家人問得臉面快掛不住。

「大哥，你說的是什麼話？」老公被指到，夏志梅立刻站了起來，「我們家春暉做生意這麼多年，論資歷論經驗，怎麼也比小芍這孩子強吧？我們好心好意提醒你們夫妻別太輕易信人，這好心還遭了你埋怨了？」

「論資歷論經驗，我相信春暉比小芍豐富。」夏志元點頭，夏志梅和坐在一旁的劉春暉這才臉色好看了點，但夏志元語氣一變，又道：「但我現在是問你們比陳總和孫總如何？」

夏志濤皺了眉頭，「大哥，你總把我們跟他們比幹什麼？小芍才是公司的董事長。身為董事長，她比得上二姊夫？別說她比不上二姊夫，論人生閱歷她連我也比不上！我們好歹是一家人，外人能力再好，你能信得過？」

「那你們的意思是，小芍這集團公司的董事長給你們當，是這個意思嗎？」夏志元問。

兩家人愣了愣，表情有些不太自然。

他們是覺得夏芍年紀太輕，什麼也不懂，把公司交給別人打理不放心。那可是二十多億的資產啊！拍賣會上據說又進帳十來億，這麼大的家業，怎麼能放心交給別人？與其交給外人，不如讓自家人管理更放心。

可想是這麼想，話卻不能這麼說，總要大哥大嫂主動開口委託他們，不然說出去好像是他們看中了大哥大嫂家的資產，想從中撈點好處似的。

他們可不是這種人，這麼提議都是為大哥大嫂好，他們一家哪是做生意的料？

「大哥，你太小心眼了。小芍是公司的董事長，這是鐵板釘釘的事，誰也不想搶她，而且我們是在討論公司怎麼用人，才能讓你們一家放心。你們要是覺得孫總和陳總有能力，那肯定是要用的，但公司也不能一個自己人都沒有，萬一有點風聲，連個跟你通風報信的人都沒有。」夏志濤點著桌子道。

「討論公司怎麼用人？叔叔和姑姑是華夏集團的員工嗎？」坐在旁邊看夏志元對付幾個兄弟姊妹的夏芍，終於開了口。

她雙手交握，神態淡然，「如果，叔叔和姑姑是華夏集團的員工，想對公司的用人制度提出自己的看法，請以書面形式遞交企劃書，詳述現今階段用人制度的弊端，並對新制度提出具體的施行細則、對公司未來發展的好處以及預估成效。還有，改革期間要怎麼進行，怎麼安撫員工情緒，萬一員工出現反彈怎麼應對，沒有達到預期成效如何補救。董事會會根據企劃書開會討論，決定是不是採納。」

夏芍的一番話把眾人都說愣了。

夏志元欣慰地看著女兒，輕輕點頭。

誰說女兒不如春暉和志濤？依他來看，春暉和志濤的想法太過兒戲，離女兒還差得遠。他雖然不知道這是不是陳滿貫和孫長德教女兒的，但至少女兒能說出這番話來，他這個當父親的，不再擔心女兒領導不好一個集團。

「如果叔叔和姑姑不是華夏集團的員工，那麼，我想請問，你們憑什麼在此討論華夏集團的用人制度？」在一家子都愣住的當口，夏芍又挑眉問道。

「哪、哪還用那麼麻煩……」夏志濤不自在地笑了笑。

怎麼還得開董事會討論？這種事不都是老總一句話說了算的嗎？

夏志濤當然是不懂的，在他眼裡，華夏集團也就是資產多了些，員工多了些，管理起來還能跟別的工廠不一樣嗎？

他支支吾吾笑道：「咱們這都是一家人，再說這是家宴，何必搞得這麼正式……」

「家宴就說家裡的事，公司的事，叔叔和姑姑不覺得干涉太多了嗎？」

「妳這孩子怎麼說話的？有點成績就驕傲了？這都是長輩在提醒妳……」

夏志梅皺著眉頭，夏芍瞄了她一眼。

這一眼透著莫名的冷意，讓夏志梅把要說的話嚥了回去。

「提醒我？提醒我把我的集團變成家庭作坊？」夏芍微微翹起唇角，眼裡卻沒有半點笑意，「我不歧視家庭作坊，很多公司一開始就是靠著家族發展起來的，但家族式的企業發展到一定程度，勢必會顯露弊端。用人機制任人唯親，公司的管理制度形同虛設，決策者三權集於一身。決策者的素質不高，會妨礙旗下管理者推行制度，甚至形成親族派系和外來派系的明爭暗鬥，把公司搞得烏煙瘴氣。有多少公司在成長起來之後，為了拔除家族式管理的毒瘤而元氣大傷？我的公司從它成立的第一天起，就跟我的家族沒關係。今天它成長起來了，你們卻要告訴我，要把它倒回去，變成家庭作坊？呵呵，你們不覺得太可笑了嗎？」

夏芍當真笑了一聲，「收起各位那套為我好的話，我給你們一個明確的答覆——我的企業不允許有任何家族成員進入。如果這樣還是有人聽不懂……」她的目光眾人臉上掃過，忽然笑了起來，「請不要再說他比我有資歷，比我有閱歷，比我有經驗，丟人！」

夏芍的話堵得一票人說不出話來。

他們雖然在知道夏芍成立了華夏集團後震驚不已，但又習慣性忽視她。在他們眼裡，她就是那個還在讀書，什麼事都要父母做主的孩子。而大哥大嫂向來性子軟，當不起家，那自然就得讓他們幫忙當這個家。

但卻沒想到夏芍竟會說出這麼一番話來，他們根本沒有這樣的見識。

這哪裡是他們家那個悶不吭聲的小侄女？

明明就是個有深謀熟慮的集團總裁！

這孩子怎麼不聲不響就成長到這個境界了？

夏國喜也很驚訝，他從來都不重視的孫女，竟然一夕之間變得這麼高大了。

夏志元道：「志梅、志濤，我沒別的意思，我就想咱們還像以前那樣過日子。以前我們家什麼也沒有的時候，咱們是各過各的，現在還是各過各的。你們兩家的生意我從來沒去管過，我們家的事，你們也少費點心，讓小芍自己做主吧。」

「大哥是什麼意思？」夏志梅反應過來，不樂意了，「大哥是在嫌我們管的多嗎？我們還不是為你們好？」

「哥，你是想要分家嗎？」夏志濤驚訝地站了起來，看向老爺子，「爸，你聽哥的意思，他是不是要分家？」

「志元，你這是什麼意思？」夏國喜終於開了口，卻是大怒地拍桌子，「我不管你是什麼意思，我告訴你，你想分家，除非我死了！你的女兒有點出息了，你就忘了自己是夏家的人了？這要是傳揚出去，丟不丟人？」

「你還知道丟人？」江淑惠忽然厲聲道，眾人全都愣住。

「你們還知道丟人？我在這裡都覺得老臉掛不住了！志梅、志濤，你大哥什麼時候管過你們兩家的事？你們就不能消停兩天嗎？」江淑惠兩眼發紅，顫巍巍地站了起來。

江淑惠性子溫婉，很少見她發火，在夏芍的印象中，奶奶總是端著和藹的笑臉，見她生氣了，忍不住上前扶她，順便邊幫她拍背順氣。

「妳給我閉嘴！誰叫妳說話的？」夏國喜瞪著眼睛。

「我閉嘴？我閉了一輩子的嘴，結果呢？這就是你教出來的好兒子好女兒！」江淑惠氣得一口氣喘不上來，夏芍不停幫她順氣都不見好。

李娟一見，趕緊離座過來幫忙扶著她。

「媽，好端端的，妳罵我們幹什麼？要分家的又不是我們，是大哥家有錢了就看不起我們這些兄弟姊妹了！妳怎麼不說說大哥，反倒罵起我們來了？有妳這麼偏心的嗎？」

「我偏心？」江淑惠氣得兩眼發黑，說話都沒了力氣，「你們都是我生的，我偏著哪個，向著哪個了？志濤，你以前沒做生意的時候，家裡沒幫你嗎？今天我看不過去，幫你大哥說句話，你就這麼說我？」

「行了，奶奶，別說了。」夏芍皺著眉頭。

夏志元見母親被氣成這模樣，也不由動了怒，「好，原本我還想著跟以前一樣，誰也別打擾誰，現在看來，是我太天真了！既然這樣，要分家就分吧！我夏志元以後過得好或過得不好，都不用你們管，不用你們打著為我好的旗號來管我們家！媽，我們走！」

夏芍與母親合力攙扶著江淑惠，由夏志元領著離開了飯店。

他們走的時候，帶走了老太太，卻沒理老爺子。

夏國喜孤零零地被拋下，好半天沒反應過來，過了一會兒，才大怒地斥道：「反了！反了！這是反了天了！」

夏志梅和夏志濤兩家人也被氣得狠，只能暫時讓夏國喜去夏志濤家裡暫住。

這一口氣不出，兩家人心裡堵得難受，當天晚上沒散，聚在一起商量對策。

夏志濤道：「以為經營個公司就了不起了？我在建材市場這兩年，算是知道了社會有多黑。做生意，不是你打好了明面上的關係就行，黑道你更得打點。我倒是認識幾個人，我想辦法讓他們給小芍上一課，教教她開公司不是那麼容易的。別以為運氣好，做出點成績來，就不把長輩放在眼裡，長輩過的橋比她走的路都多。」

夏志濤想，夏芍沒見過黑道，他找人去給華夏集團製造點麻煩，她還不一下子就怕了？大哥大嫂向來沒主意，最後還是得上門求他們，順便賠禮賠罪。

然而，夏志濤這回踢到了鐵板。

他找的人不是別人，正是安親會負責建材市場那一區的小頭目。夏芍還曾見過這人，他叫做李新，就是當初陪杜興要找孫長德麻煩的那個人。

他一聽夏志濤叫他去砸華夏集團，當即嚴詞拒絕，「東市地頭上怎麼還有你這樣的傻子？找夏小姐的麻煩？你不要命了嗎？我們大哥親自下令，誰也不准惹夏小姐，否則按幫規處置！」

「什麼？」夏志濤呆住。

李新沒敢再吃他的飯，當場離席走人。

一出飯店，他就去了億天俱樂部，把這件事上報給高義濤。

高義濤冷笑一聲，打電話給夏芍。

夏芍接到電話時，剛從華夏集團出來。她的身分曝光後，自然得見見公司的各級主管和員工，做好老闆該做的事。這幾天忙著開各種會議，見各個部門的人，忙得腳不沾地。幸好把奶奶接去自己家裡，奶奶有母親陪著，心情好了很多。

夏芍聽了高義濤的話，忍不住笑了，「高老大，我想請你的兄弟們幫個忙。」

「夏小姐跟我客氣什麼，有事儘管說。」

「既然我的叔叔和姑姑想找人給我上一課，我怎麼能不回報他們呢？就請高老大安排人過去也給他們上一課吧。」

高義濤輕笑，「好，我知道怎麼做，夏小姐只管等我的好消息。」

掛了電話，夏芍望著熙攘的街頭，眼神微冷。

原本她想著只要父親能說出分家的話來，她就不親自動手。

看樣子，有人是不打不疼。

既然如此，她不介意讓兩家人忙一點，省得他們平時閒著沒事做，生出太多歪心思。

只是，她這一動手，兩家人還能不能緩過來，那就不得而知了。

晚上，夏芍打電話回家，說有個飯局，得晚些回家，可人卻去了建材市場。

建材市場是兩條長街，商行林立，夏志濤的建材行面朝南，東面街上有座南北走向的橋。

夏芍一看就明瞭，難怪才兩三年的時間，夏志濤的生意就做起來了，這裡的風水不錯。

夏志濤的建材行是坐北向南，這在風水學上算得上是帝向，也就是相生的吉位。風水中有「寧賺南北財，不撿東西金」的說法。東面街道上的橋對這個店來說，實是一處妙筆。東為左，就奇門八卦而言，左邊是生門，生門處的橋又稱為彩虹、通途，等於引了一道紫氣東來的氣場。如此一來，生意興隆，財源廣進，便是必然的事。

可惜夏志濤不懂風水，不然，他可以請一位風水師來，在店門下請一方黃色墊子踏腳，迎接這道紫氣東來的場氣，那才是占天時，得地利，又遇人和，實打實的發財旺鋪。

夏芍過來，自然不是為了給他錦上添花的，她是來絕了這建材行的吉氣的。

古語有云：「吉門被剋吉不就，凶門被剋凶不起。」

看出生門在左之後，夏芍打算在左邊動手腳，只是，左邊是一座橋，她不可能把橋破壞，只得採用玄門祕法。

這種祕法是一種古星門遁甲之法，分析出八卦生門與克制生門的所在，而後八門飛遁，將吉凶翻變。這種改變八門陰陽的厲害祕法是傳承的術法，非本門之人不得外傳，且在玄門，除了掌門的嫡傳弟子，誰也不會用。

此法消耗元氣甚大，不過，夏芍排盤起卦時，從來都感覺不到自己元氣的波動和耗損，這一回自然也沒有。當然，她還是費了一個多小時才將建材行的生門和杜門轉換。

如果唐宗伯在這裡，一定會驚訝她做完這些還能若無其事走人。一般的風水師，元氣消耗這麼大，能爬起來已是修為高深了。修為略微淺一點，絕對完成不了這種強行轉換八門之事，不吐幾口血是不可能的。

夏芍若無其事地走了，她沒回家，而是又去了劉春暉的廠房。

廠房剛建起來，有五間大屋，另有三間倉庫。

前世時劉春暉的生意做得紅火，但夏芍重生後第一回開天眼時，便見到了他們家廠房失火的情景。那時的時間按現在算來的話，還得十年。

劉春暉的廠房夜裡也有工人值班，外面有保全，夏芍自然不會從正門進去，而後頭那道牆對她的身手來說根本就是小事一樁。她溜進去查看，很快就發現了問題所在。

一般來說，容易發生火災的格局大多在朱雀火星上，又或者是呈三角火星。三角指的是建築結構是三角體或形成三角形，遇到五黃的年分就容易發生火災。

紫禁城就是最著名的例子。

數百年下來，紫禁城發生的大大小小火災不下百場，且明朝時三大殿曾三次失火，毀損嚴重。這從風水學上看就是犯了三角煞。當初，紫禁城為了順應龍脈的走向，整個皇城坐北向南，向著正火位不說，建築均是簷牙高啄，氣勢恢弘，棱角高翹尖銳，雖然將王者霸氣發揮得淋漓盡致，卻屬典型的火氣旺盛之格局。這些條件已經讓紫禁城容易失火，三大殿的位置還犯了三角煞。將簷角連起來看，正是一個三角形。遇見五黃年分，失火是必然的。據說到了清朝時期，被高人改動過，才沒有再發生嚴重的火災。

懂風水的人，倉庫、廠房、住宅都不會觸及這些火位。尤其是在有電線，工廠用電量高的情況下，更容易失火。

劉春暉的工廠，三間倉庫建的位置正是犯在三角星上。之所以安然無恙十年，是因為工廠裡因緣化美觀的需要，在倉庫前建了個漂亮的水池，五行生剋制化，這才無事。

夏芍記得，前世劉春暉的生意不錯，過了幾年工廠便進行了擴建。或許是當時改動了這個池子，才導致在五黃年分遭遇大火。

夏芍看了池子一眼，笑了笑，轉身翻牆離開。

回家的路上，她打電話給高義濤，吩咐了幾句。

江淑惠一輩子沒跟丈夫分開過，初到世外桃源區時，被裡面的景致驚了個不輕，只是宅子雖好，她住慣自家的老房子，一時還是有些難以適應。好在身邊的人貼心，夏志元孝順，李娟和婆婆的關係也和睦，夏芍還經常說些公司成立時候的趣事給她聽，逗她開心。於是，她一來不寂寞，二來宅子裡有風水陣，睡眠品質變得異常好，住了幾天心情就變得很愉快。

江淑惠這回是真的被氣到了，她狠下心來，想要晾老頭子一段時間，反正老頭子住在小兒子家裡，不缺吃喝。當然，她很清楚小兒媳婦蔣秋琳是什麼性子。

等著吧，不用多久的時間，老頭子一定會受氣。

不給他一點氣受，他能知道哪個兒媳婦好？

這麼想著，江淑惠也就安心住下了。

夏芍自然支持奶奶的決定，她也在等著。

等著看好戲。

而好戲第二天就開鑼了。

安親會的人一大早去了建材市場，找夏志濤麻煩的正是李新。

夏志濤見李新來了，原還想拉他細問那天的話到底是什麼意思，沒想到李新二話不說，帶著一群人把店門給堵了。

他們不打也不砸，就是像門神一樣地堵著。

這麼一來，哪有客戶敢上門？

夏志濤平時耍橫充痞，搶來不少客戶，同行對他不是沒意見，卻拿他沒辦法。加上他那個建材行也不知是不是位置好，生意一直不錯，他來的時間不長，生意已經做得比別人好。這樣一來，更加沒人敢動他了。如今他吃了虧，同行們都背地裡偷笑，悄悄議論，不知他得罪了什麼人，被人這樣整治。

夏志濤急得滿頭大汗，卻不敢在安親會的人面前耍狠，只得小心翼翼地上前請教，自己是不是得罪了什麼人。

李新嗤笑一聲，「你說呢？我真是搞不懂你，夏小姐的親戚，這得在東市沾多少光？你不好好珍惜就算了，怎麼還找她麻煩？讓她見識社會上的規矩？笑話！她獨闖我們億天的時候，你這小子還不知道在哪裡混呢！」

李新也不隱瞞，這是夏芍的意思。她擺明了要鎮住兩家人，要他們全面認識一下她在東市黑白兩道的能耐。讓他們不敢在自己上學之後，還來找她父母麻煩。

同樣是這一天，劉春暉的工廠子也出了事。

去的人也是安親會的，奇怪的是，他們不打人也不威脅人，一進到工廠裡就對著倉庫前的水池一通打砸。池子被拆了不說，還被填埋了起來。

劉春暉驚惶之餘，摸不著頭緒——自己工廠裡的池子得罪安親會了？

他慌忙上前詢問，對方也不跟他囉嗦，直白地道：「你得罪了夏小姐，夏小姐不發話，你的工廠暫時不能開工。」

一群人又呼嘯著進了工廠車間，把工人全都趕了出來。

不能開工，就不能趕製訂單，出不了貨，他可付不起違約金。

不止是違約金，他們跟國內一線的汽車公司合作，對方很看重信譽，只要違約一次，以後就別想再合作了。

劉春暉又氣又急，他跟夏志濤不同，他在東市小有名氣，當即大怒地威脅說他有門路，要立刻報警，讓警察來處理這件事。

安親會的人一聽便笑了，同情地看著他——這人傻了吧？夏小姐在黑道有安親會護著，在白道看風水結識的人脈不比你多嗎？知道她風水師身分的人，傻了才敢去觸她楣頭！

果然，劉春暉電話一打，碰了一鼻子灰。沒人肯幫他，還有人嘆著氣勸他趕緊去跟夏芍賠禮，甚至有人暗暗透露了夏芍的另一重身分。

劉春暉傻眼了。

風水大師？這什麼跟什麼？

他氣得打電話給夏志濤，兩人一通話，這才知道對方都遭了殃。

夏志梅在接到丈夫的電話後也趕了過來，兩家人聚在一起，又怒又驚。

誰能想得到，原本是夏志濤委託安親會的人去華夏集團鬧場，給兩家人出氣，結果卻被反過來被人家給整治了。

誰能想得到一個十六歲的孩子竟然有這麼大的能量。

不僅東市黑道的安親會一力護她，連那些政商權貴也沒一個敢得罪她。

「風水大師？」夏志梅氣笑了，「這種神棍的把戲也有人信？」

她當即帶著老爺子，兩家人開車去了世外桃源區，要找夏芍討說法。

他們知道世外桃源區的安保嚴格，便出了個餿主意，讓老爺子在外頭鬧，這些保全總不敢對老人家無理吧？

保全確實沒有對老人家動粗，但他們可以不理。

夏國喜年紀大了，鬧也只能鬧一會兒，時間久了便吃不消，最後兩家人敗陣而歸。

夏志濤的建材行是不用做生意了，劉春暉的工廠晚上卻可以開工，但哪想得到安親會的人到了晚上換了一批，照樣守著。這讓僥倖想要工人晚上開工趕訂單的劉春暉，急得像熱鍋上的螞蟻。

夏芍再次在晚上造訪了劉春暉的工廠，她加持催旺了三角火星位，之後便回去等。

每逢月破之夜或是來一場雷雨，勢必有火。

劉春暉也是倒楣，三天後便遇上大雨。大雨一下，安親會的人就走了。劉春暉一喜，恨不得這場雨一直下。他立刻打電話通知工人來上班，誰知電話剛打出去，一道閃電劈了下來，倉庫失火了。

這一場大火，有雨也燒得很旺，轉眼三間倉庫便成了火海。

好在工人沒來，不然不知會有多少人喪命。

劉春暉不知道，夏芍不可能去害那些無辜人的性命，她讓安親會的人守著廠房，不讓工人來，就是不想把無辜的人牽扯進來。她也通知了安親會，如果遇見雷雨，立刻離開，一刻也不要逗留。

劉春暉的廠房倉庫前一刻起火，後一刻走了的安親會成員便在遠處眺望，表情驚駭。自此，算是親眼見識了這位風水大師的詭異手段。

儘管消防隊及時來滅火，工廠還是損失不小。三間倉庫、兩間廠房化為烏有，訂單就更不用提了。劉春暉面臨巨額的損失和賠償，頓時有種天塌了的感覺。

得知消息後，夏志梅一下子跌坐在地。

女兒家出了事，夏國喜也很意外。兩家都以為是天災，卻不知是夏芍的手段。

夏國喜勸了女兒女婿幾句，但這時候幾句安慰哪裡管用？還是錢最管用！

劉春暉開始四處打電話跟客戶解釋，打電話跟生意夥伴借錢，但這時候哪還有人理他，躲都來不及了。連夏志梅這樣清高的人，也被迫跟朋友借錢，甚至還跟同事借。同事全都無能為力，心道：對不起，我們嫁得沒妳好，沒錢借給妳。

一家人跑斷了腿，從來沒有過的低聲下氣，卻還是沒借到多少錢。

劉春暉的工廠失火後，安親會的人就連夏志濤那裡也沒去了。夏志濤以為沒事了，誰知道以前搶來的客戶，又被人搶了回去。他再用那些耍橫耍痞的手段拉攏，客戶也因為他得罪了黑道，不敢再跟他來往，於是，夏志濤的生意一落千丈。

兩家在半個月的時間裡，有了翻天覆地的變化。

夏國喜的日子也沒好過，他住在小兒子家，前幾天還沒事，過了幾天小兒媳婦蔣秋琳就開始不耐煩。建材行出事後，她更加心煩意亂，沒少給老爺子氣受。

夏國喜也是個硬脾氣，跟兒媳婦差點打起來，一氣之下，回了十里村。

夏志元和李娟得知這些事後嘆了口氣，都看向女兒，江淑惠也看著孫女。

「奶奶、爸、媽，華夏集團不會出錢的，要是你們想問這個，那就不用問了。我說過很多次，善惡福緣自有報，各人的因果，各人擔著吧。」

夏芍換了衣服從房間出來，還有一個星期就開學了，她得去十里村把師父接過來。

唐宗伯本不同意下山，他在山上住慣了，夏芍卻難得嚴肅起來，「師父，所謂惜取眼前。您膝下並不孤寡，還有我和師兄。師兄若是知道我去上學，您一個人在山上，大半年的也沒人來看您，陪您說話，他定然也放心不下，您捨得讓我們擔心嗎？」

這話打動了唐宗伯，他這才動了下山的心思。只是，他念舊，山上的老宅子住了那麼多年了，便說等夏芍開學前再來接他，讓他跟老宅子告個別。

夏志元和李娟對此沒什麼異議。這些年受弟弟妹妹兩家人欺負，這段時間沒他們打擾，日子過得舒心，他們也不想再回到從前。江淑惠就有些難熬了，畢竟是自己的孩子，要是挺不過難關去，可怎麼辦才好？

夏芍去十里村接師父，卻沒把江淑惠帶回去，她在等兩家人上門道歉服軟。他們一天不服軟，奶奶回去跟爺爺住在一起，早晚都得受氣。

兩家人沒讓她等多久，三天後就來了。

他們進不來社區，便打了夏志元的手機，語氣很軟，懇請夏志元和夏芍出來坐坐。

夏芍出去的時候，帶上了母親和奶奶。到了地方一看，還是上回的飯店。

這時候兩家都沒什麼錢，卻不敢怠慢了夏芍一家，一見四人進來，趕緊起身相迎。

第一句話便是道歉。

「小芍，以前是姑姑沒看出妳這孩子有本事，今兒姑姑跟妳道個歉，妳看在咱們這麼多年親戚的分上，能不能幫幫妳姑父？他真的是走投無路了，連銀行都不貸款給我們，妳不會忍心看著妳姑姑、姑父和表哥一根繩子吊死吧？」夏志梅有生以來沒說過這麼軟的話，還是對著晚輩說。她這些天跟著丈夫東奔西借，臉都在這兩天丟光了，眼下也不在乎這一點半點。只要能借到錢，就是讓她向人磕頭都行。

「小芍，前段時間的事是叔叔不對。叔叔太混帳了，不該小心眼地找人跟妳過不去。我那是一時發昏，妳就看在妳小時候叔叔還算疼妳的分上，跟安親會的人說說情，叫他們別再去找我的客戶了，我這建材行都快關門了。」夏志濤也低聲下氣地道。

夏芍不說話，看向一起跟來的嬸嬸蔣秋琳。

蔣秋琳也趕緊堆起笑臉，討好道：「小芍，我沒工作，一家人就靠著妳叔叔開店賺的那點錢過活。妳堂妹年紀還小，才六歲……我看妳也挺疼妳堂妹的，妳就當幫幫妳堂妹。嬸嬸……嬸嬸知道自己嘴賤，以後嬸嬸一定改，妳就幫幫我們吧！」

夏芍挑眉，不表態，只看向一旁，「我的父母和奶奶呢？」

兩家人這才又連忙向夏志元夫妻二人及老太太賠罪。

「大哥大嫂，是我們不對，我們愛管閒事，以後我們再也不管了。就按大哥說的，分家就分家，各過各的。我們……我們一定孝敬老人家，沒事絕對不去你們家打擾……」

兩家人說得都快哭了。

夏志元和李娟低著頭，心裡悲涼。

江淑惠嘆了口氣，看向孫女。

夏芍這才道：「聽著，我是看在奶奶的面子上，不想讓她這麼大的年紀還為兒女操心。不過，我們華夏集團不會出錢，我會跟銀行的宋行長打聲招呼，貸款會貸給你們，但我不幫你們做任何形式的擔保，利息你們一分都不能少給。貸了款，還不還得上，就看你們自己了。」

兩家人趕緊點頭，感恩戴德地道謝，心裡卻清楚，就算有了貸款，信譽沒了，以後再想發展起來，是不太可能了……

「還有，奶奶在我們家也住不太習慣，我打算在村裡蓋棟新房子給老人家住。你們沒事常回去看看，多孝敬老人，自有福報。我上學之後，不要隨意來打擾我父母，公司的事更別叫我聽到你們再提，記住了嗎？」夏芍沒說出那句「否則」來，但她相信對方聽得懂。

兩家人忙點頭稱是，又誇了夏芍兩句，心裡卻極為悲哀。

這才幾天而已，以前都是他們訓話，現在倒反過來了。

自家這孩子，以前真是看走眼了……

可又有什麼辦法呢？事已至此，他們也清楚，以後雖然是親戚，但也生疏了。

事情發展成這樣，誰都不願見到，如今的結局已是最好的了。

夏芍一家沒有留在飯店裡吃飯，事情解決便驅車離開了。

三天後，夏芍要前往青市辦理入學手續，她需要提前準備開學的事。

（未完待續）

綺思館
晴空強檔新書
戀愛吧！一切的不可理喻都好可愛
大神，笑一下嘛
上
雲端／著
AixKira／繪
大神虐她千百遍，她讓大神很哀怨！
寧欺閻羅王，莫惹唐門郎
遇見大神之後，她才知道有些人是不能招惹的
一旦惹上，便是一輩子的事
甜蜜爆笑的網遊愛情小說
晴空
更多精彩書介與活動請上
「晴空萬里」部落格：http://sky.ryefield.com.tw

悅讀NOVEL 001

傾城一諾 1

國家圖書館出版品預行編目資料

傾城一諾 / 鳳今著. -- 臺北市 : 晴空, 城邦文化出版 : 家庭傳媒城邦分公司發行,
2015.10
冊； 公分. --（悅讀NOVEL ; 1-）
ISBN 978-986-93253-7-0（第1冊：平裝）

857.7 105014899

作者	鳳今
責任編輯	施雅棠
國際版權	蔡傳宜
行銷	艾青荷　蘇莞婷　黃家瑜
業務	李再星　陳玫潾　陳美燕　杻幸君
編輯總監	劉麗真
總經理	陳逸瑛
發行人	凃玉雲
出版	晴空 城邦文化事業股份有限公司 104台北市中山區民生東路二段141號5樓 電話：（886）2-2500-7696　傳真：（886）2-2500-1967 E-mail：bwps.service@cite.com.tw
發行	英屬蓋曼群島商家庭傳媒股份有限公司城邦分公司 104台北市中山區民生東路二段141號2樓 書虫客服服務專線：(886)2-2500-7718；2500-7719 24小時傳真服務：(886)2-2500-1990；2500-1991 服務時間：週一至週五09:30-12:00；13:30-17:00 郵撥帳號：19863813　戶名：書虫股份有限公司 讀者服務信箱E-mail：service@readingclub.com.tw
晴空部落格	http://sky.ryefield.com.tw
香港發行所	城邦（香港）出版集團有限公司 香港灣仔駱克道193號東超商業中心1樓 電話：852-2508-6231　傳真：852-2578-9337 E-mail：hkcite@biznetvigator.com
馬新發行所	城邦（馬新）出版集團【Cite (M) Sdn Bhd】 41, Jalan Radin Anum, Bandar Baru Sri Petaling, 57000 Kuala Lumpur, Malaysia. 電話：(603) 9057-8822 傳真：(603) 9057-6622 Email：cite@cite.com.my
美術設計	洸譜創意設計股份有限公司
印刷	沐春行銷創意有限公司
初版一刷	2016年10月06日
定價	280元
ISBN	978-986-93253-7-0